Thomas Thiemeyer

WorldRunner

Die Gejagten

Disclaimer

Liebe/r Leser/In,
alle in diesem Buch beschriebenen Orte existieren wirklich. Manche von ihnen können offiziell besichtigt werden. Allerdings nicht auf die Weise, wie es die Personen in diesem Roman tun. Bitte halte dich immer an die Warnhinweise. Autor und Verlag distanzieren sich ausdrücklich von allen Zuwiderhandlungen und übernehmen keine Haftung für eventuelle Unfälle oder Beschädigungen. Für nähere Informationen wende dich bitte an die zuständigen Eigentümer oder Behörden.

Bücher von Thomas Thiemeyer im Arena Verlag:

World Runner. Die Jäger
World Runner. Die Gejagten

Evolution. Die Stadt der Überlebenden
Evolution. Der Turm der Gefangenen
Evolution. Die Quelle des Lebens

Thomas Thiemeyer,
geboren 1963, studierte Geologie und Geografie, ehe er sich selbstständig machte und eine Laufbahn als Autor und Illustrator einschlug. Mit seinen preisgekrönten Wissenschaftsthrillern und Jugendbuchzyklen, die mittlerweile in dreizehn Sprachen übersetzt wurden, ist er eine feste Größe in der deutschen Unterhaltungsliteratur. Seine Geschichten stehen in der Tradition klassischer Abenteuerromane und handeln des Öfteren von der Entdeckung versunkener Kulturen und der Bedrohung durch mysteriöse Mächte.
Der Autor lebt mit seiner Familie in Stuttgart.

www.thiemeyer.de
www.thiemeyer-lesen.de

THOMAS THIEMEYER

WORLD RUNNER

DIE GEJAGTEN

Arena

Arena

Ein Verlag in der westermann GRUPPE

MIX
Papier aus verantwortungsvollen Quellen
FSC® C110508

1. Auflage 2020

Rottendorfer Straße 16, 97074 Würzburg

Dieses Werk wurde vermittelt durch die
Literarische Agentur Thomas Schlück GmbH, 30827 Garbsen.
Text: Thomas Thiemeyer
Cover und Illustrationen: Jann Kerntke
Umschlaggestaltung: Johannes Wiebel
Gesamtherstellung: Westermann Druck Zwickau GmbH
Printed in Germany
ISBN 978-3-401-60507-4

Besuche den Arena Verlag im Netz:
www.arena-verlag.de

**»Willst du Weisheit dir erjagen,
lerne Wahrheit erst ertragen.«**

Sprichwort

**»Im Spiel verraten wir,
wes Geistes Kind wir sind.«**

Sprichwort

**»Die wichtigste Qualifikation für einen
Anführer ist es, keiner sein zu wollen.«**

Plato

1

Die Lichter Kölns huschten wie Sternschnuppen an Tims Augen vorbei. Farben, helle Flächen und Muster verschwammen zu einem fiebrigen Regenbogen.

Tim presste die Nase ans Fenster der Luxuslimousine und wünschte sich weit weg. Irgendwohin, wo ihn niemand finden konnte, wo ihn niemand kannte. In ein Strandhaus vielleicht, ans Meer. Von ihm aus auch in die Berge. Nur fort von dieser Stadt, diesem Event. *Diesem Abend.*

Dabei hatte er ihn sich so herbeigesehnt.

Zehn Wochen war es her, seitdem sie sich für die Global-Games-Weltmeisterschaft qualifiziert hatten. Zehn Wochen, in denen kaum ein Tag vergangen war, an dem Tim und Annika nicht irgendwelche Interviews geben mussten, Fanpost beantworteten oder auf Social-Media-Kanälen unterwegs waren. Für das Spiel selbst blieb da kaum noch Zeit. Inzwischen war es Ende September und die Schule ging normal weiter. Wobei *normal* vielleicht das falsche Wort war, denn für die Gewinner des Vorentscheids herrschte noch immer Ausnahmezustand. Tim war an seinem Gymnasium der Star und wurde von Schülern wie Lehrern gleichermaßen bewundert. Sein Sonderstatus ermöglichte es ihm, während der kommenden zwei Wochen dem Unterricht fernzubleiben und sich ganz auf die Spiele zu konzentrieren. Manchmal kam ihm das alles so unwirklich vor, dass er glaubte, er würde das alles nur träumen.

»Lampenfieber?« Emily sah ihn mit leuchtenden Augen an. Sie schien direkt in ihn hineinzusehen. »Ich könnte es verstehen, ich bin auch ganz schön aufgeregt.«

»Bis runter in meine Unterhose«, murmelte Tim.

Seine kleine Schwester verzog das Gesicht. »So genau wollte ich jetzt es auch nicht wissen.«

»Du hast gefragt.«

Zwei Monate lagen die Ereignisse nun zurück, doch noch immer geisterten Erinnerungsbruchstücke durch sein Gehirn. Es kam ihm vor, als wäre all das erst gestern geschehen. Ob die Bilder jemals verblassen würden?

Dad wuschelte ihm über den Kopf. »Mach dir keine Gedanken. Ist doch ganz normal, wenn man vor so etwas aufgeregt ist. Wer kann schon behaupten, jemals in einer Samstagabendshow aufgetreten zu sein? Und dann noch als Gast von Carmen Silber. Mom wäre stolz auf dich. Vielleicht ist sie jetzt irgendwo dort oben und sieht dir zu.« Er bemühte sich, fröhlich zu erschienen, doch Tim sah die Traurigkeit hinter dem Lächeln.

Mom war vor über einem Jahr gestorben. Leukämie. Es war ziemlich schnell gegangen. An sie zu denken, fiel Tim immer noch schwer. Es gab Wunden, die brauchte man nur anzusehen, dann taten sie wieder weh. Dass Dad jetzt ausgerechnet damit anfangen musste, war wirklich nicht hilfreich. Tim strich sich die Haare aus dem Gesicht.

Es gab Menschen, die glaubten an ein Leben nach dem Tod. Viele sogar. Emily beispielsweise hatte sich eine Welt zurechtgezimmert, in der niemand starb. Weder Mom noch Muckel, das Meerschweinchen. Ja, nicht einmal der kleine Vogel, der neulich gegen ihre Scheibe geflogen war und sich dabei das Genick gebrochen hatte. Sie alle lebten weiter in einer zuckersüßen Welt aus Gummidrops und Kinderliedern.

Wenn Tim an Mom dachte, war da nur Traurigkeit. Und das Gefühl, ihr etwas schuldig zu sein. *Hol dir die Sterne vom Himmel,* hatte sie ihm zum Abschied gesagt und verdammt noch mal, das würde er tun.

»Mein Bruder, der Promi«, summte Emily hinter dem Chauffeur, den Rücken in Fahrtrichtung. »Wer hätte das gedacht? Ich habe allen in meiner Schule gesagt, dass sie heute Abend einschalten sollen. Das wird ein Riesending.«

»Könntest du bitte mal aufhören«, murmelte Tim genervt. Seine Hände waren schweißnass. Sein Herz schlug ihm bis zum Hals.

»Du hast nur Schiss, das ist alles«, fuhr Emily fort. »Dabei gibt es überhaupt keinen Grund. Du bist schließlich nicht allein. Annika wird auch dort sein.« Sie zwinkerte ihm zu.

»Deine Schwester hat recht«, sagte Dad. »Ich wette, die anderen sind genauso aufgeregt wie du. Kopf hoch. Das wird schon.«

»Ja, vermutlich ...« Tim versuchte, sich zusammenzureißen.

In nicht mal einer Stunde würde er auf der Bühne stehen. Sichtbar für Millionen von Menschen, die live die große Carmen-Silber-Show verfolgten. Dass seine Mitstreiter ebenfalls Lampenfieber haben könnten, tröstete ihn nur bedingt.

»Ich habe übrigens vorhin noch mit Annikas Eltern telefoniert«, sagte Dad. »War ein sehr interessantes Gespräch.«

»Ach ja …?«

»Sie haben den Vertrag ihrem Anwalt gegeben und der hat sich das mal genauer angesehen. *Juristischer Alptraum* waren, glaube ich, die Worte, die er benutzt hat. Er erzählte etwas von *Ausschlussklauseln, Haftungsbeschränkungen* und anderen Risiken. Sein Ratschlag lautete: auf keinen Fall unterschreiben. Und ich bin geneigt, ihm zuzustimmen …«

»Laaangweilig!«, rief Emily von gegenüber. »Tim wird das Spiel gewinnen und niemand kann ihn davon abhalten. Ist es nicht so, Tim?«

»Wenn du das so siehst …«

»Klar sehe ich das so. Du wirst dir den Preis holen, du hast es mir versprochen. Du und ich auf den Mond, das wird sooo cool …«

»Ich habe dir versprochen, dass ich mich bemühen werde. Nicht mehr und nicht weniger.«

»Das reicht schon. Du bist der Beste, das weiß doch jeder.«

Tim musste grinsen. Emily schaffte es immer wieder, ihn aus einem Stimmungstief herauszuholen. Eben noch hatte er sich gewünscht, weit weg zu sein und die ganze Sache zu vergessen, jetzt freute er sich schon wieder auf den Abend. Tapfere, kleine Schwester. In diesem Moment drehte sich der Fahrer zu ihnen um. »Wenn ich kurz unterbrechen dürfte? Ich wollte Sie informieren, dass wir bald da sind. Die Festhalle ist gleich dort drüben.«

Alle reckten ihre Hälse.

Tim bemerkte, dass vor ihnen eine weitere Limousine fuhr. Ebenfalls schwarz und ebenfalls mit dunkel getönten Scheiben.

Wer wohl dadrin sitzen mochte? Vielleicht Annika. Er konnte es kaum erwarten, sie wiederzusehen.

Sie hatten ganz bewusst den Kontakt gemieden, um den Medien kein Futter zu liefern. Tratsch und Klatsch gab es schon genug, da musste man nicht zusätzlich Öl ins Feuer kippen. Abgesehen davon hatte Jeremy Tims Vorschlag, sie könnten sich ja mal treffen und als Team zusammen trainieren, schlichtweg abgebügelt. **Nicht nötig,** hatte die Antwort auf Tims E-Mails gelautet. **Wir kriegen das schon gerockt, wenn ihr nur tut, was ich sage.** Na prima. Da Annika ebenfalls keinen Wert auf Teamplay zu legen schien, hatte er weiter mit Farid trainiert. Der stand wenigstens an seiner Seite, auf ihn war Verlass.

Heute würden endlich wieder alle zusammentreffen. Der Gedanke an Jeremy und Darius, diese beiden Ekelpakete, trübte Tims Stimmung. Wie sollte das mit denen funktionieren? Er bezweifelte, dass sie auch nur die erste Runde überstehen würden. Aber momentan war selbst das egal. Es gab genug anderes, um das er sich Gedanken machen musste.

Die Lanxess-Arena war prachtvoll angestrahlt. Scheinwerfer erhellten den Himmel mit Säulen aus purem Licht. Wenn er aus dem Rückfenster blickte, sah er den Kölner Dom, der heute ebenfalls heller zu strahlen schien. Vielleicht lag es ja an dem Mond, der wie ein dicker Silbertaler über den zwei Kirchturmspitzen prangte.

Vor dem Haupteingang der Festhalle waren Palmen aufgestellt worden. Ein roter Teppich wies ihnen den Weg ins Innere. Eine riesige Menschenmenge drängelte sich auf dem Vorplatz und erwartete die Ankunft der Stars.

Beim Anblick der vielen Schaulustigen rutschte Tim das Herz in die Hose. Der Sender hatte sich das Event etwas kosten lassen. Während der letzten Wochen war überall Werbung zu sehen gewesen. In allen Kanälen und auf allen Plakatwänden. *Welcome to the Greatest Show on Earth*, stand dort zu lesen – der offizielle Slogan der GlobalGames-Weltmeisterschaft.

Glaubte man Medienberichten, dann waren Tim und seine Mitstreiter Teil von etwas, das es in dieser Form noch nicht gegeben hatte. Etwas Großem. Größer als die Ernennung des Papstes. Größer sogar als die letzte Fußballweltmeisterschaft und Olympiade zusammen.

Tim versuchte, die Gedanken daran auszublenden. In wenigen Momenten musste er das schützende Wageninnere verlassen und hinaustreten in die Öffentlichkeit. Dann gab es kein Zurück mehr.

Er zupfte an sich herum. Irgendetwas zwickte ihn unterm Arm. Er war es nicht gewohnt, ein weißes Hemd und ein Jackett zu tragen. Die Hose hatte eine Bügelfalte und die glänzenden Lederschuhe mit dem glatten Profil waren so rutschig, dass er glaubte, über einen zugefrorenen Teich zu laufen.

Die Limousine vor ihnen bremste ab und hielt dann am roten Teppich. Türen gingen auf, Menschen stiegen aus. Im Blitzlichtgewitter war nicht zu erkennen, um wen es sich handelte. Schien ein Mädchen zu sein. Annika? Tim hätte es beim besten Willen nicht sagen können. Sicherheitsleute umringten sie, versperrten ihm die Sicht. Er sah noch, wie sie den Arm hob und in Richtung Presse winkte, dann verschwand sie im Inneren des Gebäudes. Die Limousine fuhr weiter.

Dann waren sie dran.

Der Fahrer rollte im Schritttempo auf den roten Teppich zu, bremste und stieg aus. Mit einem Lächeln öffnete er ihnen die Türen. Dad und Emily auf der Rückseite, Tim auf der Vorderseite. »Ich drücke dir die Daumen, Junge«, sagte der Fahrer und half ihm. »Du wirst das schon hinbekommen. *Showtime.*«

Das Blitzlichtgewitter blendete Tim, ließ ihn für einen kurzen Moment orientierungslos auf dem roten Teppich stehen. Überall waren Reporter. Er hörte Stimmen auf sich einprasseln:

»Sieh mal hier rüber, Tim.«

»Wie fühlst du dich? Bist du stolz, dein Land zu vertreten?«

»Dein Vater und deine Schwester müssen bestimmt mächtig stolz auf dich sein.«

»Wie bist du Runner geworden?«

»Bist du schon mal unerlaubt irgendwo reingeklettert?«

»Seid du und Annika ein Paar?«

Zu viele Fragen, zu viele Blitzlichter. Tim war so verwirrt, dass er nicht mal eine Frage beantworten konnte. Schon wurde er von einer Gruppe von Sicherheitsleuten umringt, die ihn, Emily und Dad Richtung Eingang trieben. Es blieb nur die Zeit, den Kameraleuten kurz zuzuwinken, dann waren sie auch schon drin.

Durch weiß gestrichene Gänge ging es im Eiltempo in den hinteren Teil des Gebäudes, wo Tim zwei Angestellte des Senders sah, die sie empfingen.

»Hallo, ich bin Randolph, persönlicher Assistent von Carmen Silber.« Der junge Mann schleuderte ihnen ein Zahnpastalächeln entgegen. »Das hier ist meine Kollegin Corinna. Wir haben die große Ehre, euch willkommen zu heißen. Geht es euch gut, hattet ihr eine schöne Fahrt?«

»Das Auto war so cool«, grätschte Emily rein, ehe Tim etwas erwidern konnte. »Bin noch nie mit so einer Riesenkiste gefahren. Da gab's sogar kalte Getränke und einen Fernseher.«

»Freut mich, dass es dir gefallen hat«, erwiderte Corinna. »Carmen Silber lässt es sich nicht nehmen, jeden ihrer Gäste mit einer Luxuslimousine abholen zu lassen. Es soll euch an nichts fehlen.«

»Wie viele Zuschauer erwarten Sie denn heute Abend?« Dad hatte vor Aufregung ganz rote Ohren.

»Die Arena ist für zwanzigtausend Menschen ausgelegt. Wir sind bis auf den letzten Platz ausgebucht«, sagte Randolph mit stolzgeschwellter Brust. »Leider haben wir einen sehr engen Zeitplan. Corinna wird Sie und Ihre Tochter jetzt in die Festhalle begleiten, Tim kommt mit mir. Ich führe dich in die Garderobe und in die Maske. Dort bekommst du dann dein Mikrofon.«

»Wann ist Tim dran?«, fragte Emily.

Randolph blickte auf die Uhr. »Die Show fängt in einer Viertelstunde an. Tim und die anderen werden aber erst in einer Stunde zu sehen sein. Sie sind ja der Höhepunkt. Danach gibt es noch eine große After-Show-Party. Alles klar so weit?«

»Ja ...«

»Prima, dann los. Viel Spaß bei der Show.«

Tim folgte Randolph in einen großen Raum mit lauter Spiegeln und Lichtern. Hier sah es aus wie bei einem Edelfriseur. »Das ist unsere Maske«, erläuterte ihm der Assistent. »Hier werdet ihr abgepudert, frisiert und gestylt. Du willst doch nicht glänzen wie eine Speckschwarte, oder?« Er grinste. »Du bist übrigens nicht der Erste. Da drüben sind bereits ein paar deiner Mitstreiter. Geh ruhig zu ihnen rüber und begrüße sie. Wir holen euch dann nachher ab.«

Tim hatte darauf gehofft, Annika und Malte zu sehen, wurde aber enttäuscht.

Es waren Jeremy, Darius und Vanessa. *Ausgerechnet!*

Vanessa steckte in einem knallengen neongrünen Kleid, das kaum Luft zum Atmen bot. Jeremy trug einen pechschwarzen Anzug mit Fliege und Einstecktuch. Darius hingegen machte einen auf Edelrapper. Der Trainingsanzug glänzte, als wäre er mit Lack überzogen. Um seinen Hals trug er eine schwere Goldkette und die mit Pailletten besetzte Baseballkappe war einfach nur peinlich.

Während Vanessa noch stand, fläzten sich die zwei Jungs breitbeinig in den roten Plüschsesseln und blickend grinsend zu Tim herüber. »Na, wenn das nicht der Feldmann ist.« Jeremy grinste breit. »Welcome to the show, Runner.«

»Hallo.« Tim hielt Ausschau nach einer Sitzgelegenheit, die möglichst weit von den dreien entfernt war. Doch es gab nichts. Der einzige freie Sessel stand direkt zwischen ihnen. Jeremy klopfte darauf. »Komm, hock dich hin. Wir beißen schon nicht. Was für ein Abend, he? Haben sie dir auch so eine Luxuskarosse geschickt? Nicht schlecht, oder? Also, gemessen an deutschen Standards, meine ich. In den USA wäre das natürlich alles noch mal eine Nummer größer.« Er griff in die Schale mit Erdnüssen und ließ eine davon genüsslich zwischen den Zähnen zerknacken.

»Stimmt«, grunzte Darius. »Die hatten nicht mal eine Playstation an Bord.«

»Und keine Models«, ergänzte Jeremy. »Eine Stretchlimo ohne Models, das ist doch wie Nike ohne Air.«

»Aha ...« Tim blickte zu Vanessa hinüber. »Willst du dich nicht setzen?«

Sie zog ihr Kleid glatt. »Liebend gerne, ich habe bloß Angst, dass eine Naht reißt. Ich trage das Kleid heute zum ersten Mal.« Sie nahm dann aber doch zögernd Platz und sah ihn erwartungsvoll an. Tim musste gestehen, dass sie fantastisch aussah, doch er hatte sich fest vorgenommen, dass die drei ihn nicht aus der Reserve locken würden.

»Und, was hast du so getrieben?« Jeremy musterte ihn unter seinen perfekt gezupften Augenbrauen. »Fleißig fürs Event gelernt?«

»Was denn gelernt?«

»Na Rätsel lösen, Codes knacken, Symbole entschlüsseln, das ganze Zeug. Alter, wir müssen bei diesem Event fit sein. Nicht nur körperlich, sondern vor allem hier.« Er tippte an seine Schläfe. »Grips ist das eine, Muskeln das andere. Darius und ich haben beides.« Er lehnte sich zurück und verschränkte die Arme hinter dem Kopf. »Mein Vater hat eigens ein Büro angemietet, in dem Leute arbeiten, die nichts weiter tun, als Rätsel zu lösen. Brainstorming von morgens bis abends. Ein echter Thinktank. Inzwischen dürfte es kaum noch ein Rätsel geben, das ich nicht kenne. Wie gesagt: Vorbereitung ist alles.«

Tim bezweifelte, dass es mit Auswendiglernen getan war. Er bezweifelte auch, dass die Spieleveranstalter die üblichen Rätsel einsetzen würden. Er verließ sich da lieber auf sein Gespür und seine Erfahrung. Die hatten ihm in der Vergangenheit gute Dienste geleistet.

Zum Glück kamen in diesem Augenblick Malte und Annika und erlösten Tim aus dem peinlichen Gespräch. Gut sahen die beiden aus. Malte hatte, wie Tim, ein Jackett angezogen. Es war ungewohnt, ihn in so einem edlen Outfit zu sehen. Annika trug eine einfache Jeans, ein Bandshirt mit der Aufschrift *Stormbringer* und eine Lederjacke. Beim Betrachten ihres Outfit ärgerte sich Tim, dass er den Anweisungen seines Vaters entsprochen hatte. Viel lieber wäre er auch so locker und cool dahergekommen und nicht in diesen Anzug gepresst, der ihn wie einen dressierten Affen aussehen ließ. Doch Annika schien er zu gefallen.

»Schick «, sagte sie und umarmte ihn mit geröteten Wangen. »Siehst aus wie James Bond«, flüsterte sie, als sie sich wieder trennten.

Jetzt fühlte er, wie ihm ebenfalls die Röte ins Gesicht stieg. »Du aber auch«, sagte er und fügte hastig hinzu: »Also, schick, meine ich. Nicht wie James Bond. Du weißt schon, äh …« Er räusperte sich. »Gute Fahrt gehabt?«

»Ja, es war der Wahnsinn. Die halbe Stadt hat sich nach uns umgedreht. Am Rudolfplatz habe ich kurz die Scheibe runtergekurbelt und prompt kamen ein paar Mädchen herbeigelaufen und wollten Autogramme. Das war total irre.«

Er wollte etwas Schlagfertiges erwidern, doch in diesem Moment ging die Tür auf. Carmen Silber, umschwärmt von einem Stab von Beratern und Assistenten, betrat den Raum. Sie war eine beeindruckende Erscheinung. Groß, glamourös und strahlend. Sie überragte Tim um beinahe einen halben Kopf. Manche behaupteten, sie wäre früher mal ein Mann gewesen, doch das hatte nie bestätigt werden können. Es blieb ein Gerücht und letztlich war es auch völlig egal. Tim konnte sich jedenfalls nicht erinnern, jemals einer so überwältigenden Persönlichkeit begegnet zu sein. Die Luft um diese Frau war mit Energie aufgeladen. Ihr Kleid schien aus Abertausenden von Fischschuppen zu bestehen, die das Licht mit jedem Schritt auf eine andere Weise reflektierten.

»Da sind ja meine Helden!«, rief sie mit weit ausgebreiteten Armen. »Wie schön, euch endlich persönlich zu begegnen. Ich wollte meine Show nicht beginnen, ohne euch vorher Hallo gesagt zu haben.« Sie reichte jedem von ihnen die Hand. Als Tim in ihre Augen blickte, hatte er den Eindruck, in zwei klare Bergseen einzutauchen. Waren das Kontaktlinsen?

»Wunderbar, wunderbar«, fuhr sie fort, nachdem sie alle begrüßt hatte. »Ich freue mich darauf, euch nachher auf der Bühne zu sehen. Zusammen werden wir den Zuschauern eine tolle Show bieten, meint ihr nicht? Lasst euch noch ein bisschen aufhübschen, Kinder, und dann sehen wir uns gleich. Ciao!« Mit diesen Worten rauschte sie ab, ihre Berater und Assistenten wie einen Schwarm Clownsfische hinter sich herziehend.

Friseure und Visagisten betraten den Raum und führten jeden von ihnen an seinen Platz vor dem Schminkspiegel. Puderquasten wurden ausgepackt, Nagelfeilen und Kämme, dann ging es los mit den letzten Vorbereitungen.

Tim atmete tief durch. Er musste seinen Puls unter Kontrolle bringen, ansonsten würde er den Abend nicht überleben.

2

Sehr verehrte Zuschauer, Ladys and Gentlemen. Willkommen zum zweiten Teil der Carmen-Silber-Show. Es ist Samstagabend und wir senden live aus der Lanxess-Arena in Köln. Begrüßen Sie mit mir zusammen noch einmal ganz herzlich unsere Gastgeberin. Einen großen Applaus für CARMEN SILBER!«

Annika hielt den Atem an. Das Publikum war jetzt richtig aufgeheizt und klang, als stünde es kurz davor zu explodieren. Selbst hier, hinter der Bühne, bebte der Boden. Sie sah zu Tim und Malte hinüber und grinste. Sie konnte nicht anders. Eben war ihr Arejay Storm über den Weg gelaufen, Gitarrist und Leadsänger von *Stormbringer,* einer von Annikas Lieblingsbands. Sie wusste ja, dass sie heute Abend spielen würden, und hatte sich deswegen das Bandshirt übergezogen. *Und es hatte funktioniert.* Kaum dass Arejay sie erblickt hatte, war er zu ihr herübergekommen und hatte ein Selfie mit ihr gemacht. Er hatte sich sogar mit ihr verabredet. Nachher auf der After-Show-Party würden sie sich wiedersehen. Tausend winzige Silberglöckchen klingelten in ihrem Inneren.

Inzwischen war die erste Hälfte der Show vorüber und in wenigen Augenblicken würden sie die Bühne betreten. Das rote

Licht über der Studiotür flammte auf. Der Regieassistent gab ihnen ein Zeichen. Carmen Silbers Stimme ertönte:

»Und hier sind sie. Ladys and Gentlemen. Begrüßen Sie mit mir ganz herzlich unsere sechs verwegenen WorldRunner Annika, Vanessa, Jeremy, Malte, Darius und Tim!«

Im Glanz unzähliger Scheinwerfer betrat Annika die Bühne. Gegenüber befand sich eine halbrunde, aufsteigende Zuschauertribüne, die bis auf den letzten Platz besetzt war. Die Decke war gespickt mit Scheinwerfern, Kameras und Vorrichtungen für Pyroeffekte. Auch eine riesige weiße Kugel hing dort, auf die Annika sich allerdings keinen Reim machen konnte.

»Hier herüber!«, rief die Moderatorin und forderte sie auf, neben ihr auf einer roten Couchgarnitur Platz zu nehmen. Die gewaltige Videoleinwand hinter ihnen zeigte sie in Übergröße. Das Bild war so scharf, dass Annika jedes Detail bemerkte, jeden Knopf und jede Falte in ihren Klamotten. Annika, die die Schminkerei im Vorfeld als ziemlich affig empfunden hatte, war jetzt dankbar dafür, dass ihre Haare ordentlich saßen, die Mitesser überschminkt waren und Wangen, Nase und Stirn nicht glänzten wie bei einem Grillhähnchen.

»Danke, dass ihr euch die Zeit genommen habt«, sagte die Moderatorin. »Ich könnte mir vorstellen, dass euer Terminkalender ziemlich voll ist, oder?«

»Nicht so voll, dass wir nicht in Ihrer Show auftreten würden«, sagte Jeremy mit professionellem Lächeln. Carmen Silber lächelte ebenfalls. »Ihr nennt euch selbst WorldRunner. Was genau ist das?«

»Ein Spiel«, antwortete Vanessa. »Es ist eine Art Schnitzeljagd nach verborgenen Schätzen. Geocaching hoch zwei, wenn Sie so wollen. Auf Straßen, in Parks, in der Nähe von Sehenswürdigkeiten. Es geht um Rätsel, um Spuren und Fährten und um das Entdecken geheimer Orte.«

»So habe ich mir das auch erklären lassen«, sagte Carmen Silber. »Allerdings habe ich auch gehört, es sei nicht so ganz legal.«

»Stimmt schon«, sagte Tim. »Zumindest in Deutschland war es bisher eher so ein Undergrounddding und nur einer kleinen, eingeschworenen Community bekannt. Wir haben uns auf einer Internetplattform getroffen, gepostet, was wir gefunden hatten, uns gegenseitig Hinweise gegeben, wo schwer zu knackende Geheimnisse versteckt sind, und Ranglisten unter den Spielern geführt. Es konnten sogar Wetten auf uns abgeschlossen werden, was uns wiederum Sponsoren einbrachte. Die Internetseite wurde leider geschlossen ...«

»Aber nur, weil daraus jetzt etwas viel Größeres geworden ist«, übernahm die Moderatorin wieder. »Worldrunning ist nicht nur in Deutschland bekannt, man spielt es in der ganzen Welt. Von Neuseeland bis Alaska, vom Südpol bis nach Grönland. Es ist ein Spiel, das jedes Abenteurerherz auf der Welt höherschlagen lässt. Und das gefährlich sein kann.« Carmen Silber deutete auf den Riesenbildschirm. »Wir möchten unseren Zuschauern mal einige Ausschnitte zeigen, die wir im Internet gefunden haben.«

Ein paar Videos von Bergungsaktionen flimmerten über die Großleinwand.

Die meisten davon kannte Annika. Der Film, in dem ein Chinese auf einen Funkmast kletterte und von oben mit dem Fallschirm absprang, zum Beispiel. Oder der von dem Inder, der zu einer kleinen Insel in einem Fluss rausschwamm und von Krokodilen verfolgt wurde.

Das meiste war alter Kram und in ziemlich schlechter Qualität. Aber was dann folgte, ließ sie zusammenzucken.

Es waren Aufnahmen von Tim, während er versuchte, Annikas »Nimm Zwei«-Claim zu bergen. Sie wusste nicht, woher der Sender diese Aufnahmen hatte. Offenbar verfügte er über Insiderquellen. Was wirklich beunruhigend war, denn es führte zu der Frage, was sonst noch in ihrem Besitz war.

Annika biss sich auf die Lippen. Ihren Eltern hatte sie immer verschwiegen, was sie in ihrer Freizeit wirklich tat, in welche Gefahr sie sich mitunter brachte. Erzählt hatte sie ihnen stattdessen, sie wäre beim Tennis oder würde mit Freundinnen abhängen. Vermutlich wären sie in Ohnmacht gefallen, hätten sie gesehen, welche Risiken Annika eingegangen war, um diesen Claim dort anzubringen.

Atemlos verfolgte sie, wie sich Tim unter den Stahlstreben hindurchhangelte. Die meisten Bilder stammten von Tims Freund Farid, doch es waren auch andere Aufnahmen darunter. Vermutlich stammten sie von den Leuten, die damals unter der Brücke auf einem Ausflugsschiff vorbeigefahren waren. Im Zusammenschnitt sah das ziemlich spektakulär aus.

Verstohlen blickte Annika zu ihrem Freund. Sein Gesicht war wie versteinert.

Carmen Silber zwinkerte Tim scheinheilig zu. »Das bist doch du, nicht wahr? Dort unter der Hohenzollernbrücke?«

»Ja ...« Tim presste die Lippen zusammen.

»Magst du uns erzählen, was du dort machst?«

Annika spürte, dass es Tim peinlich war, so vorgeführt zu werden. Er schien nach den richtigen Worten zu suchen. Als die Pause zu lang wurde, sprang Annika ihm helfend zur Seite. »Er birgt einen Claim, den ich zuvor dort versteckt habe«, sagte sie mit klarer Stimme. »Ein ziemlich gemeines Versteck, das muss ich zugeben. Zumal eine doppelte Sicherung eingebaut war. Man musste zweimal dorthin klettern, um ihn zu bergen.« Jetzt war die Katze aus dem Sack. Na, da würde sie zu Hause noch etwas zu hören bekommen.

Carmen Silber strahlte. »Ich will gar nicht wissen, wie viel Mut es gekostet hat, sich unter diesen Stahlträgern hindurchzuhangeln. Hattest du gar keine Angst?«

»Ein bisschen unwohl war mir schon«, erwiderte Tim, der zum Glück seine Stimme wiedergefunden hatte. »Vor allem mit den vielen Leuten auf dem Schiff. Normalerweise betreiben wir unseren Sport im Verborgenen. Hier ging das nicht. Die Zeitschaltuhr war nur eine halbe Stunde aktiv. Ich musste mich beeilen, sonst hätte ich den Claim nie öffnen können. Und wir beide wären uns vielleicht nie begegnet.« Er warf Annika einen raschen Blick zu, der ihr die Röte auf die Wangen trieb.

Carmen Silber, die den Blick bemerkte, lächelte wissend. »Mit der Verborgenheit dürfte es jetzt vorbei sein. Spätestens seit heute Abend seid ihr Stars. Immerhin habt ihr euch für die Weltmeisterschaft – die GlobalGames-Worldchampionship – qualifiziert, die nächste Woche starten wird. Freut ihr euch?«

»Selbstverständlich freuen wir uns«, sagte Jeremy schnell. Vermutlich war er der Meinung, dass Tim und Annika jetzt genügend Sendezeit für sich beansprucht hatten. »Es ist eine Ehre, unser Land vertreten zu dürfen. Aber ein Spaziergang wird das nicht. Schließlich müssen wir gegen achtundvierzig konkurrierende Nationen antreten.«

Ein Raunen ging durch die Zuschauermenge.

»Es ist uns wichtig, dass Sie verstehen, warum wir das tun«, fuhr Jeremy fort. »Wir wollen allen Menschen zeigen, dass die Erde ein Ort ist, auf dem es sich zu leben lohnt. Wir wollen Ihnen die Schönheit und Vielfalt unserer Welt vor Augen führen und Ihnen zeigen, was wir verlieren, wenn wir die Umwelt weiter so ausbeuten wie bisher. Dies ist unser bescheidener Beitrag, die Erde zu einem besseren Ort zu machen.«

Carmen Silber applaudierte. »Ein wunderbares Statement.« Die Zuschauer schienen das ebenfalls so zu empfinden, denn sie klatschten begeistert.

Annika wurde bei Jeremys Heuchelei übel. Als hätte er jemals Interesse an der Umwelt gehabt.

In diesem Moment setzte epische Musik ein. Eine dunkle Männerstimme erklang: »Sie nennen sich Runner und spielen das gefährlichste Spiel der Welt. Im Grenzbereich zwischen Mut und Tollkühnheit treten zweihundertachtundachtzig Jugendliche an, um sich in einem Kampf um Rätsel, Schätze und verborgene Orte zu messen. Es ist ein Rennen gegen die Zeit, bei dem der größte Gegner die eigene Furcht ist. Überall lauern Gefahren. Ein einziger Fehltritt, eine einzige falsche Entscheidung und das Spiel ist verloren. Vielleicht sogar das eigene Leben.

Doch das Risiko schreckt sie nicht, denn auf sie wartet ein Preis, der größer ist als alles, wovon sie zu träumen gewagt haben.«

Sechs Spielerporträts erschienen auf dem Riesenbildschirm. Wie moderne Gladiatoren sahen sie aus. Annika erkannte sich selbst kaum wieder. Wann hätte sie jemals einen so kühnen und verwegenen Blick gehabt? Neben ihrem Spielernamen *Sakura* war ein Textblock, der ein paar Informationen enthielt. Neben dem Stichwort **Stärken** waren folgende Begriffe vermerkt: *sportlich, unerschrocken, schnelle Auffassungsgabe. Steht auf Musik (von Klassik bis Hardrock). Beste Schülerin ihrer Jahrgangsstufe.*

Darunter folgte der Punkt **Schwächen.** Annika kniff die Augen zusammen. *Einzelkind*, stand da zu lesen. *Dickköpfig. Ist es gewohnt, ihren Willen zu bekommen. Wirkt nach außen hin cool und unnahbar, ist aber im Inneren sehr verletzlich. Hatte noch nie einen Freund.*

Sie schluckte. Ihr Hals fühlte sich an wie Schmirgelpapier. Woher wussten die das? In ihrem Spielerprofil auf WorldRunner hatten diese Infos nicht gestanden. Abgesehen von ihren besten Freundinnen wusste niemand, dass sie noch nie mit einem Jungen zusammen gewesen war.

Bei Tim sah es nicht viel besser aus.

Spielername: *Achenar.* **Stärken:** *flexibel, tollkühn, fürsorglich, breite Allgemeinbildung, ungewöhnliche Denkmuster.* **Schwächen:** *Leichtsinnig. Unbedacht. Weiß nicht, wann der Moment gekommen ist aufzugeben. Leidet unter dem frühen Tod seiner Mutter.*

Ihr Blick zuckte zu ihm hinüber. Er schien genauso schockiert zu sein wie sie. Auch die anderen vier Teilnehmer wurden auf diese Weise vorgestellt. Dass bei Jeremy *überheblich* und *arrogant* stand, wunderte sie nicht. Auch Darius bekam sein Fett weg. *Brutal gegenüber Schwächeren*, war da zu lesen.

Interessant war Maltes Steckbrief. Bei **Stärken** wurden seine *Hilfsbereitschaft,* sein *mathematisches Talent* und sein *Interesse an Computern* hervorgehoben. **Schwächen:** *Hat eine verborgene Seite, die er niemandem zeigt.*

Was das wohl bedeuten mochte?

Sie kam nicht dazu, weitere Überlegungen anzustellen, denn schon ging es weiter. »Weltweite Übertragung!«, rief Carmen Silber. »48 Nationen, fünf Claims. Je zwei Teams pro Claim, die rund um die Uhr live sind. Das schnellere Team gewinnt. Vorausgesetzt, alle Spieler loggen sich im Ziel ein, denn nur dann wird der Punkt gezählt. Wie man hört, wird überall schon heftig trainiert, aber schließlich geht es ja auch um etwas. Wie ist es bei euch, trainiert ihr auch zusammen?«

»Nein«, sagte Jeremy. »Jedenfalls noch nicht. Wir denken, dass es besser ist, wenn jeder erst mal seine eigenen Stärken und Schwächen herausfindet und wir nicht gleich unser ganzes Pulver verschießen. Stellen Sie sich vor, was passieren würde, wenn jemand sich bei dem Versuch verletzt, die anderen zu beeindrucken. Das würde unser Team noch vor Beginn der Meisterschaft erheblich schwächen.«

»Das ist ein gutes Argument«, sagte Carmen Silber, doch Annika fand, dass sie nicht sehr überzeugt aussah.

Von der Decke der Halle senkte sich die riesenhafte Kugel auf die Zuschauer herab. Annika erkannte, dass durch den raffinierten Einsatz von Projektionstechnik ein gewaltiger Mond über ihren Köpfen hing.

Die Auflösung war erstaunlich. Annika glaubte, zwischen den Bergen und Tälern spazieren gehen zu können.

»Die Siegesprämie umfasst eine Reise zu unserem Erdtrabanten!«, rief Carmen Silber, die jetzt direkt unter der Kugel stand. Ein überirdisches Licht strahlte auf sie herab. »Die Reise zum Mond für zwei Personen sowie einen Aufenthalt im neu entstandenen Luna-Hotel für einen ganzen Monat. Ins Leben gerufen wurde das Event von Shenmi Stevenson, einer der erfolgreichsten Unternehmerinnen der Welt. Nicht nur ist sie Gründerin verschiedener börsennotierter Techunternehmen, sondern auch Vorstandsvorsitzende einer Firma für Weltraumraketen. Eine Frau, die mit 39 Jahren bereits alles erreicht hat, wovon andere nur träumen.«

Das Bild einer überwältigend schönen Frau erschien auf der Großbildwand. Leicht asiatische Gesichtszüge, hüftlanges blondes Haar, strahlende Augen. Sie trug einen weißen Hund in ihrer Armbeuge.

Annika hatte Shenmi als kühl und unnahbar empfunden, doch Carmen Silber schien sie geradezu anzuhimmeln.

»Während wir hier gemütlich beisammensitzen, werden letzte Arbeiten an einem Mondhotel ausgeführt, mit dessen Bau Ms Stevenson vor über einem Jahr begonnen hat«, fuhr die Moderatorin fort und schnippte mit den Fingern. Annika verdrehte den Hals, um etwas erkennen zu können. Möglich, dass das in den Aufnahmen komisch aussah, aber sie musste unbedingt wissen, was dort zu sehen war.

Ein roter Kreis war auf der Mondoberfläche erschienen. Der Ausschnitt wurde riesenhaft vergrößert und zeigte eine kuppelartige Struktur zwischen den kargen Felsen. Annikas Blick glitt über die Projektion. Es war das erste Mal, dass sie das Mondhotel zu sehen bekam. Bis zu der Pressekonferenz vor einigen Wochen hatte keiner von ihnen gewusst, dass dort überhaupt gebaut wurde. Alles war unter strengster Geheimhaltung vorbereitet worden. Nun war also die Anlage zum ersten Mal in voller Pracht zu bewundern.

Um eine leuchtend grüne Kuppel, unter der offenbar Pflanzen gezüchtet wurden, erstreckten sich ringförmig mehrere Gebäude. Verbunden wurden sie durch Streben, die wie die Speichen eines Rades aussahen. Ein durch und durch futuristisches Konzept. Die Verblüffung im Zuschauersaal war mit Händen zu greifen.

»Beeindruckend, nicht wahr?« Carmen Silber strahlte. »Dies sind weltweit die ersten Aufnahmen des neuen Luna-Hotels. Sie wurden uns für unsere Show exklusiv von Stevenson-Enterprises zur Verfügung gestellt. Die Siegesprämie umfasst einen Aufenthalt für zwei Personen in einer Luxussuite in diesem Hotel, und zwar für einen Monat. Der Wert: *fünf Millionen Dollar.* Start ist in etwa vier Monaten. Und das ist noch nicht alles. Der Sieger bekommt die Erlaubnis, den ersten Claim auf dem Mond zu legen. Und diese sechs Kandidaten haben jetzt die Chance, diesen irrsinnigen Preis zu gewinnen. Liebe Zuschauer, finden Sie nicht, dass dies einen Beifall wert ist?«

Atemlose Spannung lag über dem Saal. Dann brach der Applaus los. Die Zuschauer rasteten förmlich aus. Das Klatschen und Fußstampfen wollte kein Ende nehmen. Es dauerte eine geschlagene Minute, bis sich die Zuschauer so weit beruhigt hatten, dass die Sendung fortgesetzt werden konnte. Carmen Silber kam nun zum Ende.

»Abschließend möchten wir Ihnen noch einmal die Bilder zeigen, die vor Kurzem um die Welt gingen und die sich in unser Gedächtnis gebrannt haben. Bilder von der Pressekonferenz, in der Shenmi Stevenson der Welt von ihren Plänen und diesem großartigen Event berichtete. Euch, liebe Kandidaten, danke ich, dass ihr hier wart, und wünsche euch alles erdenklich Gute für die bevorstehende Weltmeisterschaft. Wir werden eure Abenteuer live und mit größter Spannung verfolgen. Ich glaube fest an euch und bin mir sicher, dass ihr uns stolz machen werdet! Meine Damen und Herren, Applaus für unsere sechs WorldRunner.«

Den Rest bekam Annika nicht mehr mit. Zwischen der Musik, dem Licht der Scheinwerfer und den Bildern aus London war sie wie berauscht. Sie war sich sicher, dass nichts in ihrem Leben diesen Moment noch toppen konnte.

3

Bayerische Alpen, eine Woche später …

Draußen klatschte der Regen gegen die Scheiben des Kurhotels. Die Berge waren nur als graue Scherenschnitte zu erkennen. Der Himmel sah aus, als könne er nicht mehr dunkler werden. Der Park, der gestern noch voller Kurbesucher gewesen war, lag heute einsam und verlassen da.

Tims Blick fiel auf den Helikopter, der sie später zu ihrem ersten Einsatzort fliegen würde. Doch selbst er wirkte traurig. Die Rotorblätter hingen nach unten und die beiden Landelichter blinkten träge.

Im Konferenzraum herrschte angespannte Stille.

»Wo bleiben die denn?« Dad schaute bestimmt zum zwanzigsten Mal auf die Uhr. »Das Treffen war für achtzehn Uhr anberaumt, jetzt ist es schon fast halb sieben.«

»Die werden schon noch kommen.« Tim ertappte sich bei dem Gedanken, wie es wohl wäre, wenn die Abgesandten der Spieleleitung von GlobalGames nicht kämen. Wenn er und die anderen wieder heimfahren durften. Vielleicht stellte sich ja heraus, dass die ganze Geschichte nur ein Irrtum war. Man entschuldigte sich und alles war wie zuvor. Ein Teil von ihm wünschte sich, dass es so wäre.

Mochten die anderen auch scharf darauf sein, im Rampenlicht zu stehen, er wollte eigentlich nur sein Spiel spielen. Dass er jetzt hier saß und wartete, lag an den vielen Hoffnungen und Wünschen, die auf ihm ruhten. Nicht nur die seiner kleinen Schwester und seiner Mom, auch die der restlichen Teammitglieder. Die seiner Schule. Seiner Stadt. *Seines Landes.* Alle hofften sie, dass er den großen Preis gewann. Wie sah das denn aus, wenn er jetzt einen Rückzieher machte?

Annika stand bei ihren Eltern. Die drei steckten die Köpfe zusammen und unterhielten sich leise.

Tim wurde klar, dass es kein Zurück gab. Noch heute Nacht würde man sie zu ihrem ersten Claim bringen und ihr Abenteuer würde beginnen.

»Ich glaube, ich sehe sie!«, rief Emily mit roten Wangen. »Da kommen sie!«

Eine Frau und ein Mann in dunklen Businessanzügen näherten sich mit eiligen Schritten. Begleitet wurden sie von einem Mann im Arztkittel und einem Techniker im Overall, der sechs Kisten auf einem Rollwagen vor sich herschob. Die vier betraten den Konferenzraum, schlossen die Türen und gingen nach vorne zum Rednerpult. Die Frau platzierte ihre Aktenkoffer vor sich und blickte erwartungsvoll in die Runde. »Guten Abend, verehrte Damen und Herren, guten Abend, liebe Kandidaten. Mein Name ist Irene Jonas, ich werde Ihnen heute als Beraterin von GlobalGames zur Seite stehen. Bitte verzeihen Sie die Verzögerung. Es gab wetterbedingt noch ein paar Probleme, aber nun können wir anfangen. Bitte nehmen Sie Platz. Mein Kollege und ich werden Ihnen einige Instruktionen mit auf den Weg geben, Ihnen den Ablauf des Spiels erklären und letzte Fragen beantworten. Wir möchten Sie bitten, die unterzeichneten Verträge abzugeben und die Teilnahme an den Spielen damit offiziell zu machen.«

Dad holte den Vertrag aus seiner Tasche und zog dabei ein Gesicht, als hätte er auf eine Zitrone gebissen. Tim blickte auf die eng beschriebenen Seiten. Er erinnerte sich noch gut an die heftige Auseinandersetzung mit seinem Vater, der der Meinung war, man dürfe so etwas auf keinen Fall unterschreiben. Erst als Tim ihm die Daumenschrauben anlegte, indem er Mom ins Gespräch brachte, war er eingeknickt.

Tims verstorbene Mutter war selbst begeisterte Geocacherin gewesen und hätte bestimmt gewollt, dass er teilnahm. Sie hätte ihm vertraut und sich darauf verlassen, dass er keine unnötigen Risiken einging.

Rückblickend betrachtet war das Argument nicht ganz fair – schließlich war sie nicht hier –, aber es führte zum erwünschten Ergebnis. Dad hatte den Stift genommen, widerwillig das Papier unterzeichnet und es in seiner Tasche verschwinden lassen. Rasch sammelte die Frau die Dokumente ein und überreichte sie ihrem Kollegen. Der zählte sie durch und nickte dann.

»Sehr schön«, sagte Frau Jonas und lächelte. »Das Spiel startet heute Nacht, um null Uhr, Greenwich Mean Time. Unser Ärzteteam wird euch im Anschluss an dieses Gespräch untersuchen und dann geht's rüber zum Helikopter, der euch an euren ersten Einsatzort bringen wird. Alles verstanden so weit? Und nun darf ich euch Winston vorstellen. Er ist unser Technikexperte und wird euch die Funktion und Anwendung der neuen Geräte erklären.« Sie deutete auf den kleinen, rundlichen Mann mit dem Overall, der neben dem Rollwagen stand. Er bat die Runner nach vorne und erklärte ihnen die Geräte.

Zuerst war da eine neuartige Multimediabrille, die gleichzeitig als Kamera und Mikrofon, aber auch als Wiedergabegerät eingesetzt werden konnte. Da sie auf die jeweilige Sehstärke eingestellt waren, konnte Malte seine alte Brille ablegen.

Tim setzte seine auf und blickte hindurch. Sie war federleicht. Was daran so besonders sein sollte, erschloss sich ihm nicht. Es war, als würde man durch hauchdünnes Glas blicken.

»Als Erstes müsst ihr sie einschalten«, sagte Winston und wies sie auf einen verborgenen Schalter am Bügel. Kaum hatte Tim ihn betätigt, erschien ein feines Raster. Eine Stimme, die ihm seltsam vertraut vorkam, drang aus den eingebauten Lautsprechern: »Scanne die Umgebung, Runner. Dreh dich einmal um dich selbst.« Kurz darauf hörte er: »Scan abgeschlossen. Vielen Dank.«

Noch bevor ihm einfiel, wo er die Stimme schon einmal gehört hatte, ploppte wie aus dem Nichts eine Frauengestalt auf. Sie stand neben Winston und legte locker ihre Hand auf seine Schulter. Tim erkannte sie sofort wieder.

Es war die *Rote Dame.* Eine virtuelle Figur, die sie bereits während der Entscheidungsrunde kennengelernt hatten.

Sie wirkte so echt und lebendig, als stünde sie tatsächlich vor ihnen. Tim nahm die Brille ab und die Rote Dame verschwand. Sie war wirklich nur eine Projektion. Aber die beste, die Tim je gesehen hatte. Er war schwer beeindruckt.

Auch bei den anderen blieb der Effekt nicht ohne Wirkung. Manche von ihnen versuchten, die Frau zu berühren. Was natürlich nicht ging. Die Rote Dame lachte.

»Ich begrüße euch, Runner«, sagte sie. »Freut mich, dass wir uns wiedersehen. Ihr habt mir gefehlt. Hattet ihr eine gute Zeit? Uns stehen abenteuerliche Tage bevor.«

»Alter, das gibt's doch nicht«, grunzte Darius. »Wie funktioniert das?«

»Netzhautprojektion«, sagte Winston. »Ein neuartiges Verfahren, bei dem Realität und virtuelle Bilder miteinander verschmelzen. Wir können damit nicht nur künstliche Personen einblenden, sondern eure komplette Umgebung verändern. Passt mal auf.« Er drückte bei seinem Laptop eine Taste. Ein kurzes Piepen, dann standen sie plötzlich an einem Abgrund.

Tim hielt den Atem an.

Konferenzraum: weg, Eltern und Angehörige: weg – nur sie und Winston. Neben ihnen donnerte ein Wasserfall in die Tiefe. Das Licht der tief stehenden Sonne beschien eine Felswand. Tim erkannte einen Fluss, der sich durch smaragdgrüne Wälder schlängelte. Ein Schwarm Papageien floh krächzend an ihnen vorbei. Die Rote Dame war immer noch da. Hinter einem Felsen hervortretend, blickte sie in den Abgrund. Tim folgte ihrem Blick und zuckte zurück. *Himmel, war das tief!*

Er wusste zwar, dass der Abgrund künstlich sein musste, aber es sah alles so verdammt echt aus. Lieber nichts riskieren. Er ging noch einen Schritt weiter zurück und stieß dabei gegen etwas Hartes. Die Illusion verschwand. Es war die Wand des Konferenzraums. Dad und Emily starrten ihn mit großen Augen an.

Tim war völlig benebelt.

»Was hast du gesehen?«, rief Emily. »Du hast dich ganz komisch benommen.«

Er nahm die Brille ab und rieb sich die Augen. Noch immer sah er das Nachbild des Abgrunds auf seiner Netzhaut. »Unglaublich«, murmelte er. »So was ist mir noch nicht untergekommen.«

»Das glaube ich gerne«, antwortete Winston. »Die Technik ist brandneu.«

»Darf ich auch mal?« Ehe Tim etwas dagegen unternehmen konnte, hatte Emily sich die Brille geschnappt und eingeschaltet. Tim konnte sehen, wie ihr Unterkiefer runterklappte. Sie machte einen Luftsprung und wäre um ein Haar hingefallen, hätte Dad nicht hinter ihr gestanden und sie aufgefangen.

»Ist ja irre!«, schrie sie. »Ich will auch so eine. Kann man die kaufen?«

Winston lachte. Er freute sich sichtlich über die Verblüffung. »Leider nein. Dies sind Prototypen, die während des Events zum ersten Mal einem längeren Testlauf unterzogen werden. Vielleicht in ein oder zwei Jahren.« Er nahm eine der Brillen und drehte sie um. »Der eingebaute Akku ist für eine Laufzeit von vierundzwanzig Stunden ausgelegt. Sollte der Ladestand gering werden, kann man sie leicht über die eingebaute Powerbank und die Solarzellen im Rucksack aufladen. Die Brille ist stoßfest, wasserdicht und unempfindlich gegen extreme Temperaturen. Das Besondere ist, dass ihr damit nicht nur empfangen, sondern auch senden könnt. Eine winzige Kamera hier oben zeichnet alles auf, was ihr seht, und schickt es an einen nächstgelegenen Satelliten. Wichtig dabei ist, dass ihr stets den Rucksack aufbehaltet. Er ist eure Verbindung nach draußen.« Er entnahm der Kiste einen orangefarbenen Sportrucksack, an dem seitlich das Logo von Stevenson-Enterprises prangte.

»Die Rucksäcke enthalten eine Sende-/Empfangseinrichtung und dienen gleichzeitig als Antenne. Leider können wir es euch nicht ersparen, sie während des gesamten Contests zu tragen, denn ihr werdet mitunter an Orten sein, an denen es kein Mobilfunknetz gibt. Andererseits braucht ihr die Rucksäcke ohnehin, denn sie enthalten Kleidung, Proviant und alles, was ihr sonst so für die Tour benötigt. Zusätzlich erhaltet ihr diese Handschuhe.« Er entnahm seinen Koffern sechs Paare schwarzer Handschuhe und verteilte sie. »Die solltet ihr ständig tragen. Sie sind nicht nur für den Einsatz an schwierigen Kletterstellen geeignet, sondern reagieren interaktiv mit der Brille. Setzt sie noch mal auf und schaut es euch an. Ihr solltet noch ein bisschen damit üben, ehe es losgeht.«

Tim nahm Emily die Brille vorsichtig wieder ab und setzte sie auf. Der Abgrund war verschwunden. Stattdessen lag vor jedem von ihnen ein Haufen bunter Holzklötzchen auf dem Boden. Virtuelle Klötzchen, wohlgemerkt.

»Versucht einmal, sie ohne Handschuhe zu stapeln«, sagte Winston. »Ihr werdet schnell feststellen, dass das nicht geht. Danach zieht die Handschuhe über und schaut, was passiert.«

»Stimmt«, hörte Tim Vanessa sagen. »Die Hände gehen einfach durch sie hindurch.«

Tim streifte die Handschuhe über und problemlos ließen sich die Klötzchen hochheben und an eine andere Stelle bewegen.

»Cool, oder?«, sagte Winston. »Wer zuerst einen Turm baut, hat gewonnen.«

Malte war der Schnellste. Sein Turm war zwar schief, aber er stand.

»Bravo, gut gemacht.« Der Techniker wirkte sehr zufrieden. »Ihr seht, der Umgang mit Brille und Handschuhen ist einfach und intuitiv. Mit ihnen kommt ihr übrigens auch ins Hauptmenü. Tippt einfach oben rechts ins Bild und es wird sich eine Menüleiste öffnen. Dort findet ihr verschiedene Onlinedatenbänke, eine Karte, auf der ihr euren Standort abrufen könnt, aktuelle Wetterdaten, Übersetzungsprogramme und so weiter. Ich will euch die Überraschung nicht verderben, ihr werdet das alles selbst herausfinden. Ach ja, eine Sache noch.« Er nahm einen der Handschuhe und hielt ihn hoch. »Für den Fall, dass ihr ernsthaft in der Klemme steckt, findet ihr eine Fail-Safe-Vorrichtung an der Unterseite des Handgelenks.« Er klappte eine dünne Lasche auf, unter der sich ein roter Punkt befand. »Dies ist ein Notfallknopf. Er sorgt dafür, dass ihr umgehend abgeholt und an einen sicheren Ort gebracht werdet. Je nachdem, wo ihr euch gerade befindet, kann es eine halbe Stunde bis maximal eine Stunde dauern. Aber ihr dürft beruhigt sein. Sobald ihr den Knopf gedrückt habt, ist das Rettungsteam auf dem Weg zu euch.«

Tim runzelte die Stirn. »Dürfen wir danach denn weiterspielen?«

»Nein, leider nicht«, sagte die Frau im Businesskostüm. »Das Team, dessen Fail-Safe-Knopf gedrückt wurde, scheidet automatisch aus. Ihr solltet also auf keinen Fall leichtfertig damit rumspielen. Damit ihr ihn nicht versehentlich betätigt, müsst ihr während des Drückens eine Kommandozeile laut vorlesen. Sie steht neben dem Knopf auf der Innenseite der Lasche. Also Knopf drücken, Code vorlesen und ihr werdet abgeholt. Alles verstanden?«

»Alles klar.«

Tim schwor sich, diesen Knopf auf keinen Fall zu drücken.

»Was ist mit Geld?«, fragte Jeremy.

»Guter Einwand«, erwiderte Winston und deutete auf eine kleine Lasche an der rechten Rucksackseite. »Hier drin findet ihr eine Kreditkarte, die auf eure Gruppe zugelassen wurde. Darauf befinden sich umgerechnet zwanzigtausend US-Dollar. Ihr dürft das Geld benutzen, um Flüge zu buchen, Proviant zu kaufen und Dienstleistungen zu bezahlen. Wir sind der Meinung, dass der Betrag für euch sechs ausreichen sollte.« Er kratzte sich an der Stirn. »Brille, Handschuhe, Rucksack, Kreditkarte, Multifunktionswerkzeug. Da ist alles dran, was ihr so brauchen könnt: Messer, Dosenöffner, Schraubenzieher, Säge und so weiter. Ich habe das Gefühl, dass ich etwas vergessen habe. Ach ja, die Overalls und die Schuhe.« Er griff in den Koffer und entnahm ihm ein graues Kleidungsstück sowie ein Paar knöchelhoher schwarzer Schuhe. Er faltete den Overall auseinander und hielt ihn hoch. »Sehr dünn, sehr leicht, trotzdem wärmend und isolierend«, sagte er. »Der Stoff ist extrem reißfest und hitzebeständig und wurde sogar bei Temperaturen unter null Grad getestet. Ein echtes Wunderzeug. Die Schuhe sind ebenfalls leicht und wasserabweisend. Sie haben ein gutes Profil und fühlen sich an, als wären sie mit euch verwachsen. Ihr werdet sie nie wieder ausziehen wollen. Das war's jetzt aber wirklich.« Er packte die Kleidungsstücke wieder ein.

»Womit wir zu den Spielregeln kommen«, sagte die Frau. »Jedes Team besitzt ein Zeitkonto, das kontinuierlich runterzählt. Sobald ihr euer jeweiliges Reiseziel erreicht habt, fängt die Uhr an zu laufen. Die Aufgaben müssen binnen vierundzwanzig Stunden gelöst werden oder ihr scheidet aus. Wenn ihr es schafft, wird die Uhr zurückgestellt, gelingt es euch nicht – *Adiós, muchachos*. Ihr findet das Zeitkonto oben rechts in eurem Display. Ihr solltet euch aber nicht nur darauf verlassen – immerhin gibt es ein gegnerisches Team, das immer schneller als ihr sein könnte.«

»Es gibt noch eine Besonderheit«, sagte der Mann, der bisher ruhig im Hintergrund gestanden hatte. »Für den Fall, dass ihr mal nicht weiterwisst oder ein Rätsel nicht gelöst bekommt, dürft ihr euch Hinweise geben lassen. Sie sind nach Schwierigkeitsgraden gestaffelt. Von eins wie *einfach* bis fünf wie *extrem*. Aber Achtung: Hinweise kosten Strafpunkte im Zeitkonto. Sollten zwei Teams zeitgleich den Claim einloggen, dann gewinnt das Team mit dem besseren Zeitkonto. Es ist also immer hilfreich, möglichst wenig Tipps zu benötigen.«

»Ach ja und ehe ich's vergesse«, sagte Frau Jonas. »Wenn eure Brillen eingeschaltet sind, werdet ihr online sein. Das bedeutet, die Zuschauer sind mit euch verbunden. Sie sehen und hören alles, was ihr seht und hört. Alles, was ihr erlebt, wird live über Fernsehkanäle und Streamingportale ausgestrahlt. Ihr solltet euch dessen bewusst sein und dementsprechend auf eure Wortwahl achten. Immerhin vertretet ihr unsere Nation und wir wollen ja ein gutes Bild abgeben. Eure Aufgabe ist es, den Zuschauern ein unvergessliches Spieleerlebnis zu bieten. Es soll für sie so spannend und emotional wie möglich sein. Dazu gehört auch, dass jeder von euch einen Livebericht bestreitet. Eine zwanglose Unterhaltung. Den Ort und die Zeit bestimmen wir. Für unsere Zuschauer ist das von allerhöchstem Interesse.«

»Und was sollen wir da erzählen?«, fragte Darius.

Die Frau zuckte die Schultern. »Was euch gerade durch den Kopf geht. Hauptsache, es ist ehrlich und authentisch. Vielleicht habt ihr ja Schwierigkeiten mit einem Rätsel oder ihr seid in einer fremden Umgebung. Vielleicht gibt es jemanden, den ihr besonders mögt oder den ihr hasst – solche Dinge. Hauptsache, es ist echt und emotional.«

»Warum nicht gleich Drähte in unser Gehirn schieben und unsere Gedanken lesen?«, grummelte Darius.

Die Frau lachte. »So weit ist die Technik leider noch nicht. Vielleicht beim nächsten Mal.« Es war offensichtlich, dass sie den Spott nicht verstanden hatte.

»Ich denke, das war's von unserer Seite«, sagte sie. »Wir danken euch für eure Aufmerksamkeit und verabschieden uns nun. Viel Glück! Ihr habt jetzt noch ein paar Minuten, um euren Familien Auf Wiedersehen zu sagen, dann schließt ihr euch bitte unserem Mediziner hier an, der euch rüber in den Untersuchungsraum begleitet.«

Tim ging zu Dad und Emily. Sie waren inzwischen aufgestanden und hatten sich zu Annikas Eltern gesellt. Auch Maltes älterer Bruder Patrick stand dort. Ein Mann von vielleicht fünfundzwanzig Jahren mit Baseballkappe, Kapuzenshirt und Cargohose. Sein Blick wirkte verschlossen und er sprach kein Wort.

»Ich bin mir immer noch unsicher, ob das eine gute Idee ist«, sagte sein Dad mit gesenkter Stimme. »Das klingt alles ganz schön gefährlich.«

Tim winkte ab. »Ihr habt sie doch gehört. Die Leute wissen, was sie tun. Wir versprechen euch, dass wir vorsichtig sind, nicht wahr, Annika?«

»Klar doch. Keine Risiken. Wenn wir an einem Punkt nicht weiterkommen, akzeptieren wir das. Zumindest für mich ist es eine Ehre, überhaupt dabei gewesen zu sein.«

»Für mich auch«, sagte Malte. »Wir sind ja bald wieder da.«

Annikas Mutter schien den Tränen nah. »Ich werde erst ruhig schlafen können, wenn ich weiß, dass alles vorbei ist«, sagte sie. »Schrecklich. Aber wenigstens können wir live mitverfolgen, wo ihr euch gerade aufhaltet und was ihr macht. Ich hoffe nur, dass meine Nerven das aushalten.«

»Keine Sorge, es wird schon alles gut gehen.« Tim versuchte, aufmunternd zu klingen, doch ganz so cool, wie er tat, war er nicht. Tatsächlich hatte er einen ziemlichen Kloß im Hals.

Er umarmte Emily und Dad ein letztes Mal, ließ sich von ihnen Glück wünschen, dann hieß es Abschied nehmen. Tim wuschelte seiner kleinen Schwester durch die Haare, dann schloss er sich Annika und den anderen an. In Begleitung des Arztes verließen sie den Konferenzraum.

Hinter ihnen fiel die Tür ins Schloss.

»Was sind das für Untersuchungen, die Sie mit uns anstellen?«, erkundigte sich Vanessa bei dem Arzt. »Was erwartet uns da?«

Der Mann grinste. »Lasst euch überraschen. Da wären wir. Alle Mann reinspaziert.« Er öffnete eine Tür, auf der ein rotes Kreuz prangte.

Tim sah sechs Pritschen, daneben Beistelltische, auf denen medizinische Apparaturen standen. Ein leises Summen und Piepen drang an seine Ohren. Weitere Ärzte befanden sich im Raum. Sie schienen auf sie zu warten. Nach einer oberflächlichen Untersuchung sah das nicht aus.

»Zieht euch bis auf die Unterwäsche aus und legt euch hin«, sagte der Mann.

»Wir sollen ... was?« Vanessa zog eine Braue in die Höhe.

»Heißt das, Sie werden uns Blut abnehmen?« Maltes Augen waren weit aufgerissen.

»Das gehört dazu, ja. Los jetzt, hopp. Wir haben einen straffen Zeitplan.« Er wusch sich die Hände und trocknete sie ab. Die anderen folgten seinem Beispiel.

Malte schluckte. Tim sah, wie er die Lippen zusammenpresste. Sein Freund war ganz bleich geworden. »Komm mit mir«, flüsterte er Malte zu und fasste ihn am Arm. »Wir gehen dort hinüber. Du legst dich auf die Liege neben mir, dann können wir uns unterhalten.«

Gehorsam zogen sie sich aus, legten ihre Sachen auf einen Stuhl und gingen zur Liege. Neben ihnen war Darius. Er murmelte etwas wie: »... kann Nadeln nicht ausstehen ...«, doch selbst er wagte es nicht, sich aufzulehnen. Tim fielen seine Muskeln auf. Kein Wunder, dass der Typ ihn mit einem Schlag zu Boden geschickt hatte. Darius wirkte, als würde er täglich Gewichte stemmen. Jeremy war das genaue Gegenteil. Schmal, bleich und mit eingefallener Brust. Ein Junge, der keinen Schritt zu viel machte und der lieber andere für sich arbeiten ließ, als selbst Hand anzulegen.

Während Malte sich neben ihn legte, blickte Tim verstohlen zu den Mädchen hinüber. Der Anblick von Annika war ihm noch vom Vorentscheid her vertraut, immerhin hatten sie fast eine Woche eng zusammengelebt. Überrascht war er von Vanessa. Obwohl sie im selben Alter war, besaß sie doch deutlich weiblichere Formen. Annika wirkte im Vergleich zu ihr geradezu knabenhaft. Fasziniert blickte er zu Vanessa hinüber, wandte aber schnell die Augen ab, als ihm bewusst wurde, dass sie ihn ansah. Schamesröte stieg ihm ins Gesicht. Hatte sie etwas bemerkt? Als er noch einmal einen kurzen Blick riskierte, lief er direkt ins offene Messer. Sie zwinkerte ihm schelmisch zu.

Himmel!

Er legte sich flach auf die Liege und starrte an die Decke. Sein Herz galoppierte, als wäre er gerade die hundert Meter in Rekordzeit gelaufen. Na, das hatte er ja wieder fein hinbekommen.

Eine Ärztin trat neben ihn, prüfte Puls und Blutdruck und sah ihn verwundert an. »So aufgeregt? Meine Güte, du schwitzt ja. Es gibt es doch gar keinen Grund dafür. Nur ein kleiner Piks, dann hast du es schon überstanden.«

Sie stach ihm eine Nadel in die Armbeuge und legte einen Zugang. Über einen dünnen Schlauch strömte eine violett gefärbte Flüssigkeit von einem Apparat in seinen Arm. Verwundert blickte Tim die Ärztin an. Er hatte gedacht, sie würde ihm Blut abzapfen, stattdessen verabreichte sie ihm irgendetwas.

»Was ist das?«, fragte er besorgt.

»Ein Serum, das dich immun gegen so ziemlich jede Krankheit auf diesem Planeten macht«, sagte die Frau. »Ein ziemlich cooler Cocktail. Normale Patienten bekommen so etwas nicht, dafür ist es viel zu teuer. Aber für euch ist das Beste gerade gut genug.« Sie zog die Nadel wieder aus dem Arm und warf sie in einen Mülleimer. Dann klebte sie Tim ein Pflaster auf die Einstichstelle und sagte: »Das war's schon. Schön liegen bleiben und fest hier draufdrücken.« Mit diesen Worten wandte sie sich Malte zu.

Tim drehte den Kopf. »Entspann dich, Malte«, sagte er. »Es ist total harmlos. Außer dem Piks wirst du nichts merken, ich versprech's dir. Und danach fühlst du dich gut. Richtig gut.« Er lächelte.

Es stimmte. Er hatte das Gefühl, als würde goldener Honig durch seine Adern strömen. Der Raum wurde hell und weit. Ein überirdisches Licht strahlte von der Decke. Auch die Gesichter der Ärzte wirkten auf einmal freundlicher. Es waren doch nette Menschen. So großherzig, so freundlich. Tim hätte einen Baum umarmen können, so glücklich war er in diesem Moment.

Er spürte, wie er müde wurde. Müde und immer müder. Aber er durfte jetzt nicht schlafen. Es ging doch gleich los ins große Abenteuer.

Er musste fit sein. Wach.

Fit und … wach.

Ft un wch.

Chrrr …

Binnen eines Wimpernschlags fiel er in einen ohnmachtsartigen Schlaf, der ihn auf eine Reise schickte, weit über die Grenzen seines Verstandes hinaus.

4

Seattle …

Mortimer Hansen, Gründer und CEO der Firma GlobalGames-Incorporated zupfte seine Krawatte zurecht. Er war nervös. Wie immer, wenn er seiner Chefin gegenübertrat. In ihrer Gegenwart fühlte er sich wie ein Schüler, der ins Büro der Direktorin zitiert wurde. Heute wirkte das Gebäude ziemlich einschüchternd auf ihn. Die Space Needle sah von unten betrachtet aus wie eine fliegende Untertasse, die auf einem Stahlturm gelandet war und jeden Moment abheben konnte. Vielleicht lag es aber auch an dem Fahrstuhl, der mit einem Affenzahn nach oben schoss, ohne ein einziges Mal anzuhalten. Mortimer hatte das Gefühl, von seinem eigenen Gewicht erdrückt zu werden. Ganz klein und mickrig kam er sich vor. Dabei gab es dafür gar keinen Grund, schließlich hatte er gute Nachrichten im Gepäck.

Es wurde besser, als der Aufzug abbremste, als die automatische Ansage ertönte und die Türen auseinanderglitten. Er holte tief Luft, streckte die Brust heraus und wollte gerade aussteigen, als zwei Dinge geschahen. Als Erstes ertönte ein schrilles Kläffen, dann spürte er einen nadelspitzen Schmerz in seiner rechten Wade. Vor Schreck riss er das Bein hoch und geriet dabei ins

Taumeln. Ein kleiner weißer Hund hatte sich in sein Bein verbissen. Knurrend und fauchend hing er wie eine Klette an ihm.

Mortimer hüpfte auf einem Bein und fand gerade noch Halt, als sich die Türen des Fahrstuhls schlossen. Zum Glück war er selbst draußen, sein Koffer aber steckte fest. Wie ein stählerner Kiefer biss die Stahltür zu. Mit einem verzweifelten Ruck riss Mortimer den Koffer aus der quietschenden Aufzugstür.

Ein Schrei ertönte: *»Posh!«*

Shenmi Stevenson hatte ihre Hände in die Seiten gestemmt. Sie stand vor der Tür zu ihrem Büro und verfolgte das Schauspiel halb amüsiert und halb empört. Durch die Panoramascheibe hinter ihr war die Silhouette von Seattle zu sehen.

»Wirst du wohl den armen Morti in Ruhe lassen! Er hat dir nichts getan.«

Posh war Ms Stevensons Schoßhündchen. Ihr ständiger Begleiter und so etwas wie eine heilige Instanz. Es gab Gerüchte, dass Leute gefeuert worden waren, weil das Tier sie nicht mochte. Dabei schien es fast niemanden zu mögen. Für Mortimer war dieser Köter ein ständiges Ärgernis. Die Hundedame schien es ihm immer noch übel zu nehmen, dass er sie vor einiger Zeit ein wenig zu hart angepackt hatte. Trotz des Befehls ihrer Herrin dachte sie gar nicht daran, ihre spitzen Zähnchen aus seiner Hose zu ziehen. Wie ein Piranha, dem gerade fette Beute ins Maul geschwommen war, hing sie an ihm und zwang ihn zu diesem seltsamen Tanz.

Doch ganz so wehrlos war Mortimer nicht. Er hatte aus der Vergangenheit gelernt und sich vorbereitet. Einer Eingebung folgend, hatte er heute Morgen seine Hosenbeine mit Pfefferspray eingesprüht. Das Mittel war zwar farb- und geruchslos, aber so scharf und bitter, dass es selbst einen Rottweiler in die Flucht schlagen würde. Das bekam Posh jetzt zu spüren.

Als Poshs Speichel das Hosenbein tränkte, entfaltete das Mittel seine volle Wirkung. Poshs Augen wurden groß wie Christbaumkugeln. Ein winselnder Laut stieg aus ihrer Kehle, doch noch immer weigerte sie sich, Mortimer loszulassen. Erst als er ein wenig schüttelte, fiel sie wie ein reifer Apfel vom Baum. Sie zuckte kurz, als stünde sie unter Strom, dann raste sie wie ein geölter Blitz in Richtung Wassernapf und stürzte sich kopfüber hinein. Es gab ein lautes Platschen, dann kehrte Ruhe ein.

Mortimer sah sich verwundert um. »Sind wir alleine? Ist sonst keiner da?« Er hatte damit gerechnet, dass Shenmis halber Beraterstab anwesend sein würde.

»Nein, nur wir beide. Warum? Mache ich dich nervös?« Sie zwinkerte ihm zu.

»Äh … nein.« Er räusperte sich. Natürlich machte sie ihn nervös. Vor allem, weil sie auf ihren üblichen Begleitschutz verzichtete. Shenmi legte größten Wert auf Sicherheit. Entweder war dies ein Vertrauensbeweis oder aber sie wollte keine neugierigen Ohren dabeihaben.

»Ich möchte, dass du mir ganz ehrlich und aufrichtig sagst, wie es läuft«, sagte sie. »Die Teams dürften doch inzwischen alle unterwegs sein, oder?«

»Sind sie, ja«, erwiderte er. »Während der vergangenen zwölf Stunden wurden alle achtundvierzig Teams an ihre jeweiligen Standorte gebracht. Wenn Sie möchten, kann ich es Ihnen gerne zeigen …«

Er schloss seinen Laptop an die Multimediawand an und projizierte eine Weltkarte darauf. Über die Kontinente hinweg reichte ein Netz wirrer Striche und Linien, das an ein Schnittmuster eines besonders aufwendigen Kostüms erinnerte. Die Linien verbanden sowohl Ursprungs- als auch Zielorte.

»Hier sehen Sie, welche Teams wohin geschickt wurden«, erläuterte er. »Die Runner aus Südkorea beispielsweise in die australische Wüste. Die Neuseeländer nach Norwegen. Das Team aus Indien in die Antarktis und die Jugendlichen aus den USA in die mongolische Steppe. Es dürfte für jedes Team eine ziemliche Überraschung werden.«

Shenmi grinste. »Und die Spieler haben keine Ahnung, wohin sie gebracht werden?«

»Nein«, sagte Mortimer. »Sie wurden in einen Dornröschenschlaf versetzt, aus dem sie erst erwachen, wenn alle Spuren beseitigt sind. Ganz so, wie Sie es von mir verlangt haben, Ms Stevenson. Obwohl mir dabei nicht ganz wohl ist, aber das wissen Sie ja.«

Sie winkte seinen Einwand mit einer ungeduldigen Handbewegung vom Tisch. Er seufzte. »Wie auch immer – wenn sie ihre Geräte zurate ziehen, werden sie den Standort natürlich rausfinden, aber bis dahin ist es eine Überraschung.«

»Gut. Sehr gut.«

»Wir haben versucht, die Herausforderung so anspruchsvoll wie möglich zu gestalten. Zum einen wollen wir die Spreu vom Weizen trennen, aber wir wollen zum anderen auch eine möglichst dramatische Wirkung beim Zuschauer erzielen. Ich denke, die Menschen dürften begeistert sein.«

»Das hoffe ich«, sagte Shenmi. »Die Einschaltquoten müssen alles sprengen, was wir bisher hatten. Unsere Fernsehverträge bewegen sich im dreistelligen Millionenbereich. Da darf nichts schiefgehen.«

»Dessen bin ich mir bewusst«, sagte Mortimer. »Das Problem ist nur, dass es bisher nichts Vergleichbares gegeben hat. Die Zuschauer haben keine Ahnung, was sie erwartet, und dürften anfangs skeptisch sein. Ich denke aber, dass wir sie bereits mit der ersten Episode überzeugen werden.«

»Schön. Sehr schön.« Shenmi wirkte zufrieden. *»Alles oder nichts,* dieses Prinzip gefällt mir. Noch eine Frage zu den Liveübertragungen.«

»Was ist damit?«

»Den Spielern wurde hoffentlich erklärt, dass sie verpflichtet sind, mit dem Redaktionsteam zu kooperieren?«

»Selbstverständlich ... warum?«

»Ich habe mich gefragt, was passiert, wenn ihre Geschichten zu belanglos sind.«

»Ich verstehe nicht ganz ...«

»Was, wenn sie uns mit Alltagsproblemen zutexten? Beispielsweise, dass sie zu wenig Taschengeld bekommen, dass sie am Abend nicht länger als bis zehn Uhr rausdürfen, dass sie schlechte Noten haben und so weiter. Vergiss nicht, es sind Teenager. Die meisten haben keine Medienerfahrung, wissen nicht, was für eine solche Show gefordert ist.«

Mortimer zuckte die Schultern. »Nun ja, das Risiko besteht natürlich«, räumte er ein. »Andererseits macht das unsere Helden doch sympathisch. Wie Sie sagten, Ms Stevenson: Es sind einfache Jugendliche mit einfachen Problemen. Ich wüsste nicht, wie wir da …«

»Meine Marketingspezialisten haben einen Vorschlag eingereicht, den ich für sehr brauchbar halte«, unterbrach ihn Shenmi. »Sympathische Helden sind ja gut und schön, nur leider neigen sie dazu, entsetzlich langweilig zu werden. Damit das nicht passiert, haben wir uns zusammengesetzt und unsere Köpfe rauchen lassen. Und ich denke, dass wir für das Problem die geeignete Lösung gefunden haben.«

Mortimer wurde mulmig zumute. »Und welche?«

Shenmi zwinkerte ihm zu. »Lass dich überraschen, Morti. Ich bin sicher, es wird dir gefallen. Und unsere Zuschauer werden hingerissen sein.«

Claim 1

Die Stadt der Geister

5

Ein lang gezogener Schrei riss Tim aus dem Schlaf. Panisch schlug er die Augen auf. Wie erstarrt lag er auf dem Rücken und blickte nach oben. Ein tiefblauer Himmel wölbte sich über ihm. Rechts ein Felsen, links ein strauchartiger Baum, dessen Zweige Schatten spendeten. Durch das Geäst flirrte die Sonne.

Grillen zirpten.

Heiß war es hier. Heiß und trocken.

Tim hob seine Hände. Er trug die Handschuhe von Global-Games. Sie waren staubig und voller Steinchen. Wo war er? Wie war er hierhergekommen? Und wieso lag er auf dem Rücken?

Wieder ertönte dieser seltsame Schrei. Das Echo verhallte in weiter Ferne. Tim versuchte, den Laut einzuordnen. Das war kein Mensch. Eher klang es wie der Schrei eines Tieres. Eines ...

Ein Schatten fegte über ihn hinweg. Tim zuckte zusammen. Mit weit ausgebreiteten Schwingen schwebte ein riesenhafter Raubvogel durch sein Sichtfeld. War das ein Adler?

Schlagartig richtete Tim sich auf. Er war jetzt hellwach.

Sein Körper steckte in dem grauen Overall, den ihm der Techniker vorgeführt hatte. Schwarze Stiefel, schwarze Handschuhe, rechts von ihm sein orangefarbener Rucksack. Ein seltsamer Gegenstand steckte auf seiner Nase. Die Brille. Aber ... ?

Plötzlich fiel ihm alles wieder ein. Die Ärzte, der Behandlungsraum, das Zeug, das sie ihm gespritzt hatten. Er hatte auf einer Pritsche gelegen, dann war er ohnmächtig geworden. Hatten *sie* ihn hierhergebracht? Wie viel Zeit war seither vergangen? Das Nachdenken bereitete ihm Unwohlsein. Sein Kopf fühlte sich an wie in Watte gepackt. In diesem Moment erklang ein Rascheln von der anderen Seite des Baumes. Tim schrak zusammen. *»Hallo?«*

Das Zirpen der Grillen setzte für einen Moment aus.

»Ist da jemand?«

»Ja.«

Tim runzelte die Stirn. Eindeutig eine weibliche Stimme. »Annika, bist du das?«

»Nein, Vanessa.«

Warum kam sie nicht? Er musste selbst nachsehen. Auf allen vieren krabbelte er um den Baum herum. Da lag sie. Auf dem Rücken, genau wie er. Ihre blonden Locken ringelten sich wie Schlangen über den Boden. Sie trug ebenfalls Overall, Stiefel und Brille.

»Hi«, murmelte er.

»Wo … wo sind wir? Wie sind wir hierhergekommen?«

»Ich habe nicht die geringste Ahnung«, sagte er.

»Toto, ich habe das Gefühl, dass wir nicht mehr in Kansas sind.« Der Satz schien völlig aus dem Zusammenhang gerissen. Halluzinierte sie?

Sie drehte den Kopf in seine Richtung. »Kennst du den Zauberer von Oz?«

»Nein«, gab er zu.

»Nicht schlimm. Hilf mir mal hoch.«

»Ja klar.« Er reichte ihr seine Hand und beförderte sie in eine aufrechte Position.

Prüfend sah er sie an. »Wie fühlst du dich?«

»Ganz okay so weit«, erwiderte sie. »Ein bisschen schwindelig. Und Durst habe ich auch.«

»Geht mir genauso«, meinte Tim. »Warte kurz, ich sehe mal nach, ob ich etwas zu trinken finde.« Er zog den Rucksack hinter dem Baum hervor und öffnete ihn. »Gute Nachrichten«, sagte er erleichtert. »Hier drin ist eine Flasche mit Wasser und etwas Proviant. Deiner steht übrigens da drüben.«

Sie kroch auf ihren Rucksack zu und holte die blaue Flasche heraus. Sie öffnete den Verschluss und trank einen Schluck. »Schmeckt seltsam«, sagte sie und verzog den Mund. »Nicht wie Wasser. Eher wie ein Isogetränk.«

Tim probierte es. Vanessa hatte recht. Schmeckte wie das Zeug, dass sein Kumpel Farid immer trank. Der behauptete, es bringe seinen *Mineralienhaushalt* in Ordnung. Tim schraubte die Flasche wieder zu. »Wir sollten sparsam sein. Wer weiß, ob wir hier so bald etwas zu trinken finden.« Er sah sich um. »Eben habe ich einen Adler gesehen, glaube ich.«

»Dann war das also dieses seltsame Geräusch, ich habe mich schon gewundert.« Vanessa steckte die Flasche zurück. »Irgendwie habe ich mir das Spiel anders vorgestellt.«

»Ich auch.« Tim klopfte sich den Staub von den Klamotten. Um sie herum waren Felsen, dichte Sträucher und kleine Bäume. Was es schwierig machte, sich zu orientieren.

»Lass uns die anderen suchen«, sagte er und zog Vanessa auf die Füße. »Vermutlich sind sie nicht allzu weit weg.«

Sie warf ihm einen tiefen, langen Blick zu. »Danke«, sagte sie. »Danke, dass du in meiner Nähe warst. Du bist nett.«

Lange mussten sie nicht suchen. Nach wenigen Metern stießen sie auf Malte und Annika, danach auf Darius und Jeremy. Alle schienen zum selben Zeitpunkt erwacht zu sein und alle wirkten ziemlich verwirrt. Darius hatte seinen Rucksack ausgeleert und untersuchte den Inhalt. Doch es war nichts dabei, das Winston ihnen beim Briefing nicht schon gezeigt hatte. Eine Flasche, ein paar eingeschweißte Müsliriegel, Stirnlampe, Feuerzeug, Klettergeschirr und ein rotes Seil. Nichts davon half ihnen im Moment weiter. Ungehalten stopfte er alles wieder zurück. »Schöner Mist«, knurrte er.

»Wo zum Geier sind wir?«, stieß Jeremy erbost aus. »Ich dachte, wir würden ins Flugzeug steigen, irgendwo hingebracht werden und dann unsere Aufgabe lösen. Stattdessen pumpen sie uns so ein Zeug in die Adern, machen uns bewusstlos und setzen uns an einem wildfremden Ort aus. Dürfen die das überhaupt?«

»Stand sicher im Kleingedruckten«, sagte Tim mit schiefem Grinsen. Aber Jeremy hatte recht. So ganz koscher kam ihm das auch nicht vor.

»Hat jemand einen Plan, wo wir sind?«, erkundigte sich Vanessa.

»Könnte irgendwo am Mittelmeer sein«, murmelte Annika. »Griechenland oder so. Die Vegetation erinnert mich ein bisschen daran. Dann die Hitze und die Grillen …«

Tim hatte Zweifel. Gab es Adler in Griechenland? Auch hatte er das Gefühl, dass mit seiner inneren Uhr etwas nicht stimmte. Obwohl er lange geschlafen hatte, war er dennoch müde. Vielleicht lag das aber auch an dem Mittel, das man ihnen verabreicht hatte.

»Ich wüsste zu gerne, was die uns da gegeben haben«, sagte er. »Mein Schädel fühlt sich an, als hätte jemand mit dem Hammer draufgeschlagen.«

»Probiert mal das Zeug in der blauen Flasche«, sagte Malte. »Ich habe das Gefühl, es hilft gegen die Kopfschmerzen.«

»Gibst du jetzt hier die Befehle, oder was?« Jeremys Augen hatten dunkle Ränder.

»Das war nur ein Vorschlag«, sagte Malte entschuldigend.

»Na, dann ist's ja gut. Darius und ich regeln das hier.« Er stand auf und schulterte seinen Rucksack. »Was hockt ihr hier noch rum? *Vamos!* Ich habe vorhin den Schrei eines Greifvogels gehört. Das Echo kam von dort drüben. Dort sollten wir beginnen.«

Tim schulterte seinen Rucksack und warf Annika einen vielsagenden Blick zu. Jeremy hatte sich kein bisschen verändert. Sollte er ruhig den Anführer spielen. Tim war der Letzte, der nach dieser Rolle strebte. Solange er keine Dummheiten anstellte oder leichtsinnig wurde, ging das für Tim in Ordnung.

Die Entscheidung, dem Echo zu folgen, erwies sich als richtig. Sie hatten etwa dreihundert Meter zurückgelegt, als die Felsen kleiner wurden, Bäume und Büsche verschwanden und sie hinaus ins Freie traten. Vor ihnen verlief eine steile Felskante, die sich kilometerweit in beide Richtungen erstreckte. Zu ihren Füßen gähnte ein tiefer Abgrund. Fast so wie der, den sie im Briefing gesehen hatten, aber mit feinen Unterschieden. Zum Beispiel gab es hier keinen Wasserfall. Rosa und gelb gestreifte Felsen markierten die Seitenränder, während im Tal unter ihnen dunkelgrüne Bäume wuchsen. Es gab keine Gebäude. Weder Straßen oder Autos, so weit das Auge reichte.

»Ist zwar schon eine Weile her, dass ich in Griechenland war«, murmelte Vanessa, »aber so wie hier sah es da nicht aus.«

»Nein«, räumte Annika ein. »Eher wie der Grand Canyon.«

»Wartet mal«, murmelte Tim. »Hat Winston nicht gesagt, die Brillen besäßen eine Menüfunktion, mit der man seinen Standort aufrufen könnte?«

»Hat er«, stieß Annika aus.

»Wieso warten wir dann noch?« Tim suchte nach dem Schalter, fand ihn an der rechten Seite und betätigte ihn. Ein leises Summen ertönte. Ein Raster legte sich über den Bildausschnitt. Die vertraute Stimme ertönte, während die Kamera die Umgebung auslas und interpretierte. Tim tippte auf den oberen Bildausschnitt. Augenblicklich öffnete sich das Systemmenü. Neben den Begriffen *News, Wetter, Translator, Assistent* und *Hilfe*, fand sich dort auch der Unterpunkt *Maps*. Tim tippte darauf und eine Weltkarte erschien. Eine kleine Textzeile blinkte am unteren Bildrand.

Searching for satellites ...

Searching for satellites ...

Searching for satellites ...

Die Zeile färbte sich grün und ein neuer Schriftzug erschien:

Contact established.

Tim hielt den Atem an. Ein roter Punkt erschien. War das ihre derzeitige Position? Das konnte doch nicht sein ...

»Um Himmels willen«, flüsterte Annika. »Das gibt's doch nicht.«

»Wie sind wir denn hierhergekommen?«, flüsterte Vanessa.

Und Jeremy sagte: »Das liegt ja mitten in den ...«

»... *USA!*« Maltes Stimme ähnelte der eines kleinen Tieres. »Mitten auf dem nordamerikanischen Kontinent!«

Tim versuchte, sich zu orientieren. »Irgendwo zwischen Las Vegas und Denver«, murmelte er. »Wie lange waren wir ohnmächtig? Das ergibt doch alles keinen Sinn.« Völlig benommen versuchte er, den Kartenausschnitt zu vergrößern. Er stellte fest, dass es ganz einfach ging, wenn man die Finger spreizte. Die Namen von Bundesstaaten erschienen.

»Colorado«, stieß er aus. »An der Grenze zu New Mexico, Utah und Arizona.«

»What ...?« Darius wurde blass. Und auch der Rest der Truppe wirkte ziemlich geschockt. »Indianerland«, flüsterte Annika. »Hier steht's. Dies hier dürfte das Stammesgebiet der Navajo sein.«

Jeremy, der seinen Schock schnell zu überwunden haben schien, grätschte auf seine übliche Art rein. »So 'n Quatsch«, stieß er aus. »Hier gibt's doch keine Indianer mehr. Wir leben im einundzwanzigsten Jahrhundert.«

»Natürlich gibt es sie noch«, stellte Tim sich auf Annikas Seite. »Sie heißen jetzt zwar *Native Americans* oder *Urvölker Amerikas,* aber sie sind immer noch da. Und das hier ist ihr Stammesgebiet.« Er hatte inzwischen genug herausgefunden, um sicher zu sein. Darius bewegte seine Hände, als würde er ein unsichtbares Orchester dirigieren. »Ich kann hier überhaupt nichts erkennen. Die Karte will nicht tun, was ich ihr befehle.«

Tim ignorierte ihn und konzentrierte sich stattdessen auf die

Zusatzinfos aus der Datenbank. »Das eigentliche Reservat liegt etwas weiter südlich«, sagte er, »aber Annika hat recht. Dies hier ist noch ein Teil davon.«

»Und was sollen wir hier?« Vanessas Stimme klang schrill. »Warum schicken sie uns in diese gottverlassene Gegend? Ich habe keine Lust, irgendwelchen halb zivilisierten Wilden in die Arme zu laufen.«

»Mal abgesehen davon, dass das rassistischer Bullshit ist, sollten wir ein bisschen auf unsere Wortwahl achten«, sagte Tim. »Vergesst nicht, was Winston gesagt hat: Diese Brillen können nicht nur empfangen, sondern auch senden. Solange wir online sind, sollten wir uns zweimal überlegen, was wir von uns geben. Wir wollen doch nicht dastehen wie Idioten, oder?«

»Dann lasst uns die Dinger doch abschalten«, sagte Darius. »Ich hasse es sowieso, ausspioniert zu werden.«

»Aber es ist nun mal Teil des Spiels«, sagte Tim. »Wenn uns die Zuschauer nicht sehen, verlieren sie das Interesse an uns. Ich bin dafür, sie anzulassen und möglichst viele Daten im Hintergrund abzurufen. Jeder noch so kleine Hinweis könnte wichtig sein. Ich nehme mal an, keiner von uns ist jemals hier gewesen, oder?«

Alle schüttelten die Köpfe.

»Na also. Beschränken wir uns darauf weiterzukommen. Wo liegt unser Claim, welches Rätsel wartet auf uns?«

»Und vergesst nicht, dass wir hier nicht alleine sind«, sagte Annika. »Irgendwo in dieser Gegend ist auch das gegnerische Team. Ich würde es gerne vermeiden, ihnen direkt in die Arme zu laufen.«

6

»Bin ich auf Sendung, ja ...? Könnt ihr mich hören? Na gut, dann werde ich mal loslegen. Mein Name ist Annika Siebert. Dies ist mein erster Bericht von der diesjährigen Global-Games-Weltmeisterschaft. Ich denke, die Ereignisse, die uns hierhergeführt haben, muss ich nicht noch mal extra zusammenfassen, oder? Das meiste davon dürftet ihr gesehen haben. Wenn nicht live, dann in den Wiederholungen.
Tja, da saßen wir also am Rande dieser Schlucht ohne einen Plan oder eine Idee, was zu tun war. Tim war der Erste, der herausfand, was das für ein Ort ist und was unser mögliches Ziel sein könnte. Sagt euch der Name *Mesa Verde* etwas? Nein? Ging mir auch so. Woher hätte ich das kennen sollen, ich meine, das sind die USA! Ehe ich begonnen habe, WorldRunner zu werden, kannte ich mich ja nicht mal in Deutschland aus. Klar hätten wir auch die Rote Dame befragen können, aber die ließ sich nicht blicken. Das war wieder mal typisch. Wenn man sie braucht, ist sie nicht da. Und wenn sie da ist, dann in irgendwelchen seltsamen Kostümen, die zwar lustig anzuschauen sind, die einen aber nicht wirklich weiterbringen.
Und sie ist empfindlich. Oh ja. Erinnert ihr euch an die Probleme, die wir während der Vorrunde mit ihr hatten? Ich glaube, sie ist seither noch arroganter geworden.

Wenn ihr mich fragt, eine ziemlich eingebildete Person. So wie Jeremy, der mir schon wieder tierisch auf den Senkel geht. Kaum dass wir unseren Fuß auf fremdes Land gesetzt haben, spielt er sich auf, als wär er hier der Anführer. Dabei hat ihn niemand gewählt. Tim hatte schon ganz recht, es wird eine Katastrophe mit dem. Aus uns wird niemals ein richtiges Team.
Aber ich schweife ab.
Mesa Verde also. Eine uralte, verlassene Indianerstadt. Die Anasazi haben sie errichtet, aber das ist schon ziemlich lange her. Vor etwa eintausend Jahren oder so. Heute lebt hier aber niemand mehr. Die Anasazi sind auf unerklärliche Weise verschwunden. Niemand weiß, wieso und wohin. Was vielleicht besser ist, denn was wir über sie herausgefunden haben, klingt ziemlich beängstigend. Übersetzt lautet ihr Name *Die Alten Feinde*. Manche Forscher meinen, sie hätten Menschenfleisch gegessen. Andere sprechen von Folter und grausamen Strafen. In der Onlinedatenbank steht beschrieben, was einem blühen konnte, wenn man irgendein Verbrechen begangen hat. Man bekam harte Schläge auf die Fußsohlen. Die Sehnen wurden durchtrennt und man blieb sein Leben lang verkrüppelt. Auch gab es gruselige Hinrichtungsrituale, die ich hier nicht näher beschreiben möchte. Das Schlimmste an den Anasazi aber waren ihre Dämonen, die sogenannten *Skinwalker*. Was das ist, wollt ihr wissen? Na, dann passt mal auf. Der Begriff lautet übersetzt so viel wie *Hautgänger* oder *Hautwechsler*. Gestaltwandler also. Den

Legenden zufolge Kreaturen, halb Mensch, halb Wolf, die ungeheuer stark und schnell waren. Manche behaupten, es wären nicht nur Erzählungen gewesen, es hätte die Skinwalker tatsächlich gegeben. Und es gäbe sie auch heute noch. Ich kann nur hoffen, dass sie unrecht haben, denn die Vorstellung, einem dieser Dinger zu begegnen, treibt mir eine Gänsehaut über den Rücken.

Falls euch der Begriff interessiert, sucht selbst mal im Internet danach. Aber bitte nicht, wenn es draußen dunkel ist. Die Geschichten sind echt unheimlich. Ich habe euch gewarnt.

Zumindest wissen wir jetzt, woran wir sind. Unser erstes Rätsel dürfte also mit einem versunkenen Indianerkult zusammenhängen. Ich weiß nicht viel über Indianer, daher hoffe ich, dass es nicht allzu schwierig wird. Und selbst wenn, so müssen wir uns richtig reinhängen. Nicht nur, weil ich diesen unheimlichen Ort möglichst bald wieder verlassen möchte, sondern vor allem, weil unser Zeitkonto begrenzt ist. Inzwischen sind schon drei Stunden vergangen. Bleiben also noch einundzwanzig. Und die Uhr tickt. Ich hoffe bloß, dass wir das Rätsel rechtzeitig finden, sonst war's das mit der Championship.

Na ja, das soll's fürs Erste gewesen sein. Vielleicht melde ich mich später noch mal, wenn wir etwas mehr herausgefunden haben. Jetzt müssen wir erst mal runter ins Tal. Da scheint so ein zentraler Bau zu sein, der *Cliff Palace*. Die anderen sind schon vorgegangen und ich muss mich beeilen, damit ich sie noch einhole. Annika Siebert over and out.«

7

Tim wurde immer mulmiger zumute, je tiefer sie hinabstiegen. Oben hatte er davon nichts gespürt, doch jetzt, da sie den verschlungenen Pfad ins Tal hinabstiegen, wurde es immer deutlicher. Dies war ein besonderer Ort. Ein *heiliger* Ort.

Durch die Lücken der Bäume konnte er Ausschnitte erhaschen, die wie die Bruchstücke eines Traums wirkten. Wie eine Fata Morgana. Da lag eine Stadt, hineingebaut in die Steilwand. *Cliff Palace,* so hatten die ersten Entdecker diesen Ort genannt, und weiß Gott, das war es. Ein Palast aus Lehm und Holz.

Wer, wie Tim, geglaubt hatte, Indianer wären ausschließlich in der Prärie und in Zelten unterwegs gewesen, der sah sich nun eines Besseren belehrt.

Alles hier atmete den Geist der Geschichte. Und doch war es so anders, *so fremdartig,* dass Tim Mühe hatte, einen Bezug herzustellen. Am ehesten erinnerte ihn die Umgebung an Kulissen der *Star Wars*-Filme.

Diese Stadt war alt. Sehr alt. Sie hatte schon existiert, ehe England durch die Normannen erobert worden war. Als Christoph Kolumbus 1492 in der Neuen Welt ankam, war diese Stadt bereits verlassen gewesen. Seither lebte hier niemand mehr.

Die Türme waren locker fünf bis sechs Meter hoch und schienen aus dicken Steinen aufgeschichtet worden zu sein.

»Irre«, murmelte er. »Schaut euch mal diese Formen an. Es gibt eckige Hochhäuser, dann wieder runde Türme und Palisaden, die an mittelalterliche Burgen erinnern. Jedes Gebäude ist anders und keine dieser Kanten wirklich rechtwinklig.«

»Wie ein Kind, das wahllos Bauklötze übereinandergestapelt hat«, sagte Annika.

»Und es ist nicht nur diese eine Höhle«, ergänzte Tim. »In der Onlinedatenbank steht, dass das Tal über sechshundert Klippensiedlungen beherbergt, so wie diese hier. Viertausend archäologische Stätten insgesamt. Türme, Wohnhäuser, Brunnen, Bewässerungsanlagen – der Nationalpark hat eine Größe von über zweihundert Quadratkilometern.«

Jeremy verzog das Gesicht. »Alles lieb und recht und in der Schule würdest du bestimmt eine gute Note dafür bekommen, aber wir sind doch aus anderen Gründen hier. Konzentrieren wir uns lieber auf unsere Aufgabe. Wenn wir weniger reden und mehr auf den Weg achten, könnten wir deutlich schneller vorankommen. Vergesst nicht: Die Uhr tickt. Abgesehen davon schwirrt hier noch irgendwo das zweite Team herum. Also haltet die Augen auf und die Münder geschlossen, verstanden?«

Tim presste die Lippen zusammen. Widerwillig musste er einräumen, dass Jeremy recht hatte. Sie waren hier nicht alleine.

Es dauerte etwa eine halbe Stunde, bis sie die Höhle erreichten. Der letzte Anstieg erwies sich als schwierig. Sie mussten ein Schotterfeld aus scharfkantigem Geröll durchqueren, bei dem nicht nur die Gefahr bestand, abzurutschen und sich die Hände aufzureißen, nein, es war fast unmöglich, sich lautlos darüber zu bewegen. Zum Glück trugen sie die Handschuhe, die sie vor Verletzungen bewahrten. In unregelmäßigen Abständen wuchsen krüppelige Bäumchen aus dem Untergrund, die zäh genug waren, um sich daran emporzuziehen.

Als die sechs Abenteurer ihr Ziel erreicht hatten, waren sie völlig außer Atem.

Tim sackte zu Boden und öffnete seinen Rucksack. Ihm klebte die Zunge am Gaumen. Seit über einer Stunde hatte er nichts mehr getrunken und die Temperaturen in der Sonne waren schweißtreibend.

Nachdem er sie abgesetzt und hineingeschaut hatte, stellte er voller Schrecken fest, dass die Flasche nur noch zur Hälfte gefüllt war.

Bei Darius sah es noch schlechter aus. Tim sah, wie er den Kopf in den Nacken legte und dann die Flasche umdrehte. Er hatte sie bis auf den letzten Tropfen geleert.

»Das war's schon?«, protestierte er. »Ich habe aber immer noch Durst.«

»Hättest du es dir besser mal eingeteilt, wie ich dir geraten habe«, tadelte ihn Jeremy. »Jetzt siehst du, wohin dich deine Disziplinlosigkeit führt.«

»Ich bin eben größer als ihr. Ich brauche von allem mehr.«

»Pfft …«

Doch Tim fand, dass Darius recht hatte. Die Flaschen waren einfach zu klein. Das Beunruhigende war nur, dass die Runner unterwegs nirgendwo Wasser gefunden hatten. Weder oben auf dem Felsplateau noch entlang ihres Weges. Der Fluss, der diese Landschaft einst geschaffen hatte, war vor langer Zeit versiegt.

»Nimm was von meinem«, sagte Malte und hielt ihm die Flasche hin. »Ich muss nicht so viel trinken.«

»Echt jetzt?« Darius sah ihn verwundert an.

»Ja klar. Da.«

Darius nahm sie und trank. Dann gab er sie Malte zurück. »Danke, Kleiner«, sagte er. »Du hast was gut bei mir.«

»Damit wäre unsere Liste von Problemen um einen Punkt länger geworden«, sagte Jeremy. »Wir müssen hier dringend vorankommen. Um Zeit zu sparen, werden wir diesen Ort in Zweiergruppen untersuchen. Eine Gruppe nimmt sich den linken Teil der Höhle vor, eine den rechten und eine die Mitte. Wir suchen nach Hinweisen auf ein Rätsel, nach potenziellen Gefahren und nach Wasser. Vor allem nach Wasser. Und passt auf euch auf. Ich kann euch nicht andauernd den Arsch retten.«

Tim stand kurz davor auszurasten, bemerkte dann aber Annikas vielsagenden Blick und hielt die Klappe. Es hatte keinen Sinn, jetzt einen Streit vom Zaun zu brechen. Darius hingegen kapierte mal wieder gar nichts. »Was denn für Gefahren?«

»Hast du denn nicht mitbekommen, wo wir hier sind?« Jeremy sah ihn streng an. »Das ist ein Naturschutzgebiet. Da könnte es Kojoten, Raubkatzen und Klapperschlangen geben. Außerdem haben die Gameproduzenten vielleicht Fallen aufgestellt. Ich rede von Stolperdrähten, Fallgruben, Fußangeln und so weiter. Also stürmt nicht einfach in irgendwelche dunklen Kammern rein, sondern benutzt eure Stirnlampen.« Als sich niemand rührte, sprang er auf. »Worauf wartet ihr? Bildet Zweierteams und dann geht's los.«

»Ich werde mit Tim gehen.« Wie aus dem Nichts stand Vanessa neben Tim. Sie war so nah, dass ihre Schultern sich berührten. Hilfe suchend sah er hinüber zu Annika, doch die schien sich nicht für seine Probleme zu interessieren. Stattdessen fummelte sie an ihrer Brille rum.

»Einverstanden«, sagte Jeremy. »Dann gehe ich mit Annika. Darius, du kümmerst dich um Malte.«

»Was? Ich will aber bei dir bleiben.«

»Du hast dem Kleinen schon das halbe Wasser weggesoffen, da kannst du ruhig den Babysitter spielen. In einer halben Stunde treffen wir uns wieder.«

Kaum dass sie außer Hörweite waren, flüsterte Vanessa: »Wie findest du ihn?«

Tim runzelte die Stirn. »Wen, Jeremy?«

»Du kannst ihn nicht ausstehen, nicht wahr?« Sie grinste.

Tim wich ihrem Blick aus. »Ich halte ihn für einen arroganten Arsch. Doch zumindest scheint er teamfähig zu sein. Das ist mehr, als zu erwarten war. Mal sehen, wie es mit ihm weitergeht.«

Sie nickte. »Hältst du ihn für einen guten Anführer?«

Tim wiegte den Kopf. »Heute ist unser erster Tag. Mal sehen, ob Jeremy weiter so zahm bleibt oder ob er irgendwann sein wahres Gesicht zeigt. Im Moment haben wir andere Sorgen.«

»Das ist keine Antwort.«

Er zuckte die Schultern. »Mehr kann ich dazu nicht sagen.

Solange er der Einzige ist, der den Job machen will, stellt sich die Frage für mich nicht.«

»Und was ist mit dir?«

»Mit mir? Was meinst du damit?«

»Ich glaube, du könntest es besser.«

»Quatsch.« Tim fühlte sich geschmeichelt, versuchte aber, sich das nicht anmerken zu lassen. »Ich bin kein Anführer. Soll Jeremy es ruhig machen, wenn er sich so sehr danach sehnt. Ich will einfach nur das Spiel spielen.«

»Geht mir genauso«, sagte Vanessa. »Ich denke, das verbindet uns.«

Sie schlang die Arme um ihren Oberkörper. »Dieser Ort ist irgendwie bedrohlich, ich kann es nicht erklären. Ich wünschte, wir wären hier nicht so verdammt alleine.«

»Ziemlich gruselige Aussicht, hier die Nacht verbringen zu müssen«, sagte Tim. »Aber ich fürchte, da müssen wir durch. Wenn die Uhr im Display stimmt, dann haben wir noch etwa vier Stunden, ehe es dunkel wird. Nutzen wir die Zeit und erkundigen das Areal. Vielleicht haben wir ja Glück und finden irgendwo Wasser.«

8

Annika blieb im vorderen Bereich der Höhle stehen. Sie war nicht sehr tief – eigentlich nur eine riesige Auswaschung im Fels –, dafür aber sehr breit und sehr hoch. Sie hatte etwas entdeckt, was ihr nicht gefiel. Nachdem sie die Multimediabrille auf höchste Vergrößerungsstufe gestellt hatte, suchte sie das Tal ab.

»Da«, stieß sie aus. »Da drüben. Kannst du es sehen?«

»Was soll ich sehen?« Jeremy starrte angestrengt in die Ferne.

»Das andere Team. Da sind sie. Unten im Tal.« Annika deutete Richtung Norden. »Da ist ein ... Moment mal, das muss noch besser gehen.« Sie fummelte an den Einstellungen für die Projektion herum. Das Bild wurde schärfer.

»Da steht ein Auto«, sagte sie. »Ein Pick-up, wenn ich das richtig sehe. Irgendetwas ist dahinten auf der Ladefläche.«

»Wovon redest du?«, stieß Jeremy aus. »Wo siehst du denn da etwas? Ich kann nichts erkennen.«

»Du musst die Vergrößerungsfunktion einschalten.«

»Das Ding hat eine Vergrößerungsfunktion?«

Annika seufzte. War sie die Einzige, die sich mit der Technik vertraut gemacht hatte? »Wie bei einem Fernglas, ja«, sagte sie. »Warte, ich zeig's dir. Geh oben in die Menüauswahl, in den Unterpunkt *Anzeige*. Dort tippst du auf *vergrößern*. Du kannst den Bildausschnitt nach Belieben mit deinen Händen auseinanderziehen. Hast du es?«

»Ja.« Und dann, nach einer Weile: »Das ist ja unglaublich. Als würde man im Kino sitzen.«

»Jetzt wende deinen Blick mal nach links. Dorthin, wo diese beiden turmartigen Felsen stehen. Dazwischen siehst du etwas blinken. Das ist das Auto.«

»Du hast recht«, stieß er aus. »Und ich sehe auch das andere Team. Die tragen genau dieselben Rucksäcke wie wir.«

»Deswegen habe ich sie überhaupt entdeckt«, sagte Annika. »Die Dinger mögen zwar praktisch sein, leider sind sie auch ziemlich auffällig.«

»Es ist ein Pick-up, du hast recht. Was ist denn das dahinten auf der Ladefläche?«

»Sieht aus wie Proviant.«

»Wasser ...« Jeremy presste die Lippen zusammen. »Wir sind zu früh zur Höhle gegangen und hätten erst mal das Tal genauer absuchen sollen. Jetzt stehen wir ohne irgendetwas da. Die werden uns nichts übrig lassen, oder?«

Annika hob eine Braue. »Würdest du?«

»Natürlich nicht.« Er beobachtete das gegnerische Team weiter. »Sieh mal, die fangen an, das Zeug abzutransportieren. Aber wohin?«

»Auf die andere Talseite«, sagte Annika. »Siehst du die Höhle gegenüber?«

»Sieht fast aus wie unsere, einschließlich der Ruinen.« Jeremys Mund war ein schmaler Strich. »Wir sollten uns den Standort gut einprägen. Wir werden ihn brauchen, wenn wir ihnen nachher einen Besuch abstatten.«

Annika glaubte, sich verhört zu haben. »Du willst sie bestehlen?«

»Ich will nur das, was uns rechtmäßig zusteht«, sagte Jeremy. »Die Hälfte von allem, was da auf dem Pick-up war.«

»Und wenn sie es uns nicht freiwillig geben?«

Ein kaltes Lächeln erschien auf seinem Gesicht. »Überlass das ruhig mir. Darius und ich, wir haben Erfahrung mit so was.«

Annika schwieg. Sie wusste, was er sagen wollte. Sie bezweifelte allerdings, dass es so einfach werden würde.

»Na gut«, sagte sie. »Bin dabei. Aber wir sollten warten, bis es dunkel wird. Dann können wir uns unauffällig nähern. Vielleicht können wir es ja so drehen, dass es ohne Gewalt abläuft.«

»Unwahrscheinlich«, sagte Jeremy. »Aber bis es so weit ist, bleiben uns noch ein paar Stunden. Die sollten wir ausnutzen und hier alles absuchen. Komm.«

Sie durchsuchten den rechten Höhlenabschnitt, allerdings ohne nennenswerte Erkenntnisse. Die Anlage war atemberaubend, keine Frage, aber sie wirkte auch ziemlich leer gefegt. Es gab so gut wie keine Gegenstände, die irgendwie nützlich für sie sein könnten. Weder Töpfe noch Krüge, weder Waffen noch Decken oder Matten. Sie würden die Nacht auf der harten Erde verbringen müssen.

Was sie ebenfalls vergeblich suchten, war irgendein Hinweis auf mögliche Rätsel. Wenn die Gameproduzenten etwas hinterlassen hatten, dann war es sorgfältig versteckt.

Ernüchtert kehrten sie zum Treffpunkt zurück. Darius und Malte warteten bereits auf sie. Vanessa und Tim kamen kurz nach ihnen an.

Annika schilderte in wenigen Worten, was sie gesehen hatten.

Tim riss die Augen auf. »Proviant, sagst du?«

»Etwas zu essen und Wasser, ja. Sie haben die Sachen auf die andere Talseite geschleppt. Dort gibt es eine weitere Höhle, ähnlich der unseren. Jeremy hat vorgeschlagen, dass wir ihnen heute Nacht einen Besuch abstatten. Wir wollen uns einen Teil der Lebensmittel stibitzen.«

Jeremy reckte seine Hühnerbrust. »Wenn wir überleben wollen, bleibt uns gar nichts anderes übrig. Oder hat jemand von euch Wasser gefunden?«

Darius schüttelte den Kopf. »Vollkommen ausgetrocknet.«

»Da seht ihr's.« Jeremy presste die Lippen zusammen. »Der Plan steht also.«

»Allerdings würde ich vorschlagen, es vorsichtig angehen zu lassen«, sagte Annika. »Am besten warten wir, bis alle schlafen. Einer von uns schleicht sich ins Lager, klaut ein paar Sachen und verschwindet wie der Wind in der Nacht.«

»Und wenn sie Wachen aufgestellt haben?« Vanessa blickte skeptisch.

»Darüber können wir nachdenken, wenn Plan A scheitert. Je weniger Gewalt wir anwenden müssen, desto besser. Und ehe die Frage auftaucht: Ja, ich biete meine Dienste als Diebin an.«

»Du?« Vanessa warf Annika einen herablassenden Blick zu. »Pass nur auf, dass du dir nicht die hübschen Nägel abbrichst.«

Der Spott prallte an Annika ab. »Man sagt mir nach, dass ich ziemlich gut im Anschleichen bin«, erwiderte sie kühl. »Aber wenn du möchtest, überlasse ich dir den Job. Was, du willst nicht? Dann würde ich still sein und den Erwachsenen das Reden überlassen.«

»Miau«, sagte Darius grinsend.

Vanessa presste die Lippen zusammen.

»Dann wäre das geklärt«, sagte Jeremy. »Sobald es dunkel wird, geht's los. Was uns noch fehlt, ist ein Rückzugsort. Ein Gebäude, das sich verteidigen lässt. Hat jemand einen Vorschlag?«

»Ja«, sagte Tim. »Vanessa und ich sind da auf etwas gestoßen. Wenn ihr mögt, zeigen wir es euch. Aber nicht erschrecken, das Bauwerk ist ... nun ja, etwas merkwürdig.«

Etwas merkwürdig war die Untertreibung des Jahrhunderts, selbst gemessen an all den anderen Merkwürdigkeiten in dieser Stadt. Das Gebäude sah düster und unheilverkündend aus, beinahe wie eine Warnung.

Es war eine Pyramide. Etwa sechs Meter hoch und komplett aus Lehm errichtet. Der obere Teil wirkte wie abgesägt und statt einer Spitze befand sich dort eine Kuppel aus ineinander verflochtenen Weidenruten.

Annika ließ den Anblick einen Moment auf sich wirken, dann ging sie durch die Umfriedungsmauer und die paar Stufen hinauf zum Haupteingang. Das Portal war verschlossen und die Steintür machte einen ziemlich stabilen Eindruck. Fenster gab es keine, sodass man nur raten konnte, was im Inneren auf sie wartete.

»Sieht aus wie ein Tempel«, murmelte sie. »Habt ihr eine Ahnung, was sich dadrin befindet?«

»Keinen Schimmer«, erwiderte Tim. »Die Tür ist fest verschlossen. Bestimmt gibt es irgendwo einen Öffnungsmechanismus.«

»Dann macht euch auf die Suche«, sagte Jeremy. »Die Uhr tickt.«

»Wie wäre es denn, wenn du zur Abwechslung mal selbst nachschaust, anstatt ständig den Chef raushängen zu lassen?«, platzte Annika heraus.

Sie hatte die Nase voll von diesem arroganten Fatzke. Wie Tim dabei so ruhig bleiben konnte, war ihr ein Rätsel. Ebenso warum er sich von Vanessa an der Nase herumführen ließ. Merkte er denn nicht, dass sie ein falsches Spiel mit ihm trieb? Annika hätte ausrasten können.

Jeremy schien das ebenfalls zu bemerken und hielt mal für eine Minute die Klappe. *Immerhin!*

Es war Malte, der eine Art Hebel entdeckte, der aussah, als ließe sich damit der Verschlussmechanismus steuern. Er zog daran und ein tiefes Rumpeln ertönte. Jahrhundertealter Staub rieselte aus der Türfüllung. Zentimeterweise glitt die schwere Steinplatte zur Seite. Vorsichtshalber trat Annika einen Schritt zurück. Man wusste ja nie.

Kalte, abgestandene Luft schlug ihnen entgegen. Es roch nach Staub und Erde. Annika glaubte, einen leichten Geruch nach Nagellackentferner zu erhaschen. Es dauerte eine Weile, bis sich ihre Augen an die seltsamen Lichtverhältnisse gewöhnt hatten. Im fahlen Licht, das aus der Deckenöffnung herabströmte, tanzten Myriaden von Staubteilchen.

Der Saal war groß, aber leer. Keine Säulen, keine Statuen oder sonstige Verzierungen. Nicht mal Gegenstände. Kein Hinweis darauf, wozu er diente. »Nun, zumindest lässt sich das Ding gut verteidigen.« Jeremys Stimme hallte von den Wänden wider. »Niemand kommt hier rein oder raus, ohne dass wir es bemerken. Guter Fund, Tim.« Er warf Annika einen hastigen Blick zu.

Versuchte er gerade, gut Wetter zu machen?

»Hier drinnen ist noch ein zweiter Hebel«, sagte Malte und deutete auf eine Konstruktion von Gegengewichten, die die massive Steinplatte in der Schwebe hielt.

»Ausgezeichnet.« Jeremy blickte nach oben und nickte. »Ich denke, damit dürfte sich die Tür wieder verschließen lassen. Ich erkläre dieses Gebäude damit zu unserem Hauptquartier.«

Na toll! Annika schüttelte im Geiste den Kopf. Immerhin ein Gutes hatte dieses Bauwerk: Man konnte ein Feuer entzünden, ohne dass das andere Team etwas mitbekam. Und ein Feuer brauchten sie. Hier dürfte es nachts ziemlich kalt werden.

»Wir sollten Feuerholz sammeln«, sagte sie. »Ich habe eben noch mal nachgeschaut: Der Tafelberg erreicht an seiner höchsten Stelle etwa zweitausend Meter. Das bedeutet, wir werden es nachts mit Temperaturen nahe null zu tun bekommen. Und wenn wir schon mal dabei sind, könnten wir auch nach ein paar Knüppeln Ausschau halten. Irgendwas, womit wir die Typen auf Abstand halten können, falls Plan A scheitert.«

»Ihr habt die Lady gehört.« Jeremy klatschte in die Hände. »Beeilt euch. Nicht mehr lange, dann wird es hier stockfinster.«

9

Nacht lag über der Felsenstadt. Ein strahlender Vollmond war im Nordosten aufgegangen und überzog das Tal mit bläulichem Licht. Tim saß auf der Umfriedungsmauer des Tempels und starrte trübsinnig in die Dunkelheit. Irgendwo dort unten versuchten Annika, Vanessa, Jeremy und Darius in diesem Moment, dem anderen Team ein paar Lebensmittel abzuluchsen. Was hätte er dafür gegeben, jetzt bei ihnen sein zu dürfen, aber Jeremy hatte all seine Forderungen abgeschmettert und ihn zum Wachdienst verdonnert.

Eine Bestrafung, ganz klar, aber wofür? Weil Vanessa Tim schöne Augen gemacht hatte? Aber er konnte doch gar nichts dafür. Andererseits hatte er nichts dagegen unternommen, dass Jeremy sich als ihr Anführer aufspielte, also musste er jetzt auch mit den Konsequenzen leben.

»Siehst du? Da ist es wieder«, flüsterte Malte. »Auf der anderen Talseite.«

In der verschwommenen Masse der Felsen war ein zuckendes Licht zu erkennen. *Das gegnerische Team!* »Zünden die etwa ein Feuer an?«

»Ja, und zwar ohne jeden Schutz«, sagte Malte. »Denen scheint völlig egal zu sein, ob wir sie sehen können.«

Tim rieb seine Arme. Es war kalt geworden. Sein Atem kondensierte zu kleinen Wölkchen. »Entweder sind die sackblöde oder sehr selbstbewusst.«

Ihm fiel ein, dass sie ebenfalls langsam ans Feuermachen denken sollten. Das war Teil ihres Jobs. Andererseits wollte er unbedingt sehen, was dort drüben passierte. Was, wenn Annika und die anderen in eine Falle tappten? Dass sie sich so offen zu erkennen gaben, ließ vermuten, dass sie die Möglichkeit eines Überfalls in Betracht zogen. Vielleicht legten sie es sogar darauf an.

Und DAS war ein wirklich beängstigender Gedanke.

*

»Nadia, kiedy kolacja? Umieram z głodu.«

Annika duckte sich und hob die Hand. Jeremy, Darius und Vanessa gefroren zu Statuen.

Vor ihnen in der Dunkelheit glomm die Spitze einer Zigarette auf. Eine weibliche Stimme antwortete von oben. *»Już prawie gotowe. Możesz przyjść.«*

»Ale nadszedł czas.« Der Junge warf die Zigarette zu Boden und trat sie aus. Dann stand er auf und erklomm den Hügel.

Annikas Herz schlug bis zum Hals. Das war knapp gewesen. Hätte sie nicht so schnell reagiert, wären sie direkt in die Falle gelaufen. Der Typ hatte wie ein moosiger Fels im Unterholz gelauert. Ein Glück, dass sie so eine feine Nase hatte. Es war der Zigarettenrauch gewesen, der sie gewarnt hatte.

Sie wartete einen Moment, dann winkte sie den anderen aufzurücken.

»Glück gehabt«, flüsterte Vanessa. »Noch einen Schritt weiter und er hätte uns entdeckt.«

»Habt ihr verstanden, was die gesagt haben?«, murmelte Darius.

»Laut Übersetzungsprogramm war das Polnisch«, erwiderte Jeremy. »Irgendetwas mit *Hunger, Essen* und dass er hochkommen soll. Die Entfernung war zu groß, deshalb konnte das Gerät nicht alles verstehen.«

Annika dachte daran, wie lange sie schon nichts mehr gegessen und getrunken hatte, und ihr lief das Wasser im Mund zusammen. Aber für solche Gedanken war jetzt keine Zeit. »Kommt, weiter«, flüsterte sie. »Und seid um Himmels willen leise. Da sind vielleicht noch mehr von denen im Unterholz.«

Doch sie hatten Glück. Wie es aussah, waren alle inzwischen oben ums Feuer versammelt. Gelbe Flammen erhellten die Ruinen. Ihr Schein warf ein zuckendes Licht über die Gebäude.

Annika prüfte die Umgebung und entschied sich für die rechte Seite. Einige mächtige Felsen lagen dort, in deren Schatten man ungesehen nach oben gelangen konnte. Sie vermisste Tim. Dass Jeremy ihn aus dem Erkundungsteam gekickt hatte und stattdessen Vanessa mitgenommen hatte, war eine saudumme Entscheidung gewesen. Ihr war ohnehin ein Rätsel, wie diese Schnepfe es in ihr Team geschafft hatte. Irgendwie war Jeremy ihr etwas schuldig, aber worum es dabei ging, hatte Annika nie herausbekommen. Sie erinnerte sich, dass Vanessa damals ihr erstes Team kaltblütig abserviert hatte, als sich für sie mit Darius und Jeremy eine bessere Chance bot. Sie war berechnend, kalt und falsch. Blieb nur zu hoffen, dass Tim nicht auf ihr Getue reinfiel. Doch leider waren Jungs beim Anblick eines hübschen Gesichts manchmal mit erschreckender Blindheit geschlagen.

Unermüdlich arbeitete Annika sich den Hang empor. Die anderen folgten mit großem Abstand. Vorsichtig um eine Ecke spähend, sah sie das polnische Team, wie es um das Feuer herumstand und sich wärmte. Die Gruppe bestand aus zwei Jungs und drei Mädchen. Einer fehlte also. Über dem Feuer hing ein Kessel, aus dem ein verführerischer Duft stieg.

Sie duckte sich hinter eine niedrige Mauer und schaltete das Übersetzungsprogramm ein. Die Lautstärke auf geringste Stufe gestellt, lauschte sie, was da gesprochen wurde.

»Wo steckt Jakub? Hast du ihn nicht gerufen?«

»Er untersucht gerade den Turm. Meinte, etwas gesehen zu haben.«

»Jakub ist ein Spinner. Der sieht doch überall Zeichen. Kommt schon, lasst uns anfangen. Ich habe echt Hunger.«

Das Klappern von Löffeln war zu hören. Vorsichtig linste Annika um die Ecke. Der Reihe nach tauchten die Spieler ihre Blechtassen in den Topf und nahmen auf den umliegenden Steinen Platz. Jeder von ihnen hielt eine dicke Scheibe Brot in der Hand. Es roch nach Bohneneintopf. Annikas Magen vollführte Purzelbäume.

Neben den Trinkwasserkanistern entdeckte sie etliche Päckchen, die aussahen, als würden sie Trockennahrung enthalten. Kekse, Müsliriegel, Nüsse und so weiter. *Kraftfutter.* Und leicht zu transportieren. Das Problem war nur: Wie sollte sie da ungesehen rankommen? Das Feuer brannte ziemlich hell. Die Höhle war voll ausgeleuchtet. Als sie zurückblickte, sah sie Jeremy und die anderen, die ihr fragende Blicke zuwarfen. Sie zuckte die Schultern.

Während sie versuchte, einen Plan auszuhecken, ertönte vom oberen Teil der Stadt plötzlich ein Schrei. Polnische Worte drangen an ihr Ohr. Das Übersetzungsprogramm reagierte sofort. *»He, kommt alle her! Ich habe etwas gefunden.«*

Etwa fünfzig Meter entfernt stand ein blonder Junge und wedelte wild mit den Armen. *»Kommt schon. Beeilt euch!«*

Zum Glück war Annika vorsichtig genug gewesen, sie hätte sonst leicht entdeckt werden können. Was den Typen wohl so aufregen mochte?

Die anderen Spieler waren sichtlich ungehalten über die Unterbrechung.

»Hat das nicht Zeit?«, rief eines der Mädchen. *»Wir sind gerade beim Essen.«*

»Lasst sofort alles stehen und liegen«, lautete die Antwort. *»Ich habe das Rätsel gefunden!«*

Annika hielt den Atem an. Wie von der Tarantel gestochen, sprangen die Spieler auf und eilten die Stufen hinauf, manche von ihnen mit dem Bohneneintopf in den Händen. Es gab ein kurzes Gedrängel, dann war die Feuerstelle wie leer gefegt.

Annika atmete schwer. Es war so schnell gegangen, dass sie keine Zeit gefunden hatte, einen klaren Gedanken zu fassen. Doch nur ein Idiot konnte übersehen, welche Chance sich hier bot. Sie sah ihre Mitspieler an und reckte den Daumen empor. »Jetzt oder nie.«

*

Tim kniff die Augen zusammen. Da drüben tat sich etwas.

»Sieh dir an, wie sie herumrennen«, flüsterte er Malte zu. »Als hätte jemand einen Knallfrosch in einen Hühnerstall geworfen. Kannst du erkennen, was die da treiben?« Er wartete, doch von Malte kam keine Reaktion. Verwundert blickte Tim zu ihm hinüber.

Malte schien beschäftigt zu sein. Er tippte mit den Fingern in der Luft, was aussah, als würde er eine unsichtbare Schreibmaschine bedienen.

»He, hast du gehört, was ich gesagt habe?«

»Hä, was? Warte, ich bin gleich fertig.«

Seit Malte herausgefunden hatte, dass der Browser eine Sicherheitslücke aufwies, nutzte er die Gelegenheit in zunehmendem Maß, um mit seinem Bruder zu chatten. Der Trick bestand darin, die Nachricht einzugeben, während das Gerät offline geschaltet war. So konnte niemand live mitverfolgen, was er da trieb.

Ganz wohl war Tim bei der Sache trotzdem nicht.

»Chattest du wieder mit deinem Bruder?«

Malte nickte aufgeregt. »Patrick schreibt, dass die Einschaltquoten durch die Decke gehen. Auf allen Kanälen wird über die Spiele berichtet. Es gibt sogar schon erste Public Viewings. Wir sind Stars.«

»Aha«, murmelte Tim. »Ich fände es trotzdem besser, wenn du vorsichtiger wärst und dich auf unsere Aufgabe konzentrierst. Da drüben geht etwas vor sich und ich kann es nicht richtig erkennen. Ist einfach zu dunkel. Sagtest du nicht, das Ding hätte eine Nachtsichtfunktion?«

»Nur noch einen Moment. Bin gleich fertig.« Malte tippte in die Luft, wobei er die interne Tastatur der Brille mittels seiner interaktiven Handschuhe bediente. Keine Frage, der Kleine war in technischen Dingen außerordentlich begabt, aber es machte Tim argwöhnisch, dass er solche verborgenen Kanäle kannte. War er wirklich in der Lage, die Programmierer von Stevenson-Enterprises zu überlisten? Tim musste an den Eintrag im Steckbrief denken, der während der Fernsehshow ausgestrahlt worden war. *Hat eine verborgene Seite, die er niemandem zeigt.*

»Malte?«

»Hm? Ja, bin schon fertig. So.« Er schloss das virtuelle Fenster und kam zu Tim herüber. »Da bin ich«, sagte er. »Was gibt's?«

»Sag du es mir. Irgendetwas tut sich da, aber es ist zu dunkel, um Details erkennen zu können. Vielleicht könntest du mal ...« Tim fuhr herum.

Da war ein Geräusch gewesen. Es kam aus den Gebäuden hinter ihnen und hatte wie ein Seufzen geklungen.

Er runzelte die Stirn. Manchmal erzeugte der Wind solche Klänge, aber Tim war ziemlich sicher, dass es das nicht gewesen war. Da war eindeutig etwas Lebendiges.

»Hast du das gehört?«, flüsterte er.

Das Labyrinth aus Mauern und Türmen wirkte blass und geisterhaft. Der Mond ließ die Sandsteinfassaden wie Nebelschwaden aufleuchten.

»Habe ich.« Malte rückte näher. »Und es war ziemlich nahe.«

Tim räusperte sich. »Hallo? Ist da jemand?«

Vergessen waren Annika, vergessen auch das Team und ihre Mission. Sie mussten herausfinden, was das gewesen war. Seine Stimme erzeugte ein gruseliges Echo.

Keine Antwort.

Tapptapptapp ...

Zwischen den Mauern war ein schnell dahinhuschender Schatten zu sehen. Das Wesen nutzte die Dunkelheit, um sich zwischen den Felsen voranzubewegen.

Wieder erklang dieses Seufzen.

Tim betätigte den Knopf seiner Lampe. Sollte das gegnerische Team ruhig auf ihn aufmerksam werden. Das Versteckspiel war ohnehin vorbei.

Sein Licht zuckte wie ein Laserschwert durch die Dunkelheit. Vor ihnen ragte der Tempel auf. Die Tür war weit geöffnet. Ganz klar: Das Seufzen war aus dem Inneren gekommen.

Maltes Stimme bebte. »Oh Mann, was machen wir denn jetzt?«

»Nachsehen natürlich.« Aber ganz so tapfer, wie es klang, war Tim nicht. Er hatte ja nicht mal eine Waffe. Ihre Knüppel hatten sie im Inneren des Tempels liegen lassen.

Tim trat an den Eingang, bereit, jederzeit zurückzuspringen, sollte sich etwas auf ihn stürzen. Doch alles war ruhig.

Zu ruhig.

»Hallo?«

Ein dumpfes Knurren antwortete ihm. Erschrocken richtete Tim den Strahl seiner Lampe auf den Ursprung des Knurrens. Staub tanzte wie Schneeflocken an ihm vorbei.

Malte stieß ein Quicken aus. »Da drüben, an der Wand.«

Wie zur Salzsäule erstarrt, blickte Tim auf die gegenüberliegende Tempelwand. Es war ein Kojote. Ein schmales, ausgemergeltes Geschöpf, das sichtlich verängstigt vor der Wand stand. Den Schwanz zwischen die Hinterbeine geklemmt, den Kopf gesenkt, stieß es ein bedrohliches Knurren aus. Doch das war es nicht, was Tims Aufmerksamkeit erregte. Da war noch etwas anderes. Etwas Größeres.

»Sieh dir das an, Malte«, hauchte er. »Ist es wirklich das, wofür ich es halte?«

Doch Malte sagte nichts. Er riss die Augen auf, formte den Mund zu einem O und starrte auf das riesige Gebilde.

10

Annika drückte Darius einen Wasserkanister in die Hand und griff sich selbst einen zweiten. Zusammen etwa dreißig Liter. Genug, um damit eine Weile über die Runden zu kommen. Ihre Taschen waren dermaßen mit Trockennahrung vollgestopft, dass sie dicke Beulen warfen.

»Glück muss der Mensch haben.« Darius' Wangen glühten im Licht des Lagerfeuers. »Wenn ich abergläubisch wäre, würde ich sagen, das war ein Zeichen des Himmels.«

»Zufall, mehr nicht«, sagte Vanessa. »Und noch sind wir nicht außer Gefahr. Sollten sie sich entschließen, jetzt zurückkommen, ist alles umsonst.«

»Weswegen wir jetzt die Biege machen«, sagte Jeremy. »Wir haben mehr als genug. Lasst uns verschwinden.«

Annika blickte nach oben.

Jeremy wippte ungeduldig mit dem Fuß. »Was ist los? Gibt's noch irgendetwas?«

»Interessiert euch denn gar nicht, was die so in Aufregung versetzt hat?«

»Hätte, könnte, würde.« Jeremy verzog den Mund. »Wir sind nicht hier, um Kaffeesatz zu lesen. Unser Ziel war es, Nahrungsmittel zu beschaffen, und genau das haben wir getan. Also los.«

»Unser Ziel ist es, das Spiel zu gewinnen«, hielt Annika dagegen. »Sollten die wirklich das Rätsel gefunden haben und bereits an der Lösung arbeiten, dann nutzen uns die ganzen Nüsse und Müsliriegel nichts. Dann sind wir raus. Verstehst du das? Aus und vorbei.«

»Was hast du vor?«

»Na, da hochschleichen und sie belauschen. Von mir aus könnt ihr hier warten oder zurückgehen, das ist mir egal. Aber ich muss wissen, was sie gefunden haben.«

»Und wenn ich es dir verbiete?« Ein zaghafter Versuch, Macht zu demonstrieren, den Annika aber sofort durchschaute. »Kannst es ja mal versuchen«, sagte sie. »Also, wollt ihr warten oder kneift ihr lieber?«

Jeremy war hin- und hergerissen.

»Sei nicht blöd, Jeremy«, sagte Vanessa. »Lass uns den Rückzug antreten. Soll sie doch ins offene Messer rennen.«

»Also gut, wir machen die Biege«, stimmte Jeremy zu.

Annika nickte. »So viel zum Thema Teamgeist. Nichts anderes habe ich von euch erwartet. Wäre Tim hier gewesen, er hätte mich begleitet.«

»Wenn hier einer nicht teamfähig ist, dann ja wohl du«, giftete Vanessa, doch Annika hörte ihr nicht zu. »Hier, für dich, Großer.« Sie drückte Darius den zweiten Kanister in die Hand. »Wir sehen uns im Lager.«

Sie drehte sich um und erklomm die Treppe. Ihre Bewegungen waren geschmeidig wie die einer Raubkatze. Sie verschmolz geradezu mit ihrer Umgebung. Inzwischen hatte sie ihre Technik so weit perfektioniert, dass sie nicht das leiseste Geräusch verursachte. Sie war sicher: Hätten die Anasazi heute noch gelebt, sie wären bestimmt von ihr beeindruckt gewesen.

Oben angekommen, duckte sie sich hinter einen Mauerrest. Den Stimmen nach zu urteilen, musste sie sehr nah sein. Sie kroch ein paar Meter nach links und hob den Kopf. Vor ihr lag ein weiterer Tempel. Er war zwar kegelförmig und nicht pyramidenförmig wie ihrer, doch was sie gemeinsam hatten, war die geflochtene Kuppel auf der Spitze.

Vom polnischen Team war nichts zu sehen. Nur ihre aufgeregten Stimmen drangen aus dem Inneren. Annika sah sich um. Dunkelheit kroch aus den Vertiefungen, überzog das Plateau mit tintenschwarzen Schatten. Die beste Gelegenheit, sich unbemerkt zu nähern. Ihren ganzen Mut zusammennehmend, rannte sie auf den Tempel zu. Niemand bemerkte sie. An einem der zahlreichen schießschartenförmigen Fenster machte sie halt, hielt den Atem an und hob den Kopf.

*

Fassungslos starrte Tim auf ihre Entdeckung. Die Wand war übersät mit Bildern und Zeichnungen, die wie steinzeitliche Höhlenmalereien aussahen.

Der Kojote rannte nervös von links nach rechts.

»Ich glaube, du versperrst ihm den Fluchtweg«, sagte Malte. »Komm besser von der Tür weg.«

»Du hast recht«, sagte Tim. »Er kann ja nichts dafür. Lassen wir ihn raus.« Er trat zur Seite und wartete ab.

Als der Kojote bemerkte, dass der Weg frei war, stieß er ein Winseln aus, näherte sich vorsichtig und schoss dann wie von der Tarantel gestochen hinaus ins Freie.

»Ich habe mal gehört, dass sie sich hauptsächlich von Mäusen ernähren«, sagte Malte mit schiefem Grinsen. »Hier in der Stadt gibt's sicher 'ne ganze Menge.«

»Ja …« Tim konnte seinen Blick nicht von den Zeichnungen abwenden. »Wie konnten wir die beim ersten Mal übersehen?«, murmelte er. »Wir haben den Tempel doch gründlich abgesucht.« Dann hatte er eine Idee. Er holte sein Feuerzeug aus dem Rucksack und entzündete einen kleinen Ast, der voller vertrockneter Blätter hing.

»Was tust du da?«, fragte Malte.

»Abwarten.« Knisternd sprangen die Flammen von Zweig zu Zweig. Als es hell genug war, schaltete Tim seine Stirnlampe aus. Wie von Zauberhand verschwanden die Bilder.

»Das ist ja ein Ding«, murmelte Malte. »Wie bist du dadrauf gekommen?«

Tim schaltete die Stirnlampe ein und sofort waren die Darstellungen wieder da. »Mir kam der Gedanke, dass es etwas mit unseren Lampen zu tun hat. Als wir vorhin hier drin waren, hatten wir noch ausreichend Tageslicht, deswegen konnten wir unsere Lampen ausgeschaltet lassen. Jetzt hingegen ist es stockfinster.«

»Verstehe«, sagte Malte. »Auf Tageslicht und Feuer reagieren die Bilder nicht, nur auf Kunstlicht.«

»Vielleicht ist das Licht polarisiert«, murmelte Tim. »Eine spezielle Wellenlänge, auf die diese Bilder reagieren.« Er trat näher und fuhr mit der Hand über die unebene Wand. Wenn man nahe genug ranging, konnte man sehen, dass die Stellen, auf denen sich die Farbe befand, glänzten. Und da war noch etwas. Ein Geruch, der nicht in diese Umgebung passen wollte und der ihm schon vorhin aufgefallen war. Tim benötigte einen Moment, um herauszufinden, was das war. »Pinselreiniger«, murmelte er. »Nitroverdünner.« Er atmete scharf ein. »Diese Bilder sind neu. Sie wurden erst in jüngster Zeit hinzugefügt.«

»Ja«, sagte Malte. »Irgendeine Spezialfarbe, die auf die Wellenlänge unserer Lampen reagiert. Ebenso einfach wie genial. Das ist das Rätsel. Und du hast es gefunden.«

Tim trat einen Schritt zurück und nickte. Das Jagdfieber hatte ihn wieder gepackt. Endlich waren sie auf der richtigen Spur. »Hoffen wir, dass die anderen bald zurück sind.«

*

Annika presste ihr Ohr an die Öffnung. Angestrengt lauschend, versuchte sie, kein Wort zu verpassen.

»Was ist das, Jakub? Seit wann ist das da?«

»Muss die ganze Zeit schon hier gewesen sein, wir haben es nur nicht gesehen, weil unsere Lampen ausgeschaltet waren.«

»Und was stellen diese Bilder dar?«

»Eben das müssen wir rausbekommen. Deswegen sind wir doch hier.«

»Unsere Suppe wird kalt …«

»Willst du essen oder Rätsel lösen?«

»Ja, ja. Ist ja schon gut …«

Annika drehte den Lautstärkeregler weiter runter. Obwohl er schon sehr niedrig eingestellt war, fürchtete sie, die anderen könnten sie hören. Doch das polnische Team war viel zu abgelenkt. Und in der Tat war der Fund erstaunlich. Ein Bilderrätsel, das nur auf Kunstlicht reagierte? Sehr einfallsreich.

Von ihrer Position aus konnte sie erkennen, dass die Bilder eine Art Geschichte erzählten. Sechs Strichmännchen schienen dabei die Hauptrolle zu spielen. Sie tauchten in jeder einzelnen Darstellung auf. Man brauchte nicht viel Fantasie, um darauf zu kommen, warum es genau sechs waren. Jede dieser kleinen Figuren stellte einen der Spieler dar.

Die Bildergeschichten fingen links oben an in einer Szene, in der alle Männchen flach auf der Erde lagen. Dann ging es weiter zu einem Bild, auf dem die sechs auf Wanderschaft gingen. Sie betraten eine unbekannte Stadt. Eine Welt voller Götter und Dämonen. Die geisterhaften Wesen schwebten über ihnen und beobachteten sie. Was dann geschah, war schwer zu erkennen. Die Bilder wurden wirrer, unübersichtlicher. Es ging ziemlich hektisch zu. Mehrere Ereignisse schienen rasch aufeinanderzufolgen. Offenbar waren die sechs in Gefangenschaft geraten. Sie wurden umzingelt, überwältigt und eingesperrt. Da war eine hochgewachsene Gestalt mit einem Stab in der Hand. Die Gefangenen wurden an Pfosten gebunden. Bewacht wurden sie dabei von gruselig anzuschauenden Kreaturen, halb Mensch, halb Wolf.

Schlagartig fiel Annika Maltes Erzählung wieder ein. *Die Skinwalker!*

Annika spürte, wie ihr der kalte Schweiß ausbrach. Krampfhaft versuchte sie herauszufinden, wie es weiterging. Was war der Sinn hinter dieser Bildergeschichte, worin bestand das Rätsel?

Die Polen diskutierten schnell und aufgeregt. Annikas Programm hatte Schwierigkeiten mit der Übersetzung. Abgehackte Sprachfetzen drangen aus den Lautsprechern. Sie schaltete das Programm aus. Bisher war sie noch nicht entdeckt worden, aber das konnte sich jederzeit ändern. Ihr Instinkt sagte ihr, dass jetzt der richtige Zeitpunkt war, das Feld zu räumen und zu den anderen zurückzukehren. Es gab genug, worüber sie nachgrübeln und diskutieren konnten.

Ein dumpfes Schnauben riss sie aus ihren Gedanken. Sie war so in das Rätsel vertieft gewesen, dass sie nicht bemerkt hatte, dass da noch jemand anders war. *Und zwar direkt hinter ihr!*

Ihre Nackenhaare sträubten sich. Langsam, unendlich langsam drehte sie sich um.

*

Tim hörte es vor der Eingangstür schnauben. Ein dumpfer Laut, der definitiv nicht von einem Kojoten stammte. Das Team war zurück. Wurde aber auch Zeit!

»Wir sind hier drin!«, rief Tim. »Kommt rein, wir müssen euch etwas zeigen.« Wieder schnaubte es. Vermutlich war Jeremy sauer darüber, dass sie das Feuer noch nicht entzündet hatten. Aber es gab gute Gründe dafür.

»Keine Sorge wegen des Feuers!«, rief er. »Das haben wir im Nu angezündet. Das hier ist viel wichtiger.«

»Tim?«

Es war Malte. Seine Stimme klang verzerrt. Was war los mit dem Kleinen? Hatte er einen Krümel im Hals?

»Dreh dich mal um.«

Tim tat es. Im Türeingang war scherenschnittartig ein dunkler Schatten zu sehen. Kopf und Schultern von bläulichem Mondlicht umrahmt. War das ein Mensch?

Schlagartig wurde Tim bewusst, dass er sich geirrt hatte. Das war gewiss niemand aus ihrem Team. Das war etwas anderes.

»Großer Gott …« Tim sprang vor und wollte den Verriegelungsmechanismus an der Tür betätigen, doch das Wesen schien seinen Gedanken erraten zu haben. Im Gegenlicht war eine lang gezogene Schnauze zu erkennen. Ein Grollen ertönte, dann machte das Wesen einen Satz nach vorne und schnitt ihm den Weg ab. Frontal prallten sie gegeneinander. Tim glaubte, ein Güterzug habe ihn erwischt. Der Aufprall war so hart, dass er strauchelte und auf den harten Lehmboden schlug. Das Wesen war sofort über ihm und stemmte die Vorderpfoten auf seine Brust. Tim fühlte, wie es ihm die Luft aus der Lunge presste.

Er versuchte, seinen linken Arm zu befreien, aber wieder erriet das verfluchte Mistvieh seine Gedanken, packte seine Schulter und drückte sie zurück auf den Boden. Messerscharfe Krallen bohrten sich in Tims Kleidung.

»Hilf … mir …«, keuchte er, doch Malte war unfähig, sich zu rühren.

Ein roter Schleier vernebelte Tims Blick. Seine Augen tränten, tauchten die Welt in Schmerz und Angst.

In diesem Moment trat eine zweite Kreatur ins Licht. Die Krallen erzeugten beim Näherkommen ein klapperndes Geräusch auf dem Boden. Tim stockte der Atem. Was waren das für Geschöpfe?

Malte sackte zusammen und wurde gepackt. Beide wurden ins Freie gezerrt. Tim drang der Gestank nach vergammeltem Fleisch und Pilzen in die Nase. Würgend und hustend wand er sich auf dem Boden, versuchte, sich zu befreien, aber vergebens.

In diesem Augenblick hörte er, wie irgendwo jemand einen Pfiff ausstieß. Sofort ließen die Biester sie los. Tim bekam endlich wieder Luft. Er hob den Kopf und sah eine hochgewachsene Gestalt, die gemessenen Schrittes auf sie zukam. Sein Gesicht war mit schwarzer Farbe beschmiert. Über den Schultern hingen Wolfsfelle, auf dem Kopf trug er einen Bisonschädel. Die Hörner waren ebenfalls schwarz und ragten steil in die Höhe. In seiner Hand hielt er einen geschnitzten Stab. Riesenhaft sah er aus, breit wie ein Bär. Umrahmt von Mondlicht, wirkte er wie ein Urzeitwesen, das sich in die Gegenwart verirrt hatte.

»Wer seid ihr?«, flüsterte Tim. »*Was* seid ihr?«

Statt einer Antwort rammte der Schamane den Stab auf die Erde. Das größere der beiden Wesen packte Malte am Kragen und schleifte ihn die Stufen hinunter. Dann war Tim an der Reihe. Die Bewegung des Wesens war so kraftvoll, dass es Tim die Luft abschnürte. Strampelnd versuchte er, sich zu befreien, doch er konnte nichts ausrichten. Es war sinnlos.

Als sie ihm einen Sack über den Kopf zogen, versank seine Welt in Dunkelheit.

11

»Hallo, Deutschland. Mein Name ist Jeremy Stolzenburg. Ich bin der Kopf der *Glorreichen Sechs*. Der Anführer, der Verantwortliche. Meine Aufgabe ist es, für den nötigen Zusammenhalt in der Gruppe zu sorgen, für die Verteilung der Aufgaben und die Koordination. Ich bringe Ordnung ins Chaos. Ein Team ist nur so gut wie der Anführer, denn er behält den Überblick, er kennt die Stärken und Schwächen der einzelnen Teilnehmer und weiß, wo jeder eingesetzt werden muss, damit er die beste Leistung erzielt.
Mein Vater sagte mir einmal: ›Jeremy, hör zu. Eine Hand hat fünf Finger. Jeder Einzelne davon ist schwach und empfindlich. Du kannst ihn brechen, du kannst ihn verstauchen oder ausrenken. Ballst du die Finger aber zu einer Faust, sind sie eine mächtige Waffe. Unangreifbar, hart und stark.‹ Und unsere Hand hat nicht nur fünf Finger, sondern sechs. Verstanden, was ich damit sagen will?
Ich sehe es als meine Aufgabe an, aus den schwachen Einzelteilen eine gut geölte Maschine herzustellen. Eine Waffe.
Wieso gerade ich, fragen Sie? Nun, weil es einer ja machen muss. Und ich bin der Qualifizierteste. In den Ferien, während die anderen faul irgendwo am Strand gelegen haben, habe ich in der Firma meines Vaters

gearbeitet. Taschengeld habe ich nie bekommen und nur selten ein Lob. Aber ich habe mich durchgekämpft, habe nicht aufgegeben. *Was einen nicht umbringt, macht einen nur stärker,* nicht wahr? Ich habe schon früh gelernt, dass es Anführer gibt und Arbeiter. Stifte und Radiergummis. Nur wer die Feder führt, schreibt Geschichte. Die einen sagen an, die anderen führen aus.
Macht mich das beliebt? Sicher nicht. Aber darum geht es nicht. Dies ist kein Beliebtheitswettbewerb, dies ist die GlobalGames-Worldchampionship. Achtundvierzig Teams aus achtundvierzig Nationen. Und nur das beste gewinnt. Für Eitelkeiten ist da kein Platz. Sollen sie mich doch hassen. Solange wir am Schluss gewinnen, ist mir das vollkommen egal. Ich brauche keine Freunde. Ich *will* keine Freunde. Was ich will, sind Anerkennung und Respekt. Und ich will auf den Mond. Mehr als alles andere.
Dies ist die Gelegenheit, aller Welt zu beweisen, dass wir die besten sind. Ich muss nur noch dafür sorgen, dass diese Truppe etwas mehr auf Zack ist. Aber das werde ich hinbekommen, seid unbesorgt. Nicht mehr lange und die ganze Welt wird unsere Namen kennen. Verlasst euch drauf.
Jeremy Stolzenburg, Ende.«

12

Tim erwachte in einem schmalen, engen Raum, müde und zerschunden. Traum und Wirklichkeit waren zu einem unentwirrbaren Knäuel verwoben. Seine Gedanken waren erfüllt von unheimlichen Kreaturen, halb Mensch, halb Wolf. Sie zerrten ihn aus seiner Höhle, trugen ihn durch die Nacht und brachten ihn an einen fremden Ort. Was danach geschehen war, konnte er nicht genau sagen. Vermutlich war er eingeschlafen.

Er sah sich um. Durch eine schmale Öffnung im oberen Teil fiel Tageslicht. Ein neuer Morgen war angebrochen. Neben sich sah er seine Freunde am Boden liegen. Sie schliefen auf geflochtenen Bastmatten, die Köpfe auf ihre Rucksäcke gebettet. Ein paar Decken gab es auch. Was gut war, denn der Morgen war empfindlich kalt. Neben ihnen stand ein irdener Krug mit Wasser und es gab sogar ein primitives Plumpsklo hinter einer Abdeckung aus geflochtenen Schilfblättern. Eine Gefängniszelle, so viel war klar. Aber immerhin mit einem Mindestmaß an Komfort. Und das Beste: Alle waren da, niemand fehlte.

Tims Magen knurrte. Er überlegte, ob er seine Freunde wecken sollte, verwarf den Gedanken aber wieder. Besser, sie schliefen sich aus, schließlich gab es hier ohnehin kein Entkommen.

Er überprüfte seine Brille. Schien alles zu funktionieren. Maps, Translator, Questlog – alles noch da. Dass man ihnen die

Sachen gelassen hatte, könnte als Hinweis gedeutet werden, dass dies Teil des Spiels war. Allerdings fühlte es sich nicht wie ein solches an. Tim beschloss, der Sache auf den Grund zu gehen. Er stand auf und sah sich um. Was war das hier für ein Ort? Er versuchte, einen Blick durch die Zellentür zu erhaschen, als plötzlich eine leise Stimme neben ihm erklang.

»Na, auch schon wach?«

Er drehte sich um. Es war Annika. Sie beobachtete ihn mit Augen, die wie die einer Katze in der Dunkelheit schimmerten. Sein Herz begann zu pochen.

»Hi, du«, flüsterte er lächelnd zurück. »Hab nicht gesehen, dass du wach bist.«

»Schon seit einer halben Stunde.«

Er ging zu ihr hinüber. »Alles klar bei dir?«

»Ja.« Sie richtete sich auf und rieb ihre Arme. »Ein bisschen fröstelig vielleicht, aber sonst ist alles okay. Was bin ich froh, dass sie uns nicht getrennt haben. Ich glaube, alleine hätte ich den Verstand verloren. Meinst du, das ist noch Teil des Spiels?«

»Darüber habe ich mir auch schon Gedanken gemacht und bin zu keinem Ergebnis gekommen. Aber warum hätten sie uns sonst die Sachen überlassen sollen?«

»Vielleicht wissen sie nicht, was sie damit anfangen sollen«, gab Annika zu bedenken. »High-Tech-Brillen, Sende- und Empfangseinrichtungen, interaktive Handschuhe. All das dürfte für sie keinerlei Bedeutung haben.«

»Auch wieder wahr. Dann denkst du, dies ist wirklich noch Teil des Spiels?«

»Wenn ja, dann ist es wesentlich drastischer, als ich mir vorgestellt habe. Allein diese Kreaturen ... wie sie mit uns umgegangen sind. Ich glaube, ich habe überall blaue Flecken am Körper.«

»Dann hast du sie also auch gesehen?« Tim riss die Augen auf. »Mein Gott, ich dachte schon, ich wäre komplett verrückt geworden ...«

»Und ob ich sie gesehen habe. Sie haben mich überwältigt, als ich das gegnerische Lager ausspioniert habe. Sie waren vollkommen lautlos. Da waren zwei oder drei dieser Biester und so ein Typ, der aussah wie ein Medizinmann. Mir läuft jetzt noch ein Schauer über den Rücken, wenn ich an sie denke.«

Tim strich über seinen Ellenbogen. »Hast du schon rausbekommen, wo wir sind?«

Annika schüttelte den Kopf. »Durch die Tür sieht man nichts und das Fenster ist zu hoch. Vielleicht, wenn wir es zusammen versuchen ...?«

»Klar, komm«, sagte Tim. »Ich gebe dir eine Räuberleiter und du siehst dich mal um.« Er stand auf und stellte sich unter die Öffnung. Annika legte ihm die Hand auf die Schulter, trat in seine gefalteten Hände und ließ sich von ihm emporheben. Sie war schwerer, als er vermutet hatte.

»Kannst du schon etwas erkennen?«, keuchte er.

»Immer noch nicht hoch genug. Vielleicht, wenn ich auf deine Schultern steige.«

»Okay ...« Er wünschte, er wäre so groß und kräftig wie Darius.

»Ja, jetzt kann etwas sehen«, kam es von oben. »Da ist ein freies Feld. Sechs Pfähle stehen dort aufgereiht. Totempfähle, wenn ich das richtig sehe. Genau wie auf der Wandmalerei.«

Tim erinnerte sich. »Hast du auch diese sechs kleinen Figuren bemerkt?«

»Na und ob«, antwortete Annika. »Der Tempel war voll davon. Ich erinnere mich, wie die sechs an die Pfähle gebunden wurden.«

»Meinst du, das steht uns auch noch bevor?«

»Schwer zu sagen«, erwiderte sie. »Ich denke ...« Sie verstummte.

»Was ist los?« Tim versuchte, nicht zu schwanken.

»Da ist eine dieser Kreaturen. Und da noch eine. *Und da ist der Schamane!* Er kommt auf uns zu.«

Tim war entsetzt. Er hatte gehofft, diesen unheimlichen Gestalten nie wieder unter die Augen treten zu müssen.

»Lass mich runter, schnell!«

»Mann, Leute«, murmelte Jeremy verschlafen. »Müsst ihr so einen Lärm machen? Kann man denn hier nicht mal für eine Minute seine Ruhe haben?«

»Wacht auf!«, rief Annika. »Wir bekommen gleich Besuch.«

Jeremy blinzelte verständnislos. »Hä?«

Annika stieg von Tims Schultern. »Erinnerst du dich an die Wesen, die uns gestern Nacht gefangen genommen haben? Sie sind auf dem Weg. Sie kommen genau hierher!«

Mehr brauchte sie nicht zu sagen. Binnen weniger Augenblicke waren alle wach. Ängstlich, müde und verstört wie ein Rudel Kaninchen hockten sie da. Tim vernahm ein Kratzen und Poltern. Er hörte, wie ein hölzerner Riegel geöffnet wurde. Dann ging die Tür auf.

Einer nach dem anderen kamen die abscheulichen Wolfswesen in ihre Kammer. Ihr Anblick war furchterregend. Nein, das waren gewiss keine Männer in Kostümen, das musste echt sein. Aber was hatten sie vor? Was wollten sie von ihnen?

Der Schamane trat vor, stieß seinen geschnitzten Stab auf die Erde und deutete auf Jeremy, Annika und Tim.

Auf seinen Befehl hin krochen die Skinwalker näher. Wieder hatte Tim diesen fauligen Gestank in der Nase. Aus den Nüstern der Kreaturen stiegen röchelnde Atemlaute. Mit zitternden Knien stand er auf. Und mit ihm Annika und Jeremy.

»Was wollt ihr von uns?«, hörte er Jeremy stammeln. »Wir haben euch doch nichts getan.«

Der Schamane knurrte etwas, doch es war nicht zu verstehen. Seiner Gestik aber entnahm Tim, dass sie ihm folgen sollten. Krachend fiel die Tür hinter ihnen ins Schloss.

Tim presste die Lippen zusammen.

Gemeinsam verließen sie die Höhle. Vor ihnen lag der Platz, von dem Annika gesprochen hatte. Sowohl auf der rechten wie auf der linken Seite gab es je drei Holzpflöcke. Der Abstand zwischen beiden Reihen betrug etwa zwanzig Meter. Die Pfähle selbst waren ungefähr drei Meter hoch und mit unheimlichen Schnitzereien versehen.

Tim wurde an den vordersten der drei gebunden, Jeremy und Annika hinter ihm. Warum waren nur sie ausgewählt worden? Was war mit Vanessa, Malte und Darius? Er versuchte, nach hinten zu blicken, doch es ging nicht. Die Lederschlaufen um seine Hände waren so eng, dass der den Kopf nur ein klein wenig nach links oder rechts drehen konnte. Es war also unmöglich zu erkennen, was hinter ihm geschah. Jeremy wimmerte.

Es klang, als würde er die Nerven verlieren. »Beruhige dich«, hörte er Annika sagen. »Du bringst uns alle in Schwierigkeiten. Noch wissen wir überhaupt nicht, was uns erwartet.«

Das Gejammer hörte auf.

Tim blinzelte gegen in den Himmel. Die Sonne brannte auf sie herab. Jetzt bekam er Durst. Hätte er doch nur vorher noch etwas getrunken.

Ein Raubvogel kreiste über ihnen und warf einen Schatten zu Boden. Er schien zu spüren, dass er bald etwas zu fressen bekommen würde.

Tim drehte den Kopf. Weitere Personen wurden aus dem Verlies getrieben. Zwei Mädchen und ein Junge, ebenfalls in grauen Overalls. Mitglieder des gegnerischen Teams. Sie wurden an die Pfähle links von ihnen gebunden. Es war das erste Mal, dass Tim das gegnerische Team aus der Nähe sah. Seine Fantasie hatte ihn glauben lassen, es vielleicht mit superschlauen Superathleten zu tun zu haben, doch in Wirklichkeit wirkten sie nicht viel anders als sie selbst. Genauso eingeschüchtert, genauso verängstigt.

Vier Skinwalker hockten im Schatten der Felswand und ließen die Gefangenen keine Sekunde aus den Augen. Der Schamane sorgte dafür, dass alle fest angebunden waren. Gewissenhaft prüfte er noch mal alle Lederbänder, dann trat er nach vorne.

Ein kratzender Laut drang aus Tims Lautsprechern. Waren das Worte? »Gefangene«, hörte er eine verzerrte Stimme. »Ihr wurdet dabei erwischt, wie ihr unerlaubt heiligen Boden betreten habt. Ihr habt euch eines Vergehens schuldig gemacht, das nicht ungesühnt bleiben darf.« Der Schamane bewegte die Lippen und redete in einer fremden Sprache, die das Programm aber zu übersetzen vermochte.

»Seit Tausenden von Jahren ist dieses Tal im Besitz meiner Vorväter«, fuhr der Schamane fort. »Die Götter wachen darüber. Niemand setzt seinen Fuß auf diesen heiligen Boden, ohne vorher um Erlaubnis zu bitten.«

Ein dunkles Knurren stieg aus den Kehlen der Skinwalker.

»Ihr seid gekommen, ohne zu fragen. Ihr seid gekommen, ohne ein Opfer zu bringen. Ihr seid schuldig.«

Tims Gedanken rasten. Wenn er den Schamanen verstehen konnte, konnte dieser vielleicht auch ihn verstehen. Das Übersetzungsprogramm funktionierte in beide Richtungen. Er konnte ihm erklären, dass sie diesen Ort keineswegs freiwillig betreten hatten, sondern dass man sie betäubt und hier ausgesetzt hatte. Aber würde der Mann ihm glauben?

»Euer Frevel ist groß und verlangt nach Bestrafung«, fuhr der Schamane fort. »Doch es ist nicht Aufgabe des Menschen, darüber zu richten. Dies ist Sache der Götter. Ihr werdet nun einer Prüfung unterzogen. Nicht Kraft ist dabei entscheidend, sondern Verstand. Die Gruppe, die als Erste die richtige Lösung nennt, darf frei von dannen ziehen. Die andere muss gedemütigt die Heimreise antreten. Also überlegt gut und antwortet weise.«

Tims sorgfältig vorbereitete Worte verpufften wirkungslos angesichts dieser neuen Wendung. Verständnislos blinzelte er in die Sonne. Er hatte mit einer körperlichen Züchtigung gerechnet, stattdessen bekamen sie ein Rätsel gestellt? Auch das andere Team schien überrascht. Verständnislos blickten sie auf den Schamanen, der etliche Federn aus seiner ledernen Umhängetasche holte, weiße und schwarze. Wobei es mehr weiße zu geben schien als schwarze. Der Medizinmann reckte sie in die Höhe.

»Seht diese zehn heiligen Federn. Sie sollen über euer Schicksal entscheiden. Ich werde sie gewissenhaft durch zwei teilen, sodass jede Gruppe fünf Federn erhält – drei schwarze und zwei weiße. Drei Federn pro Gruppe werde ich verteilen, den Rest zurück in meine Tasche stecken. Jeder Gefangene wird hinter seinem Rücken eine Feder erhalten, allerdings wird er nicht wissen, welche Farbe sie hat. Eure Aufgabe wird sein herauszufinden, welche Farbe ihr in der Hand haltet, und zwar alleine durch nachdenken. Ihr dürft weder laut darüber sprechen noch dürft ihr versuchen, die Farbe eurer eigenen Feder zu erkennen. Wer gegen diese Regel verstößt, dessen Team verliert das Spiel. Die Aufgabe ist allein durch scharfes Nachdenken zu lösen. Der Erste, der die richtige Antwort nennt, führt damit sein Team zum Sieg. Aber hütet euch: Raten führt nicht zum Sieg. Sprecht nur, wenn ihr euch absolut sicher seid.«

Der Schamane ging hinüber zu der polnischen Gruppe und steckte jedem der Spieler eine Feder in die hinter dem Pfahl zusammengebundenen Hände. Dann kam er zu ihnen. Tim spürte, wie ihm eine Feder zwischen die Finger gesteckt wurde. Sie fühlte sich fest und stabil an. Eine Adlerfeder vielleicht. Anschließend ging der Schamane wieder nach vorne, steckte die restlichen vier Federn wieder in seinen Beutel und richtete ein letztes Mal das Wort an sie.

»Jeder hat nun eine Feder in der Hand. Denkt nach und nennt mir eure Lösung. Niemand darf diesen Platz verlassen, ehe das Rätsel nicht gelöst wurde. Und nun fangt an.«

Stille legte sich über das Feld. Der Wind strich über sie hinweg und blies feine Staubschleier in die Höhe. Niemand sagte ein Wort. Wie sollten sie herausfinden, welche Farben die Federn hatten? Das war doch unmöglich.

Allmählich wurde Tim klar, dass all das – die Entführung, die Skinwalker, die Marterpfähle – Teil des Spiels war. Ihre erste Prüfung. Er zermarterte sich das Hirn. Hatte er schon einmal ein ähnliches Rätsel gesehen? Er konnte sich nicht erinnern. Was die Sache so knifflig machte, war die Tatsache, dass jeder von ihnen unterschiedliche Informationen besaß.

Jeremy konnte sehen, welche Farbe Tims Feder hatte. Annika, die an hinterster Position stand, konnte sowohl Tims als auch Jeremys Federn sehen, doch sie schwieg. Was alles verkomplizierte.

Oder war das bereits der erste Hinweis?

Tim geriet ins Grübeln. Es gab pro Team drei schwarze und zwei weiße Federn. Theoretisch konnte jeder von ihnen eine schwarze halten. Selbst wenn Annika vor sich zwei schwarze sehen würde, wüsste sie nicht, ob ihre vielleicht nicht doch weiß war. So kamen sie nicht weiter. Vielleicht ging es einfacher, wenn man mit den weißen Federn begann.

Mal angenommen, Tim und Jeremy hielten jeweils eine weiße Feder, dann wüsste Annika automatisch, dass sie selbst eine schwarze haben muss. Dass sie schwieg, bedeutete, dass entweder Jeremy oder Tim eine schwarze halten musste. Logisch, oder?

Das Nachdenken verursachte Tim Kopfweh. Es war, als würde sich sein Gehirn verknoten. Doch er spürte, dass er auf dem richtigen Weg war. Irgendwo in dieser Gedankenkette musste die Lösung liegen.

Denk nach, Tim, denk nach.

Also noch mal von vorne: Annika sah entweder zwei schwarze oder eine weiße und eine schwarze Feder vor sich. Ihr Schweigen beinhaltete also bereits einen Hinweis. Wenn Jeremy klug war – und daran bestand kein Zweifel – und wenn er sähe, dass Tim eine weiße Feder hielt, so wüsste er automatisch, dass er selbst eine schwarze besitzen müsste. Schwieriger wäre es, wenn die Feder in Tims Händen schwarz war, denn dann wüsste Jeremy nicht, ob seine eigene schwarz oder weiß war, und müsste schweigen.

Und er schwieg. Von seinen Lippen kam kein Sterbenswörtchen.

Natürlich musste man immer mit einkalkulieren, dass er Angst hatte und vielleicht deswegen nichts sagte, aber Tim bezweifelte das.

Nein, Jeremys und Annikas Schweigen war ganz klar ein Hinweis an Tim. Sie wollten ihm etwas sagen – indem sie schwiegen.

Tim fing an zu schwitzen. Im Kopf spielte er noch einmal alles durch und kam wieder zu demselben Ergebnis. Seine Feder musste schwarz sein, alles andere ergab keinen Sinn.

Aber brachte er den Mut auf, es laut auszusprechen? Ausgerechnet er, der die wenigsten Informationen besaß, sollte jetzt die Lösung sagen? Die ganze Verantwortung lastete auf seinen Schultern.

Mega unfair!

Er bewegte seinen Kopf zur Seite und blinzelte in Richtung des gegnerischen Teams, doch ein scharfes Knurren ließ ihn zusammenzucken. Die Skinwalker hatten ihn keine Sekunde aus den Augen gelassen.

Ein Schweißtropfen bahnte sich seinen Weg über die Stirn und hinein in sein Auge, wo er sich festbrannte. Tims Kopf fühlte sich an, als würde er von einem Presslufthammer bearbeitet. Eben noch war die Lösung zum Greifen nah gewesen, jetzt war da nur ein schwarzes Loch. Das gegnerische Team konnte jeden Moment mit der Lösung rausrücken. Er musste jetzt alles auf eine Karte setzen.

Himmel noch mal!

»Ich weiß es«, krächzte er. »Ich glaube, ich habe die Lösung.«

Der Schamane richtete seine stechenden Augen auf ihn.

»Glaubst du es oder weißt du es?«

»Ich weiß es.«

»Wie lautet die Lösung?«

»Schwarz. Meine Feder ist schwarz.«

Oh Gott, es war geschehen. Er hatte es gesagt. Die Worte hatten seinen Mund verlassen. Nun gab es kein Zurück mehr.

»Schwarz, sagst du? Wir werden sehen.«

»Wir wissen es auch!«, erklang eine weibliche Stimme aus dem gegnerischen Team. »Wir haben die Lösung. Kommen Sie zu uns.« Doch der Schamane gebot dem Mädchen mit einer Handbewegung zu schweigen. Er ging an Tim vorbei, nahm ihm die Feder aus der Hand und hielt sie hoch.

Sie war schwarz!

Jubelschreie ertönten.

Die Stimmen von Jeremy und Annika!

Eine Woge der Erleichterung brandete über Tim hinweg. Es war, als wäre eine zentnerschwere Last von seinen Schultern gefallen. Er ertappte sich dabei, dass er so gebannt auf die schwarze Feder starrte, dass er gar nicht mitbekam, dass die Skinwalker ihre Lederbänder gelöst hatten. Endlich konnte er seine Hände wieder frei bewegen. Annika trat auf ihn zu und strahlte ihn an. Sogar Jeremy kam zu ihm und schenkte ihm ein anerkennendes Nicken. »Gut gemacht, Alter.«

»Und so habt ihr das Rätsel gelöst«, sagte der Schamane. »Die Götter haben euch für würdig befunden. Ihr könnt gehen. Folgt der Schlucht talabwärts, dann werdet ihr finden, wonach ihr sucht. Und vergesst nicht, eure Freunde mitzunehmen. Lebt wohl. Und wenn ihr wiederkommt, vergesst nicht, es mit Ehrfurcht und Respekt zu tun.«

Hastig traten sie den Rückzug an.

Als sie den Eingang der Höhle erreichten, kamen ihnen Vanessa, Malte und Darius entgegen. Ziemlich verwirrt blinzelten sie in die Helligkeit.

Gemeinsam schlugen sie den Weg ein, den der Schamane ihnen gewiesen hatte. Es dauerte eine Weile, bis Tim, Annika und Jeremy ihnen berichtet hatten, was vorgefallen war, doch auch sie waren begeistert.

»Und dann haben sie euch einfach gehen lassen?«, fragte Vanessa. »Ohne Bedingungen, ohne Strafen oder sonst was?«

»Einfach so«, sagte Jeremy. »Er nannte es Gottesurteil und das Urteil der Götter darf man nicht anzweifeln.« Er lächelte, als wäre es ganz allein sein Verdienst, dass sie es geschafft hatten.

»Wie geht es denn jetzt weiter?«, fragte Malte. »Hat er euch gesagt, was unser nächstes Ziel ist?«

»Nein«, sagte Tim. »Er meinte nur, wir sollen talabwärts gehen, dann würden wir schon erfahren, was wir wissen wollen. Also denke ich, dass wir genau das tun ...« *Sollen*, wollte er noch sagen, doch dazu kam es nicht mehr. Vor ihnen tauchte ein Auto wie aus dem Nichts auf. Der Pick-up, den sie gestern im Tal gesehen hatten. »Seht euch das an!«, rief Jeremy. »Anscheinend wurde sogar der Proviant wieder nachgefüllt.«

Tatsächlich. Es gab Wasser, Gebäck, Trockenfrüchte, Obst und Nüsse.

Darius riss eine Tüte auf und schaufelte mit vollen Händen Erdnüsse in seinen Mund. »Mhm«, schwärmte er mit vollem Mund. »Noch nie so etwas Gutes gegessen.«

»Guten Appetit«, sagte eine Stimme ganz in ihrer Nähe. »Esst nicht alles auf einmal. Es könnte sein, dass ihr unterwegs noch etwas braucht.«

Tims Blick zuckte empor. Auf der Fahrerkabine des Pick-ups thronte die Rote Dame. Sie trug rote Jeans, rote Lederstiefel und einen Hut in derselben Farbe und grinste zu ihnen herunter.

»Wenn mich nicht alles täuscht, habt ihr das Rätsel gelöst. Glückwunsch!«

Sie stieg herab zu ihnen. »Ihr habt euch gegen eine Gruppe harter Gegner durchgesetzt, habt Strapazen überstanden, einen kühlen Kopf bewahrt und euer logisches Denken unter Beweis gestellt. Deswegen seid ihr würdig, in die zweite Runde zu kommen. Nun wollt ihr sicher wissen, wie es weitergeht, oder?«

Alle nickten. Sie wirbelte mit der Hand und ein Wort erschien über ihren Köpfen.

A. N. A. S. A. Z. I.

»Zuerst müsst ihr euren Claim einloggen. Markiert dafür einfach den ersten und letzten Buchstaben des Alphabets, dann geht es auch schon los.«

Tim streckte seine Hand aus und tippte auf das A. Dann noch eines und noch eines, am Schluss das Z. Die anderen machten es auch so. Das Wort verschwand. Und mit ihr die Rote Dame.

»He, Moment mal!«, rief Vanessa. »Wo ist sie hin?«

»Das ist wieder mal typisch«, sagte Annika. »Dabei hätte es noch einiges gegeben, was ich sie fragen wollte. Was sollen wir denn jetzt machen?«

»Werft mal einen Blick auf euer Display«, sagte Malte. Tim tat es und sah, dass ein grüner Punkt aufgetaucht war, etwa zehn Kilometer von ihrer jetzigen Position entfernt. Erwartete man etwa von ihnen, dass sie diese Strecke zu Fuß zurücklegten, durch die brennende Sonne? Malte schien seinen Gedanken erraten zu haben.

»Da steckt ein Schlüssel im Schloss, ich habe nachgesehen«, sagte er. »Wenn jemand den Mut hat, sich hinters Lenkrad zu setzen, könnten wir fahren.«

»Dürfen wir das denn?«, fragte Vanessa. »Wir haben doch alle keinen Führerschein.«

»Ich kann fahren«, sagte Tim und setzte sich ans Steuer. »Ich habe das schon gemacht.«

»Aber ist das nicht verboten?« Malte sah ihn groß an.

Tim lachte. »Ihr glaubt doch nicht im Ernst, dass wir in dieser abgelegenen Gegend auf eine Polizeistreife stoßen, oder? Abgesehen davon: Das ist eine Show. Wenn hier jemand Probleme mit dem Gesetz bekommt, dann der Gamemaster. Also kommt, macht es euch bequem und dann geht es los.«

13

Die Straße endete an einem staubigen Feld im Nirgendwo. Links eine windgetriebene Wasserpumpe, rechts eine kleine Werkshalle, davor ein einfaches Holzhaus, an dem ein altes Wagenrad lehnte. Tim nahm den Fuß vom Gas, parkte und schaltete den Motor ab.

Der grüne Punkt auf Annikas Display lag jetzt genau über ihrer aktuellen Position. Sie hatten das Ziel erreicht. Annika sah sich um. Im Schatten der Veranda sah sie einen alten Mann auf einem Schaukelstuhl sitzen und rauchen. Als er sie entdeckte, winkte er ihnen zu.

»Na, dann kommt. Stellen wir uns vor.« Sie schnappte ihren Rucksack und ging auf den Einsiedler zu. Die anderen folgten mit einigem Abstand.

»Guten Tag«, sagte sie. »Schöner Tag heute.«

»Howdie. Ihr habt euch ja ordentlich Zeit gelassen.« Der Alte deutete auf ein paar Hocker und einen Tisch mit Krug und mehreren Gläsern. Zu seinen Füßen lag ein Hund mit struppigem Fell und wachen, lebhaften Augen.

»Ihr müsst durstig sein. Setzt euch. Die Zitronenlimonade ist ganz frisch.«

»Mhmm, lecker«, sagte Annika und nahm Platz. Die Situation war ziemlich merkwürdig. Gab es hier Kameras? Wenn ja, so hatte man sie gut versteckt. »Tatsächlich eine willkommene

Abwechslung zu dem abgestandenen Wasser, das wir bisher zu trinken bekommen haben.«

»Tja, Schätzchen, das ist die Wüste.« Der Alte stieß ein hustendes Lachen aus. Während er weiterpaffte, musterte er sie ausgiebig.

»Ihr seid also die Gewinner, hm? Ich habe mir euch irgendwie anders vorgestellt.«

Jeremy sah den Alten argwöhnisch an. »Gewinner? Dann wissen Sie von dem Spiel?«

»Natürlich weiß ich davon«, gackerte der Alte. »Ich lebe in der Wüste, nicht hinterm Mond. Hier gibt's Internet, Fernsehen und Radio. Vielleicht nicht so modern wie bei euch, aber das stört mich nicht. Hier ticken die Uhren ein wenig anders.« Er schenkte ihnen ein zahnloses Lächeln. »Mein Name ist übrigens Russell, ich bin euer Pilot. Das hier ist Barney.« Er kraulte der Promenadenmischung die Ohren. »Wenn ihr mal aufs Klo müsst oder euch frisch machen wollt, ihr dürft gerne mein Bad benutzen. Ist oben im ersten Stock.«

Das ließen sie sich nicht zweimal sagen. Einer nach dem anderen gingen sie die Treppen hinauf. Das Bad war sauber und roch gut und Annika genoss das kalte Wasser. Als sie runterkam, fühlte sie sich schon viel besser. Russell deutete rüber zum Pick-up. »Ich hoffe, ihr seid anständig mit meinem Wagen umgegangen.«

»Fährt sich wie 'ne eins«, sagte Tim grinsend.

»Sie sind also Pilot?«, hakte Jeremy nach. »Heißt das, Sie werden uns an den nächsten Ort bringen?«

»Aber sicher. Warum wärt ihr sonst hier?«

»Wo steht denn Ihr Flugzeug?«

»So eilig, hm? Nicht mal Zeit für einen kleinen Plausch?«

»Wir sind leider ziemlich in Eile«, sagte Annika, ehe es Jeremy gelang, den Alten zu verärgern. »Können Sie uns irgendetwas über unser nächstes Ziel sagen?«

»Könnte ich, will ich aber nicht.« Der Alte stemmte sich aus seinem Schaukelstuhl. Sein Hund stand ebenfalls auf. »Genau genommen darf ich es auch nicht. Anweisungen vom Chef. Ich bin nur hier, um euch von A nach B zu bringen.« Er blickte sie der Reihe nach an. Mit seiner sonnengegerbten Haut, seinem alten Strohhut und den O-Beinen sah er aus wie die Vogelscheuche aus dem Zauberer von Oz. Konnte jemand wie er überhaupt ein Flugzeug fliegen?

»Na, dann folgt mir mal«, krächzte Russell. »Mein Kassenautomat steht da drüben.«

»Kassenautomat?« Jeremy runzelte die Stirn.

»Na klar. Meint ihr, ich mache das alles hier umsonst?«

Er führte sie rüber zu der kleinen Halle, in der auch das Flugzeug stand. Annika fiel beim Anblick dieser Klapperkiste die Kinnlade runter. Wie es schien, wurde das Ding nur von Spucke und gutem Willen zusammengehalten. Quer über den Rumpf war der Name *Norma Jean* gepinselt, zusammen mit einem Porträt der Filmschauspielerin Marilyn Monroe. Auf einem Tisch daneben stand ein kleines, gammeliges Kreditkartenlesegerät, das aussah, als hätte Russel es aus einer Altmetalldeponie gezogen.

»Bitte sehr«, sagte Russell. »Es kommen immer mehr Touristen, die einen Flug über Mesa Verde buchen wollen, sodass sich so etwas lohnt. Ihr habt doch hoffentlich Kreditkarten, oder? Einfach hier reinschieben, PIN eingeben und dann den Betrag. Mein Honorar beträgt eintausend Dollar plus noch mal tausend für Benzin und Wartungskosten.«

»Zweitausend Dollar, soll das ein Witz sein?« Jeremys Unterkiefer klappte runter. »Für den Betrag können wir das Flugzeug ja kaufen.«

»Und wer soll sie dann fliegen, Junge? Du?«

Jeremy blähte sich auf. »Ich …« Annika schob ihn zur Seite. »Das geht in Ordnung«, sagte sie, ehe der alte Mann ärgerlich wurde. »Zweitausend, sagten Sie? Ich denke, wir werden auf Zweitausendzweihundert aufrunden, weil Sie uns so nett empfangen haben.« Sie steckte ihre Karte in den Schlitz. Der Ausdruck des Alten hellte sich auf. »Du bist in Ordnung, Mädchen. Hast das Herz am rechten Fleck. Nicht so wie dieser Schmock.« Er bedachte Jeremy mit einem finsteren Blick. »Wenn du bitte hier den Betrag eingeben und dann bestätigen würdest? Du musst dazu nur auf *Enter* drücken.«

Sie tippte den vereinbarten Betrag ein, ein heller Gong ertönte, dann war die Zahlung abgeschlossen. Das Gesamtvermögen im Display sank auf siebzehntausendachthundert Dollar. Im Inneren des Automaten ratterte es, dann ging eine Klappe auf und spuckte einen Beleg aus. Russell prüfte ihn, nickte und reichte ihn an Annika weiter. »So hat alles seine Richtigkeit«, sagte er. »Ich packe nur schnell meinen Kram, dann kann's losgehen.«

Er verschwand kurz in seiner Hütte, kam mit einer Tasche zurück und forderte sie auf, ihm beim Herausschieben der Maschine zu helfen.

Inzwischen hatte die Sonne ihren höchsten Stand erreicht. Die Schatten waren auf einen winzigen Punkt zusammengeschrumpft. Um sie herum strahlte die Wüste mit blendender Helligkeit. Annika spürte, wie dumpfe Müdigkeit sie umfing. Sie gähnte herzlich. Die letzte Nacht war schrecklich gewesen. Alle hatten sie kaum ein Auge zugetan.

Russell legte seine Hand auf ihre Schulter. »Gleich dürft ihr es euch bequem machen und euch ausruhen. Im Inneren sind Matten und Decken. Nachdem wir gestartet sind, könnt ihr euch hinlegen und mir den Rest überlassen. Proviant ist auch vorhanden, es gibt also nichts, wovor ihr euch fürchten müsst. Streckt die Beine aus und schlaft. Wenn ihr aufwacht, sind wir auch schon da.«

Annika ließ sich das nicht zweimal sagen. Sie kroch in den Stahlrumpf, suchte sich ein gemütliches Plätzchen und sah Russell dabei zu, wie er zusammen mit Barney die letzten Vorbereitungen traf. Der Hund schien die Rolle das Co-Piloten einzunehmen. Überraschenderweise wirkte Russell auf einmal kein bisschen klapperig oder altersschwach mehr. Als hätte die Aussicht, sich bald die Luft zu erheben, eine verjüngende Wirkung auf ihn.

Annika trank einen Schluck und blickte zum Fenster hinaus, während die beiden Propeller den Wüstensand aufwirbelten. Dann ging es los.

Der Lärm schwoll an und die Maschine holperte schneller und schneller über die Startbahn. Mit einem letzten Aufheulen schossen sie in die Höhe.

Annika sah, wie unter ihnen alles kleiner und kleiner wurde.

Felsen, Bäume, Sträucher und Staubpisten. Erst von hier oben wurde ihr bewusst, wie karg und einsam diese Gegend war. Ein Land, das wirklich und wahrhaftig den Geistern gehörte. Und dies war nur die erste Etappe. Was ihnen wohl als Nächstes bevorstand?

Doch die Antwort musste warten.

Das Brummen der Motoren übte eine beruhigende und einschläfernde Wirkung auf sie aus. Die Temperaturen hatten ein angenehmes Maß angenommen und die Decken waren weich und bequem. Annika warf Tim einen letzten Blick zu, doch der war schon fest eingeschlafen. Lächelnd schloss sie die Augen und fiel binnen einer Minute in tiefen Schlaf.

14

Hannover …

Elissavet Sakalidis saß in einem Nebenzimmer im elterlichen Restaurant und starrte auf ihren Laptop. Auf ihrem Monitor taten sich erstaunliche Dinge. Eben noch war sie live in einer Berichterstattung der GlobalGames-Weltmeisterschaft gewesen, als plötzlich – *zack* – ein Chatfenster aufgesprungen war und eine Nachricht hereinflatterte. Wie von Geisterhand wurden Buchstaben über den Bildschirm gekritzelt. Aus Buchstaben wurden Worte und aus denen wiederum Sätze. Und das Verrückte: *Sie waren an sie gerichtet.*

Hi Eli, stand da zu lesen. **Bitte nicht verwundert sein, hier ist Tim.**

»Tim …?«, murmelte Eli.

Sie hatte Tim und Annika zu Beginn der ersten Runde im Zug von Hannover Richtung Berlin getroffen. Sie hatten sich auf Anhieb verstanden und waren zu einem guten Team geworden. Doch während der Bergung des Claims im Völklinger Stahlwerk war Eli schwer verletzt worden. Deshalb hatte sie Malte für die Weltmeisterschaft zu ihrem Stellvertreter ernannt.

Die drei hatten Eli nach Beendigung des Vorentscheids noch einmal in Hannover besucht, doch seither waren sie sich nicht mehr begegnet. Malte lebte in Leipzig, Annika und Tim in

Köln – das waren einfach zu große Distanzen, um schnell mal für ein Wochenende rüberzudüsen. Tims Nachricht traf sie völlig unvorbereitet.

»Ich schreibe dir von Bord eines kleinen Zweipropellerflugzeugs, das uns zum nächsten Einsatzort fliegt«, las sie laut. »Keine Ahnung, wohin es geht, aber das wirst du vermutlich früh genug erfahren. Verfolgst du die Spiele? Ich hoffe, die Aufnahmen kommen einigermaßen cool rüber.«

»Cool?«, murmelte Eli. »Das ist schon fast zu cool. Gestern Nacht ist mir beim Anblick dieser Wolfskreaturen beinahe das Herz stehen geblieben.«

Nicht dass die anderen Teams nicht auch spannende Quests zu erledigen hatten, aber Elis Aufmerksamkeit galt natürlich ihrer eigenen Gruppe. Sie verfolgte die Abenteuer der Glorreichen Sechs nonstop rund um die Uhr.

Malte, unser kleines Technikgenie, hat einen Weg gefunden, wie man abseits der offiziellen Kanäle geheime Botschaften verschicken kann, fuhr Tim fort. **Ich dachte, ich probiere es gleich mal aus und schaue, ob's wirklich funktioniert. Wäre doch cool, wenn wir uns Botschaften zusenden könnten, ohne belauscht zu werden, oder? Aber zuerst mal: Wie geht es dir? Ich hoffe, es ist alles gut verheilt und du kannst dich wieder bewegen.**

»Kann ich, ja. Tut zwar manchmal noch ein bisschen weh, aber die Ärzte sagen, ich hätte fantastische Selbstheilungskräfte. Alle Brüche sind super zusammengewachsen.« Eli, die dazu neigte, Selbstgespräche zu führen, biss sich auf die Lippen und sah sich um. Sie wollte nicht, dass ihre Eltern mitbekamen, was sie hier tat. Die beiden waren in der Küche zugange und bereiteten die Betriebsfeier vor, die heute Abend im *Meteora* stattfinden sollte. Eli musste später auch noch ran, doch bis dahin war noch etwas Zeit. Aufgeregt verfolgte sie weiter den Text.

Du ahnst gar nicht, wie oft mir unser gemeinsames Erlebnis durch den Kopf gegangen ist, schrieb Tim weiter. **Dein todesmutiger Einsatz auf dem Dach dieses Winderhitzers steckt mir immer noch in den Knochen. Der Sturm, das Gewitter – dein Sturz. Es gibt Nächte, in denen ich schweißgebadet aufwache, weil ich wieder davon geträumt habe. Es ist so schade, dass du nicht mit uns mitmachen kannst. Wir könnten dich hier gut gebrauchen. Ohne *ZorbaTheGreek* fühlt sich das Team nicht richtig an.**

»Danke«, flüsterte Eli und berührte das Chatfenster mit den Fingerspitzen.

Wenn du mir zwischendurch mal etwas schreiben magst, würde ich mich sehr freuen, liefen die Zeilen weiter. **Außerdem interessiert es mich, ob dieser Chatkanal in beide Richtungen funktioniert und ob er wirklich so geheim ist, wie Malte behauptet. Obwohl mir der Kleine wirklich ans Herz gewachsen ist, kommt er mir manchmal verändert vor. Er ist stiller geworden, unnahbarer. Chattet dauernd mit seinem Bruder, will aber nicht sagen, worum es geht. Malte behauptet zwar, Patrick hätte seine Hackervergangenheit hinter sich gelassen, doch ich bin mir nicht sicher, ob das wirklich stimmt. Jedenfalls hat er sich verändert, seit wir ihm damals am Völkerschlachtdenkmal begegnet sind, und ich denke, es könnte etwas mit seinem Bruder zu tun haben. Aber vielleicht bilde ich mir das auch alles nur ein. Wir stehen hier ziemlich unter Anspannung, da kann einem die Fantasie schon mal einen Streich spielen.**

Gerade ist es ruhig, weil der Rest der Bande schläft, aber nachher liegen die Nerven wieder blank, haha. Ich hau mich jetzt auch noch mal 'ne Runde hin. Wie gesagt, über eine Rückmeldung würde ich mich riesig freuen, hätte aber auch Verständnis, wenn du damit nichts zu tun haben willst. Sollte ich dich nerven, dann teile mir das bitte mit. Ich will dir auf keinen Fall zur Last fallen. Liebe Grüße und bis bald, Tim.

»Nerven? Zur Last fallen? Du hast sie wohl nicht alle«, flüsterte Eli. »Wir sind immer noch ein Team und das werden wir immer bleiben. Wenn ich etwas für euch tun kann, werde ich das tun.« Sie überlegte kurz, was sie ihm schreiben sollte, dann hatte sie eine Idee und legte ihre Finger auf die Tasten.

GLOBALGAMES

INCORPORATED

Claim 2

Terra Incognita

15

Am nächsten Morgen ...

Als Tim aus dem Fenster blickte, war die Welt unter ihm grün und tropisch. Sie waren noch immer an Bord von Russells kleiner Klapperkiste, aber inzwischen hatten sie deutlich an Höhe verloren.

In der Ferne lugte eine Stufenpyramide über den Dschungel. Tim sah eine alte Tempelstadt, zurückerobert und überwuchert von der atemberaubenden Natur. Dichte Palmenwälder, verwunschene Flüsse und exotische Vögel ließen das Land wie einen bunt schillernden Traum erscheinen. Inzwischen waren alle erwacht und blickten nach draußen.

»Guten Morgen, Kinder«, meldete sich eine schnarrende Stimme von vorne. »Na, gut geschlafen?« Russell blickte erwartungsvoll in den Rückspiegel. Auf dem Sitz des Co-Piloten hockte Barney und sah sie mit haselnussbraunen Augen an.

»Ihr habt den Zeitpunkt perfekt abgepasst. Wir setzen bald zur Landung an. Herrliches Wetter da draußen. Besser geht's nicht.«

Tim streckte sich. »Wo sind wir denn?«

»Costa Rica«, tönte es von vorne. »Wir haben Honduras hinter uns gelassen, Nicaragua überquert und sind jetzt auf dem

Anflug auf Agujitas de Drake. Wollt ihr noch rasch etwas essen, ehe wir landen? Jetzt ist es kurz nach acht und wir haben noch etwa zwanzig Minuten Flugzeit.«

Tim riss die Augen auf. Er erinnerte sich, zwischendurch mal wach gewesen zu sein und Eli eine Nachricht geschickt zu haben. Er hatte Lichter gesehen und Benzin gerochen, allerdings hatte er es für Bruchstücke eines wirren Traums gehalten. Sein Zeitgefühl war völlig aus den Fugen geraten. Hatte der Alte ihnen etwas ins Wasser gemischt? Wurde das jetzt zur Masche der Produzenten?

»Wie gesagt: Stärkt euch noch etwas, ehe wir aufsetzen. Ich kümmere mich wieder um meine Instrumente.«

Costa Rica! Ein vollkommen neuer Erdteil.

Tim beschloss, Russells Rat zu folgen und sich einen Haferkeks, Obst und etwas Wasser zu gönnen – auch auf die Gefahr hin, dass da irgendwelche chemischen Substanzen drin waren. Seine Zähne fühlten sich stumpf an. Die gehörten dringend mal geputzt. Auch hatte er das Gefühl, nach Schweiß zu stinken. Aber wie hätte er das ändern sollen, wenn es nirgendwo eine Dusche gab? Dass es hier im Flieger roch wie in einem Pumakäfig, lag übrigens nicht an ihm alleine. Die anderen trugen ebenso ihren Teil dazu bei. Aufs Klo musste er auch, doch er hatte keine Lust, die winzige Behelfstoilette im hinteren Teil des Flugzeugs zu benutzen. Also hieß es Zähne zusammenbeißen und warten, bis sie am Boden waren.

Vulkane zogen an ihnen vorüber. Spitze Kegel, die hoch in die Wolken ragten. Was wusste er über Costa Rica? Genau genommen gar nichts. Dies war ein Teil der Welt, von dem er bisher nur aus dem Fernsehen oder aus Zeitschriften gehört hatte. Was wurde hier überhaupt für eine Sprache gesprochen?

Schon verrückt. Niemals hätte er damit gerechnet, so schnell und so weit von zu Hause fortzugehen. Es war das erste Mal und es fühlte sich verdammt komisch an. Er vermisste Dad. Er vermisste Emily und seine Freunde. Er vermisste sein altes Leben. Wenn er daran dachte, wie er in all dies hineingerutscht war, fühlte es sich an, als würde sein Herz von einer riesigen Faust zusammengepresst.

Komm schon, reiß dich zusammen, dachte er. *Zwei Tage und schon Heimweh? Was bist du, ein Baby?* Die anderen hatten bestimmt auch ihre Probleme, aber keiner von ihnen machte deswegen Theater, nicht mal Malte.

Die Maschine sackte tiefer. Es gab einen kleinen Ruck.

»Keine Sorge!«, rief Russell. »Nur ein paar Turbulenzen. Ganz schön schwül da draußen.«

»Werden Sie uns begleiten, wenn wir gelandet sind?«, fragte Vanessa hoffnungsvoll.

»Was, ich?« Russell lachte. »Was soll ich denn hier? Nein, nein. Ich tanke nur rasch auf, hau mich 'ne Runde aufs Ohr und dann geht's zurück nach Mesa Verde. Da wartet Arbeit auf mich.«

»Werden wir denn von jemandem abgeholt? Einem Fahrer, oder so?«

»Keine Ahnung. Hat man euch nichts gesagt?«

Alle schüttelten die Köpfe.

»Tja, Leute, da kann man nichts machen.« Russell zuckte die Schultern. »Mein Job endet, sobald wir den Boden berührt haben. Falls es euch interessiert: Die erste Runde ist inzwischen offiziell beendet. Von den achtundvierzig Nationen, die angetreten sind, haben vierundzwanzig die zweite Runde erreicht – ihr eingeschlossen.«

»Gab es irgendwelche Überraschungen?«, fragte Jeremy. »Ein Favorit, der vielleicht ausgeschieden ist?«

»Oh ja, die gab es«, sagte Russell. »Tatsächlich sah es für die USA eine Zeit lang nicht gut aus. Das Mongoleirätsel hat unser Team vor gewaltige Herausforderungen gestellt, bis unsere Teamleaderin Elisa Monahan durch Zufall den entscheidenden Hinweis fand und wir Marokko mit einem haarscharfen Abstand rauswerfen konnten. Ein absoluter Krimi, das kann ich euch erzählen. Die Chinesen sind natürlich eine Runde weiter, ebenso Indien, Brasilien und Pakistan. Die Big Five eben. Die kleinen Nationen stehen ziemlich unter Druck. Abgesehen von Kanada sind die meisten rausgeflogen. Aber das ist ja auch nicht verwunderlich, genau genommen ist es reine Mathematik. Je größer eine Nation, desto größer die Auswahl an Spitzenspielern. Deutschland rangiert mit Platz 19 im unteren Mittelfeld. Ihr müsst euch also ranhalten.«

»Keine Sorge«, sagte Vanessa selbstbewusst. »Es gibt noch andere Faktoren als Mathematik. Intuition zum Beispiel. Erfahrung und Instinkt.«

»Vor allem braucht es gute Nerven«, sagte Annika. »Tim hat es uns vorgemacht. Er hat im entscheidenden Moment die richtigen Schlüsse gezogen und uns nach vorne gebracht. Man darf sich nicht verrückt machen lassen und muss einen kühlen Kopf behalten.« Ihr Lächeln sorgte bei ihm sofort wieder für Herzrasen.

»Wenn du das sagst, wird es schon stimmen, Mädchen.« Russell nickte respektvoll. »Hat Spaß gemacht, mit euch zu plaudern. Setzt euch hin, schnallt euch an und dann geht es nach unten. In wenigen Minuten werdet ihr den Boden von Costa Rica betreten.«

»Costa Rica«, murmelte Annika. »Was hier wohl auf uns wartet?«

»Ich denke, das werden wir früh genug erfahren«, sagte Tim. »Ich rechne fest damit, der Roten Dame zu begegnen, sobald wir gelandet sind. Kann es kaum erwarten, ihr falsches Lächeln zu sehen.« Er grinste.

Die Rote Dame ließ sich nicht blicken. Bis auf zwei Angestellte und einen mürrischen Zöllner war das kleine Flughafengebäude leer. Der Beamte, der offensichtlich keine Ahnung hatte, wer sie waren oder warum sie diese seltsamen Overalls trugen, drückte ihnen sichtlich gelangweilt einen Stempel in den Pass und winkte sie durch. Ihm war anzusehen, dass er sich so schnell wie möglich wieder seiner Fernsehsendung widmen wollte. Sie ergriffen die Gelegenheit, die Waschräume zu benutzen, dann verließen sie den Flughafen. Neben dem Ausgang stand ein Bankautomat, aus dem sie noch rasch etwas Geld zogen.

Tim atmete die schwüle Luft ein. Es war ein Geruch, wie er ihn nur aus dem Tropenhaus im Kölner Zoo kannte. Es roch nach abgestorbenen Pflanzen, nach Gewürzen und nach Meer. Kleine Wolkeninseln segelten träge am kristallblauen Himmel.

Laut einer Karte befand sich der winzige Flughafen mit dem exotischen Namen *Aeropuerto de Bahía Drake* etwas nördlich der eigentlichen Hafenstadt. Sie mussten den Bus nehmen, um zu ihrem Ziel zu gelangen. Auf ihrer Anzeige leuchteten zwei grüne Punkte. Einer am Hafen, der andere auf dem Meer.

Sie waren die einzigen Passagiere, weswegen der Busfahrer gleich losfuhr, sobald sie eingestiegen waren. Reggaemusik dudelte aus dem Radio und über der Gruppe lag eine entspannt-schläfrige Atmosphäre. So lange, bis Tim zum ersten Mal das Meer sah.

»Alter ...« Ihm klappte der Unterkiefer runter. Er kannte solche Motive bislang nur von Hochglanzprospekten und Postkarten. »Das ist ja ein richtiges Tropenparadies.«

»Warum habe ich meinen Bikini nicht eingepackt?«, quietschte Vanessa. »Seht euch nur diesen weißen Sand an und die Palmen!«

Tim klebte mit seiner Nase an der Scheibe. »Meint ihr, das sind echte Kokosnüsse, die da wachsen?«

»Dämliche Frage«, erwiderte Jeremy herablassend. »Wenn's echte Palmen sind, sind's auch echte Nüsse.«

»Wahnsinn ...« Tim überhörte die Ironie einfach. Er war viel zu fasziniert von dem Anblick.

»Hört euch das an!«, rief Annika, die gerade im Hintergrund Daten abrief. »Drake Bay gilt als Taucherparadies. Hier steht, die Meeresfauna sei atemberaubend. Anscheinend kann man hier Wasserschildkröten beobachten. Rochen, Haie, Delfine, ja sogar Wale.«

»Haie, echt jetzt?« Tims Begeisterung verflog. Die Gameproduzenten waren doch hoffentlich nicht so wahnsinnig, sie in haiverseuchtes Wasser zu schicken.

»Hier steht, dass genau hier – in dieser Bucht – Sir Francis Drake bei seiner Weltumsegelung anlanden ließ, um sein Schiff, die *Golden Hinde*, instand setzen zu lassen und Holz, Proviant und Wasser zu bunkern«, fuhr Annika fort. »Das war am 16. März 1579. Vor knapp vierhundertfünfzig Jahren also.«

»Sir Francis Drake?« Tim glaubte, sich verhört zu haben. »Der berühmte Pirat?«

»Pirat, Entdecker, Weltumsegler«, sagte Annika grinsend. »Außerdem der Liebling von Königin Elisabeth I. Es gibt Gerüchte, die beiden hätten etwas miteinander gehabt …« Annika überraschte Tim immer wieder. Ihr geschichtliches Detailwissen war beeindruckend.

»Das ist doch der, der die spanische Flotte versenkt hat, oder?«, mischte sich jetzt auch Jeremy ein.

»Die Armada, genau«, erwiderte Annika.

»Nicht schlecht. Dann ist das hier also geschichtsträchtiger Boden. Ob unser nächstes Rätsel wohl damit zusammenhängt?«

»Wer weiß …« Tim blickte aus dem Fenster. Rechts und links tauchten Schilder auf mit Namen wie: Paradise Lodge, Adventure Drivers, Pirate Cove und so weiter. Sein Verdacht erhärtete sich. »Ich bin noch nie getaucht«, murmelte er. »Ihr?«

»Nö«, sagte Malte kleinlaut.

»Ich auch nicht«, sagte Vanessa. Auch keiner der anderen schien Erfahrung damit zu haben. »Warten wir doch erst mal ab, was die Rote Dame zu sagen hat«, meinte Annika. »Noch wissen wir ja gar nicht, was von uns verlangt wird. Erst mal müssen wir zum Hafen und dann raus aufs Meer.«

»Mir wird hier eine Insel angezeigt«, sagte Tim, der nun ebenfalls die Mapfunktion aktiviert hatte. »Sie trägt den Namen *Isla del Caño.* Deswegen leitet uns das Navi also zum Hafen. Wir sollen wohl mit einem Schiff übersetzen.«

»Sprichst du von diesen Nussschalen dort drüben?« Vanessa deutete nach draußen.

Vor ihnen tauchte eine Bucht auf, in der etliche kleine Fischerboote vertäut lagen. Wie Seemöwen tanzten sie auf den azurblauen Wellen. Holzhäuser standen auf Stelzen am Wasser und bunt bemalte Schilder erweckten den Eindruck eines Piratendorfs.

Ihr Bus wurde langsamer, dann hielt er an. Die Türen gingen auf.

»Estamos aquí«, sagte der Busfahrer. *»Cuesta 700 Colón.«*

Tim ging vor, zahlte, dann stiegen sie aus. Die Wellen empfingen sie mit wundervollem Rauschen. Jeremy beschirmte seine Augen mit der Hand.

»Da wären wir also«, sagte er. »Es ist vermutlich das Sinnvollste, wenn wir uns jemanden suchen, der uns rüberfährt, findet ihr nicht auch? Da drüben sehe ich einen Fischer, bei dem können wir es mal versuchen.«

Sie machten sich auf den Weg. Er führte über einen holzbeplankten Weg zum südlichen Teil der Bucht. Da keiner von ihnen Spanisch sprach, dachte Tim sich eine Frage aus und öffnete das Übersetzungsprogramm. Beherzt traten sie vor und Tim sprach den jungen Mann an. *»Buenas tardes, señor. ¿Puedes llevarnos a la Isla del Caño? También pagamos por ello.«*

Der Bursche blinzelte sie an, als kämen sie von einem anderen Stern. Offenbar wunderte er sich über ihr auffälliges Äußeres.

»Isla del Caño?«

Tim nickte. *»Sí.«* Die Übersetzung schien zu funktionieren.

»¿Qué estás haciendo ahí? – Was wollt ihr da?«, übersetzte das Programm.

»Wir wollen uns nur die Insel ansehen«, erwiderte Jeremy. »Wir sind Touristen.«

»Ich glaube, das weiß er auch so.« Tim grinste.

Der Mann schien es sich zu überlegen, dann nickte er. *»Eso hace 10.000 Colón.«*

»Zehntausend Colón?«, brauste Darius auf. »Das ist ja ein Vermögen.«

»Halt den Mund, Dummschwätzer«, erwiderte Tim. »Das können nicht mehr als ein paar Euro sein. Ein Schnäppchen.«

»Wen nennst du hier Dummschwätzer?«

Doch Tim beachtete ihn gar nicht. Er griff in die Tasche, zählte den Betrag ab und gab ihn dem Mann. Der zählte ab, dann sagte er etwas auf Spanisch.

»Wir sollen bis Sonnenuntergang zurück sein?« Tim blickte in den Himmel, ließ sich die Karte anzeigen und überschlug die Fahrtzeit. »Das werden wir kaum schaffen«, murmelte er. »Die Insel ist fünfzehn Kilometer entfernt.«

»Vielleicht kann er uns morgen früh abholen«, schlug Jeremy vor. »Das dürfte uns genug Zeit geben, das Rätsel zu finden und zu lösen.«

Tim stellte dem Mann die Frage und erntete vehementes Kopfschütteln. Ein Schwall von Worten ergoss sich aus seinem Übersetzer. Aus dem, was er verstand, schloss er, dass der junge Fischer kurz vor der Morgendämmerung auslaufen und den halben Tag auf See sein würde. Und dass er keine Zeit hatte, sie abzuholen. Doch dann schien ihm etwas einzufallen. *»Podría llevarme un segundo barco conmigo«,* sagte er. *»Lo atas y vuelves cuando termines. Pero cuesta otros diez mil colones.«*

Tim lächelte. »Das klingt schon besser. *Sí, sí.* Einverstanden.« Er nickte heftig. »Ein zweites Boot und wir bringen es im Anschluss zurück. Ist doch in Ordnung, oder? Und die zwanzigtausend Colón Aufpreis dürften klargehen.«

»Tun sie«, sagte Jeremy. »Wir sollten ihn schnell bezahlen, ehe er es sich anders überlegt.«

Tim gab dem Mann das Geld, der zählte durch und deutete dann lächelnd auf das Boot. *»Está bien. Sube a bordo. Mi nombre es Juan.«*

Tim schüttelte ihm die Hand. »Ich bin Tim. Das sind Annika, Vanessa, Malte, Darius und Jeremy. Danke, dass du uns rüberfährst.«

Sie nahmen in dem kleinen Boot Platz, Juan band ein zweites Boot hintendran, startete den Außenbordmotor und los ging es.

Über die schaumgekrönten Wellen hüpften sie Richtung Insel. Ein warmer Wind schlug ihnen entgegen. Die Wogen klatschten gegen die Bordwand und benetzten ihre Overalls. Juan warf ihnen einen neugierigen Blick zu.

»¿Por qué llevas esa ropa tan extraña?«

»Warum wir so seltsame Kleidung tragen?« Tim strich seinen Overall glatt. »Weißt du denn nicht, wer wir sind?«

Er schüttelte den Kopf. *»No tengo ni idea.«*

Tim entschied, so wenig Aufmerksamkeit wie möglich erregen und den Ball flach zu halten. Er erzählte, dass sie von einer

Naturschutzorganisation stammten, und Juan schien den Köder zu schlucken. Der Rest der Fahrt verlief schweigend.

»Himmel, wir müssen schnell zusehen, dass wir diese Klamotten loswerden«, murmelte Vanessa. »Die Leute halten uns sonst noch für die Ghostbusters.«

Ihr Ziel ragte inzwischen als steiler Felsen aus der See. Laut Onlinedatenbank war die Isla del Caño ein tropisches Paradies. Drei Kilometer lang, anderthalb Kilometer breit und hundertfünfzig Meter hoch. Ein geschütztes Naturreservat, in dem ausschließlich Wildtiere lebten. Keinerlei Clubs, Bars oder Hotels. Die umgebende Steilküste machte es nahezu unmöglich anzulanden, doch Juan fuhr sie zu einer geschützten Bucht mit einem schmalen Strand. Gerade groß genug, um mit den kleinen Booten hineinzusteuern und von dort aus festen Boden zu betreten. Er ließ sie aussteigen und band das zweite Boot los.

»Nehmt euch vor den Schlangen in Acht«, kam es aus Tims Übersetzer. *»Ein paar von denen sind echt giftig. Adiós!«* Juan wendete das Boot und verschwand winkend hinter der nächsten Klippe. Die Geräusche der Insel kehrten zurück. Das heisere Krächzen der Affen, das schrille Trillern der Tropenvögel, das Rauschen der Bäume. Tim wurde mit einem Mal bewusst, wie einsam es hier war.

Er sah sich um. »Was haltet ihr davon, wenn wir das Boot vertäuen? Nicht dass es uns noch davonschwimmt.«

»Gute Idee«, sagte Jeremy. »Die Stelle da drüben macht einen guten Eindruck. Wenn wir alle gemeinsam mit anpacken, können wir es ein Stück an Land ziehen.«

Sie wählten eine Stelle, an der das Boot vor neugierigen Blicken geschützt war, legten zur Sicherheit noch ein paar Palmwedel obendrauf und machten sich auf Erkundungstour. Vor ihnen lag eine fremde Welt, die entdeckt werden wollte.

16

Leipzig …

Am Hauptbahnhof stand eine riesige LED-Wand, vor der sich Tausende von Menschen versammelt hatten. Imbisswagen umringten das Areal von der Größe eines Fußballfeldes, auf dem sich Zuschauer allen Alters und aller Nationalitäten tummelten. Es wurde gelacht, gesungen und geredet. Der Geruch von Würstchen, Pommes und Popcorn lag über dem Platz, während ringsherum die Lichter angingen. Der Feierabendverkehr brauste um sie herum.

Eli sah T-Shirts mit der Aufschrift *Go, Malte, Go!* und *Leipzig-Runner,* zusammen mit Bildern von seinem Gesicht. Kinder trugen bunte Luftballons durch die Gegend und Akrobaten vollführten ihre Kunststücke. Es war eine Stimmung, wie Eli sie bislang nur von Volksfesten her kannte.

Auf der Großbildwand waren Liveübertragungen der Spiele zu sehen. Kommentatoren erläuterten das Geschehen. Gerade eben wurde die Ankunft des deutschen Teams in Costa Rica übertragen und jedes Mal, wenn Malte ins Bild kam, ertönten Hochrufe.

Eli grinste. Ob Malte sich jemals hätte träumen lassen, dass er mal so berühmt werden würde? Nicht für eine Sekunde bedauerte sie, dass sie ihm ihren Platz abgetreten hatte. Der Kleine war gut und er hatte sich seine Mitgliedschaft im Team redlich verdient. Außerdem hatte Eli ohnehin keine Zeit. Sie war in anderer Mission unterwegs.

Der Stadtteil Volkmarsdorf lag nur wenige Fußminuten entfernt. Eli entschied, Geld zu sparen und auf die Fahrt mit der Straßenbahn zu verzichten. Die Kapuze ihres Hoodies übergezogen, verließ sie den Platz und eilte entlang der mehrspurigen Hauptstraße Richtung Osten.

Den Blick aus ihr Handy gerichtet, steuerte sie die vereinbarten Koordinaten an. Laut GPS nur noch fünf Minuten. Ihre Unruhe wuchs.

Es hatte ihr einiges an Erfindungsreichtum abverlangt, eine Geschichte zu konstruieren, die es ihr ermöglichte, zwei Tage von zu Hause fernzubleiben und gleichzeitig Eltern wie Schule auf eine falsche Fährte zu locken. Der Schule hatte sie ein ärztliches Attest präsentiert, ihren Eltern erzählte sie, dass sie einen Schulausflug in die Sächsische Schweiz und ins Elbsandsteingebirge unternahmen, beides unterlegt mit amtlich aussehenden Briefen und Dokumenten, die sie selbst gefälscht hatte. Die Werke wirkten auf den ersten Blick sehr überzeugend. Eli konnte sich nicht von einem gewissen künstlerischen Stolz freisprechen. Dennoch war ihr klar, dass der Betrug jederzeit auffliegen und sie in Schwierigkeiten bringen konnte. Mit den Konsequenzen würde sie leben müssen. Jetzt ging es nur darum, so schnell wie möglich nach Leipzig zu gelangen.

Die Sache duldete keinen Aufschub.

Vor ihr tauchte eine Häuserzeile von Plattenbauten auf, dahinter befanden sich ein Autohändler und eine Pkw-Werkstatt. Ein flacher Industriebau aus roten Ziegeln, vor dem sich ein schlecht asphaltierter Parkplatz mit etlichen Containern befand, zog ihre Aufmerksamkeit an. Das musste der vereinbarte Treffpunkt sein. Irgendwie hatte sie sich das anders vorgestellt. Mit einem mulmigen Gefühl in der Magengrube schaute sie sich um. Die wenigen Personen, die sie sah, waren alle Richtung Bahnhof unterwegs.

Eli durchquerte ein offenes Hoftor und betrat das Gelände. Auf einem verrosteten und halb herunterhängenden Schild standen die Worte:

PRIVATGELÄNDE. ZUTRITT VERBOTEN!

Das Gebäude wirkte abweisend und Furcht einflößend. Hätte sie wenigstens eine Rufnummer gehabt, dann könnte sie sich rückversichern, ob der Treffpunkt stimmte. Aber alles, was sie hatte, waren die Koordinaten und eine kurze Info auf ihrem Handy. Der Teilnehmer hatte seine Nummer dabei unterdrückt.

Müssen uns unbedingt treffen. Zeit drängt. Gibt Wichtiges zu besprechen. Mein Bruder Malte ist in Gefahr, vermutlich das ganze Team. Die Sache duldet keinen Aufschub. Komm am besten morgen. Werde da sein.

Unterschrieben war die Message mit **P.S.**

P.S.? Das konnte eigentlich nur Patrick Steinhäuser sein. Woher hatte der Typ ihre Handynummer? Und wieso reagierte er nicht auf ihren Anruf oder ihre Nachricht?

Von Malte wusste Eli, dass er bei seinem Bruder lebte, einem freien Künstler in Volkmarsdorf. Sie wusste, dass ihre Eltern ums Leben gekommen waren, als Malte noch sehr klein gewesen war, und dass er und Patrick etliche Jahre in Jugendwohngruppen, später im betreuten Wohnen gelebt hatten. Ein Schicksal, das Eli betroffen machte, zumal sie selbst aus einer Großfamilie stammte. Ohne Eltern oder Angehörige aufzuwachsen, war etwas, das sich ihrer Vorstellungskraft entzog. Wenn Maltes Bruder Künstler war, dann war das hier vielleicht seine Werkstatt. Es gab nur einen Weg, das herauszufinden.

Sie trat vor das große Rolltor und klopfte an. Es schepperte mächtig, mehr tat sich nicht. Keine Stimmen, keine Schritte, kein Summer. Allerdings auch kein Hundegebell oder das Jaulen einer Alarmanlage. Sie ging ein paar Schritte weiter und entdeckte eine Alutür, neben der sich ein Firmenschild befand.

KURT KNOBLOCH – BAUSTOFFLAGER

Eli drückte die Klinke runter und tatsächlich: Die Tür ging auf. Sie trat ein und sah sich um. Ein schmaler Gang, der in einem Büro mündete. Alles dunkel. Der Raum wirkte ungenutzt.

»Hallo, ist da jemand?«

Keine Antwort.

Sie ging weiter und öffnete eine zweite Tür auf der gegenüberliegenden Seite. Weiterer Gang, weiteres Büro. Das Gebäude wirkte wie ausgestorben. Müll lag in den Ecken. Der Versuch, einen Lichtschalter zu betätigen, schlug fehl. Inzwischen war sie ziemlich sicher, die falsche Adresse gewählt zu haben. Sie musste sich in den Koordinaten geirrt haben.

Eli überkam der Drang, das Gebäude schnellstmöglich zu verlassen. Sie wollte sich schon umdrehen, als von vorne ein Geräusch erklang. Das Klirren einer umfallenden Flasche. »Hallo?«

Immer noch keine Antwort. Vorsichtig öffnete sie die nächste Tür und betrat eine riesige Halle. Das dämmrige Licht fiel durch schmale Milchglasfenster im oberen Abschnitt des Raums. Es genügte zwar, die ungefähre Größe abzuschätzen, nicht aber, Details zu erkennen. Ein eigenartiger Geruch lag in der Luft. Es roch nach Holz, Farben und Lösungsmitteln. Und dann war da noch ein anderer Geruch: Kaffee. Frisch aufgebrühter Kaffee.

»Ach, kommt schon!«, rief sie. »Hört auf mit dem Versteckspiel, mir wird das jetzt echt zu …«

Zong – flammte Licht auf.

Nicht eine einzelne Lampe, sondern eine komplette Batterie blendend heller Deckenstrahler. Das stechende Licht zwang Eli für einen kurzen Moment, die Augen zu schließen.

Als sie sie wieder öffnete, sah sie sich umringt von fünf ziemlich schräg aussehenden Personen. Zwei Frauen, drei Männer. Keiner älter als dreißig. Einer von ihnen war ein Punk, der andere ein Hipster. Eines der Mädchen trug geflochtene Haare und keltischen Schmuck, die zweite war komplett in Schwarz gekleidet, mit heller Haut und dick aufgetragenem Make-up. Am ungewöhnlichsten war der Typ mit Krawatte, weißem Hemd und Sakko. Er sah aus wie ein Anwalt oder Banker und wollte so gar nicht hierherpassen. Mit seinen braunen Augen musterte er sie aufmerksam.

»Elissavet?«

»Eigentlich Eli«, stammelte sie. »Aber ja …«

»Freut mich, dich kennenzulernen. Ich bin Patrick.« Er streckte ihr die Hand entgegen. Eli runzelte die Stirn. Das war also Patrick, Maltes Bruder? Den hatte sie sich ganz anders vorgestellt. Aber sie erkannte die Ähnlichkeit. Die beiden hatten dieselben haselnussbraunen Augen. Ihr Herzklopfen beruhigte sich etwas.

»Sorry für den dramatischen Auftritt«, sagte Patrick. »Es ist das übliche Verfahren, wenn jemand Fremdes hier reinkommt. Als wir hörten, dass die Tür aufging, haben wir erst mal alle Lichter ausgeschaltet. Kleine Vorsichtsmaßnahme. Du ahnst nicht, wie oft wir unerwünschten Besuch bekommen. Immer wieder wollen irgendwelche Idioten Ärger machen. Besoffene oder einfach nur Störenfriede, die denken, es gäbe etwas zu holen.«

»Wie wär's mit einem Schloss?«

Alle lachten.

»Wenn das so einfach wäre, hätten wir das schon längst gemacht«, sagte eine der Frauen. »Tatsache ist aber, das Gebäude gehört uns nicht. Wir werden hier nur geduldet. Man erlaubt uns zwar, die Räume als Atelier zu benutzen, aber abschließen dürfen wir sie nicht.«

»Hast du Lust, dass wir dich ein bisschen herumführen?«, sagte Patrick. »Möchtest du was trinken? Ich könnte mir vorstellen, dass dich die Reise erschöpft hat.«

»Später.« Eli blickte sich um. »Was ist das für ein Ort?«

Patrick breitete die Arme aus. »Herzlich willkommen in unserer kleinen Künstlerkommune. Das sind Marie und Ayla«, er deutete auf die jungen Frauen. »Daneben Paul und Julian.«

Der Punk und der Hipster nickten ihr zu.

»Schön, dass es geklappt hat. Danke übrigens für deine Nachricht. So wussten wir, dass du tatsächlich kommen würdest.«

»Dann hast du meine Nachricht also doch erhalten?« Eli hob die Brauen. »Warum hast du dich nicht zurückgemeldet?«

»Sicherheitsgründe«, sagte Patrick schulterzuckend. »Wir sind alle sehr nervös. Das betrifft SMS, Kurznachrichtendienste und das Telefonieren. Ich bin dir dankbar, dass du persönlich vorbeigekommen bist. War es schwierig für dich?«

»Geht so«, sagte Eli. »Wenn ich will, kann ich sehr erfinderisch sein.«

Patrick grinste. »Komm, setzen wir uns drüben an den Tisch, dann werde ich dir erzählen, worum es geht.«

Eli zögerte.

»Ich verstehe, dass du argwöhnisch bist«, sagte Patrick. »Wäre ich an deiner Stelle auch. Aber du kannst uns wirklich vertrauen. Wir sind die Guten. Wir haben es uns zur Aufgabe gemacht, die Schwachen zu schützen und die Starken in ihre Schranken zu weisen, wenn sie gewisse Grenzen überschreiten.«

»Ich dachte, ihr seid Künstler.«

Patrick lachte. »Genau deshalb. Die Aufgabe der Kunst besteht darin, Missstände anzuprangern und für Gerechtigkeit zu sorgen, oder? Das tun wir mit unseren Werken, in Ausstellungen und öffentlichen Veranstaltungen – aber auch im Verborgenen. Mit Mitteln, die – um es mal vorsichtig zu formulieren – nicht ganz legal sind.«

»Malte erzählte davon, dass du früher Mitglied einer Gruppe von Internetaktivisten gewesen bist, die sich in die Netzwerke großer Firmen eingehackt und dort für Chaos gesorgt haben. Stimmt das?«

»Mein kleiner Bruder ist eine schwatzhafte Drossel.«

Wieder lachten alle.

»Ja, es stimmt«, sagte Patrick. »Ich habe ihn schon so oft ermahnt, vorsichtig zu sein. Aber in eurem Fall war es gut, dass er davon erzählt hat. Schließlich sitzen er und deine Freunde alle im selben Boot.«

»Ich verstehe nur Bahnhof«, sagte Eli stirnrunzelnd. »Ich glaube, ich hätte jetzt doch gerne etwas zu trinken.«

Der Hipster nickte. »Ich hole uns was. Magst du einen Kaffee? Könnte eine lange Nacht werden.«

Eli nickte. *Eine lange Nacht*? Was hatten die Typen vor? Sie nahm an dem riesigen Holztisch Platz. Patrick räumte Zeichenblätter, Stifte und Pastellkreide beiseite.

»Seid ihr alle Hacker?«

»Nein, natürlich nicht. Genau genommen nur Julian und ich. Aber die anderen haben nach einer Weile Spaß daran gefunden und auch ein paar Aktionen ins Leben gerufen. Manche davon recht erfolgreich.«

»Und ihr wohnt hier auch?«

»Nur unser Punker, Paul. Er hat da oben auf der Empore sein Lager bezogen.« Patrick deutete auf ein Metallgerüst, zu dem eine Leiter hinaufführte. »Der Rest von uns wohnt in einer WG gleich um die Ecke. Ah, da kommen schon unsere Getränke und der Kaffee. Bedien dich einfach.«

Julian stellte alles ab, lächelte Eli zu und zog sich dann mit den anderen zurück.

Eli nahm sich eine Tasse und schlürfte an ihrem Kaffee. Er war schön stark und heiß.

»Welche ist deine Staffelei?«

»Da drüben, siehst du?« Er deutete nach links, wo etliche Bilder mit Straßenansichten standen. Aus der Ferne betrachtet wirkten sie ziemlich realistisch. Eli bewunderte, wenn jemand so malen konnte. Sie hatte es ein paarmal versucht, war aber immer gescheitert.

»Warum hast du mich kontaktiert?«, fragte sie und nahm noch einen Schluck. »Geht es um das Spiel?«

Er nickte. »Ich brauche eine Verbündete.« Er griff nach einem Keks und knabberte daran herum. Seltsam, er wirkte plötzlich nervös. »Malte und ich sind da in etwas hineingerutscht, dass so nicht geplant war und dass uns beide sehr belastet. Ich habe dich kommen lassen, weil ich weiß, dass du mit Tim in Kontakt stehst. Malte hat mir davon berichtet. Es fällt mir nicht leicht, dir das alles zu erzählen, aber es ist wichtig, dass ihr davon erfahrt. Vermutlich kommt es sowieso bald ans Licht. Ich will, dass du verstehst, warum ich so handeln musste und dass es mir wirklich leidtut. Zu dem Zeitpunkt hatte ich keine andere Wahl. Doch inzwischen läuft das Spiel und nichts kann es mehr aufhalten.«

Eli runzelte die Stirn. »Das klingt alles mächtig geheimnisvoll, ich verstehe aber noch immer kein Wort. Könntest du dich bitte etwas klarer ausdrücken?«

»Na schön.« Patrick starrte auf seine Tasse. Er schob sie hin und her und er sah aus, als würde er sich für etwas schämen. »Ich habe Scheiße gebaut, Eli. Wir haben Scheiße gebaut. Malte und ich. Aber es ist nicht seine Schuld, sondern meine. Ich hätte stärker sein müssen – auch auf die Gefahr hin, dass sie ihn mir wieder weggenommen und zu Pflegeeltern gesteckt hätten. Aber das Risiko hätten wir eingehen müssen. Es war falsch, euch da mit hineinzuziehen. Ich möchte es wiedergutmachen. Zumindest Ehrlichkeit habt ihr verdient.« Er seufzte, dann sah er sie an. »Malte ist ein Spion und ich fürchte, dass er damit das ganze Team in Gefahr bringt. Er arbeitet für Shenmi Stevenson.«

17

»Hallo, Tim, herzlich willkommen und danke, dass du dich unserer Interviewserie stellst. Ihr seid gerade in Costa Rica angekommen und befindet euch noch am Flughafen. Wir wissen, dass du nur wenig Zeit hast, aber vielleicht könntest du uns doch ein kurzes Interview geben. Die Gespräche sollen dazu dienen, euch – die Helden der GlobalGames-Weltmeisterschaft – einem großen Publikum vorzustellen und euch noch bekannter zu machen. Magst du ein paar Worte zu dir selbst sagen?«

»Äh, ja, hallo zusammen. Mein Name ist Tim. Tim Feldmann. Ich bin seit zwei Jahren aktiv in der WorldRunner-Community und habe seither ein paar schöne Rätsel lösen dürfen. Ich habe auch selber schon welche gelegt, was für einen Runner natürlich der Ritterschlag ist. Zum Beispiel habe ich vergangenes Jahr ...«

»Laaangweilig ...«

»Wie bitte? ...«

»Bitte entschuldige die flapsige Ausdrucksweise, aber wir würden das Gespräch gerne in eine andere Richtung lenken. Wir möchten etwas über dich als Mensch erfahren. Wer bist du, was bewegt dich? Vielleicht hast du ja Lust, uns etwas Persönliches zu erzählen.«

»Etwas Persönliches?«
»Ja, ein Geheimnis. Zum Beispiel etwas, das nur deine engsten Freunde wissen. Was uns zum Beispiel brennend interessieren würde, ist, ob du schon mal eine Freundin hattest. Gibt es eine Person, bei der du heiße Ohren bekommst, wenn du an sie denkst? Bei der dein Herz heftig zu schlagen anfängt?«
»Nein ...«
»Ach, komm schon. Ein gut aussehender Junge wie du. Ich bin sicher, du hast inzwischen weibliche Fans überall auf der Welt.«
»Mag sein, aber ich ...«
»Was unsere Zuschauer besonders interessiert: Gibt es jemanden in deiner Gruppe, für den du spezielle Gefühle hegst? Uns ist zum Beispiel aufgefallen, dass Annika und du viel Zeit miteinander verbringt. Ihr seid ein gutes Team, aber vielleicht ist da ja noch mehr ...«
»Kein Kommentar.«
»Schade. Und wie sieht es mit dem anderen weiblichen Mitglied in eurer Gruppe aus? Was ist mit Vanessa? Sie scheint an dir interessiert zu sein. Würdest du ihr eine Chance geben? Und wie würde Annika darauf reagieren? Siehst du, Tim, das sind die Geschichten, die zählen. Eine solche Story würden unsere Zuschauer begierig verschlingen. Und sie würde dir und deinem Team bestimmt viele Sympathiepunkte einbringen.«
»Aber was bringen mir Sympathiepunkte, wenn sie auf Kosten unseres echten Punktestandes gehen? Wir sind

doch vorrangig hier, um Aufgaben zu lösen und die WM zu gewinnen, oder irre ich mich da?«

»Oberflächlich gesehen mag das stimmen, aber letztendlich ist es eine Unterhaltungsshow. Es geht darum, dem Publikum zu geben, was das Publikum verlangt. *There is no business like show business.* Denke daran, dass das Rennen auf der Ziellinie noch lange nicht zu Ende isl.«

»Verstehe ich nicht ...«

»Ich rede von Fernsehterminen, von Interviews und Werbeverträgen. Dinge, die nach der Show passieren. Und ich rede von Geld. Viel Geld. Du magst zwar als Gewinner aus dem Rennen gehen, doch wenn dich niemand leiden kann, wirst du schnell in Vergessenheit geraten. Auf der anderen Seite könntest du als Zweiter durchs Ziel laufen und trotzdem der König der Herzen sein. So jemand hätte auf lange Sicht viel mehr gewonnen. Stell dir vor: Du könntest einen Bestseller schreiben, vielleicht bekommst du eine eigene Fernsehshow. Wie das wohl dein Leben verändern würde?«

»Ich werde es mir durch den Kopf gehen lassen ...«

»Tu das, Tim, tu das. Aber vergiss nicht: Nicht der Schnellste ist der Gewinner, sondern derjenige, dem es gelingt, die Menschen für sich zu gewinnen. Und jetzt würden wir gerne ein bisschen über dein spezielles Verhältnis zu deiner verstorbenen Mutter erfahren.«

»Meine Mutter?«

»Aber ja. Noch so ein Thema, über das unsere Zuschauer liebend gerne mehr wissen würden. Wie kam es zum

Beispiel dazu, dass du ein WorldRunner wurdest? Hatte sie mit dieser Entscheidung zu tun?«

Pause.

»Tim?«

»Na schön, wenn es unbedingt sein muss …«

18

Isla del Caño …

Sie entdeckten das gegnerische Team am westlichen Ende der Insel. Im Schutz des kleinen Leuchtturms trafen sie ihre letzten Vorbereitungen zum Erkunden der Insel.

Annika schaltete ihre Brille auf höchste Vergrößerung. »Sehen asiatisch aus«, murmelte sie. »Meint ihr, das sind die Chinesen?«

Für sie waren die Chinesen ein Schreckgespenst. Das Team war im Vorfeld der Weltmeisterschaft mehrfach im Fernsehen zu sehen gewesen und hatte dabei eine unfassbare Schnelligkeit und Präzision an den Tag gelegt. Annika hatte beim Zusehen das Gefühl gehabt, sie würde einen einzelnen Menschen betrachten, der zwölf Arme und Beine besaß. Gegen ein solches Team zu bestehen, war praktisch unmöglich. Nicht wenn man sich als Team so oft stritt wie sie selbst.

»Es sind keine Chinesen, sondern Koreaner«, sagte Jeremy. »Ihr könnte es an der Flagge auf ihren Schultern erkennen, seht ihr? Kreisförmig, mit Yin und Yang.«

Annika nickte. Insgeheim war sie erleichtert, auch wenn sie nicht viel über die Koreaner wusste. Ein relativ junges Team, deren einzelne Spieler sich in kürzester Zeit in der Weltrangliste hochgearbeitet hatten. Ehrgeizig, aber unerfahren.

Trotzdem duften sie nicht den Fehler machen, sie zu unterschätzen, immerhin hatten sie es fast zeitgleich auf die Insel geschafft.

»Besser, wir ziehen uns zurück«, flüsterte Jeremy. »Nicht dass sie uns entdecken. Ein paar Minuten Vorsprung haben wir noch.«

»Ich habe den Punkt wieder auf dem Schirm«, sagte Tim. »Vorhin war er verschwunden, jetzt wird er mir wieder angezeigt. Habt ihr den auch?«

Annika schaltete auf die Mapfunktion ihrer Multimediabrille.

»Ja, ich sehe ihn«, sagte sie erleichtert. Sie hatte schon befürchtet, dass sie die ganze Insel wie nach der Stecknadel im Heuhaufen absuchen mussten.

»Ziemlich in der Mitte«, sagte sie. »Das Signal ist nur sehr schwach, aber da ist definitiv etwas.«

»Vielleicht befindet es sich unter den Bäumen«, gab Malte zu bedenken. »Pflanzen können so ein Signal durchaus beeinträchtigen.«

»Es gibt nur einen Weg, das herauszufinden«, sagte Jeremy. »Wir müssen selbst nachsehen. Kommt, beeilen wir uns lieber, ehe das Signal wieder verschwindet.«

In gebeugter Haltung machten sie sich auf den Weg zurück in den Dschungel. Annika warf einen letzten, sehnsüchtigen Blick über die Schulter, dann tauchte sie in das dichte Grün ein.

Auf Befehl von Jeremy hatte Darius die Führungsposition übernommen. Er war der Kräftigste und sollte ihnen den Weg bahnen. Um das Zentrum der Insel zu erreichen, mussten sie den Trampelpfad verlassen und querfeldein durchs Unterholz marschieren. Was leichter aussah, als es war. Denn kaum hatten sie ein paar Schritte zurückgelegt, wurden sie von wild wucherndem Grünzeug ausgebremst. Zweige, Blätter und Ranken drangen auf sie sein, Wurzeln umschlangen ihre Füße, während von riesigen Blättern Wasser auf sie herabtropfte. Die Geräusche des Waldes schienen schlagartig lauter zu werden.

Darius brach wie eine Planierraupe durchs Unterholz. Er knickte Äste ab, schob Zweige zur Seite und räumte den Weg frei.

Nun war Annika doch froh über ihren Overall. Das Gewebe war derartig dicht, dass es wie eine Schutzhaut wirkte. Wasser perlte ab und Stacheln und Dornen, von denen es hier reichlich gab, bissen sich an dem Stoff die Zähne aus. Manche Abschnitte waren allerdings derartig überwuchert, dass eine Durchquerung unmöglich war. Immer wieder musste das Team Haken schlagen, was dazu führte, dass sie bereits nach wenigen Minuten komplett die Orientierung verloren. Zum Glück blinkte der grüne Punkt mit regelmäßiger Beständigkeit. Wie ein Signalfeuer in tiefster Nacht führte er sie an ihr Ziel.

Annika rann der Schweiß hinunter. Sie hatte das Gefühl, keine Luft zu bekommen. So gut dieser Stoff auch sein mochte, im tropischen Klima stieß er offenbar an seine Grenzen. Der Gedanke, den Reißverschluss zu öffnen, war verlockend, aber dann hätte sie riskiert, dass ihr etwas von dem Grünzeug oder gar ein giftiges Insekt in den Kragen geflogen wäre, weshalb sie den Gedanken schnell wieder verwarf.

Unter den turmhohen Bäumen herrschte ein seltsames Zwielicht. Nur selten schaffte es das Licht, den Boden zu berühren.

Um die Beschaffenheit des Untergrunds besser erkennen zu können, schalteten sie ihre Stirnlampen ein. Ein Fehler, wie sich herausstellte. Nicht nur weil das Licht Insekten anlockte, sondern vor allem weil sie jetzt sahen, was auf dem Waldboden herumkroch. Er war übersät mit Ohrenkneifern, Tausendfüßlern, Käfern und fingerdicken Würmern. Spinnen gab es auch. Dicke, fette Exemplare, die in Erdlöchern hausten.

Es dauerte nicht lange, bis sie die erste Schlange sahen. »He, schaut mal«, flüsterte Tim und deutete mit ausgestrecktem Arm auf das quietschgrüne Reptil. Wie ein Vogelnest hing es in einer Astgabel und starrte aus schlitzartigen Augen auf sie herab. Eine dünne, gespaltene Zunge zischelte aus seinem Maul.

»Meint ihr, die ist giftig?«, fiepte Malte.

»Wartet mal, ich glaube, das lässt sich herausfinden.« Annika richtete ihr Display auf die Schlange und machte einen Suchlauf. Das interne Verzeichnis glich die heimischen Schlangenarten mit diesem Exemplar ab und spuckte nach wenigen Sekunden ein Ergebnis aus.

»Negativ«, sagte sie erleichtert. »Nur eine Natter. Ein harmloser Vogel- und Eierdieb. Trotzdem besser Abstand halten. Hier steht: *Obwohl sie keine Giftzähne hat, ist der Biss sehr schmerzhaft.* Also besser, wir riskieren nichts.«

Je tiefer sie in den Dschungel vordrangen, desto dunkler wurde es. Die Bäume nahmen riesenhafte Dimensionen an. Neben ihren tonnendicken Stämmen kam Annika sich wie ein Zwerg vor.

Das Terrain fiel zur Mitte der Insel hin ab. Der Untergrund wurde feuchter und matschiger. Immer öfter traten sie jetzt in

Pfützen, die so tief waren, dass sie bis zu den Waden einsanken. Wieder bewährte sich ihre Kleidung. Schuhe und Overall bildeten eine Einheit, durch die kein Wasser drang. Trotzdem war es Annika jedes Mal unheimlich, im Morast einzusinken. Sie fragte sich, welche Tiere wohl in den Untiefen dieser modrigen Löcher hausen mochten. Kein schöner Gedanke. Doch laut ihrer Anzeige trennten sie jetzt nicht mal mehr hundert Meter von ihrem Ziel.

Annika kletterte über einen umgefallenen Baum und hatte gerade einen kleinen Tümpel auf der Rückseite umrundet, als das Licht ihrer Stirnlampe auf ein merkwürdiges Objekt fiel, das wie ein Fremdkörper aus dem Dschungelboden herausragte. Wie angewurzelt blieb sie stehen.

»He, wartet mal«, sagte sie. »Ich glaube, ich habe hier etwas entdeckt.«

Das Ding war kugelrund, so groß wie ein Fußball und bestand augenscheinlich aus Stein.

»Was ist das?«, fragte Jeremy.

»Sieht komisch aus«, sagte Vanessa. »Ist das natürlich?«

»Glaube ich nicht.« Annika kniete sich hin und betastete das Ding. Eines war klar: Es war alt. Sehr alt.

»Sieht für mich aus wie ein hundsgewöhnlicher Stein«, brummte Darius. »Wieso halten wir uns damit auf?«

»Hundsgewöhnlich?« Annika wählte einen Abstand mit ihren Händen und nahm an verschiedenen Stellen Maß. Das Ergebnis bestätigte ihre Vermutung.

»Höhe, Länge, Breite – alles gleich«, sagte sie. »Es ist eine perfekte Kugel.«

»Und?«, fragte Darius begriffsstutzig.

»Holzkopf«, sagte Jeremy. »Die perfekte Kugel ist eine Form, die in der Natur nicht existiert. Selbst der schönste Kieselstein wird niemals vollkommen rund sein.«

»Und sie ist nicht die einzige.« Tim deutete ins Unterholz. In ihrem direkten Umfeld lagen mindestens fünf weitere Kugeln. Manche von ihnen so riesig und schwer, dass sie im sumpfigen Boden zu versinken schienen.

»Das scheint der Ursprung des Signals zu sein«, sagte Annika und überprüfte noch einmal ihren Standort. Der grüne Punkt befand sich exakt an dieser Stelle. Was auch immer es damit auf sich hatte, eine dieser Kugeln musste das Rätsel beinhalten.

»Ich glaube, ich habe hier etwas«, sagte Malte. »In der Onlinedatenbank gibt es tatsächlich einen Eintrag zu diesen Steinkugeln.«

»Lass hören«, sagte Annika.

»Ihr Name ist *Las Bolas* und sie scheinen eine Besonderheit in Costa Rica zu sein. Angeblich sind sie Überbleibsel einer unbekannten Kultur, die inzwischen längst ausgestorben ist. Weit über dreihundert dieser Kugeln sind inzwischen gefunden worden. Nicht nur hier auf der Insel, sondern überall auf dem Festland.«

»Überbleibsel einer alten Kultur?« Annika strich mit der Hand über die raue Oberfläche. »Ich kann mir beim besten Willen nicht vorstellen, wozu sie gedient haben könnten.«

Tim grinste. »Hast du niemals Steven Spielbergs *Jäger des verlorenen Schatzes* gesehen?«

»Nein …« Es ärgerte sie, dass sie sich mit Filmen so wenig auskannte.

Darius' Gesicht hellte sich auf. »Ah, du meinst die Szene, in der Indiana Jones in diesen fallengespickten Tempel eindringt und dann von der Steinkugel verfolgt wird? Ja, die war wirklich klasse. Meinst du, es könnte so etwas sein? Groß genug dafür sind sie ja …«

»Das war ein Film, ihr Kindsköpfe. Das hier ist Realität. Erzählt uns lieber etwas, das uns weiterbringt«, sagte Jeremy.

»Das Gestein ist eine Art Granit«, zitierte Malte weiter aus der Onlinedatenbank. »Gabbro, um genau zu sein. Extrem hart. Eigentlich nur mit Spezialwerkzeugen zu bearbeiten. Wie man das damals mit Hammer und Meißel geschafft haben soll, ist den Forschern bis heute ein Rätsel. Einige dieser Kugeln sind nur wenige Zentimeter groß, andere wiegen bis zu fünfzehn Tonnen.«

»Wow.« Annikas Blick fiel auf eine Kugel, die ein echtes Monstrum war. Nur die obere Hälfte ragte noch aus der Erde heraus, der Rest war komplett versunken.

»Das Besondere an ihnen ist ihre perfekte Form«, las Malte weiter. »Man hat das mit Lasern nachgemessen. Selbst bei den großen Exemplaren beträgt die Abweichung nur wenige Millimeter.«

»Ja, aber was war ihre Funktion?«, fragte Annika. »Sie müssen doch irgendeinen Zweck erfüllt haben.«

»Darüber sind sich die Forscher nicht einig«, sagte Malte. »Das Problem ist, dass die meisten der Kugeln auf dem Festland inzwischen von ihrem Ursprungsort entfernt worden sind und in privaten Gärten als Dekoration herumliegen. Das macht die genaue Altersbestimmung so schwierig. Eine Zuordnung zwischen 600 bis 1200 nach Christus scheint aber am wahrscheinlichsten. Das Besondere an den Kugeln auf der Isla del Caño ist, dass sie immer noch genau da liegen, wo man sie gefunden hat. Was sie für Wissenschaftler so interessant macht.«

»Trotzdem ist es wahrscheinlich, dass sie in irgendeiner Form präpariert worden sind«, gab Tim zu bedenken. »Zumindest eine davon.«

»Gut möglich, aber welche?« Jeremy schlich um die Kugeln wie ein Jäger, der einen Bison erlegt hatte. »Das bringt doch alles nichts. Wenn wir nicht wissen, worin unsere Aufgabe besteht, ist das nur dumme Fachsimpelei.«

»Nicht nur das, wir haben noch ein ganz anderes Problem«, fügte Vanessa hinzu. »Die Koreaner können jeden Moment hier auftauchen. Sie dürften inzwischen ihre Vorbereitungen beendet haben und auf dem Weg hierher sein.«

»Was haltet ihr davon, wenn wir die Rote Dame befragen?«, schlug Annika vor. »Uns einen Tipp holen?«

»Und damit einen Punkteabzug auf unserem Zeitkonto riskieren?« Jeremy sah sie scharf an. »Never ever. Dann doch lieber eine offene Konfrontation mit den Koreanern. Die werden ihr blaues Wunder erleben, nicht wahr, Darius?« Er klopfte seinem Freund auf die Schulter.

Annika verdrehte die Augen. Auf so eine bescheuerte Idee konnten wirklich nur Jungs kommen. »Auf keinen Fall sollten wir eine Klopperei riskieren«, sagte sie mit Bestimmtheit. »Bei so etwas können wir alle nur verlieren. Wenn wir das Rätsel nur gelöst bekommen, indem wir uns einen Tipp holen, dann ist das eben so. Vermutlich haben die Gameproduzenten es sogar darauf angelegt. Vielleicht ist es ein psychologischer Test, schließlich geben sie uns diesmal nicht den geringsten Hinweis.«

Jeremy blickte herausfordernd in die Runde. »Sind alle dieser Meinung? Hände hoch, wer dafür ist, dass wir uns einen Tipp holen.«

Tim hob sofort seine Hand, Malte ebenso. Eine Pattsituation. Alle Augen richteten sich auf Vanessa. Nach kurzem Nachdenken hob sie ebenfalls ihre Hand.

Jeremy fiel aus allen Wolken. »Warum? Warum stimmst du gegen mich?«

»Weil ich glaube, dass Annika recht hat«, erwiderte Vanessa selbstbewusst. »Wir haben nicht die geringste Ahnung, worin unsere Aufgabe besteht, und uns läuft die Zeit davon. Und sich mit ihnen prügeln zu wollen, ist nun wirklich die dümmste aller Ideen. Ich habe diese Koreaner im Fernsehen gesehen. Die sind völlig durchgeknallt. Von denen hat jeder einen schwarzen Gürtel im Taekwondo. Bei allem Respekt, aber ich würde den Typen lieber aus dem Weg gehen. Klar schadet das unserem Zeitkonto, aber was haben wir davon, uns die Nasen blutig schlagen zu lassen?«

»Ich kann Demokratie nicht ausstehen.« Jeremy senkte den Kopf. »Na schön, ich werde mich mal breitschlagen lassen. Ist aber das erste und letzte Mal. Und auch nur, weil ich keinen Schimmer habe, wie wir hier sonst weiterkommen. Also gut: Holen wir uns einen Hinweis. Aber nur den leichtesten, verstanden? Wer drückt den Hilfeknopf?«

19

Die Rote Dame war unter ihrer dicken Schicht aus Schminke und Perlmuttplättchen kaum wiederzuerkennen. Gekleidet in einen roten Umhang, der um die Hüfte mit einem geflochtenen Ledergürtel zusammengehalten wurde, sowie einem Paar schlichter Ledersandalen, war es vor allem der prächtige Kopfschmuck, der Tim in seinen Bann schlug. Er bestand aus massivem Gold und war mit meterlangen Vogelfedern geschmückt. Fein verziert und mit unendlicher Liebe zum Detail ausgearbeitet, ließ das Ding sie wie eine Maya-Priesterin aussehen. Ganz offensichtlich war sie eine Vertreterin jener Kultur, die einst diese kolossalen Steinkugeln hergestellt hatte.

»Eine Hinweis wollt ihr also?«, fragte sie. »Ihr wisst, dass euch das mindestens eine Stunde von eurem Zeitkonto kostet.«

»Ja, ja, wissen wir«, erwiderte Jeremy ungeduldig. »Deswegen wollen wir auch nur den einfachsten Tipp.«

»Nun gut. Wenn ihr alle damit einverstanden seid, werde ich euch einen Tipp geben. Aber erst die Bezahlung …« Sie machte eine seltsame Handbewegung.

Tim blickte auf ihr Zeitkonto in der oberen rechten Ecke ihres Displays und sah, wie eine Stunde verschwand. Er schluckte.

»Na schön, hier ist euer Tipp, also, hört gut zu.« Die Rote Dame hob ihr Kinn.

»Mal ist es heiß, mal ist es kalt.
Mal ist es frisch, mal ist es alt.
Oft fällt es von der höchsten Wand
und steigt bis übern schmalsten Rand.
Mal ist es schwer, mal ist es leicht,
mal ist es hart, dann wieder weich.
Es trägt die schwersten Dinge fort
und dringt hinein in jeden Ort.
Mal ist es grün, mal ist es blau.
Oft ist es klar und manchmal grau.
Es ändert ständig seine Form –
sagt selbst, ist das nicht enorm?«

Sie verstummte und blickte die Jugendlichen der Reihe nach an. »Das soll's gewesen sein. Wisst ihr schon, wovon hier die Rede ist? Ihr müsst das, was hier gesucht wird, zum Einsatz bringen, dann kommt ihr an das Rätsel heran. Ich verabschiede mich von euch und wünsche euch gutes Gelingen.« Sie deutete eine Verbeugung an – und verschwand.

»Halt, warten Sie …«, rief Jeremy, doch sie war bereits weg.

Fassungslos starrten alle auf den Fleck, an dem sie eben noch gestanden hatte.

»Wie? Das war's?«, rief Vanessa. »Das war der Hinweis?«

»Hätte ich doch nur nicht auf euch gehört«, tobte Jeremy. »Da seht ihr, wohin das führt, wenn alle mitbestimmen dürfen. Jetzt haben wir nicht nur ein Rätsel, sondern zwei. Danke schön für gar nichts!«

Tim sah zu Annika, die seinem Blick aber auswich. Schämte

sie sich, dass sie ihnen diesen Vorschlag unterbreitet hatte, oder dachte sie angestrengt nach? Plötzlich hob sie den Kopf. »Wasser ...«

Er runzelte die Stirn. »Wie meinst du das?«

»Die Lösung des Rätsels. Das gesuchte Wort lautet Wasser.«

Tim dachte über ihre Worte nach. Es stimmte, es war wirklich von Wasser die Rede. Aber was sollten sie damit tun? Wie hatten die Worte der Roten Dame gelautet: *Ihr müsst das, was hier gesucht wird, zum Einsatz bringen.*

Zum Einsatz bringen ...

Er musste an ihr erstes Rätsel denken, an den Tempel in der Höhle. Dort hatten sie ihre Lampen einschalten müssen, um dem Rätsel auf die Spur zu kommen. Was, wenn es hier genau andersherum war? Ihm kam eine Idee. Er pflückte ein großes Blatt, formte es zu einer Kelle und schöpfte Wasser aus dem nahe gelegenen Tümpel.

»Was tust du denn da?«, zischte Jeremy.

»Schaltet die Lichter aus«, flüsterte Tim aufgeregt. »Ich würde gerne mal etwas ausprobieren.«

»Was denn, noch mehr dumme Vorschläge? Hatten wir davon nicht schon genug?«

Doch Tim beachtete ihn gar nicht, sondern leerte das Blatt über der Kugel aus und benetzte die steinerne Oberseite. Silbrig glänzend lief das Wasser daran hinab. »Los jetzt«, stieß er ungeduldig aus. »Schaltet die Lampen aus.«

Schlagartig wurde es dunkel.

Tims Augen benötigten eine Weile, um sich an das schwache Licht zu gewöhnen. Im Blätterdach über ihnen befand sich eine Öffnung, durch die ein schwacher Lichtstrahl auf sie herabfiel.

»Was machst du da?«, flüsterte Annika.

»Abwarten«, sagte Tim und behielt die Kugel fest im Blick. Es dauerte nicht lange, bis er sah, dass er recht gehabt hatte. Die anderen sahen es jetzt auch.

Aus Annikas Mund kam ein lang gezogenes »Ohhh …«

»Was ist das denn?«, stammelte Jeremy.

»Wahnsinn«, flüsterte Vanessa.

Wie aus dem Nichts waren Markierungen auf der Oberseite der Kugel aufgetaucht. Zeichnungen, Symbole. Da gab es geometrische Figuren und Kreise, aber auch schlangenförmige Muster, die sich krümmten und wanden. Tim erkannte Schuppen, Flügel und aufgerissene Mäuler. Klar, es waren indianische Symbole, trotzdem erinnerten sie stark an mittelalterliche Drachen und Lindwürmer. Die Fabelwesen strebten alle auf einen bestimmten Punkt zu: ein Sonnensymbol links unterhalb der äquatorialen Trennlinie der Kugel. Irgendetwas Besonderes musste es damit auf sich haben.

Tim kauerte sich in den Matsch, legte seinen Daumen auf das Symbol und drückte. Die Sonne versank in der Oberfläche. Ein dumpfes Knacken erklang. Entlang des Äquators entstand ein Spalt, der rasch breiter wurde.

Tim kroch näher und leuchtete mit seiner Lampe in den Spalt. »Da scheint etwas im Inneren zu sein«, sagte er. »Irgendein Mechanismus oder so. Wenn wir es aufbekommen, können wir sehen, was drin ist.«

Darius trat neben ihn. »Soll ich es mal versuchen?«

»Klar, warum nicht.« Tim machte ihm Platz. Darius hakte seine Finger in den Spalt und spannte seine Muskeln. »Okay. Eins, zwei und hoch ...«

Schnaufend hob er die obere Hälfte der Kugel an und ließ sie seitlich in den Matsch fallen. Verwundert blickte Tim auf das Innenleben der Kugel.

Das Ding war innen hohl. Neun silberne Kugeln lagen darin, friedlich wie Wachteleier in einem Nest. Daneben befand sich ein Gegenstand, der verdächtig an eine Balkenwaage erinnerte.

»He, wartet mal«, flüsterte er. »Da tut sich etwas auf meiner Brille.«

»Auf meiner auch«, sagte Annika. Alle schienen es zu sehen. Die Kugeln lösten sich aus ihrem Nest, schwebten durch die Luft und wanderten in die Halbschalen der Balkenwaage. Gleichzeitig ertönte die Stimme der Roten Dame:

»Bravo, liebe Kandidaten, ihr habt das Rätsel entdeckt.

Was ihr hier vor euch seht, ist die Aufgabe der neun Kugeln. Ein uraltes Rätsel, das an diesem Ort vor über tausend Jahren erdacht wurde. Wie ihr erkennen könnt, sind die neun Silberkugeln auf den ersten Blick voneinander nicht zu unterscheiden. Doch es gibt einen kleinen Unterschied. Acht der neun Kugeln sind exakt gleich schwer, eine Kugel jedoch ist etwas leichter. Eure Aufgabe soll sein, diese eine Kugel zu finden. Euer einziges Hilfsmittel dabei ist eine Waage. Doch ihr müsst vorsichtig sein: Ihr dürft sie nur zwei Mal benutzen. Versucht ihr es ein drittes Mal, wird der Versuch als ungültig erklärt und ihr seid gescheitert. Überlegt euch also gut, wie ihr vorgehen wollt. Und denkt daran: Die Götter lassen sich nicht betrügen.« Die virtuellen Kugeln verschwanden, die Stimme verstummte. Der Dschungel hatte sie wieder.

Tim starrte auf die Kugeln, nahm eine davon in die Hand und schätzte ihr Gewicht. Dafür, dass sie so klein waren, waren sie ganz schön schwer. Ihre Oberfläche war von perfekter Glätte.

»Und, was denkst du?«, fragt Annika.

Er prüfte nacheinander das Gewicht aller Kugeln und schüttelte dann den Kopf. »Fühlen sich alle gleich schwer an. Wenn da ein Unterschied besteht, dürfte er nur wenige Gramm betragen. Hoffen wir, dass die Waage fein genug arbeitet, um den Unterschied zu bemerken.«

Die anderen prüften ebenfalls die Kugeln – mit dem gleichen Ergebnis.

Tim hatte einen trockenen Hals. »Dafür werden wir Zeit brauchen«, murmelte er kopfschüttelnd. »Zeit, die wir nicht haben.«

»Was schlägst du denn vor?« Vanessas Stimme drohte zu kippen. »Sollen wir hier sitzen bleiben und auf die Koreaner warten?« Und dann tat sie etwas, womit Tim niemals gerechnet hätte. Sie griff nach den Kugeln, ließ sie in ihrer Tasche verschwinden und packte die Balkenwaage. Das empfindliche Gerät vor die Brust gepresst, sagte sie: »Machen wir, dass wir von hier wegkommen.«

Die anderen sahen sie entgeistert an.

Jeremy fand als Erster seine Stimme wieder. »Was tust du denn da? Bist du völlig verrückt geworden? Leg sie sofort wieder zurück!«

»Nein«, entgegnete Vanessa mit blitzenden Augen. »Wenn du eine bessere Idee hast, raus damit. Wenn nicht …«

Jeremy schwieg. So wie alle anderen.

»Wir verschwinden von hier und lösen das Rätsel woanders. Habt ihr irgendwo gelesen, dass es verboten ist, ein Rätsel mitzunehmen? Ich nicht.«

»Nein …«, murmelte Tim.

»Dann tun wir nichts Unrechtes«, sagte Vanessa. »Ich halte mich streng an die Regeln. Wenn da nichts steht, ist es Auslegungssache. Solange wir die Waage nicht öfter als zweimal bewegen, sind wir safe. Aber wir müssen uns beeilen.«

»Vanessa hat recht«, verkündete Annika überraschend. »Was nicht ausdrücklich verboten ist, ist erlaubt. Ich denke, das können wir riskieren. Verwischen wir unsere Spuren und setzen den Deckel wieder auf die Kugel. Und dann nichts wie weg.«

Tim half Darius, die obere Hälfte der Kugel wieder an ihren Platz zu setzen, schmierte noch ein bisschen Erde auf die Nahtstelle und warf dann alte Blätter auf ihre Fußspuren. In diesem Moment zuckte ein Lichtschein durch das Unterholz. Die Koreaner kamen! Und sie waren schnell.

Vanessa, die schon ein Stück vorausgelaufen war, winkte ihnen zu. Sie mussten sich jetzt wirklich beeilen. Einer nach dem anderen verschwanden seine Freunde im Unterholz. Tim sah sich ein letztes Mal um, dann hetzte er mit eingezogenem Kopf hinter den anderen her in das dichte Blattwerk.

20

Der Anruf erreichte Shenmi Stevenson in zehn Kilometern Höhe. Sie befand sich an Bord ihres Privatjets auf dem Weg nach Paris, wo am nächsten Tag ein Meeting mit einigen Investoren stattfinden sollte. Sie hatte sich gerade einen Wodka Martini servieren lassen, als ein Name auf ihrem Display erschien, der sie aufhorchen ließ. Es war Mortimer Hansen, der CEO von GlobalGames-Incorporated. Wenn er sich traute, ihre Privatnummer zu wählen, musste es etwas Wichtiges sein. Shenmi scheuchte Posh von ihrem Schoß, beugte sich vor und griff nach dem Mobiltelefon.

»Morti, bist du das?«

Rauschen.

»Mortimer?«

»Ja, Mortimer Hansen hier«, kam es aus der Leitung. Die Stimme klang abgehackt und verrauscht. »Bitte entschuldigen Sie, Ms Stevenson, die Verbindung scheint gerade nicht sehr gut zu sein.«

»Was gibt es denn?«

»Bitte entschuldigen Sie die Störung. Ich weiß, dass ich Sie nicht wegen Lappalien belästigen soll, aber hier ist etwas vorgefallen, das Sie wissen sollten.«

»Was ist passiert?«

»Eine Gruppe von Spielern hat ein Rätsel entfernt und es

dem Konkurrenzteam damit unmöglich gemacht, das Ziel zu erreichen.«

Shenmi runzelte die Stirn. »Was behelligst du mich damit, Morti? Dafür haben wir doch die Rechtsabteilung, die sollen sich damit befassen. Schmeißt das Betrügerteam raus und gut ist.«

»Ähem ... das ist leider nicht so einfach.«

»Warum?«

»Zum einen, weil dieser Punkt im Regelwerk nicht eindeutig definiert ist. Wir haben zig Vorschriften für den Umgang mit Schummelei, aber nicht dafür, was passiert, wenn jemand ein komplettes Rätsel entfernt. Damit haben wir einfach nicht gerechnet. Ich befürchte, wenn wir das Team disqualifizieren, könnte das ziemlich hohe Wellen schlagen. Es würde einen Prozess geben, die Presse würde davon erfahren und so weiter. Alles höchst unschön. Ich denke, so etwas würde unserem Ansehen beträchtlichen Schaden zufügen.«

»Und zum anderen?«

Eine Pause entstand. Nicht weil die Verbindung abbrach, sondern weil Mortimer nach den passenden Worten zu suchen schien. Schließlich sprach er weiter. »Das Team, das den Verstoß begangen hat, ist Ihnen nicht unbekannt. Wir hatten schon einmal Schwierigkeiten mit ihnen. Es handelt sich um die Runner aus Deutschland.«

»Deutschland ...« Shenmis gute Laune war schlagartig verflogen. Sie erinnerte sich noch lebhaft an den Vorfall während der Pressekonferenz in London. Dieser freche Junge, der ihre schöne Veranstaltung um ein Haar zum Platzen gebracht hatte. Tim Feldmann, so lautete sein Name. Diese widerspenstige kleine Zecke hatte es gewagt, ihr vor laufenden Kameras Widerworte zu geben. Hatte er nicht sogar behauptet, die Firma würde bewusst das Leben der Jugendlichen aufs Spiel setzen, um Profit damit zu erwirtschaften? *Ungeheuerlich!*

Wobei er im Prinzip natürlich recht hatte. Es interessierte Shenmi einen Scheiß, ob die Gören sich bei ihren Kletteraktionen den Hals brachen, solange es nicht auf sie zurückfiel. Es würde vermutlich sogar die Einschaltquoten erhöhen. Ihr aber in aller Öffentlichkeit vorzuwerfen, sie hätte fahrlässig gehandelt, das war ... das war nicht hinnehmbar. Es hatte sie einige Mühe gekostet, die hochkochenden Gefühle einzudämmen und die Wogen zu glätten. Ein paar Zeitungen hatten später den Punkt aufgegriffen und Tim Feldmann recht gegeben, doch zum Glück waren es nur wenige gewesen und Shenmi hatte die Angelegenheit mit Geld aus der Welt schaffen können. Doch der Stachel saß tief. Bis heute hatte sie diesem Knilch nicht verziehen, was er getan hatte.

»Ms Stevenson ...?«

Sie richtete sich auf. »Ich habe meine Meinung geändert, Morti. Ich will, dass du die Bande disqualifizierst. Erst werfen sie mir vor, ich wäre in Sicherheitsfragen zu lax, jetzt betrügen sie uns? Schmeiß sie raus!«

»Aber Ms Stevenson. Bitte bedenken Sie, wie das wirken würde.« Mortimers Stimme bekam einen flehenden Unterton. »Viele Zuschauer dürften sich noch gut daran erinnern, dass Tim und Sie sich im Streit getrennt haben. Wenn Sie ihn und seine Kollegen jetzt rauswerfen, würde es so aussehen, als wollten Sie sich nachträglich an dem Team rächen.«

»Wäre das so schlimm?«

»Ja, zumal in beiden Fällen der Fehler auf unserer Seite liegt. In Völklingen war die Platzierung des Claims eindeutig zu riskant, in Costa Rica haben wir den Erfindungsreichtum der Spieler unterschätzt. Die Ausnutzung einer Regellücke kann man den Kandidaten nur bedingt zum Vorwurf machen. Sie sind Spieler. Sie sind gewohnt, nach Schwachstellen zu suchen und diese für sich zu nutzen.«

»Willst du damit andeuten, dass du nichts zu unternehmen gedenkst?« Shenmi presste die Lippen zusammen. »Ein paar Teenager drehen mir eine lange Nase und ich muss mir das bieten lassen?«

»Ms Stevenson ...«

»Herrgott, Morti, wie oft schon habe ich dir gesagt, dass du mich Shenmi nennen sollst ...«

»Ja, Ms ... Shenmi.«

Shenmis Blick zuckte durch die Kabine. Sie verspürte den unwiderstehlichen Drang, etwas kaputt zu machen. Wutentbrannt griff sie nach Poshs Wassernapf und schleuderte ihn gegen die Bordwand. Mit lautem Knall zerbarst das goldbeschichtete Porzellan. Posh, die es sich dummerweise genau unter der Einschlagstelle gemütlich gemacht hatte, bekam ein paar Splitter ab, zischte wie ein geölter Blitz durch die Kabine und verschwand jaulend in Richtung Cockpit.

Shenmi atmete tief durch. Sie musste wirklich lernen, sich zu beherrschen.

»Schön, na gut«, sagte sie mit unterdrückter Wut. »Ich werde das akzeptieren. Aber sorg dafür, dass so etwas nicht noch mal passiert. Füge eine Regelergänzung hinzu und informiere die Spieler darüber.«

»Das werde ich, Ms … äh …«

»Und ich will, dass du dem deutschen Team Hürden in den Weg streust. Die glauben, mich provozieren zu können? Nun, sie werden sehen, wer am längeren Hebel sitzt. Dieser Feldmann, aus welcher Stadt kommt der?«

»Köln, soweit ich weiß.«

»Ich will Details über ihn. Je privater, desto besser. Wenn er Dreck am Stecken hat, will ich, dass es ans Tageslicht kommt.«

»Eigentlich hat er mit der Sache gar nichts zu tun, es war ein Mädchen, das …«

»Ist mir egal!«, brüllte Shenmi. »Er ist das Gesicht dieses Teams, er ist es, den ich haben will.« Ihr fiel ein, dass es ja, wie bei allen Teams, einen Maulwurf geben musste. Sie hatte das hinter Mortis Rücken in die Wege geleitet als Rückversicherung, dass nichts schiefging. Sie wunderte sich nur, warum sie nicht schon längst etwas gehört hatte. Höchste Zeit, sich mal wieder bei Yáozú zu melden.

»Wie dem auch sei«, sagte sie, »niemand legt sich mit mir an. *Niemand! Hörst du?*«

»Jawohl. Ich werde tun, was Sie verlangen.«

Das will ich dir auch geraten haben, dachte Shenmi und legte auf.

21

Annikas Puls raste. Blätter, Dreck und Insekten klebten auf ihrer schweißnassen Haut. Angewidert wischte sie mit dem Handschuh über ihr Gesicht, doch sie hatte das Gefühl, dass das nicht das Geringste nützte. Wenn sie doch nur ein Tuch oder etwas Ähnliches gehabt hätte. »Puh, das war knapp«, keuchte sie. »Um ein Haar hätten sie uns erwischt.«

»Ja, es war buchstäblich in letzter Sekunde«, erwiderte Tim. »Ich habe einen von ihnen gesehen. Der Typ war riesig. Ich glaube zwar nicht, dass sie uns gesehen haben, aber wie du sagtest: Es war verdammt knapp.«

»Hauptsache, wir sind ihnen entwischt«, ergänzte Vanessa, die sich immer noch die Waage vor die Brust gedrückt hielt. »Hoffentlich habt ihr unsere Spuren gut genug beseitigt.«

»Keine Sorge«, sagte Tim. »Die merken nichts. Die werden viel zu sehr damit beschäftigt sein, das Rätsel zu suchen.«

»Das nur leider nicht mehr da ist.« Vanessa zwinkerte ihm zu. Niemals hätte er sie für so gerissen gehalten. Tim musste zugeben, dass ihm diese Seite an ihr gefiel.

In diesem Augenblick brachen Jeremy und Darius schwer atmend durchs Unterholz. Sie sahen aus, als wären sie durch einen Blätterhaufen gekrochen.

»Wir haben sie abgeschüttelt. Haben nichts gemerkt.« Jeremys Kopf hatte die Farbe eines Feuermelders.

»Hoffen wir nur, dass sie nicht auf dieselbe Idee kommen wie wir und sich einen Tipp geben lassen«, sagte Annika. »Wenn sie merken, dass das Rätsel futsch ist, sind sie schneller hinter uns her, als uns lieb sein dürfte.«

»Und wennschon«, sagte Vanessa im Brustton der Überzeugung. »Bis die das gecheckt haben, sind wir auf und davon.«

»Na schön«, erwiderte Jeremy. »Lasst mal sehen, was wir da haben. Stell die Waage dort drüben auf den umgestürzten Baum und leg die Kugeln daneben.«

»So schwierig kommt mir das Rätsel gar nicht vor«, sagte Vanessa. »Lasst uns kurz mal überlegen. Wir haben neun Kugeln, das macht vier für jede Waagschale plus eine, die übrig bleibt. Wenn wir Glück haben und die Waage ist im Gleichgewicht, muss die Übriggebliebene die gesuchte sein. Wenn nicht, muss sich die leichtere in der Waagschale befinden, die sich hebt.«

»Schon klar«, sagte Annika. »Und dann?«

»Dann verteilen wir die vier erneut auf die Waagschalen und sehen zu, was passiert.«

»Das klappt nicht«, sagte Tim. »Eine Seite geht hoch, die andere geht runter. Doch wir wissen nicht, welche der beiden in der leichteren Waagschale die richtige ist, weil wir beide Wiegeversuche aufgebraucht haben.«

Vanessa wirkte enttäuscht. »Na und? Immerhin ist es eine 50-50-Chance. Besser als nichts.«

»Es muss einen anderen Weg geben«, sagte Annika.

»Ach ja? Und welcher sollte das sein?«

Annika schwieg. Das Dumme war, sie hatte auch keine Ahnung.

»Vielleicht, wenn wir es systematisch angehen.« Malte kauerte sich auf den Boden, nahm ein Stöckchen und fing an, eine kleine Zeichnung zu machen. »Wir müssen die Aufgabe in mehrere Teilbereiche auflösen. Seht her. Unsere Ausgangssituation sieht so aus.«

»Toll«, sagte Jeremy. »Wie bringt uns das weiter?«

»Wie wäre es, wenn wir nur sechs statt acht Kugeln wiegen?«, schlug Malte vor. »Drei in jede Schale und drei daneben.«

»Kapier ich nicht. Wie soll uns das denn weiterbringen?«

»Abwarten. Schaut mal her.« Malte machte eine zweite Zeichnung. »Wenn wir das so machen, haben wir folgende Situation.«

Annika beugte sich neugierig vor. Sie verstand auch nicht, was Malte da tat, aber vermutlich war es besser, erst mal ein wenig rumzuprobieren, als gleich ans Eingemachte zu gehen.

Sie hockte sich neben ihn und beobachtete, was er tat. »Erklärst du's uns?«, fragte sie.

»Na klar. Nehmen wir mal an, die linke Schale sei leichter als die rechte«, sagte er, »dann muss die leichtere Kugel bei den linken drei Kugeln sein. Kapiert?«

»Klar«, erwiderte sie.

»Ist die linke Schale schwerer als die rechte, muss die leichtere Kugel bei den rechten drei Kugeln sein«, sagte Malte. »Sind linke und rechte Schale gleich schwer, muss die leichtere Kugel bei den drei Kugeln sein, die auf der Seite liegen.«

»So weit – so gut«, sagte Annika. »Aber wie jetzt weiter?«

»Passt auf.« Malte nahm drei Kugeln und hielt sie hoch. »Wir haben jetzt also drei Gruppen zu je drei Kugeln. Bei zwei der

Gruppen können wir mit Sicherheit ausschließen, dass die leichtere dabei ist, korrekt?«

»Ja …« Ein Kribbeln lief ihr den Rücken runter. Sie spürte, dass er auf dem richtigen Weg war.

Er schob sechs Kugeln beiseite. »Konzentrieren wir uns nur auf die Gruppe, unter der sich die leichtere befindet, und betrachten wir diese etwas genauer.« Er nahm wieder das Stöckchen und malte eine dritte Zeichnung in den Sand.

»Wir haben also mit einem einzigen Wiegevorgang die Menge der Kugeln von neun auf drei reduziert. Nicht schlecht, oder? Jetzt nehmen wir von den drei infrage kommenden Kugeln zwei und legen sie auf die Balkenwaage. Nun gibt es drei Möglichkeiten.«

»Ja«, sprudelte Annika hervor. Sie hatte endlich kapiert, was er vorhatte. »Entweder ist die linke Schale leichter oder die rechte.«

»Oder sie sind gleich schwer, dann bleibt die Waage in der Schwebe und die leichtere Kugel muss die übrig gebliebene sein«, vollendete Malte den Gedankengang. »Neun Kugeln, eine Waage, zwei Wiegevorgänge ...«

»Und ein Ergebnis!« Annika strahlte. »Das ist grandios. Malte, du bist ein Genie. Ich glaube, du hast die Lösung gefunden.« Sie nahm seine Hand und drückte sie. Malte lief rot an.

»Abwarten.« Vanessas Blick war kühl. Sie schien noch nicht überzeugt zu sein. »Bisher existiert das Ergebnis nur in dieser Zeichnung. Es muss sich erst noch zeigen, ob es auch in der Praxis Bestand hat. Und bei aller Begeisterung, seid verdammt noch mal nicht so laut. Ihr tut gerade so, als wärt ihr alleine auf der Insel.«

»Ist ja schon gut ...« Annika knuffte Malte gegen die Schulter und seine Wangen glühten vor Aufregung.

Aber es stimmte natürlich. Die finale Prüfung stand noch aus.

Alle wandten sich Malte zu. Da er das Rätsel gelöst hatte, bestand Einigkeit, dass er die letzten Schritte ausführen musste. Doch er zierte sich.

»Was, ich?«, stammelte er. »Will nicht einer von euch das lieber machen? Was, wenn ich mich ungeschickt anstelle?«

»Wer das Rätsel gelöst hat, muss einloggen«, sagte Tim grinsend. »So sind die Regeln.«

»Das hat mir aber keiner vorher gesagt. Das hast du dir gerade ausgedacht.«

»Stimmt.« Tim grinste. »Und dennoch ist es so. Wenn du willst, kann dir jemand helfen.«

»Oje …« Malte sah sie der Reihe nach an. »Annika, magst du?«

»Klar. Komm.« Annika nahm drei Kugeln, Malte ebenso, dann gingen sie zur Waage hinüber. Ganz wohl war Annika nicht, aber sie durfte jetzt nicht unsicher wirken. »Wird schon alles gut gehen«, flüsterte sie ihm zu.

Die Waage wirkte ziemlich alt und unzuverlässig. Was, wenn sie nicht richtig funktionierte? *Schluss jetzt,* ermahnte Annika sich, *das bringt uns nicht weiter.*

»Am besten gleichzeitig«, sage sie und hielt ihre drei Kugeln über die Waagschale »Das Timing ist von entscheidender Bedeutung. Wir müssen zusehen, dass die Kugeln möglichst gleichzeitig in den Schalen landen, damit es keine zu heftigen Ausschläge gibt. Bist du so weit?«

Malte nickte.

Annikas Hände waren feucht. Die Kugeln glitten ihr durch die Finger, als bestünden sie aus Quecksilber. »Drei, zwei, eins …« Sie atmete tief ein, hielt die Luft an und öffnete die Finger. Klappernd fielen die Kugeln in die Schalen. Die Nadel pendelte ein wenig nach links, dann wieder nach rechts. Dann stand sie still. Beide Waagschalen waren auf einer Ebene. Einen Moment lang war alles still, dann ertönte ein deutlich vernehmbares Klicken.

Annika sah die anderen an: »Eindeutig, oder?«

»Eindeutig«, sagte Tim. »Scheint nicht dabei zu sein. Probieren wir es mit den restlichen Kugeln.«

Annika und Malte entfernte die Kugeln aus den Waagschalen, nahmen je eine von den verbliebenen und hielten sie bereit. »Alles klar?«, fragte Annika. »Drei … zwei … eins …«

Wieder klapperte es, als die Kugeln in die Waagschalen fielen. Ein kurzes Zucken der Nadel, dann herrschte erneut Stillstand. Der Balken richtete sich horizontal aus. Annikas Mut sank. Irgendetwas stimmte nicht.

»Oje«, murmelte sie. »Das kann doch nicht sein. Ist die Waage defekt? Alleine schon von der Wahrscheinlichkeit her hätte sich die leichtere Kugel unter den acht getesteten befinden müssen. Es sei denn …«

»Moment mal!«, rief Tim. »Seht euch das an.«

Malte stieß ein Quieken aus. »Sie bewegt sich.«

Annika zuckte zusammen. Tatsächlich. Die linke Waagschale senkte sich ab, die rechte ging nach oben. Als sie an der höchsten Stelle ankam, erklang wieder das metallische Klicken.

»Du meine Güte …« Mit einem Gefühl unendlicher Erleichterung starrte sie auf die eine Kugel in der rechten Waagschale. Das musste sie sein: die leichteste der neun.

Vorsichtig pickte sie sie heraus und hielt sie ins Licht. Die Oberfläche schimmerte im Halbdunkel seltsam unwirklich. Fast, als wäre sie durchsichtig.

Himmel noch mal, sie war durchsichtig!

»Seht ihr das?«, flüsterte Annika. »Sie sieht aus, als bestünde sie aus Glas. Wie ist das möglich? Das war doch vorher nicht so.«

»Eine Illusion«, stieß Tim aus. »Eine optische Täuschung, hervorgerufen durch unsere Brillen. Ihr könnt es erkennen, wenn ihr sie absetzt.«

Annika folgte seinem Rat, und tatsächlich: Jetzt bestand die Kugel wieder aus massivem Silber. Kaum hatte sie ihre Brille aufgesetzt, wurde sie wieder durchsichtig.

»Da ist etwas im Inneren«, flüsterte Tim. »Sieht aus wie ein kleiner Kompass oder so.«

»Ja und er zeigt nach Südosten«, ergänzte Jeremy. »Beweg ihn mal ein bisschen hin und her.«

Annika drehte die Kugel, doch die Kompassnadel wies stur in eine Richtung.

»Ich würde sagen, das ist eindeutig«, sagte Jeremy. »Die Nadel will uns irgendwohin führen. Gehen wir ihr nach.«

»Ja, aber zuerst lasst uns den Claim einloggen«, schlug Annika vor. »Die Anzeige in meiner Brille sagt mir, dass jeder von uns die Kugel einmal in die Hand genommen haben muss, um den Punkt zu verbuchen. Bei mir war es schon der Fall.«

»Dann her damit«, sagte Jeremy und griff danach. Nachdem alle sich eingeloggt und den Punkt verbucht hatten, wanderte die Kugel zurück in Maltes Hand.

»Dann also zurück in den Dschungel«, sagte Annika lächelnd. »Vielleicht erfahren wir ja etwas über unser nächstes Reiseziel. Darius, gehst du wieder voran? Du hast das letztes Mal gut gemacht.«

Der Große grinste. »Na klar.«

22

Das Objekt war etwa zwei Meter hoch und bestand aus einem massiven Steinblock. Äußerlich kaum von einem Baumstumpf zu unterscheiden, war es mit dicken Polstern von Moosen und Flechten überwuchert. Tim erkannte jedoch, dass es eindeutig eine von Menschenhand gefertigte Skulptur und diese anscheinend schon sehr alt war.

Mit Grauen und Faszination erkannte Tim, dass sie irgendeinem Schlangengott gewidmet sein musste, denn die gesamte Oberfläche war überzogen mit Abbildungen von Schlangen. Sie waren so lebensecht gemeißelt, dass sie nur darauf zu warten schienen, den nächsten unvorsichtigen Wanderer zu beißen.

Tim musste einsehen, dass es vielleicht ein Fehler gewesen war, sich nicht intensiver mit der Kultur der Maya beschäftigt zu haben. Jetzt war es dafür leider zu spät.

»Okaaay«, sagte er leise. »Das nenne ich mal einen spektakulären Anblick. Ich tippe auf einen Schlangenkult. Was denkt ihr?«

»Oder Drachen.« Vanessa deutete auf die Schuppen und die kleinen Flügel. »Erinnert ein bisschen an die Symbole auf der Steinkugel, findet ihr nicht? Da waren auch solche Viecher drauf. Mit Vogelfedern, Rückenkämmen und aufgerissenen Mäulern.«

»Wartet mal, ich glaube, ich habe hier etwas in der Onlinedatenbank gefunden«, sagte Annika. »Je länger ich hier herumstöbere, desto öfter stoße ich auf einen Namen: *Quetzalcoatl.*«

»Wer soll das denn sein?«, fragte Jeremy.

»Eine Gottheit der Tolteken, der Azteken und der Maya«, entgegnete Annika. »Die leuchtende Schwanzfederschlange. In der Mythologie der Indianer stellt sie den Gott des Windes und des Himmels dar. Manche Forscher sehen in ihr ein Symbol für die Erde und den Ozean.«

»Ein Gott für alles also«, sagte Jeremy mit abfälligem Grinsen. »Sehr praktisch. Die Frage ist nur, wie uns das weiterbringt.«

»Hier steht, dass Quetzalcoatl einen besonderen Bezug zu der Zahl neun haben soll«, sagte Annika. »Anscheinend kannten die Bewohner damals neun Windrichtungen, neun Lebensabschnitte und neun Erdzeitalter.«

»Neun …« , murmelte Tim und sein Gesicht hellte sich auf. *»Neun Kugeln!«*

»Ja und neun Schlangen«, ergänzte Vanessa. »Hier, seht selbst.« Sie wies auf die Abbildungen.

Die Köpfe der Tiere deuteten strahlenförmig in alle Himmelsrichtungen. Tim zählte im Geiste durch und erkannte, dass sie recht hatte. »Das kann doch unmöglich ein Zufall sein«, murmelte er. »Das Ganze sieht aus wie ein Nest. Schaut mal, hier sind überall kleine Öffnungen. Manche von ihnen sind durch Moos und Erde verstopft. Aber wenn wir sie gereinigt bekommen, könnten sie die richtige Größe und Form haben.«

Annika trat näher. »Form wofür?«

Tim nahm Annika die Kugel aus der Hand und hielt sie neben eine der Öffnungen. »Dafür«, sagte er. »Die Kugel passt exakt rein.«

»Das ist ja ein Ding«, murmelte Annika. »Meinst du, das ist ein Zufall?«

»Vielleicht sollen sie Eier symbolisieren«, sagte Vanessa. »Die Eier der Himmelsschlange. Wir bringen ihr ihre Kinder zurück.«

»Und zum Dank offenbart sie uns das Geheimnis«, sagte Tim aufgeregt. »Grandiose Idee.« Er spürte, dass sie der Wahrheit ganz dicht auf den Fersen waren. »Los, reinigen wir die Löcher. Dann schnappt sich jeder eine Kugel und platziert sie in einer Öffnung …«

In diesem Moment ertönte ein Schrei. *»Aua!«*

Tim zuckte zusammen. Malte stand direkt neben ihm, die Augen weit aufgerissen. Er war kreidebleich und hielt seine Hand an den Körper gepresst.

»Was ist los?«, erkundigte sich Tim. »Hast du dir wehgetan?«

»Mich hat was gebissen.« Malte schien zu schwanken. Sein Mund stand offen und er keuchte, als wäre er außer Atem.

Stirnrunzelnd blickte Tim an der Steinskulptur entlang – und stieß einen erschrockenen Laut aus. Etwas Braunes züngelte zwischen den Moospolstern hindurch und verschwand dann in einer der Öffnungen. Das Geschöpf war nur kurz zu sehen, doch es genügte, um auf Tims Brille ein Feuerwerk an Warnmeldungen auszulösen. *Warning!,* stand da in dicken Lettern. *Poisonous and highly dangerous animal. Beware – don't touch!* Das Bild einer Schlange erschien auf dem Display, daneben befand sich kurzer Textabschnitt. Tim überflog den Text und sein Magen zog sich zusammen.

»Was ist denn los?«, hörte er Annika fragen. »Du siehst aus, als hättest du ein Gespenst gesehen.«

»Kein Gespenst, nein«, stammelte Tim. »Eine Schlange. Wie es scheint, ist Malte von einer Lanzenotter gebissen worden.«

»Was?«

Tim presste die Lippen aufeinander. Laut der Beschreibung waren die Biester hochgiftig. Es gab Bilder von Bissopfern, bei denen es einem den Magen umdrehte. »Scheiße ...«, murmelte er.

»Und?« Maltes Stimme klang panisch. »Ist es sehr schlimm?«

»Ziemlich ...«

»Kannst du denn nicht besser aufpassen?«, maulte Jeremy. »Wie kann man nur so ungeschickt sein?«

»Ich habe sie nicht gesehen«, wimmerte Malte. »Sie war winzig. Außerdem hat sie sich kaum von diesen steinernen Schlangen unterschieden.«

»Ich glaube eher, dass du mal wieder gechattet hast«, sagte Darius.

Tim platzte fast der Kragen angesichts dieser zwei Vollidioten. Offenbar begriffen sie gar nicht, in welch ernster Gefahr Malte sich befand. »Lass mal sehen.« Er nahm Maltes Hand, zog den Handschuh nach unten und untersuchte die Haut. Zwei kleine Stichwunden zeigten an, wo sich die Zähne der Schlange durch den Handschuh gebohrt hatten.

Annika beugte sich besorgt herüber. »Und?«

»Ich weiß nicht. Sieht nicht gut aus.«

»Heißt das, ich muss sterben?« Malte war bleich wie ein Handtuch. Schweißperlen standen auf seiner Haut.

Tims Gedanken rasten. Er erinnerte sich, vor langer Zeit mal etwas über die Behandlung von Schlangenbissen gelesen zu haben. »Du musst auf jeden Fall zu einem Arzt«, sagte er. »Du brauchst ein Gegengift. Die Viecher sind hochgiftig. Glück im Unglück, dass es nur eine sehr junge Schlange gewesen ist. Die Giftmenge dürfte bei ihr nicht allzu groß gewesen sein.«

»Das Wichtigste ist, den Arm abzubinden«, sagte Jeremy. »Die Bissstelle muss aufgeschnitten und das Gift abgesaugt werden. Wer hat ein Messer?«

Jeremys Worte lösten bei Malte einen regelrechten Panikschub aus. Er zitterte am ganzen Leib.

»Hör auf, so einen Quatsch zu erzählen!«, fauchte Tim Jeremy an. »Wir werden nichts dergleichen tun. Das ist genau die Art, wie man es nicht machen sollte.«

»Also hör mal …«

»Du hast zu viele Actionfilme gesehen. Wenn man die Wunde

aufschneidet, gelangen Keime hinein, was zu Entzündungen führt. Und das Abbinden ist auch Quatsch. Das führt nur zu Schwellungen, die gefährlicher sind als der Biss selbst.«

»Und was schlägt Mr Neunmalklug stattdessen vor?«

Tim stand kurz davor, ihm eine reinzuhauen, doch er konnte sich gerade noch beherrschen. Jetzt ging es darum, Maltes Leben zu retten.

Zum Glück hatte Tim sich schon früher für das Thema interessiert. Als Runner war man viel in Gärten, Hinterhöfen und Parks unterwegs. Nicht dass er jemals ernsthaft damit gerechnet hatte, gebissen zu werden – in Deutschland gab es ja kaum Giftschlangen –, aber er erinnerte sich, mit wie viel Ehrfurcht und Begeisterung er den Berichten ausländischer Spieler gefolgt war, die von ihren Erfahrungen erzählten. Runner aus Australien, aus den USA und Asien. Orte, an denen Schlangen ein echtes Problem waren.

»Zuerst mal keine Panik«, sagte er und strich Malte über den Kopf. Kalter Schweiß stand ihm auf der Stirn. Er schien einen Schock zu haben. »Alles wird gut, glaube mir. Versuche, deinen Puls ruhig zu halten. Je aufgeregter du bist, umso schneller verteilt sich das Gift im Körper.« Er sprach leise, aber bestimmt. »Atme langsam und gleichmäßig. Trinke viel und winkele den Arm an. Es darf nur möglichst wenig Blut in deine Finger strömen. Ja, genau so.« Er stützte ihn. »Zieh am besten alles aus, was bei einem Anschwellen der Wunde hinderlich sein könnte. Ringe, Armbänder und dergleichen.«

»Habe ich keine …«

»Gut. Aber deine Handschuhe und deine Brille solltest du

auch abnehmen. Die brauchst du im Moment ohnehin nicht. Komm, ich stecke sie für dich ein. Jetzt müssen wir zusehen, dass du dich möglichst wenig bewegst. Auf keinen Fall solltest du laufen. Darius, meinst du, du kannst ihn bis zum Boot tragen?«

»Das Fliegengewicht? Mit Leichtigkeit. Ich kann ihn huckepack nehmen.«

»Perfekt«, sagte Tim. »Einer von uns sollte mitgehen und euch den Weg weisen.«

»Das kann ich übernehmen«, sagte Vanessa. »Ich will sowieso keine Minute länger als nötig in diesem schlangenverseuchten Dschungel bleiben.«

»Und der Rest von uns?« Jeremy wirkte immer noch beleidigt, hatte aber leider seine Stimme wiedergefunden.

»Wir müssen noch herausfinden, was das nächste Ziel ist, dann kommen wir hinter euch her«, sagte Annika. »Ihr rennt zurück zum Boot, wir treffen uns dann da.«

Gemeinsam halfen sie Malte, auf den Rücken von Darius zu steigen. Als alles bereit war, trabte das Gespann unter Führung von Vanessa in den Urwald.

Kaum waren sie weg, fing Jeremy wieder an zu schimpfen. »Verdammt, Tim. Wieso musstest du diese Flachzange unbedingt ins Team holen? Dass Malte kein Runner ist, sieht doch ein Blinder mit Krückstock. Der macht uns nichts als Scherereien.«

»Sei still!«, fuhr Tim ihn an. »Vergiss nicht, dein Bodyguard ist gerade nicht da, um dir zu helfen.«

Jeremy verstummte. Mit zusammengepressten Lippen stand

er da, dann drehte er sich um und folgte den anderen. Annika schaute ihm hinterher. »Ich weiß nicht, ob das so klug war«, sagte sie. »Das dürfte noch Ärger geben.«

»Und wennschon«, knurrte Tim. »Der soll nur kommen. Ich habe nicht vergessen, wie er und Darius mich an der Femeiche hintergangen haben.«

»Stimmt schon, aber Jeremy kann extrem nachtragend sein.«

»So wie ich«, sagte Tim. »Und jetzt weiter. Die Zeit drängt. Bist du bereit?«

Sie platzierten die Kugeln in den Öffnungen und hielten den Atem an. Kaum war die letzte im Schlangennest verschwunden, flammte ein Licht auf.

Tim trat zurück, als die Skulptur zu einem flammenden Projektionsgerät wurde. Eine leuchtende Halbkugel spannte sich über ihre Köpfe. Sternzeichen erschienen. Unter ihren Füßen tauchten Kontinente auf.

»Mein Gott, siehst du das?«, stieß er aus. Statt des Dschungels umgab sie jetzt eine Darstellung des Himmels, wie Tim ihn noch nie gesehen hatte. Über ihnen Sterne, unter ihnen Meere und Kontinente – eine virtuelle Illusion, gewiss, aber verdammt beeindruckend.

Tim sah Süd- und Nordamerika, dazwischen Mittelamerika und Costa Rica. Unter seinen Füßen war ein roter Punkt, der eindeutig ihre Position markierte. Während Tim noch darauf starrte, begann sich die Kugel zu drehen. Ein Gefühl, als stünde er an der Spitze eines Karussells. Tims Gleichgewichtssinn spielte verrückt. Er wurde mitgerissen und nach Osten geschleudert, während eine gestrichelte rote Linie, in Costa Rica beginnend, die Karibik durchkreuzte, dann weiter über den Atlantik flog und von dort bis nach Europa. Die Linie führte nach Frankreich, genauer gesagt nach Paris.

Tim kniff die Augen zusammen. Der Bildausschnitt veränderte sich, wurde größer und detaillierter. Plötzlich tauchten Gebäude auf: der Eiffelturm, der Louvre, der Triumphbogen und die Kirche Notre Dame. Ein blaues Band, das die Stadt in zwei Hälften teilte, schlängelte sich mitten hindurch. Das musste die Seine sein.

Die rote Linie wanderte weiter, überquerte Dächer und Straßen und endete bei einem Park im Osten der Stadt. Zumindest sah es aus wie ein Park. Ein Name erschien in prunkvollen Lettern: **Père Lachaise.** Darunter ein paar Zeilen, die wie ein Gedicht klangen:

Ich bin die Jüngste. Ich bin die Älteste.
Ich bin das Licht und die Dunkelheit.
Sucht mich beim letzten Sonnenstrahl
und ich geleite euch in die Stadt der Toten.

Mit einem letzten Aufflammen des Zielortes verblasste die Karte. Flüsse, Kontinente verschwanden, der sternenübersäte Himmel löste sich auf.

Tim war übel. Die Projektion hatte sein Gleichgewichtsorgan völlig durcheinandergebracht. Er musste aufpassen, dass er sich nicht übergab. Ein- und ausatmend, sah er sich um. Der Dschungel hatte sie wieder. Vögel zwitscherten und Äffchen hüpften durch das Blätterdach.

»Wahnsinn«, stieß Tim atemlos aus. »Mir schwirrt der Kopf.«

»Mir auch«, sagte Annika. »Aber wenigstens wissen wir jetzt, wohin wir müssen. Schnell jetzt! Die anderen sind bestimmt schon fast am Boot.«

Tim ging mit großen Schritten los. »Paris. Wer hätte das gedacht nach all dieser Wildnis? Klingt, als würde es diesmal einfacher werden.«

»Da wäre ich nicht so sicher«, erwiderte Annika, die dicht hinter ihm lief. »Es gib im Englischen ein Sprichwort: *Out of the frying pan and into the fire.* Will sagen: Es muss nicht unbedingt einfacher werden, sondern es könnte im Schwierigkeitsgrad noch deutlich härter werden.«

Tim nickte. »Lass uns das später besprechen. Jetzt geht es um Malte.«

23

Tut mir leid, da kann ich nichts machen.« Die Rote Dame blickte auf sie herab, während das Boot durchs Meer pflügte. Tim saß neben Malte und hielt dessen gesunde Hand. Auch diese Hand fühlte sich schon erschreckend heiß an. Die Haut seines Kameraden war schweißbedeckt und er atmete in kurzen, flachen Stößen. Es ging ihm nicht gut, das konnte man sogar erkennen, wenn man kein Arzt war. Und doch weigerte sich die Rote Dame, ihnen zu helfen.

»Was soll das heißen, Sie können nichts tun?«, fuhr Tim die Spieleleiterin an. »Ich sagte Ihnen doch, unser Begleiter wurde gebissen. *Von einer Lanzenotter!*« Der Wind wehte ihm ins Gesicht, verstrubbelte ihm die Haare. Gischt spritzte empor, benetzte seine Haut. Annika saß hinter ihnen und steuerte das Boot.

Die Rote Dame trug einen Dreispitzhut, Stiefel und einen Gürtel, an dem ein Säbel baumelte. Ihr Look als Piratenbraut passte so gar nicht zum Ernst der Lage.

»Mit dem Biss einer solchen Schlange ist nicht zu spaßen«, sagte sie. »Diese Tiere gehören zu den gefährlichsten auf der ganzen Welt. Ihr müsst euren Begleiter dringend in ärztliche Obhut bringen.«

»Das wissen wir längst«, erwiderte Tim ungeduldig. »Die Frage ist, wie weit ist das nächste Notfallteam entfernt? Sie sagten doch, es würde nicht länger als eine Stunde brauchen, um uns zu holen. Egal, von welchem Ort aus.«

Die Rote Dame hob eine Braue. »Das Notfallteam? Heißt das, ihr wollt einen offiziellen Hilferuf absetzen?«

Tim öffnete den Mund, um etwas zu sagen, besann sich dann aber anders. »Was meinen Sie mit *offiziell?«*

»Das haben wir euch beim Briefing doch lang und breit erklärt«, sagte die Rote Dame. »Solltet ihr in eine Situation geraten, in der Gefahr droht und aus der ihr gerettet werden wollt, könnt ihr den Notfallknopf betätigen. Ihr erhaltet dann den Zugangscode und dürft das Bergungsteam herbeiholen.«

»Die Spiele wären dann aber für uns beendet, nicht wahr?«

»Natürlich wären sie das.« Irrte Tim sich oder spielte da ein Lächeln um ihre Lippen?

»Aber wir wollen doch gar nicht gerettet werden«, antwortete er wütend. »Es geht um Erste-Hilfe-Maßnahmen für unseren Freund, verstehen Sie das? Er benötigt ein Serum, sonst stirbt er vielleicht!«

»Du brauchst nicht laut zu werden, Bursche. Ich höre dich auch so.« Die Spieleleiterin rückte ihren Dreispitzhut zurecht. »Da ihr nur als komplettes Team weiterbestehen könnt, würdet ihr im Todesfall eines eurer Mitglieder automatisch ausscheiden. Der finale Claim kann nur gezählt werden, wenn alle sechs Spieler anwesend sind. Habe ich mich verständlich ausgedrückt?«

»Klar und deutlich«, sagte Tim, der erschrocken war, mit welcher Härte und Kaltschnäuzigkeit die Spieleleiterin über den potenziellen Tod ihres Kameraden sprach. Aber wieso wunderte ihn das eigentlich? Computer empfanden kein Mitgefühl.

»Das heißt also, Sie werden uns keine Hilfe schicken.«

»Nein ...«

»Aber vielleicht können Sie uns ja wenigstens einen Arzt auf dem Festland empfehlen. Einen, der ein Schlangenserum bereithält. Wie wäre es damit?«

»Tut mir leid. Es ist verboten, euch solche Informationen zu geben. Das wäre als einseitige Vorteilsnahme ebenfalls regelwidrig. Und ihr habt die Regeln schon genügend strapaziert.« Sie warf Vanessa einen vielsagenden Blick zu. »Wenn ihr der Meinung seid, dass eine Fortsetzung des Spiels unmöglich ist, betätigt einfach den Notfallknopf und eure Probleme haben sich erledigt. Eine andere Option bleibt euch nicht. Das ist alles, was ich dazu zu sagen habe. Lebt wohl.«

Sie verschwand.

»Bitch«, zischte Tim.

»Also keine Unterstützung?« Malte blickte Hilfe suchend zu ihnen empor.

Tim drückte Maltes Hand. »Es war einen Versuch wert. Du musst die Entscheidung treffen. Wenn du es möchtest, werden wir abbrechen.«

»Moment mal ...« Jeremy fuchtelte mit den Händen. »Schaltet mal alle eure Brillen aus.«

»Wieso?«

»Weil das, was ich zu sagen habe, nicht für die Öffentlichkeit bestimmt ist.«

Als alle offline gegangen waren, legte Jeremy los: »Du willst ihm doch wohl nicht die Entscheidung überlassen.«

»Selbstverständlich will ich das«, wehrte sich Tim. »Schließlich geht es hier um *sein* Leben. Malte ist der Einzige, der das entscheiden kann.«

»Und genau da irrst du dich.« Jeremy stand auf. »Ich bin es ein für alle Mal leid, wie du dich hier in den Vordergrund spielst. Du tust zwar immer so scheißsozial, aber in Wirklichkeit geht es dir nur um Macht. Du willst alles bestimmen, die Herrschaft an dich reißen und uns alle kontrollieren. Aber das kannst du dir abschminken, Freundchen. Ab jetzt läuft es jetzt wieder so, wie ich es sage. Und ich sage dir: Malte kommt zu einem Arzt, der päppelt ihn wieder auf und dann ist es gut. Dein ständiges Rumeiern geht mir so was von auf den Senkel. Wenn wir klein beigeben, ist das Spiel für uns vorbei.«

»Das ist es auch, wenn Malte stirbt«, sagte Tim mit einer Stimme, die Wasser zum Gefrieren bringen würde. Er erhob sich. »Was spielst du dich hier eigentlich so auf?«, sagte er. »Anscheinend willst du wirklich ein paar aufs Maul haben. Wir können das gerne regeln, gleich jetzt und hier. Brauchst es nur zu sagen. Diese GlobalGames-Weltmeisterschaft ist nur ein beschissener, kleiner Wettkampf. Nichts im Vergleich zu dem Menschenleben, das auf dem Spiel steht. Wann geht das endlich in deinen Schädel?«

Jeremy fehlten die Worte. Er war weiß vor Zorn. Mit kalter Entschlossenheit sah er Darius an und deutete auf Tim. »Du weißt, was du zu tun hast.«

Darius wirkte unsicher. »Aber Chef …«

»Spar dir den Chef«, fuhr Jeremy ihn an. »Du bist nur hier, weil ich es so wollte. Und jetzt vermöbele diesen Kerl. Er hat mir gedroht, hörst du?«

Widerwillig stand Darius auf. Ihm war anzusehen, dass er nicht wollte. Doch der Gehorsam gegenüber Jeremy überwog. In diesem Moment ging Annika dazwischen. »Setzt euch hin, alle beide!«, tobte sie. »Ihr bringt das Boot zum Kentern.« Als keiner von ihnen reagierte, zog sie hart am Ruder. Das Boot fuhr eine scharfe Kurve. Tim verlor das Gleichgewicht und wedelte wild mit den Händen, Darius ebenso. Um ein Haar wären sie beide über Bord geflogen, doch Annika lenkte gerade rechtzeitig zurück. »Hinsetzen, habe ich gesagt!«

Sie taten es.

»Maltes Wohlergehen ist das Einzige, was jetzt wichtig ist. Er wird entscheiden, was zu tun ist, und niemand sonst.« Sie sah ihren Kameraden mitfühlend an. »Wie geht es dir? Möchtest du, dass wir Hilfe holen? Wir können den Knopf jederzeit drücken.«

Malte sah sie mit fiebrigen Augen an. »Wie lange brauchen wir noch bis zum Festland?«

»Eine Viertelstunde, schätze ich«, sagte Annika.

»So lange werde ich noch durchhalten. Ich bekomme das hin.«

»Ehrlich?«

Er nickte. »Fühlt sich an wie Grippe. Ist zwar echt übel, es geht aber vorbei. Ich habe das Gefühl, dass der schlimmste Teil überstanden ist.« Ein entschuldigendes Lächeln spielte um seinen Mund. »Gegen einen Arzt und ein bisschen Serum hätte ich trotzdem nichts einzuwenden.«

»Da hörst du's!«, geiferte Jeremy in Tims Richtung. »Er beißt die Zähne zusammen und zieht es durch. Malte hat mehr Mumm in den Knochen als du. *Weichei.*«

Tim lag auf den Lippen zu erwidern, dass Malte vermutlich längst tot wäre, hätten sie Jeremys Behandlungsmethoden angewendet, doch ein Blick in Annikas Augen ließ ihn verstummen. Sie hatte recht, es brachte nichts, sich mit dem Idioten zu streiten. Am Ende schwächte das nur ihre Gruppe. Oder das, was davon noch übrig war. Er nahm wieder Platz.

»Gib uns ein Zeichen, wenn es nicht mehr geht. Okay, Malte?«, flüsterte er. »Wir werden dich nicht aus den Augen lassen.«

»Okay.«

»Versuch, noch ein bisschen zu schlafen. Sobald wir im Hafen sind, holen wir Hilfe.«

Malte formte seine Lippen zu einem *Danke.* Dann schloss er die Augen.

24

Emily rannte die Stufen hinunter, öffnete die Haustür und eilte auf die Straße. Frühmorgendlicher Verkehrslärm lag über Köln. Ihr Kunstprojekt an die Brust gepresst, schlug sie den Schulweg ein. Sie konnte es kaum erwarten, ihrer Lehrerin die Arbeit vorzustellen. Ein Eisbär, den sie für Werken und Gestalten aus einem einzigen Stück Holz geschnitzt hatte. Das Ding wog mindestens ein Kilo. Frau Seiler würde begeistert sein, immerhin hatte Emily ihn fast ohne Hilfe geschnitzt.

Dad hatte ihr den Umgang mit Hammer und Stechbeitel gezeigt und ihr beim Schleifen geholfen. Abgesehen davon, dass ihr bei der Nachbearbeitung versehentlich ein Ohr abgebrochen war, das sie aber wieder drankleben konnte, hatte alles prima geklappt. Emilys Plan war, das Meisterstück ihrem Bruder zu schenken, sobald der von seiner Reise zurückkam.

Tim würde Augen machen!

Ob er selbst wohl auf seiner Reise einen Eisbären zu sehen bekommen würde? Möglich war es. Die Spieler hatten keine Ahnung, wohin man sie als Nächstes schickte. Und wenn nicht, konnten Emily und Tim zusammen in den Zoo gehen und sich die Tiere dort ansehen. Dann konnte sich Tim davon überzeugen, wie gut ihre Schnitzerei geworden war. Dummerweise dauerte es noch eine Weile, ehe er wieder heimkam. Sie musste sich in Geduld üben.

Ihr Weg führte entlang einer Platanenallee. An der Kreuzung drückte Emily den Knopf der Fußgängerampel. Ungeduldig wippte sie auf und ab. Im Gegensatz zu vielen ihrer Klassenkameraden durfte sie alleine zur Schule gehen. Ihr gebrochener Arm war inzwischen so gut verheilt, dass sie keine Hilfe mehr brauchte. Er tat zwar manchmal noch ein bisschen weh, aber auch das würde vorübergehen. Emily genoss es, dass Dad sich auf sie verließ. Er gab ihr das Gefühl, groß zu sein. Fast schon erwachsen. Und nächstes Jahr würde sie dann auf Tims Schule gehen. Sie konnte es kaum erwarten.

Neugierig blickte sie rüber zum Stadtgarten. Am Eingang, wo im Sommer immer der Eisverkäufer stand, hatten sich drei Personen versammelt, die irgendwas in den Händen hielten. Sie steckten ihre Köpfe zusammen und schienen miteinander zu tuscheln. Am Stadtgarten lungerten häufig seltsame Gestalten herum. Dad und Tim hatten ihr eingeschärft, ihnen keine Beachtung zu schenken. Als die Ampel auf Grün schaltete, eilte sie los.

Kaum dass sie auf der anderen Seite angekommen war, löste sich eine Frau aus der Gruppe und kam auf sie zu. »Hallo, junge Dame«, sprach sie Emily an. Sie war blond und schön. »Darf ich dich etwas fragen?«

Emily musste abbremsen, da die Frau ihr so blöd den Weg verstellte.

Misstrauisch runzelte sie die Stirn. »Was denn?«

»Ist das dein Bär? Hast du den geschnitzt?« Die Frau schien eine Kunstexpertin zu sein. Emily nickte. »Ja.«

»Der ist aber schön geworden. Da hast du bestimmt lange dran gearbeitet.«

»Ungefähr eine Woche«, antwortete Emily.

»Darf ich ihn mal halten?«

Emily runzelte die Stirn. »Eigentlich habe ich keine Zeit«, sagte sie. »Ich muss zur Schule und ihn meiner Lehrerein zeigen.«

»Du wirst dafür eine gute Note bekommen, so schön, wie er geworden ist.«

»Eigentlich soll ich nicht mit Fremden reden, hat mein Dad gesagt.«

»Ein guter Rat«, sagte die Frau. »Aber bei mir würde er bestimmt eine Ausnahme machen.« Sie streckte die Hand aus und lächelte dabei so nett, dass Emily sich einen Ruck gab und ihr den Bären überließ. Neugierig kamen jetzt die beiden Männer dazu. Emily erkannte, dass sie eine Kamera und ein Mikrofon in der Hand hielten. Wie die Fühler von Insekten waren sie auf Emily gerichtet.

»Dein Bruder heißt doch Tim, nicht wahr? Tim Feldmann.«

Emily nickte aufgeregt. »Das stimmt. Aber woher wissen Sie das?«

»Oh, Informationen sind unsere Spezialität«, sagte die Frau lachend. »Alles zu wissen, ist unser Job. Und deswegen würden wir gerne von dir erfahren, wie du das findest, was dein Bruder da macht. Schaust du dir die Sendungen an?«

»Klar, so oft es geht. Aber meistens darf ich nur abends schauen. Mein Dad möchte dabei sein, wenn ich es mir ansehe. Keine Ahnung, warum.«

»Vermutlich, weil es doch ziemlich aufregend ist.«

»Ja ... voll blöd. Als wäre ich noch ein Baby. Aber zumindest darf ich mir Zusammenfassung im Frühstücksfernsehen ansehen.«

Die Frau nickte verständnisvoll. »Im Augenblick ist Tim sehr weit weg. Vermisst du ihn?«

»Ja, sehr ...« Sie knabberte an ihrer Unterlippe. »Aber er wird ja gebraucht. Ohne ihn würde das Team nicht zurechtkommen. Er ist der Beste. Abgesehen natürlich von Sakura.«

»Sakura? Du meinst Annika Siebert?«

Emily nickte aufgeregt.

»Bist du ihr schon einmal begegnet?«

»Na klar, wir sind gute Freundinnen. Sie war schon ganz oft bei uns. Sie ist ein toller Runner. Und Klavierspielen und Fechten kann sie auch.«

»Unsere Zuschauer sind ebenfalls von Annika begeistert. Ich könnte mir vorstellen, dass Tim ein bisschen in sie verliebt ist, oder?«

Emily grinste. »Ja, das stimmt ...« Dann fiel ihr ein, dass sie darüber vielleicht nicht reden sollte. Doch die Frau schien ihre Gedanken erraten zu haben. »Mach dir keine Sorgen, ich werde niemandem etwas verraten. Wir sind ja ganz unter uns. Dann stimmt es also?«

»Ja.« Emily lächelte. »Schon bevor sie sich kannten, hat er Artikel über sie gesammelt und sie in ein Album geklebt. Fotos, Berichte, Kopien aus WorldRunner. Es ist ein ganz schön dickes Album, er hat es immer noch. Annika weiß aber nichts davon. Er hat ihr sogar Briefe geschrieben, die er allerdings nie abgeschickt hat.« Emily kicherte. »Ich glaube, es ist ihm peinlich.«

»Weißt du denn, was drinsteht?«

Emily sah sich misstrauisch um. »Nur ein bisschen. Er hat sie gut weggesperrt. Aber ich würde sie auch sonst nicht lesen.«

»Warum nicht?«

»Komische Frage. Weil man so was nicht macht. Sie würden doch auch nicht wollen, dass jemand in Ihren Sachen rumwühlt.«

Die Frau lächelte. »Meinst du, Annika hat auch Gefühle für Tim?«

»Ganz bestimmt sogar. Sie hat es mir gesagt.«

»Ehrlich? Und ...?« Das Lächeln wurde breiter. Inzwischen wusste Emily, woran es sie erinnerte. An die Grinsekatze aus *Alice im Wunderland.*

»Ja. Sie ist der Meinung, dass Tim den ersten Schritt machen sollte. Kriege ich jetzt meinen Bär zurück?«

Die Hände der Frau schlossen sich wie Klauen um den Hals des Holztiers.

»Gleich«, sagte die Frau. »Nur noch eine Frage. Wenn wir dich ganz lieb bitten, würdest du uns dann diese Briefe zeigen? Du könntest sie ja morgen mitbringen. Selber Ort, selbe Zeit. Oder, besser noch, du lädst uns mal in eure Wohnung ein. Natürlich nur, wenn dein Papa fort ist. Es soll ja eine Überraschung sein. Dafür würdest du auch von uns ein schönes Geschenk bekommen. Was möchtest du haben?«

»Ich will meinen Bär wiederhaben.« Sie wollte danach greifen, aber die Frau zog ihn weg. Emily spürte auf einmal, dass hier etwas nicht stimmte. Sie wich zurück, prallte aber mit dem Rücken gegen ein Hindernis. In diesem Augenblick hörte sie eine Stimme neben sich.

»Alles in Ordnung, Emily?«

Emily blickte hoch und sah Herrn Kowalski. Herr Kowalski war Rentner und wohnte im selben Haus wie sie. Um diese Uhrzeit war er immer mit seinem Drahthaarterrier Benno unterwegs.

»Was sind das für Leute, mit denen du dich da unterhältst?«

»Weiß ich nicht. Ich will meinen Bär wiederhaben.«

»Wer sind Sie?« Normalerweise war Herr Kowalski sehr nett. Ruhig und sanft. Doch jetzt klang seine Stimme schneidend. »Geben Sie dem Kind sein Tier zurück. Von welchem Sender sind Sie? Sind Sie überhaupt von einem regulären Fernsehsender? Darf ich mal Ihre Drehgenehmigung sehen?«

»Was geht Sie das an?«, fragte die Frau schnippisch und drückte Emily ihren Bären wieder in die Hand. »Hier. Wir haben uns nur freundlich mit dem Kind unterhalten. Wir sind sowieso fertig. Abmarsch.« Sie machte eine Handbewegung und im Nu verschwand das Team.

»Sie hätten dieses Kind gar nicht ansprechen dürfen!«, rief Herr Kowalski hinter ihnen her. »Lassen Sie sich hier nicht mehr blicken oder ich rufe die Polizei.« An Emily gewandt sagte er: »Komische Leute. Ich glaube nicht, dass die offiziell von der Presse waren. Besser, du beeilst dich jetzt. Bist du auf dem Weg zur Schule?«

Emily presste ihren Bären an die Brust und nickte.

»Dann lauf los. Und lass dich nicht wieder von Fremden ansprechen, hörst du? Diese Fernsehleute sind Blutsauger. Die wollen nur irgendwelche Geschichten erfahren, um sie zu Geld zu machen. Ich hoffe, du hast nichts Wichtiges ausgeplaudert.«

Emily dachte nach, dann schüttelte sie den Kopf. »Ich glaube nicht«, sagte sie. »Sie wollten in unsere Wohnung, aber das habe ich abgelehnt.«

Herr Kowalski lächelte. »Das hast du gut gemacht. So eine unverschämte Bande. Ich finde, du solltest deinem Vater davon erzählen. Er muss wissen, was hier passiert ist. Wenn du möchtest, rede ich mit ihm.«

»Nein«, sagte Emily hastig. Sie schämte sich ein bisschen, dass sie so vertrauensvoll gewesen war. »Ich erzähle es ihm selbst.«

»Gut.« Herr Kowalski nickte. »Aber nicht vergessen, hörst du? Ich muss jetzt weiter. Benno wird unruhig. Er will unbedingt in den Park, sein Geschäftchen machen. Mach's gut, Emily. Und wenn du mit deinem Bruder sprichst, wünsch ihm viel Glück. Wir drücken ihm alle die Daumen.«

25

Die Turbinen der Passagiermaschine summten mit einschläfernder Gleichförmigkeit. Doch an Schlaf war nicht zu denken. Nicht nach dem, was Annika gerade gesehen hatte. Eigentlich hatte sie geplant, die elf Stunden Flugzeit zu nutzen, um ihren Kram zu sortieren, sich auf das nächste Ziel vorzubereiten und vielleicht noch ein kleines Schläfchen zu halten – doch dann war alles anders gekommen.

»Okay, schieß los«, flüsterte sie in Tims Richtung. »Du behauptest also ernsthaft, Malte sei ein Spion? Das musst du mir genauer erklären.«

»Du hast es doch selbst gesehen«, sagte er und deutete auf Maltes Multimediabrille. »Die Tatsachen lassen sich nicht leugnen: Malte ist ein Maulwurf. Er arbeitet für Shenmi Stevenson persönlich. Die Chatprotokolle, die Anweisungen, das geflossene Geld – die Ergebnisse lassen keinen anderen Schluss zu. Glaub mir, ich habe versucht, eine andere Erklärung zu finden, aber es ist mir nicht gelungen.«

»Hast du schon mit ihm geredet?«

»Himmel, nein«, sagte er. »Ich kann doch so eine Sache nicht einfach rausposaunen. Er würde alles abstreiten und anschließend seine Spuren verwischen. Damit wäre nichts gewonnen.«

Verstohlen blickte Annika nach vorne. Jeremy und Darius schliefen eine Reihe vor ihnen. Noch mal zwei Reihen davor saßen Malte und Vanessa, ebenfalls in tiefen Schlaf gesunken. Der Flug war fast schon ausgebucht gewesen, als sie in San José eingecheckt hatten. Zusammenhängende Sitze waren nicht mehr zu bekommen gewesen – was sich jetzt als Glücksfall herausstellte. Denn so konnten Annika und Tim ungestört reden.

Malte hatte seine Decke bis zum Kinn hochgezogen. Sein Kopf war mit einem Kissen an der Bordwand abgestützt. Er war immer noch schwach, aber dank des Serums hatte er den Schlangenbiss überstanden. Selbst das Fieber war inzwischen zurückgegangen.

Rückblickend betrachtet durfte er sich glücklich schätzen, dass Tim sich mit seinen Erste-Hilfe-Maßnahmen durchgesetzt hatte und nicht Jeremy. Der Arzt war in allen Punkten mit Tim einer Meinung gewesen. Was wiederum bedeutete, dass Malte ihm sein Leben verdankte. Doch anstatt ihm zu danken, haute er ihn in die Pfanne. Er verriet ihn. Und nicht nur ihn, sie alle. Was die Sache doppelt schlimm machte.

»Seit wann weißt du es?« Annika setzte Maltes Multimediabrille ab und gab sie Tim zurück. Selbstverständlich waren alle ihre Brillen momentan abgeschaltet. Niemand sollte mitbekommen, was sie herausgefunden hatten.

»Wissen?« Tim kratzte sich am Kopf. »Mit Gewissheit erst, seit wir Malte zum Arzt gebracht haben. Während seiner Behandlung bin ich auf die Idee gekommen, seine Brille mal genauer unter die Lupe zu nehmen. Ich hatte schon seit einiger Zeit das Gefühl, dass mit ihm etwas nicht stimmt. Er war immer öfter offline, chattete auf geheimen Kanälen und reagierte ausweichend, wenn ich ihn darauf ansprach. Das hat mich misstrauisch gemacht. In seinen Chats habe ich komische Einträge gefunden. Gesprächsprotokolle mit irgendwelchen dubiosen Personen, Redaktionsanweisungen, geheime Absprachen und so weiter. Ich fand das merkwürdig, zumal sie mich bei meinem Interview kürzlich ebenfalls manipulieren wollten.«

»Was meinst du mit *manipulieren?«*

»Na ja, zum Beispiel haben sie von mir verlangt, über Dinge zu sprechen, die eigentlich privat sind. Mir wurde gesagt, das sei es, was die Zuschauer am meisten interessiert. Ich bin aber nicht darauf eingegangen.«

»Und wer sind *sie?«*

»Keine Ahnung. Ich nehme an, die Spieleleitung.«

»Das ist aber sehr bedenklich«, sagte Annika. »Warum hast du mich denn nicht schon früher eingeweiht? Du hättest auf jeden Fall mit mir reden sollen.«

Er senkte verlegen den Kopf. »Mit so etwas rennt man doch nicht an die Öffentlichkeit, oder? Ich musste erst mal sichergehen, dass mir kein Fehler unterlaufen ist. Allerdings lassen die Dateien jetzt, da ich sie mir noch einmal angesehen habe, keinen anderen Schluss zu. Nicht nur, dass Malte uns ganz offensichtlich nicht mehr vertraut, er arbeitet jetzt als Informant für die Gegenseite. Erzählt Dinge über uns, die eigentlich geheim bleiben sollen.« Tim seufzte. »Ich habe ihm so vertraut. Er war wie ein kleiner Bruder für mich. Und jetzt das.«

»Ja, schrecklich ...«

»Da ist noch mehr«, sagte Tim und senkte seine Stimme. »Es gibt noch eine zweite Sache, die du unbedingt wissen solltest, jetzt, wo wir schon mal dabei sind.«

»Was denn noch?«

»Ich habe mich von Malte inspirieren lassen und versucht, Kontakt nach draußen herzustellen. Und es ist mir gelungen.«

»Kontakt? Zu wem denn?«

»Errätst du nie.« Tim lächelte verschwörerisch.

»Nun lass dir nicht jedes Wort aus der Nase ziehen.«

Er zwinkerte ihr zu. »Eli.«

Annika glaubte, sich verhört zu haben. »Eli? Unsere Eli?«

»Elissavet Sakalidis, genau die. Sie hält mich mit aktuellen News auf dem Laufenden. Das geht schon seit dem Flug nach Costa Rica so. Eli ist meine Augen und meine Ohren in die Welt da draußen.«

Annika benötigte einen Moment, um die Information sacken zu lassen. »Moment mal«, sagte sie, »willst du mir etwa erzählen, ihr schreibt euch regelmäßig?«

»Genau das.« Er nickte aufgeregt. »Ich habe mich bei ihr gemeldet und sie hat mir zurückgeschrieben. Erst mal waren es nur harmlose Plaudereien, schließlich wussten wir ja nicht, ob der Kanal wirklich sicher ist. Doch da sich niemand einschaltet oder die Chats gelöscht hat, konnten wir davon ausgehen, dass es wirklich safe ist. Natürlich muss man währenddessen offline sein, damit niemand sieht, dass man da etwas Verbotenes tut. Man gibt ganz in Ruhe seine Nachricht ein, geht wieder online und die Nachricht wird gesendet.«

»Und weiter?«

»Wir fingen an, uns über wichtigere Themen auszutauschen. Was man draußen so über uns erfährt, wie wir rüberkommen, welche die beliebtesten Teams sind und so weiter. Eli verfolgt das Spiel Tag und Nacht. Sie meint, wir wären die Gruppe mit der höchsten Einschaltquote.«

»Im Ernst?« Das überraschte Annika. »Bei all den tollen Teams, die anderswo unterwegs sind? Schwer zu glauben.«

»Ich habe das anfangs auch nicht für möglich gehalten, aber Eli behauptet, dass die anderen Teams lang nicht so spannende Sachen erleben wie wir. Denk nur an die Marterpfähle oder jetzt den Schlangenbiss.«

Annika verzog das Gesicht. »Okaaay ...«

»Das Wichtigste ist, dass wir endlich eine Quelle nach draußen haben«, fuhr Tim fort. »Das ist die Chance, etwas mehr über das herauszufinden, was die Spieleleitung da mit uns macht.«

Annika nickte. Sie musste das erst mal verdauen.

»Hältst du es für denkbar, dass in die anderen Teams ebenfalls Maulwürfe eingeschleust wurden?«

»Vorstellbar ist das schon«, sagte Tim. »Es würde zum Beispiel dabei helfen, gewisse Entscheidungen durchzudrücken. Zum Beispiel Abstimmungen im Sinne der Spieleleitung zu entscheiden. Aber das sind alles nur Spekulationen. Wir müssen unbedingt herausfinden, wer dafür verantwortlich ist und wie wir mit dieser Information umgehen sollen. Sollen wir die anderen einweihen oder erst mal selbst weitere Erkundigungen einziehen?«

»Letzteres«, erwiderte Annika betroffen. »Unbedingt. Vielleicht kannst du über Eli mehr Details herausbekommen.«

Tim nickte. »Dachte ich mir, dass du das sagen würdest. Ich sehe es genauso. Dummerweise erreiche ich sie seit ein paar

Stunden nicht mehr. Sie verhält sich auffällig still und antwortet auf keine meiner PNs.«

»Vielleicht hat sie gerade viel um die Ohren …«

»Oder sie ist erwischt worden. Die Folgen will ich mir gar nicht ausmalen.« Er biss sich auf die Lippen. »Hoffen wir, dass alles ein gutes Ende nimmt. Mir graut nämlich vor dem Augenblick, wenn ich Malte darauf anspreche. *Wenn* wir ihn darauf ansprechen.«

»Ich werde dir zur Seite stehen«, sagte Annika. »Gemeinsam werden wir schon alles wieder geraderücken.«

Doch ganz so optimistisch, wie es klang, war sie nicht. Annika hatte das Gefühl, ihre kleine, heile Welt hätte gerade einen ordentlichen Knacks bekommen. Nichts war mehr wie zuvor und ein Ende dieses bodenlosen Abgrunds war noch nicht auszumachen.

26

Leipzig …

Ein Lichtfleck wanderte über das Holz, kroch über Elis Tasse und berührte ihre Hand. Ein erster Sonnenstrahl. Draußen war es hell geworden. Ein neuer Tag war angebrochen. Sie griff nach ihrer Tasse, doch die war inzwischen leer. In der Kanne war auch nichts mehr. Hatten sie etwa die ganze Nacht hindurch geredet? »Soll ich noch mal einen aufsetzen?«

Unter Patricks Augen waren dunkle Ränder. »Hm, was? Oh ja, ein frischer Kaffee wäre toll. Und habt ihr noch etwas zu essen? Mein Magen fühlt sich an wie ein leerer Ball.«

»Klar doch.« Während er aufstand, fragte sie sich, ob das Ganze vielleicht ihre Schuld war. Sie war es gewesen, die Malte ins Team geholt hatte. Sie hatte darauf bestanden, dass er ihre Nachfolge antreten sollte. Aber wie hätte sie auch ahnen können, dass er zum Spion werden würde?

Es musste eine schwere Zeit für die beiden Brüder gewesen sein. Der frühe Tod der Eltern, die Kindheit in Jugendeinrichtungen und Pflegefamilien, die Beantragung des Sorgerechts für Malte, die Verhandlungen mit dem Jugendamt. Und dann, als endlich alles zu laufen schien, die Nachricht, dass Patricks kriminelle Vergangenheit aufgedeckt worden sei und dass man alles ans Tageslicht bringen würde, sollten er und Malte nicht kooperieren.

Shenmi Stevensons Verhalten machte Eli fassungslos. Tim hatte einiges über diese Frau erzählt, doch sie hatte das immer als Spinnerei abgetan. Jetzt musste sie einsehen, wie recht er gehabt hatte.

Während Patrick mit Küchenutensilien herumklapperte, streckte sie die Beine lang. Sie stand auf und machte ein paar Lockerungsübungen. Patricks Freunde waren alle drüben bei der Sitzecke. Ein paar Buchregale standen dort, eine riesige, wenn auch etwas zerschlissene Couchgarnitur sowie ein Fernseher, auf dem der Stream zur GlobalGames-Weltmeisterschaft lief. Die zwei Frauen schauten fern, der Hipster tippte auf seinem Handy, der Punker hatte sich zusammengerollt und schlief. Keiner von ihnen war nach Hause gegangen. Sie hielten zusammen, selbst wenn man sich dafür eine Nacht um die Ohren schlagen musste. Eine eingeschworene Gemeinschaft. Das gefiel Eli.

Patrick kam zurück, stellte eine neue Kanne auf den Tisch, dazu etwas Brot, Butter und Käse. »Mehr habe ich leider nicht gefunden«, sagte er. »Wird höchste Zeit, dass wir mal wieder einkaufen gehen.«

»Ich bin nicht anspruchsvoll.« Eli schmierte sich eine Stulle, biss herzhaft hinein und fragte dann mit vollem Mund: »Deine Klamotten. Läufst du immer so rum?«

Er grinste und strich sein Jackett straff. »Wieso, stört es dich?«

»Hab mich nur gewundert.«

»Das stammt noch aus der Zeit, als der Sorgerechtantrag für Malte lief. Da kam es immer wieder zu unangekündigten Besuchen vom Jugendamt. Sie wollten nachsehen, ob alles in Ordnung ist. Jemand gab mir den Tipp, mich seriös zu kleiden, weil das einen besseren Eindruck macht. Ich bin dann dabei geblieben. Passt ohnehin ganz gut, weil ich normalerweise in einer Werbeagentur arbeite.«

»Ach, dann ist das hier gar nicht dein Job?«

»Was, das?« Er deutete auf die Staffeleien und lachte. »Nein, das mache ich nur in meiner Freizeit. Versteh mich nicht falsch, ich liebe die Kunst, aber sie bezahlt keine Miete und bringt keine Brötchen auf den Tisch. Ich habe meine Fähigkeiten als Computerspezialist inzwischen für legale Zwecke nutzbar gemacht. Was nicht heißt, dass ich nicht ab und zu auf alten Pfaden wandele.« Er zwinkerte ihr zu.

Eli verstand die Anspielung. »Eines begreife ich nicht«, sagte sie. »Was bezweckt Shenmi damit? Du sagtest, dass Malte kein Einzelfall sei. Dass es wohl in fast in jedem Team einen Maulwurf gäbe. Wieso?«

»Information und Kontrolle«, sagte Patrick und biss ebenfalls in sein Brot. »In Shenmis Augen sind wir nur Zahlen. *Humankapital*, wie sie es selbst mal in einem Interview gesagt hat. Wir sind für sie nur so lange von Interesse, solange sich aus uns Gewinn schlagen lässt.« Er lächelte grimmig. »Shenmi wäre bestimmt ein interessanter Fall für einen Psychiater. Garantiert ließe sich bei ihr ein krankhafter Kontrollzwang feststellen. Die Besessenheit, jeden einzelnen Aspekt ihrer Arbeit und ihres Lebens zu steuern. Dieser Frau ist nichts verhasster als Zufall und Chaos. Um das zu vermeiden, unternimmt sie jede Anstrengung – selbst wenn das kriminelle Handlungen erfordert. Sie hat überall Spione, damit sie weiß, was in den einzelnen Teams so abgeht. Über sie kann sie sogar Entscheidungen mitbeeinflussen. Abstimmungen zum Beispiel.«

»Dann hat sie euch also wirklich gedroht, das Jugendamt einzuschalten und dir Malte wegnehmen zu lassen? Warum bist du damit nicht zur Polizei gegangen?«

»Weil sie uns obendrein einen Batzen Geld angeboten hat.«

Er senkte beschämt den Kopf. »Ich will hier nichts beschönigen. Ich weiß, dass ich das Angebot nicht hätte annehmen dürfen. Trotz meines Jobs ist es mir nicht gelungen, so viel Geld beiseitezulegen, dass ich Malte ein unbeschwertes Leben bieten konnte. Unsere Eltern haben uns nichts hinterlassen und was wir vom Staat bekommen, reicht gerade für das Nötigste. Ich würde mit Malte gerne mal in die Ferien fahren, würde ihm gerne ein paar neue Sachen kaufen, vielleicht einen neuen Computer und schöne Bücher. Im Moment können wir uns das nicht leisten. Aber ich arbeite daran – auch ohne die Hilfe von Shenmi Stevenson.« Er sprach ihren Namen aus, als hätte er auf eine Chilischote gebissen. »Und das Geld werde ich ihr natürlich zurückzahlen, sobald das alles hier vorbei ist.«

Eli dachte darüber nach, stieß aber gleich auf neue Fragen. »Wie konnte es überhaupt dazu kommen? Wann hat sie euch kontaktiert? Und wissen die anderen Mitarbeiter von Global-Games, was da gespielt wird?«

»Es ging alles ziemlich schnell. In der Woche, nachdem feststand, dass Malte Teil eures Teams sein würde, bekam ich einen Anruf von Shenmis Anwalt. Er hat mir schnell klargemacht, wie unsere Chancen stehen. Es ist wie in der freien Natur:

Jäger und Gejagter. Shenmi hat sich das schwächste Glied in der Kette rausgepickt und ihre Krallen ausgefahren. Genau wie es die Löwen machen. Das Jungtier von der Herde trennen und es dann genüsslich jagen und verspeisen.«

»Armer Malte …«

Patrick nickte. »WorldRunner zu werden, war sein absoluter Traum. Mit seiner Ernennung hast du ihm den allergrößten Wunsch erfüllt – wofür ich dir noch mal ganz herzlich danken möchte.«

»Kein Ding …«

»Shenmi hatte uns an der kurzen Leine. Sie überbrachte ihr Angebot, verbunden mit einer Drohung. Sie ließ uns ganze drei Stunden, um darüber zu entscheiden. Mein Kopf war so vernebelt, dass ich nicht klar denken konnte – und die falsche Entscheidung traf. Malte hingegen hatte panische Angst, wieder in eine Pflegefamilie zu müssen, weshalb er mitgemacht hat. Aber jetzt ist Schluss damit. Ich habe alle Gesprächsprotokolle runtergeladen, alle Chats zwischen der Regie und Malte, alle Videos – selbst das von dir in Völklingen. Damit wir etwas in der Hand haben, falls die Dinge aus dem Ruder laufen. Und das werden sie, das spüre ich.«

Eli runzelte die Stirn. »Moment mal. Du hast doch nicht etwa vor, dich mit dieser Frau anzulegen, oder? So verrückt kannst du nicht sein.«

»Ich will mich nur absichern«, sagte Patrick. »Für den Fall, dass die Dinge hässlich werden. Ich weiß nicht, ob und wie weit der Rest der Firma an diesen Manipulationen beteiligt ist, aber wir sollten uns auf einen schmutzigen Kampf einstellen.«

»Und wie?«

»Zusätzlich zu unseren Festplatten habe ich ein Cloud-Backup erstellt. Darauf habe ich von überall Zugriff. Und da ist genug Scheiße dabei, um den ganzen Laden hochgehen zu lassen.«

»Hört sich bedrohlich an ...«

»Ist es auch. Leider sind mir die Hände gebunden, weil ich Verantwortung für Malte trage. Ich kann da nichts machen. Du vielleicht schon. Deswegen ist es so wichtig, dass du hergekommen bist. Allerdings birgt es ein gewisses Risiko. Wenn sie mich ausfindig gemacht haben, können sie auch dich finden. Aber die Entscheidung kannst nur du alleine treffen.«

»Was genau schwebt dir denn vor?«

»Ich will, dass du weißt, wie man auf die Informationen zugreift.«

»Wozu?«

»Um notfalls damit an die Presse zu gehen. Ich habe keine Lust, mich weiter von dieser Frau manipulieren zu lassen. Meine einzige Sorge gilt meinem kleinen Bruder. Und natürlich dem ganzen Team.«

Eli wiegte den Kopf. »Ich weiß nicht ... Eine Frau wie Shenmi Stevenson kannst du nicht unter Druck setzen. Die wird dich plattmachen und mich gleich dazu. Das ist wie der Kampf zwischen David und Goliath.«

»Aber du weißt, wie der ausgegangen ist, oder?« Er zwinkerte ihr zu.

»Ja. Trotzdem ...« Sie knabberte auf ihrer Unterlippe. »Im Prinzip stehe ich auf eurer Seite, ich weiß nur nicht, ob mir das nicht zu heiß ist. Wäre es okay, wenn ich mir ein paar Tage Bedenkzeit nehme?«

»Aber klar. Lass es uns folgendermaßen machen: Ich zeige dir, wie es funktioniert, und du entscheidest, ob und was du damit machst. Letztendlich ist es auch nur eine Rückver…«

»He, Patrick, komm mal her!«, rief Ayla von der Couch rüber. »Ich denke, das solltest du dir ansehen.«

Elis Blick zuckte rüber zum Fernseher. Patricks Freunde hingen wie gebannt davor. Ihre Haltung verriet höchste Anspannung. Auch der Punker war wieder wach geworden.

»Was ist denn los?«

»Es scheint etwas mit Malte zu sein. Hat sich verletzt oder so …«

»Was?« Patrick sprang auf und eilte rüber. Eli folgte ihm.

Auf dem Fernsehbildschirm waren ihre Freunde zu sehen, die neben einer urzeitlich aussehenden Steinskulptur standen. Einer von ihnen saß auf einem Steinsockel und hielt sich die Hand. Es war Malte.

Eli lief ein Schauer über den Rücken. »Was ist passiert?«

Ayla drehte die Lautstärke hoch. Aus dem Lautsprecher drangen Gesprächsfetzen. *»Kannst du denn nicht besser aufpassen?«*, war eine Stimme zu hören. *»Wie kann man nur so ungeschickt sein?«*

»Ich habe sie nicht gesehen«, wimmerte Malte. *»Sie war winzig. Außerdem hat sie sich kaum von diesen steinernen Schlangen unterschieden.«*

»Costa Rica«, entgegnete Ayla. »Irgendeine Insel mit alten Steinskulpturen.«

»Ist das live oder eine Aufzeichnung?«

»Eine Aufzeichnung. Das Video ist schon ein paar Stunden alt.«

»Pssst, seid doch mal leise …«, zischte Patrick. »Ich will das hören.«

Eli sah, wie Tim Maltes Hand nahm und sie untersuchte. Annika, Vanessa und Jeremy waren im Bild zu sehen, daher vermutete Eli, dass die Aufnahme von Darius' Kamera stammte. Malte war kreidebleich.

»Und?«

»Ich weiß nicht. Sieht nicht gut aus.«

»Heißt das, ich muss sterben?« Maltes Stimme war so leise, dass sie kaum zu verstehen war.

»Herrgott, geht das denn nicht lauter?«, stieß Patrick aus. Marie drückte die Fernbedienung, doch sie waren bereits auf höchster Stufe.

»Wir müssen dich zu einem Arzt bringen«, erklang Tims Stimme. *»Sofort. Die Viecher sind hochgiftig. Wie es scheint, war es aber nur eine junge Schlange. Die Giftmenge dürfte also nicht allzu groß gewesen sein.«*

»Ein Schlangenbiss?« Patrick war wie versteinert.

»Sie haben da eben etwas von einer Lanzenotter gesagt«, sagte Paul mit bleichem Gesicht. »Wenn das stimmt, schwebt Malte in allergrößter Gefahr. Ich habe gerade gegoogelt, die Viecher sind megagiftig.«

Patrick war jetzt ebenfalls blass geworden. Seine Hände hatte er ohnmächtig zu Fäusten geballt.

Eli schüttelte den Kopf. Eben noch war sie unsicher gewesen, wie sie sich verhalten sollte, doch dieser Vorfall änderte alles. »Die schicken meine Freunde auf eine schlangenverseuchte Insel und geben nicht mal eine Warnung raus. Echt krass. Haben die Produzenten das vorher nicht geprüft? Wenn Malte was passiert, werde ich mir das niemals verzeihen.« Ihre Stimme bebte.

Patrick sah sie aus dunkel geränderten Augen an. »Ich habe es dir gesagt, Eli. Ich habe es kommen sehen, dass das noch eskalieren wird. Jetzt hast du den Beweis. Diese Leute sind zu allem fähig.«

»Ihr braucht einen Verbündeten«, sagte Ayla. »Jemand, der mächtig genug ist, es mit dieser Frau aufzunehmen. Jemand von der Presse, besser noch aus Shenmis Umfeld. Jemand, der weiß, wo der Hund begraben liegt, und der auf diese Frau nicht gut zu sprechen ist. Fällt euch da jemand ein?«

Eli schüttelte den Kopf. Aber es stimmte, alleine waren sie wehrlos. Sie brauchte einen Verbündeten. Unbedingt.

Das Schlimme war nur, dass sie keine Ahnung hatte, wo sie suchen sollten.

27

San Francisco …

Mortimer? Hättest du mal kurz Zeit?«

Mortimer Hansen blickte hoch und sah seine Assistentin Lisa Weston mit einem Stapel Papier in der Bürotür stehen. Ihr Anblick zauberte ihm ein Lächeln ins Gesicht. Lisa war eine echte Stütze. Immer da, wenn er etwas brauchte, immer informiert und vor allem immer guter Laune. Im Grunde war sie es, die den ganzen Laden hier am Laufen hielt. Doch heute schien sie etwas zu bedrücken.

Besorgt stand er auf und bot ihr einen Stuhl an. »Komm rein, Lisa. Möchtest du einen Kaffee? Ich habe noch welchen hier in der Thermoskanne. Schön kräftig und heiß.«

Er ertappte sich dabei, dass er feuchte Hände bekam. Lisa war nur wenige Jahre jünger als er und genau wie er war sie Single. Er hatte sich bisher noch nicht getraut, sie um ein Date zu bitten. Er zuckte zusammen. Wie kam er denn jetzt darauf? Vermutlich war er etwas überdreht von zu viel Kaffee. Aber es passierte auch gerade so vieles gleichzeitig. Vor wenigen Stunden hatten die Übertragungen die magische Grenze von einer Milliarde Zuschauer geknackt. Das erreichten sonst nur Super-Bowl-Endspiele oder Fußballweltmeisterschaften. Dabei waren sie erst bei der Hälfte der Spielzeit angelangt. Was das für ihr Finale bedeuten mochte, davon wagte Mortimer nicht mal zu träumen. China, Indien, Mexiko, Russland, Japan, die USA, Vietnam, Frankreich, Großbritannien, Italien, Kanada und Deutschland waren noch im Rennen. Und so langsam ging es auf die Zielgerade zu.

»Nein danke, keinen Kaffee für mich«, sagte Lisa. »Ich bin hier, weil es Probleme gibt.«

Oh nein, dachte Mortimer. *Nicht jetzt, nicht hier. Und vor allem: nicht dieses Wort.*

Seine Chefin hasste Probleme. Seit er für Shenmi Stevenson arbeitete, hatte er panische Angst davor, dass etwas schiefgehen könnte. Sie gehörte zu der Art Mensch, die aus einer Mücke einen Elefanten machte und schnell Köpfe rollen ließ.

»Aber, aber«, sagt er mit gespielter Heiterkeit. »Du weißt ja: Es gibt keine Probleme, nur Herausforderungen.« Er lachte über seinen Witz – allerdings alleine.

Lisa ließ den Stapel Papier auf seinen Schreibtisch knallen. Er blinzelte. Was waren denn das für Kopien? Sah nach ziemlich viel Arbeit aus. Rasch schloss er die Tür, griff nach der Kanne und schenkte sich ein. Als er Zucker nahm, verstreute er etwas davon auf dem Tisch.

»Sicher, dass du keinen möchtest?«

Kopfschütteln.

»Wo brennt's denn?«

Statt einer Antwort tippte sie auf den Papierstapel. Stirnrunzelnd überflog er das Deckblatt. Irgendwelche langweiligen Sitzungsprotokolle.

»Was ist das? Abschriften der letzten Aktionärsversammlung?« Schon wieder konnte er ihr kein Lachen entlocken. Ausgerechnet ihr, die sonst immer fröhlich war. Er musste dringend an seinem Humor arbeiten.

»Wir sind geleakt worden, Mortimer«, sagte sie mit düsterer Miene. »Ein Datenleck. Das hier sind Abschriften und Kopien von Chatprotokollen, die während der letzten Tage abgezweigt worden sind. Ich habe schriftliche Kopien angefertigt und die Originaldateien gelöscht. Sie dürfen auf keinen Fall in Umlauf geraten.«

Er räusperte sich. »Chatprotokolle? Wer chattet denn da?« Ein fürchterlicher Verdacht beschlich ihn. »Die Teams bekommen doch nicht etwa externe Unterstützung!«

»Schlimmer.«

Er riss die Augen auf. Was konnte schlimmer sein? Schon das wäre eine Katastrophe. Es würde den gesamten Spieleablauf beeinträchtigen.

Der Kaffee war heiß. Mortimer verschluckte sich und musste husten. Tränen stiegen ihm in die Augen. Lisa klopfte ihm auf den Rücken, doch es dauerte, bis er wieder Luft bekam.

»Danke«, röchelte er mit erstickter Stimme. »Geht schon wieder.« Er kam sich vor wie ein Idiot. »Also wer?«, würgte er heraus.

Statt einer Antwort tippte Lisa auf einige Namen.

Mortimer tastete nach seiner Brille, setzte sie umständlich auf und trat näher. Als er sah, was da unter ihrem Zeigefinger stand, runzelte er die Stirn. Was in Allerherrgottsnamen hatte denn das zu bedeuten?

»Sag mir, dass das nicht wahr ist.«

»Leider doch.« Lisa blätterte ein paar Seiten vor und zeigte ihm weitere Abschnitte. »Hier und hier«, sagte sie. »Laut meiner Analyse gibt es einen ungefilterten Austausch von Informationen, und das bereits seit Beginn des Wettbewerbs. Irgendjemand sammelt fleißig Daten im Hintergrund.«

»Unmöglich«, stammelte er. »Das System ist doch sicher.«

»Offenbar nicht ganz so sicher, wie wir gehofft hatten«, sagte Lisa. »Wobei man sagen muss, dass hierfür ein beträchtliches Know-how nötig ist.«

»Ein Profi?«

Sie nickte. »Glück im Unglück, dass es nur eine einzige Quelle zu sein scheint.«

»Und es betrifft wirklich nur das deutsche Team?«

»Soweit ich das zum jetzigen Stand der Dinge beurteilen kann – ja.«

»Ich glaube das alles nicht.« Ihm schwirrte der Kopf. »Und was wird gesammelt?«

»Alles«, entgegnete Lisa. »Chatprotokolle, Videomitschnitte, private Aufzeichnungen. Zeug, aus dem ich noch nicht recht schlau geworden bin.«

»Chatprotokolle mit uns?«

»Nein, unser Team hat nichts damit zu tun, das habe ich bereits überprüft. Es kommt woanders her. Da sind inzwischen etliche Terabyte an brisantem Material zusammengekommen. Unter anderem zum Fall Elissavet Sakalidis.«

Mortimer horchte auf. »Das Mädchen, das von diesem Dach gestürzt ist?«

»Und dabei fast ums Leben gekommen wäre, richtig«, sagte Lisa. »Wir haben deswegen extra die Website sperren lassen, erinnerst du dich? Um zu verhindern, dass dieser Film ins Netz gerät. Aber der Download muss vorher stattgefunden haben. Interessanterweise ist er nirgendwo im Internet aufgetaucht. Was bedeutet, dass jemand die Daten auf seiner privaten Festplatte unter Verschluss hält.«

»Zu welchem Zweck?«

»Keine Ahnung.«

»Himmel noch mal. Kann diese Sache nicht einfach ohne Probleme ablaufen?«

»Tut mir leid, wenn ich dich ...«

»Nein, du kannst nichts dafür, Lisa. Danke, dass du so diskret warst. Nicht auszudenken, wenn diese Informationen im Haus die Runde gemacht hätten. Es darf niemand davon wissen, verstanden?«

»Selbstverständlich.«

Er legte seine Hand auf den Papierstapel. »Ich werde mir das gleich mal zu Gemüte führen. Und dann werde ich einen höchst unangenehmen Anruf führen müssen.« Er seufzte. »Ich wüsste nicht, was ich ohne dich täte, Lisa. Vielen Dank. Erinnere mich daran, dass ich dich dafür mal zum Essen einlade.«

»Ist das ein Versprechen?«

»Aber selbstverständlich.« Er versuchte zu lächeln, aber irgendwie wollte ihm das nicht richtig gelingen. Seine gute Laune war endgültig verflogen.

Claim 3

Das Grab der Adélaïde Paillard

28

Meine sehr verehrten Damen und Herren, herzlich willkommen auf dem Flughafen Orly. Bitte bleiben Sie angeschnallt, bis die Warnlampen über ihren Köpfen erloschen sind und wir unsere endgültige Halteposition erreicht haben. Vielen Dank für Ihren Flug mit der Air France.«

Annika blickte missmutig nach draußen. Das nachmittägliche Paris empfing sie mit dunklen Wolken und heftigen Schauern. Öl glänzte auf den Pfützen, während die Maschine auf den Terminal zurollte. Sie sah das Flughafengebäude und überlegte, wann wohl der geeignete Zeitpunkt wäre, Jeremy, Vanessa und Darius von Maltes Verrat zu erzählen.

Jeremy würde ausrasten, wenn er es erfuhr. Er würde Annika und Tim die Verantwortung dafür in die Schuhe schieben und ihnen vorwerfen, dass sie es waren, die ihn ins Team geholt hatten. Und er hätte nicht mal unrecht. Am schlimmsten aber war, dass sie sich so sehr in Malte getäuscht hatte. Sie mochte ihn wirklich, aber was er getan hatte, war unverzeihlich. Zum Glück blieb ihnen noch etwas Zeit. Vorerst konnten sie und Tim den Fall unter Verschluss halten.

Das Flugzeug kam in die Halteposition, die Fluggastbrücke wurde ausgefahren und dockte an der Maschine an. Die Passagiere standen auf, öffneten ihre Fächer und holten das Handgepäck raus. Annika stöpselte ihre Brille ab, deren Akku sie während des Flugs aufgeladen hatte. Dann griff sie nach ihrer Jacke, zog sie an und strich die Falten glatt. Der Einkauf in San José hatte sich gelohnt. Endlich sahen sie wieder aus wie normale Teenager. Turnschuhe, Jeans, T-Shirts und Windjacken in verschiedenen Farben – das war ihre neue Uniform. Das Einzige, was ein bisschen aus der Reihe fiel, waren ihre Rucksäcke und die Multimediabrillen, die jedoch unscheinbar genug waren, um nicht wirklich aufzufallen.

Während sie im Gang standen und darauf warteten, rausgelassen zu werden, bemerkte Annika etliche neugierige Blicke. Vielleicht bildete sie sich das ja nur ein, aber ganz so unscheinbar, wie sie gehofft hatte, waren sie wohl doch nicht.

Das Gefühl wurde zur Gewissheit, als sie den Ausgang erreichten. Eine der Flugbegleiterinnen trat vor sie und drückte jedem von ihnen eine kleine Präsenttasche in die Hand. Mit einem bezaubernden französischen Akzent sagte sie: »Dürfen wir euch diese kleine Aufmerksamkeit überreichen? Mit herzlicher Empfehlung unserer Fluglinie.«

»Oh, das ist ja nett«, sagte Vanessa.

»Wir sind stolz, dass ihr unsere Gäste wart. Ich hoffe, ihr habt den Flug genossen? Hättet ihr Lust, eure Namen hier neben das Cockpit an die Kabinenwand zu schreiben? Es wäre uns eine große Ehre.« Sie klimperte mit ihren Wimpern und reichte ihnen einen wasserfesten Filzstift. Zu ihr hatten sich inzwischen der Flugkapitän und die restliche Crew gesellt.

»Klar doch. Wenn's weiter nichts ist.« Jeremy nahm den Stift, platzierte seinen Namen schwungvoll auf die Bordwand und reichte ihn dann an die anderen weiter.

Annika runzelte die Stirn. »Wissen Sie denn, wer wir sind?« Ihr war die ganze Zeit über schon aufgefallen, dass sie über die Maßen zuvorkommend behandelt worden waren, doch sie hatte es für allgemeine Höflichkeit gehalten.

»Aber natürlich«, sagte die Frau strahlend. »Wir haben euch gleich erkannt, als ihr eingestiegen seid. Wir sind große Fans und verfolgen das Spiel, wann immer es unsere Zeit erlaubt.« Sie senkte verschwörerisch die Stimme. »Ich habe selbst viele Jahre in Deutschland gelebt und auch wenn ich natürlich für das französische Team bin, so kommt ihr doch gleich an zweiter Stelle.«

»Was hat uns verraten? Ich dachte, uns würde niemand erkennen.«

Annika hörte die Leute lachen. Nicht nur die Besatzungsmitglieder, sondern auch einige der Passagiere. »Damit dürfte es nun vorbei sein«, sagte die Flugbegleiterin. »Falls ihr es noch nicht wisst: Ihr seid Stars. Jetzt aber los. Ihr habt bestimmt Wichtigeres zu erledigen. Beehrt uns bald wieder und viel Spaß mit den Präsenten.«

»Danke sehr.« Annika spürte, wie sie rot anlief. Rasch griff sie nach dem Stift und setzte ihre Unterschrift unter die der anderen. Noch ein paar Selfies, dann verließen sie die Maschine.

Mit einem wohligen Kribbeln folgte sie ihren Teammitgliedern Richtung Ausgang. Es war ihr peinlich, so im Mittelpunkt zu stehen, andererseits fühlte sie sich auch ein bisschen geschmeichelt. Dass wildfremde Menschen sie ansprachen und um Fotos und Autogramme baten, war eine neue Erfahrung für sie. Auf den Gedanken, dass ihre Bekanntheit zu einem Problem werden könnte, kam sie nicht. Bis zu dem Augenblick, als sie die Wartehalle betraten.

»Da sind sie!«, tönte eine Stimme hinter der Absperrung. Augenblicklich setzte aufgeregtes Stimmengemurmel ein. *»Ils sont là!«* Erregte Rufe und das Klicken von Fotoapparaten waren zu hören.

Wie angewurzelt blieben die sechs Abenteurer stehen. Annikas Blick fiel auf eine riesige Menschenmenge. Über das Blitzlichtgewitter wurden Banner und Plakate gehoben. *Vive la France!,* stand dort zu lesen, aber auch *Bienvenue, Allemagne!, Annika, j'adore* und *Tim, je t'aime.* Freudenschreie ertönten, hier und da auch mal ein Buhruf. Völlig verdutzt sah Annika ihre Freunde an. Es war offensichtlich, dass sich die vielen Hundert Menschen ihretwegen hier versammelt hatten.

»Mein Gott, hier geht es ja zu wie auf einem Jahrmarkt«, sagte Tim mit breitem Grinsen. »Hätte nie gedacht, dass wir so viele Fans haben.«

»Ich schon«, sagte Jeremy mit stolzgeschwellter Brust. »Erinnert euch daran, was die Stewardess gesagt hat. Wir sind fast rund um die Uhr auf Sendung. Die Leute wussten ja, dass wir hier eintreffen würden. Wir sind Stars!«

»Wie sollen wir denn da durchkommen?« Annikas Begeisterung schwand angesichts der Probleme, vor die sie dieser Menschenauflauf stellte. Wenn all diese Leute Autogramme oder Selfies von ihnen haben wollten, dann würden sie morgen noch hier stehen.

Sie sah sich um. Links von ihnen befand sich ein Seiteneingang. Offenbar war er nur für das Flughafenpersonal vorgesehen, denn er wurde von zwei schwarz uniformierten Sicherheitsbeamten bewacht. Die beiden Sicherheitsleute waren gerade abgelenkt. Sie hatten alle Hände voll damit zu tun, die aufgedrehten Fans hinter der Absperrung zu halten. Annika kam eine Idee.

»Wartet hier«, flüsterte sie Tim zu. »Ich sehe mal, ob ich uns ein Taxi organisieren kann. Gebt den Leuten ruhig ein paar Autogramme und wenn ihr mich dort drüben stehen und winken seht, rennt ihr, so schnell ihr könnt. Verstanden?«

»Alles klar«, sagte Tim, immer noch grinsend. Er kam offenbar nicht darüber hinweg, dass die Mädchen Schilder mit der Aufschrift *Tim, ich liebe dich* in die Höhe hielten.

»Hoffentlich.« Sie warf ihm einen vielsagenden Blick zu, dann eilte sie in Richtung Seiteneingang. Sie schlüpfte hinter dem Rücken der Sicherheitsbeamten durch die Tür und trat ins Freie. Regen schlug ihr ins Gesicht. Windböen peitschten den Regen in Vorhängen über den Parkplatz. Den Kopf eingezogen, rannte sie um die Ecke des Gebäudes, hin zu den wartenden Taxis. Gleich das vorderste war ideal. Ein geräumiger Van mit Schiebetür. Annika sprach kurz mit dem indisch aussehenden Fahrer, sagte ihm, wohin die Reise gehen sollte, und forderte ihn auf, ihr mit dem Auto zu folgen.

Am Seiteneingang ließ sie ihn anhalten. Sie öffnete die Schiebetür und winkte ihren Freunden durch die Scheibe zu.

Im Inneren der Halle schien die Situation kurz vor dem Siedepunkt zu stehen. Einige Fans hatten sich trotz Einsatz der Sicherheitskräfte ihren Weg hinter die Absperrung gebahnt und kamen jetzt auf Tim und die anderen zu. Annika versuchte, wild winkend auf sich aufmerksam zu machen, aber keiner beachtete sie.

»Verdammt noch mal.«

Sie riss die Tür auf, steckte zwei Finger in den Mund und stieß einen markerschütternden Pfiff aus. Einen Moment lang hörten die Leute auf zu schreien. Viele Köpfe drehten sich in ihre Richtung. Ein unheimlicher Anblick.

»Kommt!«, brüllte sie. »Ich habe ein Taxi gefunden!«

Als alle eingestiegen waren und die Schiebetür eingerastet war, sprintete Annika los, hüpfte auf den Beifahrersitz und zog die Tür zu.

»*Allez, allez!*«

Der Fahrer trat das Gaspedal durch. Mit quietschenden Reifen schoss der Wagen in den aufpeitschenden Regen. Hinter ihnen rannten Fans auf sie Straße und fuchtelten mit den Armen. Annika fiel eine große Last von den Schultern. Sie drehte sich zu ihren keuchenden Freunden um.

»Gerade noch mal gut gegangen«, schnaufte Jeremy. »Die Leute waren ja wie von Sinnen. Seht euch an, was sie mit meiner neuen Jacke gemacht haben.« Ein Ärmel war halb abgerissen. »Vollkommen bekloppt.«

Tim schüttelte den Kopf. »Ich habe nicht gewusst, dass wir so populär sind. Aber das Erlebnis im Flugzeug hätte uns eine Warnung sein müssen.«

»Unfassbar«, stieß Vanessa atemlos aus. »Die Leute benehme sich, als wären wir Popstars.«

»Weil ihr Popstars seid«, meldete sich plötzlich ihr Fahrer. Er grinste sie durch den Rückspiegel an. »Erlaubt mir, dass ich mich vorstelle. Mein Name ist Rajesh. Ihr seid bisher nur in einem ziemlich menschenleeren Teil der Welt unterwegs gewesen. Das hier ist Paris, da müsst ihr euch auf etwas anderes einstellen. Ab jetzt müsst ihr höllisch aufpassen, nicht erkannt zu werden. Ich habe euch natürlich gleich erkannt, schließlich verfolge ich das Spiel Tag und Nacht.« Er deutete auf den kleinen nikotingelben Fernseher, der unterhalb der Mittelkonsole befestigt war.

Annika nahm den Mann genauer unter die Lupe. Er mochte vielleicht fünfzig Jahre alt sein und hatte fröhliche haselnussbraune Augen. Sein kräftiger Akzent passte zu seinem schwarzen Haar und seiner haselnussbraunen Haut. Aussehen und Dialekt deuteten auf ein Land wie Indien oder Pakistan hin. Was auch erklärte, warum sein Taxi mit Amuletten, Kettchen, Lichtern und Bildern von indischen Gottheiten vollgehängt war. Aus dem Radio dudelten indische Popsongs.

»Ich bin Annika«, sagte sie, »das sind Vanessa, Tim, Malte, Jeremy und Darius.«

»Das Team aus Deutschland. Ja, ich weiß.« Rajesh lächelte breit. »Dass ich euch fahren darf, ist wie ein Wunder. Gutes Karma!«

Annika blickte interessiert auf den provisorisch befestigten Bildschirm. Es war das erste Mal, dass sie Filmbeiträge zur GlobalGames-Weltmeisterschaft live und in Echtzeit sehen konnte. Für Spieler war das normalerweise unmöglich. Ausgenommen, sie hielten sich gerade in einem Hotel oder einem öffentlichen Gebäude auf.

»Wie sieht es mit Essen aus?«, fragte Rajesh. »Braucht ihr

etwas, seid ihr hungrig? Ich kenne die besten Restaurants der Stadt. Die meisten natürlich indisch. Wobei die französische Küche auch ganz gut ist.« Sein Bauch hüpfte beim Lachen.

Annika blickte in ihre Präsenttasche und schüttelte den Kopf. »Nein, danke. Im Flugzeug gab es reichlich zu essen. Außerdem haben wir diese Präsenttaschen bekommen. Da sind Sandwiches, Kekse und etwas zu trinken drin. Damit dürften wir vorerst klarkommen.«

»Wie ihr meint. Ihr könnt euch immer noch umentscheiden.«

»Wenn es nur aufhören würde zu regnen«, murmelte Vanessa. »Das Wetter ist echt zum Davonlaufen.«

»Oh, keine Sorge«, sagte Rajesh. »Nicht mehr lange, dann soll es wieder schön werden. Ihr sagtet, ihr wollt zum Friedhof Père Lachaise?«

»Ja genau.«

»Ein magischer Ort«, sagte Rajesh. »Ich wohne nicht weit davon entfernt und habe ihn schon oft besucht. Wartet dort eure nächste Aufgabe auf euch?«

Annika blickte in die Runde. Die anderen zuckten die Schultern. Sollten sie darüber sprechen oder lieber doch nicht? Rajesh wirkte nett, wenn auch ein bisschen neugierig.

Aber er schien ihre Gedanken zu erraten. »Ich verstehe«, sagte er. »Wenn ihr nicht reden dürft, dürft ihr nicht reden. Aber vielleicht könnte ich euch helfen. Ich kenne mich wirklich gut aus. Überlegt es euch, es ist nur ein Angebot.«

»Ich glaube nicht, dass Sie uns helfen können«, sagte Annika. »Es geht um ein Rätsel, über das wir bereits grübeln, seit wir es bekommen haben. Bisher leider ohne Erfolg.«

»Ein Rätsel?«

»Ja. Genauer gesagt, ein Reim. Ein Gedicht …«

»Lasst hören. Vielleicht habe ich ja eine Idee.«

Annika stimmte sich kurz mit den anderen per Blickkontakt ab, dann sagte sie: »Der Spruch lautet folgendermaßen: *Ich bin die Jüngste, ich bin die Älteste. Ich bin das Licht und die Dunkelheit. Sucht mich beim letzten Sonnenstrahl und ich geleite euch in die Stadt der Toten.*«

»Das war's? Mehr Hinweise habt ihr nicht bekommen?«

»Bekommen wir nie …«, maulte Jeremy.

»Hm …« Rajesh verfiel in Schweigen. Draußen zog der Arc de Triomphe an ihnen vorbei. Auf dem Kreisel, der ihn umgab, war höllisch viel los. Doch Rajesh glitt zwischen den Autos hindurch, als hätte er acht Augen im Kopf. Vermutlich lernte man in Städten wie Delhi, so zu fahren.

»Das Rätsel ist schwer …«

»Wir haben sämtliche Artikel zum Père Lachaise gelesen, aber nichts gefunden, was irgendwie dazu passen könnte«, sagte Tim. »Unsere Idee war, erst mal hinzugehen und zu hoffen, dass uns dort etwas auffällt.«

Rajesh schüttelte den Kopf. »Der Friedhof ist riesig. Ihr könntet einen ganzen Tag dort herumlaufen und hättet immer noch nicht alles gesehen. Nein, die Antwort ist in diesen paar Zeilen versteckt. Ich frage mich …«

»Ja …?« Annika sah ihn hoffnungsvoll an.

Statt einer Antwort bog er an der nächsten Ecke ab, schoss auf die Champs-Élysées hinaus und beschleunigte auf sportliche siebzig Stundenkilometer. Annika hatte das Gefühl, dass ihm etwas eingefallen war, doch sie wagte nicht zu fragen. Stattdessen klammerte sie sich am Haltegriff fest und versuchte, angesichts der überhöhten Geschwindigkeit und des rasanten Tempos nicht in Panik zu verfallen. Sollte Rajesh einen Unfall bauen, wären sie allesamt schneller in der Stadt der Toten, als ihnen lieb sein konnte.

Sollte er aber eine Idee haben, dann nahm sie das halsbrecherische Tempo gerne in Kauf.

29

Wenige Minuten später hielt das Taxi mit quietschenden Reifen auf dem Parkplatz vor der Porte Principale. Rajesh hatte mit seiner Vorhersage recht behalten. Der Regen hatte nachgelassen und hörte wenige Sekunden später ganz auf. Tim blinzelte verwundert zu dem schmiedeeisernen Tor hinüber. Sah gar nicht aus wie ein Friedhof. Eher wie ein Park.

»Da wären wir«, sagte ihr Fahrer. »Geht, meine Freunde. Sucht nach dem Grab von Adélaïde. Sie wird euch den Weg weisen. Und wenn ihr Fragen habt, ruft mich an. Auf meinem fliegenden Teppich kann ich euch überall hinfahren. Hier ist meine Karte. Und nun viel Glück!«

Sie öffneten die Türen und stiegen aus.

Ein einzelner Sonnenstrahl brach durch den bleigrauen Himmel. Das Kopfsteinpflaster schimmerte, als wäre es mit Gold überzogen. Das schmiedeeiserne Tor war in magisches Licht getaucht. Es sah aus wie das Portal in eine verwunschene Welt. Sie bezahlten Rajesh und verabschiedeten sich von ihm. Lachend wendete er und rauschte davon.

Tim grinste. »Netter Bursche. Ich glaube, am liebsten wäre er mitgekommen, um uns beim Suchen zu helfen.«

»Hoffentlich kommt er nicht mit seinem ganzen Fanclub zurück«, entgegnete Jeremy. »Die Leute sind vollkommen verrückt geworden. Dieses Spiel lässt bei einigen die Sicherungen durchbrennen. Ich traue niemandem.«

»Immerhin hat er uns einen nützlichen Hinweis gegeben«, sagte Annika. »Da drüben ist ein Übersichtsplan. Kommt, die Zeit drängt. Vielleicht finden wir ja, wonach wir suchen.« Sie gab Tim ein Zeichen, dass er ihr folgen solle. Vanessa und Malte trotten hinter ihnen her.

Knöcheltiefe Pfützen umrundend, durchquerten sie das Tor. Nebenan schlängelte sich ein kleiner Bach den Hügel herab. Der Park lag da wie ausgestorben. Außer dem Gezwitscher der Vögel und dem Plätschern des Regens, der von den Blättern tropfte, war es still. Die Parkbesucher waren vor dem Unwetter geflohen. Tim hoffte, dieser Zustand möge anhalten, damit sie noch eine Weile ungestört waren.

Der Übersichtsplan war wirklich groß. Hunderte von Namen waren hier aufgelistet, versehen mit Zahlen, die dem Besucher den Weg wiesen.

»Rajesh meinte, dieses Mädchen könne der Schlüssel zu unserem Rätsel sein«, sagte Annika. »Adélaïde Paillard de Villeneuve. Tatsächlich taucht ihr Name in meiner Onlinedatenbank auf. Es gab sie also wirklich. Sie war die Tochter eines Gemeindedieners. Sie war die erste Person, die auf dem damals neu gegründeten Friedhof beigesetzt wurde.«

»Ich bin die Jüngste, ich bin die Älteste«, zitierte Tim den Rätselvers.

»Adélaïde war erst fünf Jahre alt, als sie starb«, fuhr Annika fort. »Bestattet wurde sie am 21. Mai 1804. Das muss doch zu finden sein. Auf geht's, jeder nimmt sich eine Spalte vor.«

Es dauerte eine Weile, bis sie feststellten, dass ihr Name nicht auf dem Übersichtsplan stand. Enttäuscht ließ Tim die Schultern hängen. »Kann denn nicht einmal etwas glattgehen?«

»Ich wusste gleich, dass das eine Luftnummer ist«, sagte Jeremy. »Was habt ihr anderes von diesem Fakir erwartet? *Fliegender Teppich,* dass ich nicht lache.« Er und Darius feixten einander zu.

»Ach, sei doch still«, sagte Tim. »Zwei Dinge stimmen jedenfalls. Es hat das Mädchen gegeben und sie ist hier bestattet worden.«

»Und warum ist sie dann nicht aufgelistet?«

»Vermutlich weil sie nicht prominent genug war«, gab Annika zu bedenken. »Lest mal, wer hier alles liegt. Der Sänger der Doors, Jim Morrison. Édith Piaf, Frédéric Chopin, Oscar Wilde, Maria Callas, Marcel Proust, um nur einige zu nennen. Alles weltbekannte Persönlichkeiten. Eine Adélaïde Paillard muss sich da ganz hinten anstellen.«

»Und wie sollen wir sie dann finden?« Malte sah sich um. »Hier gibt es Tausende von Gräbern.«

»Wir machen es so wie immer«, entgegnete Tim kurz angebunden. »Recherchieren und nachdenken. Oder hast du daran etwas auszusetzen?« Malte zuckte zusammen.

Tim drehte sich weg. Er musste aufpassen, dass er sich nicht verriet. Schließlich durften die anderen keinen Verdacht schöpfen. Aber was sollte er machen? Es fiel ihm schwer, so zu tun, als sei nichts gewesen. Zum Glück hatten Vanessa, Jeremy und Darius nichts bemerkt.

»Suchen wir uns eine ruhige Ecke und dann lasst uns eine

kleine Recherche machen«, sagte er mit etwas sanfterer Stimme. »Wir sind bestimmt nicht die Ersten, die nach ihrem Grab suchen.«

»Okay ...« Malte sah ihn besorgt an.

Sie wählten den Eingang einer Grabkapelle, unter deren Dach es trocken war. Von hier aus hatte man einen guten Blick auf den Haupteingang. Eine Vorsichtsmaßnahme, falls Jeremy recht hatte und Rajesh tatsächlich mit einem Fanclub anrückte.

Steinerne Engel flankierten die Tür und schienen die Köpfe mit ihren strengen Blicken von den Jugendlichen abzuwenden.

Der Père Lachaise war kein normaler Friedhof. Es war ein ehemaliger Park, was auch das beträchtliche Alter und die Größe der Bäume erklärte, die ihre Schatten über die gewundenen Wege warfen. Wobei das Highlight natürlich die Gräber selbst waren. Nicht nur, dass sie ungeheuer alt und wunderschön gestaltet waren, sie sahen aus wie kleine Häuser. Was hier in die steilen Hänge des Hügels hineingebaut worden war, erinnerte Tim an den *Herrn der Ringe* oder an *Harry Potter*. Orte, an denen man jeden Moment damit rechnen musste, einem Geist oder Gespenst zu begegnen. Hunderte solcher Gebäude – Mausoleen genannt – säumten die Pfade. Sie beherbergten die Gebeine ganzer Familien. Gewiss, auch Köln besaß schöne Friedhöfe, aber das hier war etwas anderes. Tim hatte irgendwo den Begriff Nekropole gelesen – *Totenstadt*, und das traf es ziemlich gut.

»Ich denke, ich habe etwas gefunden«, sagte Annika nach einer Weile. »Laut unserer Onlinedatenbank gehörte dieses Land einst den Jesuiten. Mitte des 17. Jahrhunderts befand sich

hier eines ihrer Landgüter. Es gehörte einem gewissen Pater François d'Aix de Lachaise. Einflussreiches Mitglied am Hof von Versailles. Er war der Beichtvater des Sonnenkönigs Ludwig XIV. Doch den Jesuiten wurde in der kommenden Zeit übel mitgespielt. Sie wurden verfolgt, gejagt und getötet. Nachdem die letzten von ihnen vertrieben worden waren, kam der Besitz unter den Hammer. Er wurde verkauft und fiel an die Stadt und an die Krone. Während der Französischen Revolution wurde die Kirche entmachtet und anschließend sämtliche Friedhöfe innerhalb der Stadtmauern geschlossen.«

»Warum denn das?«, fragte Vanessa.

»Das hat wohl etwas mit dem sprunghaften Anstieg der Bevölkerung zu tun«, sagte Annika. »Der Platz wurde für neue Wohnhäuser gebraucht. Also suchte man andere Orte, um die Toten zu bestatten. Einer davon war diese Parkanlage. Sie wurde zum neuen Ostfriedhof umfunktioniert. Und das erste Begräbnis fand am 21. Mai 1804 statt.«

»Adélaïde Paillard«, murmelte Tim.

Annika nickte. »Sie war eine der Ersten, die nicht in einem Massengrab bestattet wurde, sondern ein individuelles Grab erhielt. Einer Überlieferung zufolge wurde sie in der 42. Division beigesetzt.«

»Was bedeutet das?«, fragte Vanessa.

Tim deutete auf ein verwittertes Messingschild. »Der Friedhof ist in unterschiedliche Bezirke eingeteilt, damit man sich besser orientieren kann. Wir befinden uns gerade am Chemin Denon, 10. Division, siehst du? Laut Übersichtsplan befindet sich Abschnitt 42 oben auf der Spitze des Hügels.«

»Na, dann los«, sagte Vanessa grinsend und zog Tim auf die Füße. »Lass uns das Grab suchen.«

Annika warf den beiden einen giftigen Blick zu. »Lasst euch nur nicht aufhalten.« Damit zog sie davon.

Tim erkannte, dass er offensichtlich etwas falsch gemacht hatte. Weil er sich nicht vehement genug gegen Vanessa zur Wehr gesetzt hatte? Aber sie war es doch gewesen, nicht er. Er hatte sich nur überrumpeln lassen.

Er biss sich auf die Lippen. Warum nur musste immer alles so kompliziert sein?

»Na, Ärger im Paradies?« Jeremy grinste schief.

Darius stieß ein dumpfes Lachen aus. »Scheint, als würden die Hochzeitsglocken doch nicht so bald läuten, was?«

»Du hast es erfasst mein Großer.« Jeremy gab ihm einen Faustgruß. »Komm, Darius, lass uns dieses blöde Grab finden und hoffen, dass der Taxifahrer sich nicht geirrt hat.«

Tim seufzte.

»Blödmänner«, flüsterte Vanessa, als die beiden weg waren. »Die sind nur neidisch.« Sie hakte sich bei ihm unter. »Jeremy stellt mir nach, seit wir uns in Völklingen zum ersten Mal begegnet sind. Ich habe aber kein Interesse an ihm. Er ist mir viel zu aufgeblasen und wichtigtuerisch. Du bist ganz anders …« Sie sah ihn aus dem Augenwinkel an.

»Echt …?«, murmelte er.

»Aber ja. Das ist mir gleich aufgefallen, als wir uns in Münster getroffen haben. *Vanessa,* habe ich mir gedacht, *der Typ könnte dir gefährlich werden.* Und jetzt schlendern wir hier Seite an Seite durch diesen Park. Ist das nicht großartig?«

Tim wusste nicht, was er sagen sollte. Es schmeichelte ihm, dass sich ein hübsches Mädchen wie Vanessa für ihn interessierte. Dabei interessierte er sich nur für Annika. Stimmte doch, oder?

Verwirrende Situation.

Zum Glück erledigte sich das Problem nach wenigen Minuten von alleine. Der Pfad, den sie beschritten, mündete in eine steil ansteigende Treppe. Sie war so schmal, dass man unmöglich nebeneinandergehen konnte. Als Vanessa ihren Klammergriff löste, stürmte Tim voran. Nur schnell weg.

Taufunkelndes Blattwerk wucherte aus den Winkeln und Nischen. Das Zwitschern der Vögel klang wie ein Orchester. Eichhörnchen turnten über ihren Köpfen herum und gaben quietschende Laute von sich.

Tim umrundete ein paar moosbewachsene Statuen und fand sich wenige Augenblicke später auf der Hügelkuppe wieder. Annika, Malte, Jeremy und Darius standen drüben vor einem Schild und sahen sich um.

»Division 42«, hörte er Annika sagen. »Hier ist es. Irgendwo in diesem Bereich muss sich das Grab befinden.« Sie wich seinem Blick bewusst aus. Er kannte sie gut genug, um zu wissen, dass sie beleidigt war.

»Der Abschnitt ist nicht eben klein«, sagte Jeremy. »Er reicht von hier bis zu den Weggabelungen im Norden und Osten. Ich schätze, das dürften locker fünfhundert bis tausend Gräber sein.«

»Dann sollten wir uns aufteilen«, sagte Annika. »Der Abschnitt ist in Reihen unterteilt. Jeder knöpft sich eine Reihe vor und sucht nach dem Grab. Manche der Inschriften sind nur schwer lesbar. Verwendet eure Lampen, wenn ihr unsicher seid. Wir treffen uns dann in zehn Minuten auf der gegenüberliegenden Seite. Dann grasen wir die nächsten sechs Reihen ab. Solange bis wir Division 42 komplett durchforstet haben.«

»Guter Plan, so machen wir es.« Jeremy nickte Annika anerkennend zu und sie schenkte ihm ein Lächeln. Tim spürte einen eifersüchtigen Stich im Herzen. Annika hatte Jeremy noch nie angelächelt. *Noch nie!*

Er schaltete sein Stirnlicht an und machte sich auf den Weg. Ihm war das alles zu viel. Er war froh, eine Weile für sich alleine sein zu können. Dieses enge Aufeinanderhocken fing an, ihm auf den Geist zu gehen. Selbst im Zeltlager in Schweden hatte er mehr Privatsphäre gehabt.

Mit wütenden Gedanken machte er sich auf die Suche.

Im Gegensatz zum unteren Abschnitt waren die Gräber hier oben kleiner. Auch waren sie nicht so edel verziert, was vielleicht damit zusammenhing, dass hier die ärmeren Leute bestattet worden waren.

Vor ihm tauchte eine Grabplatte auf, die komplett mit Efeu überwuchert war. Tim hatte sich gerade hingekauert, um die Inschrift genauer in Augenschein zu nehmen, als er neben sich ein verhaltenes Räuspern hörte.

»Hallo, Tim.«

Erschrocken fuhr er hoch. Es war die Rote Dame! Sie war gekleidet wie ein Friedhofswächter, komplett mit Mantel, Stiefeln und einem schnabelähnlichen Hut. In der einen Hand hielt sie eine Öllampe, in der anderen einen Spaten.

»Ich grüße dich«, sagte sie. »Bist du alleine?«

»Ja ...« Musste sie sich immer so lautlos nähern? »Ja, ich bin allein. Soll ich die anderen holen?«

»Nein, ich würde gern alleine mit dir reden. Es gibt Wichtiges zu besprechen. Setz dich.«

Verblüfft nahm er auf einem bemoosten Grabstein Platz.

»Ich will gleich zur Sache kommen. Ich habe einen Auftrag für dich. Es geht um dich und Vanessa.« Sie fing an, um die Grabsteine herumzugehen.

»Ich verstehe nicht ...«

»Dir dürfte nicht entgangen sein, dass sie sich für dich interessiert, oder? Dass sie dir schöne Augen macht und deine Nähe sucht und so weiter. Du weißt, wovon ich rede.«

Beschämt senkte er den Kopf. »Ja.«

Vanessa? Tim hatte keine Ahnung, in welche Richtung dieses Gespräch verlief. »Aber ich habe nichts falsch gemacht. Wenn sie sich in mich verguckt hat, ist das ist nicht meine Schuld«, sagte er. »Ich habe sie nicht dazu ermuntert. Sie sollten lieber mit ihr reden.«

»Du verstehst mich nicht.«

Er runzelte die Stirn.

»Was mich interessiert: Magst du sie denn auch?«

Die Frage überraschte ihn. Jetzt war er noch viel verwirrter.

»Keine Ahnung, ich ...«

»Wir, das heißt, die Spieleleitung und ich, wünschen uns, dass du auf Vanessas Annäherungsversuche eingehst. Sei nett zu ihr, mach ihr ein paar Komplimente und schenke ihr etwas. Das wird ihr gefallen.«

Er glaubte, sich verhört zu haben. »Ich soll ... *was?*«

»Du und Vanessa, ihr wärt ein hübsches Paar. Unseren Zuschauern würde das sicher sehr gefallen. Kleine Liebesgeschichten wie diese werten eine Show enorm auf. Sie sind wie das Salz in der Suppe, wenn du verstehst.«

»Hm ...«

»Wir haben schon Hunderte Anfragen diesbezüglich erhalten und wir möchten, dass du uns dabei entgegenkommst. Wirst du uns diesen kleinen Gefallen tun?«

»Aber ich empfinde doch überhaupt nichts für sie.«

»Spielt das denn eine Rolle?«

»Für mich schon.« Er starrte die Rote Dame an, als habe sie den Verstand verloren. Er konnte es nicht fassen, dass er sich hier mit einem Programm über sein Liebesleben unterhielt. Offenbar musste er deutlicher werden. »Wenn überhaupt, so empfinde ich etwas für Annika«, sagte er. »Wenn es unbedingt sein muss, machen Sie daraus eine Story. Wobei es mir lieber wäre, Sie würden sich da raushalten.«

»Ach ja, Annika ...« Die Rote Dame prüfte ihre Fingernägel. »Tja, zu dumm, dass die Zuschauer deine Gefühle nicht teilen«, sagte sie kühl. »Annika ist ein liebes Mädchen, gewiss. Sie ist clever und sportlich, aber ihr fehlt das gewisse Etwas. Ihre Haare sind unordentlich, sie ist ein bisschen zu klein und ein bisschen zu burschikos, wenn du verstehst, was ich meine. Außerdem liebt sie die Kamera nicht. Es ist ihr unangenehm, gefilmt zu werden. Vanessa hingegen hat ein instinktives Gespür dafür, sich gut in Szene zu setzen. Sie ist schlank, blond und aufregend. Unsere Marktforschung hat ergeben, dass sie die ideale Partnerin für dich ist. Also gib dir einen kleinen Ruck.«

Tim wusste nicht, was er sagen sollte. Ihm fehlten die Worte. Was bildeten sich diese Fernsehfuzzis eigentlich ein? Erst die Sache mit dem Interview und jetzt das. Die nahmen sich wirklich einiges heraus.

»Ich möchte das nicht«, sagte er leise, aber bestimmt. »Und ich werde das nicht tun.«

»Völlig unerheblich, was du möchtest«, sagte die Rote Dame. »Wir haben so entschieden und so wird es gemacht. Erinnere dich, dass es einen Vertrag gibt.«

»Na und?«

»Habt ihr das Kleingedruckte denn nicht gelesen?« Ihr Lächeln bekam etwas Boshaftes. »Dein Vater hat unterschrieben, dass du dich allen Anweisungen der Spieleleitung zu fügen hast, sofern sie nicht dein eigenes oder das Leben anderer gefährden. Du bist verpflichtet, dich gemäß unseren Satzungen zu verhalten, oder ihr werdet es mit unseren Anwälten zu tun bekommen.« Sie sah ihn an und ihr Blick wurde versöhnlicher. »Komm schon, Tim. Für einen jungen Burschen wie dich ist das doch ein Leichtes. Zwei Mädchen und beide finden dich cool, kann es denn etwas Schöneres geben? Spiel den Zuschauern ein bisschen was vor. Tu so, als würdest du auf Vanessas Werben eingehen. Nur, solange die Spiele andauern. Was danach geschieht, interessiert niemanden mehr. Dann können du und Annika von mir aus glücklich werden. Aber hier und jetzt solltest du kooperieren.«

Tim spürte, wie es in seinem Inneren brodelte. Eine Wut, wie er sie noch nie zuvor gespürt hatte, stieg wie rot glühende Lava an die Oberfläche. »Nein«, sagte er mit Bestimmtheit. »Ganz sicher wird aus mir und Vanessa kein Liebespaar, nicht mal für die Zuschauer. Und damit ist dieses Gespräch für mich beendet. Suchen Sie sich einen anderen Dummen, ich muss jetzt weitermachen.« Er stand auf und wollte gehen, doch die Rote Dame baute sich vor ihm auf. Sie schien um einen Meter gewachsen zu sein.

»Du kannst dich nicht so einfach aus dem Staub machen«, dröhnte sie. »Die Sache ist noch nicht erledigt. Wir haben Mittel und Wege, dich zur Kooperation zu zwingen.«

»Ja, Ihre beschissenen Anwälte, ich weiß. Aber wissen Sie, was? Ich halte das für eine leere Drohung. Wenn das, was hier passiert, an die Presse kommt, stehen Sie alle ganz schön dumm da. Ich lasse mich nicht erpressen.«

»Auch nicht, wenn das Wohl deiner Familie auf dem Spiel steht?«

Tim sah auf einmal einen Filmausschnitt, der auf das Display seiner Brille eingespielt wurde. Die Aufnahmen waren ganz klar in Köln gemacht worden. Das war seine Straße. Der Park war gleich um die Ecke. Er sah ein kleines Mädchen. Blaue Jeans, rosa T-Shirt, einen Tornister auf dem Rücken. Ihre Haare hatte sie zu Zöpfen geflochten. Sie stand an einer Ampel und wartete auf Grün. Dann kam sie auf ihn zu.

»Das ist ja Emily«, entfuhr es ihm. »Was geht da vor?«

Eine Frau tauchte auf und schnitt Emily den Weg ab. *»Hallo, junge Dame, darf ich dich was fragen?«* Emily blickte die Frau verdutzt an. Dann begannen die beiden ein Gespräch, das zunehmend privater wurde.

Tim ballte die Hände zu Fäusten. Er spürte, dass hier etwas Ungeheuerliches vor sich ging. Emily wurde regelrecht ausgehorcht. Jetzt sprachen sie über ihn und Annika. *»Ich könnte mir vorstellen, dass Tim ein bisschen in sie verliebt ist, oder?«*

Tim schluckte. *»Ja. Er hat ihr sogar schon Liebesbriefe geschrieben, die er allerdings nie abgeschickt hat.«*

»Meinst du, Annika hat ähnliche Gefühle für Tim?«

»Ganz bestimmt sogar. Sie hat es mir gesagt.«

»Aufhören!«, rief Tim. Doch es ging weiter.

»Wenn wir dich ganz lieb bitten, würdest du uns dann diese Briefe zeigen? Du könntest sie ja morgen mitbringen. Selber Ort, selbe Zeit. Oder, besser noch, du lädst uns in eure Wohnung ein. Natürlich nur, wenn dein Papa fort ist. Es soll ja eine Überraschung sein. Dafür würdest du auch von uns ein schönes Geschenk bekommen.«

Tim sprang auf. »Schluss damit. Auf der Stelle.«

Der Film brach ab. Das Lächeln der Roten Dame reichte von einem Ohr zum anderen. Sie sah aus wie der Joker. »Ich denke, wir haben uns verstanden, oder? Wirst du jetzt kooperieren?«

»Sie dürfen so etwas überhaupt nicht.« Sein Puls dröhnte ihm in den Ohren. »Das ist verboten. Das ist ein Verstoß gegen den Jugendschutz.«

»Lass das mal unsere Sorge sein. Noch ist ja nichts passiert. Wir wollten dir nur eine Kostprobe dessen geben, was auf dich zukommt, wenn du nicht mitspielst. Jetzt sei ein lieber Junge und tu, was man dir sagt. Dann kommen wir alle bestens miteinander klar.«

30

Das Grab der Adélaïde Paillard existierte nicht mehr. Dort, wo es einst gewesen sein musste, befand sich jetzt eine freie Stelle, an der eine gnädige Seele Blumen und ein paar Kupfermünzen niedergelegt hatte. Auf einer malvenfarbenen Schleife standen die Worte zu lesen: *Adélaïde pour l'éternité – Für Adélaïde auf ewig*. Die Münzen schienen schon länger hier zu liegen, sie waren fleckig und voller Schmutz.

Annika konnte sich auf all das keinen Reim machen. »Und was fangen wir jetzt damit an? Hier ist doch nichts. Kein Rätsel, kein Hinweis. Null.«

Niemand antwortete ihr, weil keiner es wusste.

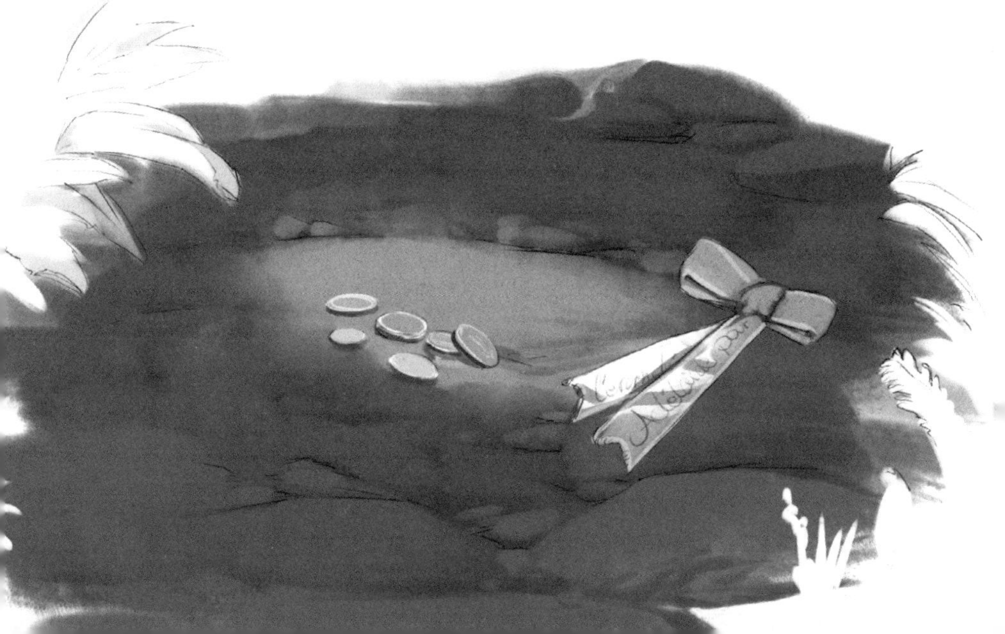

Tim stand abseits, die Hände tief in den Taschen vergraben. Das Licht der Abenddämmerung ließ ihn geisterhaft entrückt erscheinen. Irgendetwas bedrückte ihn, dass spürte sie, aber sie wusste nicht, wie sie ihm helfen konnte und ob es etwas mit ihr zu tun hatte. Da er anscheinend keine Lust hatte, mit ihr darüber zu reden, ließ sie ihn in Ruhe. Manchmal war es besser, seine Probleme mit sich selbst zu klären.

Die Sonne war hinter den Bäumen verschwunden und rosafarbene Schleierwolken überzogen den Himmel. Der Park war seit 18:00 Uhr geschlossen, inzwischen war auch das Personal nicht mehr da. Sie hatten die Anlage ganz für sich alleine.

Zwischen den Gräbern war es still geworden. Dunkelheit kroch unter den Bäumen hervor. Annika fühlte Kälte in sich aufsteigen. Da es keine Beleuchtung auf dem Friedhof gab, würde es hier bald stockdunkel werden.

»Vielleicht hat sich Rajesh ja doch geirrt«, gab Vanessa zu bedenken. »Zugegeben, die Hinweise waren ziemlich dünn.«

»Trotzdem«, erwiderte Annika. »Ich bin überzeugt, dass wir hier richtig sind. Klar, es war nur die eine Zeile aus dem Gedicht, aber wir sollten nicht vergessen, dass es insgesamt vier Zeilen umfasst. *Ich bin die Jüngste, ich bin die Älteste. Ich bin das Licht und die Dunkelheit. Sucht mich beim letzten Sonnenstrahl und ich geleite euch in die Stadt der Toten.*«

Vanessa verschränkte die Arme. »Und was interpretierst du da rein?«

»Wenn ich das nur wüsste. Die Worte Licht und Dunkelheit könnten einen Hinweis auf die Dämmerung geben. Und was den letzten Sonnenstrahl betrifft – wenn es ihn überhaupt gibt, müsste er bald einsetzen, sonst ist es zu spät. Letztendlich kann ich aber auch nur raten. Ein bisschen Geduld sollten wir noch haben.«

Müde ließ sie die die Schultern hängen. Sie spürte, dass dieses Spiel an ihrer Substanz zehrte. Durch die ständigen Ortswechsel war ihre innere Uhr völlig aus dem Takt geraten. Sie war gleichzeitig müde und aufgekratzt, was dazu führte, dass ihre Gedanken ständig abschweiften. Gerade überlegte sie, wie es wohl ihren Liebsten daheim gehen mochte, als plötzlich ein seltsames Leuchten um sie herum entstand. Erst nur als zarter Schimmer zwischen den Bäumen erkennbar, wurde es heller und heller, bis es den Anschein hatte, als würde der Boden ringsherum in Flammen stehen.

Geblendet von dem Licht trat Annika einen Schritt zurück und sah, dass ein einzelner gleißender Sonnenstrahl durch die Zweige fiel, und zwar genau auf Adélaïdes Grab. Als stünden sie auf einer Bühne mit einem Spotlicht.

»Das ist ja ein Ding«, murmelte sie. *»Sucht mich beim letzten Sonnenstrahl.«*

»Da drüben, seht mal!« Vanessas Stimme bebte.

Annika fuhr herum – und erstarrte. Sie waren nicht länger allein. Auf der anderen Seite des Weges stand jemand. Annika kniff die Augen zusammen. War das ein Mädchen? Doch, ja. Im Schatten des mächtigen Mausoleums war sie nicht leicht zu erkennen. Sie lächelte nicht, sie winkte nicht, sie stand einfach nur da und starrte sie an. Es war ziemlich klar, dass sie eine Schauspielerin war. Engagiert vom GlobalGames-Team, um für geisterhafte Spannung zu sorgen.

Zugegeben, etwas an ihr war wirklich unheimlich und geisterhaft. Sie trug ein weißes Kleid, weiße Strümpfe und ebensolche Schuhe. Auf dem blonden Haar ruhte ein Kranz aus weißen Blumen. Annika wusste nicht, ob sie schon jemals einen Menschen mit so heller Haut gesehen hatte.

Zögernd hob sie die Hand zum Gruß. »Hallo!«, rief sie. »Wer bist du? Wie heißt du?«

Doch das Mädchen blieb stumm. Stattdessen deutete sie auf das Grab der Adélaïde.

»Weißt du, was sie von uns will?«, fragte Tim.

Annika blickte auf die leere Stelle zwischen den Grabsteinen und auf die Münzen. Ob sie vielleicht die meinte?

Sie beugte sich vor, hob die Geldstücke auf und steckte sie ein.

»Sag doch mal was!«, rief Tim dem Mädchen mit sanfter Stimme zu. »Parlez vous français? Wir tun dir nichts, wir sind Freunde.«

Doch anstatt zu antworten, drehte sich das Kind um und verschwand durch die Tür des Mausoleums. Das schmiedeeiserne Tor gab ein letztes, hässliches Quietschen von sich, dann war sie weg.

»Nicht sehr gesprächig«, sagte Jeremy. »Und nun?«

»Ich denke, wir sollten ihr folgen«, sagte Annika, packte ihren Rucksack und ging auf die Grabkapelle zu. »Wenn sie eine bezahlte Schauspielerin ist, hat sie vermutlich die Aufgabe, uns als Guide zu führen. Wir täten also gut daran, sie nicht aus den Augen zu verlieren.«

Niemand erhob dagegen Einspruch. Alle schienen dasselbe zu denken.

An der eisernen Tür hielt sie an. In der Kapelle war es stockfinster. Von dem Mädchen fehlte jede Spur.

»Hallo? Bist du da irgendwo? Du brauchst dich nicht zu verstecken, wir tun dir nichts.« Ihre Stimme verhallte. Stattdessen ertönte ein Schwirren. Über Annikas Kopf schoss eine Handvoll Fledermäuse ins Freie. Quietschend und flatternd stiegen sie auf in den abendlichen Himmel.

»Nur ein paar harmlose Nachtschwärmer«, sagte sie erleichtert, doch ihr klopfte das Herz wild in der Brust.

»Wo ist denn das Mädchen?« Jeremy stand hinter Darius und reckte den Hals. »Die kann sich doch nicht in Luft aufgelöst haben.«

»Niemand löst sich in Luft auf.« Jeremy trat aus dem Schatten seines Freundes. »Darius, geh mal rein und sieh nach. Versteckspielchen kann ich nicht leiden, weniger noch als Fledermäuse.«

»Wieso muss ich immer alles machen?«, maulte Darius. »Ich habe keine Lust, immerzu deinen Laufburschen zu spielen.«

Jeremys Lippen verschmolzen zu einem schmalen Strich. »Ich habe mich wohl verhört. Soll das heißen, du widersetzt dich meinen Anweisungen?«

Darius starrte beschämt auf seine Fußspitzen. »Ich will da nicht rein. Es ist mir nicht geheuer.«

»Angsthase.«

»Und du?«

Annika verdrehte die Augen. »Geht mal zur Seite, Jungs. Wenn es nach euch geht, stehen wir morgen noch hier. Was haben wir denn schon groß gesehen? Ein kleines Mädchen in einem weißen Kleid. Vermutlich eine Schauspielerin. Echt furchterregend.« Sie schaltete die Stirnlampe ein und trat durch das schmiedeeiserne Tor.

Der Boden war staubig und übersät mit Sand und Geröll. Hier hatte schon lange keiner mehr gefegt. Merkwürdig war, dass keinerlei Fußabdrücke zu sehen waren. Das Mädchen musste sich leicht wie eine Feder fortbewegt haben.

Annikas Lampe zerteilte die stickige Luft. In der Mitte des Raums ragte ein mächtiger Grabstein auf. Davor eine Deckplatte, die zur Seite geschoben war. Stufen führten spiralförmig in die Tiefe hinab.

»Dahin ist sie also entschwunden«, flüsterte Annika. »Zumindest wissen wir jetzt, dass sie kein Geist ist. Denn wenn sie einer wäre, hätte sie ja einfach hindurchschweben können.«

»Ich geleite euch in die Stadt der Toten«, murmelte Tim. »Verrückt …«

»Und ich dachte, dies hier wäre die Stadt der Toten.« Vanessa sah sich um. Ihre Arme hielt sie eng um den Körper geschlungen.

»Scheinbar nicht«, sagte Annika. »Wie es aussieht, existiert noch eine andere, und zwar unter unseren Füßen. Wir werden es allerdings nur herausfinden, wenn wir dort hinabsteigen. Seid ihr bereit?«

Fünf Augenpaare schimmerten ihr furchtsam entgegen.

31

Shenmi lag in ihrer riesigen Badewanne in ihrem 5-Sterne-Hotel in Paris, als der Anruf sie erreichte. Sie war gerade sehr zufrieden mit sich. Die Gespräche mit den Investoren waren hervorragend verlaufen, morgen ging es zurück nach Seattle und nachher würde sie das zauberhafte Paris noch ausgiebig genießen.

Ihr Handy lag neben dem Glas Champagner auf einem Beistelltischchen und summte und leuchtete fröhlich vor sich hin. Es war nie weit weg, egal wo sie war, egal was sie tat. Ob Tag oder Nacht. Wenn jemand sie auf dieser Leitung anrief, hatte er einen guten Grund. Oder er war lebensmüde.

Sie trocknete ihre Hände ab, griff nach dem Gerät und wunderte sich über den Namen auf dem Display. Mortimer Hansen? Sie nahm das Gespräch an.

»Morti, was gibt's denn schon wieder? Du erwischst mich gerade in einer etwas ungünstigen Situa... Wie bitte? Könntest du das bitte wiederholen? Die Verbindung ist etwas ... ja, jetzt höre ich dich besser.«

Seine Stimme kam von weit her. Vermutlich wurde sie über Dutzende von Satelliten umgelenkt und klang deshalb wie aus der Blechbüchse.

»... muss dringend mit Ihnen reden«, war der Teil, den sie am besten verstand.

»Wie gesagt, es ist gerade ziemlich ungünstig, Morti«, sagte sie ungehalten. »Ich möchte mein Beautyprogramm durchziehen und dabei Chopin hören. Kann ich dich nachher ...?«

»... geht so nicht«, quäkte es auf der anderen Seite. »... müssen mit mir sprechen.«

»Muss das denn unbedingt jetzt sein?«

»Ja, jetzt.« Er schien Anlauf nehmen zu wollen, dann platzte er heraus: »Wann wollten Sie mir eigentlich von Ihrem Eingriff in den Spieleablauf erzählen? Ich habe eben erst davon erfahren und bin entsetzt. Das wurde nicht mit meiner Redaktion abgesprochen.«

Shenmi runzelte die Stirn. Was war denn das für ein respektloser Ton? So etwas hatte Morti sich ihr gegenüber noch nie getraut.

Für den Moment war sie zu überrascht, um wütend zu werden. »Jetzt mal langsam, Morti. Wo drückt denn der Schuh?«

»Stimmt es oder stimmt es nicht, dass Sie und Ihr Team ohne mein Wissen in das Spielgeschehen eingreifen? Ist es wahr, dass die Spieler von Ihnen Regieanweisungen erhalten? Dass Sie Informanten in die Teams eingeschleust haben, damit sie Ihnen persönlich Bericht erstatten?«

Shenmi zögerte. Irgendwo tief in ihrem Inneren schrillte eine Alarmglocke. Woher wusste Morti das? Man hatte ihr versichert, dass die redaktionellen Eingriffe diskret ablaufen würden. Doch zum Leugnen war es jetzt zu spät. Sei's drum, Angriff war immer noch die beste Verteidigung.

»Und wennschon«, erwiderte sie trotzig. »Das ist meine Firma, ich mache die Regeln.«

»Nein«, plärrte es aus dem Lautsprecher. »Das wäre ein klarer Verstoß gegen das Fairnessprinzip. Wir würden damit nicht nur die Spieler, sondern auch die Zuschauer belügen. Ihnen etwas vorgaukeln, was gar nicht stimmt.«

Shenmi verdrehte die Augen. Sie wusste ja, dass Mortimer Hansen ein bisschen unterbelichtet war, aber so naiv konnte er doch nicht sein, oder?

»Du weißt schon, was das für eine Show ist, oder, Morti? Dies ist Reality-TV. Anders als der Name es nahelegt, bedeutet das eben *nicht,* dass wir es mit der Realität zu tun haben, sondern mit einem *Abbild der Realität.* Verstehst du das?«

»Nein ...«

»Unser Job ist es, den Menschen etwas vorzuspielen. Wir lassen sie glauben, es wäre echt, doch das ist es in Wirklichkeit nicht. Unsere Zuschauer bekommen, was sie wollen. Sie wollen eine Lovestory? Kein Problem, wir arrangieren das. Sie wollen, dass zwei Kandidaten sich bis aufs Blut bekämpfen? Null problemo. Auch das wird pronto geliefert.«

»Aber ...«

»Sendungen wie diese sind immer gescripted, Morti. Sag bloß, das war dir nicht bewusst. Wir folgen einem Drehbuch. Liebe, Leid, Freude, Hass – all das wird den Kandidaten auf den Leib geschrieben. Ich habe dir doch gesagt, dass ich mir etwas Besonderes ausgedacht habe.«

Betroffenes Schweigen auf der anderen Seite. Vermutlich überlegte Mortimer gerade, wie er mit dieser neuen Information umgehen sollte. Shenmi war's egal. Dies war ihre Firma, er nur ein Handlanger.

»Aber das geht so nicht, Ms Stevenson«, kam es gepresst aus dem Lautsprecher. »Wenn das rauskommt, sind wir erledigt. Vergessen Sie nicht, es sind Jugendliche. Sie sind jetzt schon an den Grenzen der Belastbarkeit. Wenn Sie jetzt auch noch manipuliert werden ...«

»Lass das mal meine Sorge sein, Morti.« Sie legte lässig ein Bein auf den Rand der Wanne. »Mir gehören Fernsehsender, Streamingplattformen und Videokanäle und das nicht erst seit gestern. Ich weiß, was ich tue. Diese Jugendlichen sind zäher, als du glaubst. Wenn nötig, können wir noch ganz andere Dinge mit ihnen anstellen. Neue Herausforderungen sind das Salz in der Suppe. Vergiss nicht: Es geht hier um etwas. Gewinne von mehreren Millionen Dollar, *eine Reise zum Mond.* Dafür kann man sich schon mal ein bisschen ins Zeug legen, findest du nicht?«

»Aber das wird Widerstand erzeugen, das verspreche ich Ihnen ...«

»Nur wenn jemand davon erfährt, Morti. Ich würde sehr verärgert reagieren, wenn ich erführe, dass du nicht dichthalten kannst.« Sie schnippte eine Schaumflocke von ihrem Knie. »War's das jetzt oder gibt es noch mehr? Ich würde nämlich gerne in Ruhe mein Bad fortsetzen.«

Am anderen Ende der Leitung herrschte Schweigen. Sie dachte schon, die Verbindung sei vielleicht abgerissen, bis sich Mortimer Hansen wieder meldete.

»Ich habe tatsächlich noch etwas.«

Sie zog genervt die Augenbrauen hoch. »Herrjeh, Morti!«

Sie hatte keine Lust mehr. Sie wollte, dass dieses Gespräch endete. Einmal mit Profis arbeiten.

Doch dann fing Mortimer an, ihr etwas über eine Schwachstelle im System zu erzählen. Über eine Menge verschwundener Daten und einen Hackerangriff.

Und sie hörte zu.

Hätte sie es doch nur gelassen.

Zehn Minuten nachdem ihr Tobsuchtsanfall abgeklungen war, konnte sie endlich wieder ruhig atmen. Nichts als Stümper um sie herum! Mortimer war inzwischen aus der Leitung geflüchtet. Ihr Bad war geflutet und sie hatte teures Porzellan zerdeppert. Chopin war nicht mehr zum Zug gekommen, stattdessen hatte sie Dutzende Mitarbeiter übers Telefon angebrüllt.

Atme, Shenmi, atme!

Nach einer kurzen Meditationsübung hatte sie sich wieder im Griff. Zwei Worte waren in ihr Gedächtnis gebrannt: *Datenleck* und *Deutschland.*

Diese kleinen Zecken!

Wie es der Zufall so wollte, war das Team gerade hier in Paris. Kaum zwei Kilometer von ihr entfernt, am Friedhof Père Lachaise.

Shenmi musste sich ein paarmal rückversichern, ehe sie überzeugt war, dass es stimmte. Doch dann erkannte sie den tieferen Sinn dahinter. Sie glaubte nicht an Zufälle. Das Schicksal hatte ihr in die Hände gespielt und sie würde den Teufel tun, das einfach zu übersehen.

Die kleinen Scheißer hatten ihr den Krieg angesagt? Na schön. Sie würden erst merken, welchen Fehler sie begangen hatten, wenn es für sie zu spät war.

32

Die Wendeltreppe führte steil hinab in die Tiefe. Wasser tropfte von oben auf ihre Köpfe. Es stank nach Feuchtigkeit und Schimmel. Die Decke war so niedrig, dass Tim den Kopf einziehen musste. Putz rieselte herab, knirschte unter seinen Schuhen. Mit jedem zurückgelegten Meter wurde die Luft kühler.

Unaufhörlich tickte die Uhr. Nur noch wenige Stunden, dann war ihr Zeitkontingent abgelaufen. Und alles, was sie hatten, war eine vage Spur!

Etwa zwanzig Umdrehungen später erreichten sie den tiefsten Punkt. Die Treppe endete in einem schmalen Stollen, der von düster glimmenden Elektrolampen erhellt wurde. Der Boden war übersät mit Mauerwerk und herausgebrochenen Steinen. Ein Rinnsal schlängelte sich zwischen ihren Füßen hindurch.

Sie befanden sich jetzt tief unter der Stadt.

»Seht mal, da drüben!« Tim deutete voraus. Da stand sie. Das Mädchen, das sie oben gesehen hatten. Sie schien auf sie zu warten. Noch einmal hob er winkend die Hand, doch sie reagierte nicht.

»He, du, komm doch mal her!«, rief er. »Wir würden gerne mit dir reden.«

Wie ein Windhauch verschwand sie hinter der nächsten Ecke.

»Die hat sie doch nicht alle«, sagte Jeremy. »Führt uns hier runter und sagt keinen Ton.«

»Hast du es denn immer noch nicht kapiert?«, sagte Annika. »Sie ist Teil der Show. Vermutlich eine Schauspielerin, die uns den richtigen Weg weisen soll.«

»Aber warum? Hier ist doch nichts.«

Doch er sollte sich irren.

Ein paar Schritte weiter machten sie eine unheimliche Entdeckung. Neben einer weiteren schwach glimmenden Lampe lag ein Knochen auf dem Boden. Form und Größe nach zu urteilen, hätte er von einem größeren Tier stammen können. Tim hob ihn auf und untersuchte ihn. Im Schein ihrer Lampen sah er weitere Knochen, wahllos verstreut auf der Erde. Manche von ihnen waren zu kleinen Stapeln aufgehäuft, andere in Nischen entlang der Wände deponiert.

»Meine Güte, ist das eklig«, murmelte Vanessa und schlug den Kragen ihrer Jacke vor den Mund.

»Das ist doch nicht eklig«, sagte Annika, die ebenfalls einen Knochen aufgehoben hatte. »Die sind uralt, seht ihr?« Sie zerbrach ihn wie einen Zweig. »Nur noch Staub.«

»Ich glaube nicht, dass die von Tieren stammen«, sagte Tim und hatte auf einmal ein ganz merkwürdiges Gefühl im Magen. Was er gerade entdeckt hatte, gefiel ihm nicht und zwang ihn, den Knochen hinzulegen.

»Sondern?«, fragte Jeremy.

»Es sind Menschenknochen.«

»Unfug. Wie kommst du darauf?«

Tim deutete auf etwas, das halb verborgen im Schatten lag. Einen Schädel. Der Unterkiefer fehlte, aber die beiden dunklen Augenhöhlen schienen ihn direkt anzustarren. Annika ließ augenblicklich ihren Knochen fallen.

»Seht mal, hier ist alles voll davon.« Malte war ein Stück vorgegangen und leuchtete in die Nischen. Die Erkenntnis traf Tim wie ein Schlag. Was er aus der Ferne für Erdhaufen gehalten hatte, entpuppte sich beim Näherkommen als Knochenstapel. Oberschenkelknochen, Hüftknochen, Rippen und Schädel. Viele davon. Manche groß, manche klein. Viele waren zerbrochen, andere hingegen wirkten unversehrt.

Tim schwirrte der Kopf. Es mussten Hunderte sein. Und plötzlich wusste er, wo sie hier waren.

»Wisst ihr, was das sein könnte?«, fragte er. »Ich glaube, wir sind in den berüchtigten Katakomben von Paris gelandet. Das größte Beinhaus Europas. Vielleicht sogar der ganzen Welt.«

Betroffenes Schweigen schlug ihm entgegen.

»Aber natürlich«, murmelte Annika. »Ich habe darüber mal eine Dokumentation gesehen. Na ja, zumindest den Anfang. Meine Eltern fanden, das sei nichts für mich und haben umgeschaltet.«

»Vielleicht könntest du sie anrufen«, schlug Jeremy vor und grinste dabei schief. »Kannst ihnen ja erzählen, dass du gerade dort bist.«

»Seht mal, da drüben«, zischte Vanessa und deutete zum Ende des Stollens. »Da ist sie wieder.«

Das geisterhafte Mädchen wartete an der nächsten Biegung auf sie. Tim lief ein Schauer über den Rücken, als er sie sah. Sie schimmerte so durchscheinend wie ein Wesen aus einer anderen Dimension. Doch Annika schien felsenfest davon überzeugt zu sein, dass sie nur eine Schauspielerin war. Tim zwinkerte kurz und schon war sie verschwunden. Als hätte sie sich in Rauch aufgelöst.

Immer tiefer drangen sie in das Labyrinth aus Stollen und schwer begehbaren Tunneln ein. An manchen Stellen lag der Schutt so hoch, dass sie mühsam hinüberklettern mussten, an anderen Stellen wieder wurde die Decke so niedrig, dass sie nur auf allen vieren vorankamen.

Tim spürte, dass es feuchter wurde. Es tropfte jetzt häufiger von der Decke. Inzwischen hatten sie so viele Abzweigungen passiert, dass er nicht wusste, ob sie jemals wieder zurückfinden würden. Nur bei einem war er sich sicher: Dies war die eigentliche Stadt der Toten, von der im Gedicht die Rede gewesen war.

Das Mädchen hatte sich seit geraumer Zeit nicht mehr blicken lassen. Waren sie überhaupt noch auf dem richtigen Weg? Ein beklemmender Gedanke, der Tim in einen Anflug von Panik versetzte. Nein, dachte er. Sie hätte sich bestimmt gezeigt, wenn etwas schiefgegangen wäre. Das war bislang immer so gewesen.

Hinter der nächsten Kehre stießen sie urplötzlich auf ein Hindernis. Sie waren in einer Sackgasse. Das Ende wurde von einer Mauer markiert, durch die ein senkrechter Riss verlief. In Bodennähe wurde der Riss breiter und bildete einen Spalt, der einen halben Meter breit sein mochte. Er sah schrecklich dunkel und gefährlich aus.

»Schöner Mist«, schnaufte Jeremy. »Wir müssen irgendwo falsch abgebogen sein.«

»Und jetzt?«, erkundigte sich Darius.

»Was für eine Frage, zurück natürlich«, sagte Jeremy schmallippig. »Sehr wahrscheinlich, dass wir irgendwo eine Abzweigung verpasst haben.«

»Glaube ich nicht«, erwiderte Tim. »Ich habe genau aufgepasst, da gab es keine Abzweigungen. Abgesehen davon hätte das Mädchen doch bestimmt auf uns gewartet.«

»Wer weiß schon, was diese Göre vorhat«, sagte Jeremy. »Wenn es ihr Ziel war, uns zu verwirren, dann hat sie es geschafft. Was sind wir auch so doof und laufen ihr blindlings hinterher.« Sein wütender Blick traf Annika. Als ob sie Schuld an der Misere hätte.

»Nun mal keinen Stress«, sagte Tim. »Ich versuche gerade, über meine Brille Zugriff auf das Kartensystem zu bekommen. Wenn wir Glück haben ... ach, Mist. Verbindung abgebrochen. Kein Satellitenempfang möglich.«

»Das ist nur logisch«, sagte Malte leise. »Wir sind zwanzig Meter unter der Erde. Kein Signal der Welt kommt da durch.«

Enttäuscht ließ Tim die Schultern hängen. Konnte denn nicht irgendetwas einfach mal klappen?

»Ich glaube, wenn ich mich klein mache, passe ich durch den Spalt«, sagte Malte. »Ich könnte nachsehen, ob es hinter der Wand weitergeht. Hältst du mal kurz meinen Rucksack, Tim?« Er stellte sich seitlich neben den Spalt und fing an, sich durchzuschieben. Tim fand das ziemlich mutig. Sollte er sich vielleicht doch in Malte getäuscht haben?

Nach ein paar Minuten hörte er seine Stimme.

»Es wird besser«, klang es aus weiter Ferne. »Ich glaube, ich komme durch. Nur noch ein paar Meter. Jetzt ... oh!«

»Was ist los?« Mit einem Anflug von Panik leuchtete Tim in den Spalt. »Ist dir etwas passiert?«

»Nein, hab's geschafft«, war zu hören. »Ich denke, ihr passt da alle durch. Aber nicht mit euren Rucksäcken hintendrauf. Am besten, ihr nehmt sie ab und knotet sie mit euren Jacken zusammen. Dann könnt ihr sie hinter euch herziehen.«

»Was denkt ihr, sollen wir es wagen?« Tim sah seine Kameraden an. Keiner schien Lust darauf zu haben, andererseits wollte niemand zugeben, weniger mutig zu sein als Malte. Sie folgten seinem Rat, nahmen die Rucksäcke ab und kamen ohne Probleme durch – alle bis auf Darius, dessen Brustkorb einfach zu breit war. Tim schlug vor, er solle es machen wie der Lastwagen, der zu hoch für die Brücke war. Die Luft aus den Reifen lassen und langsam unten durchfahren. Also atmete Darius aus und machte seine Lungen dabei so flach wie möglich. Tatsächlich gelang es ihm auf diese Weise, den Engpass zu überwinden und den Tunnel zu durchqueren.

Auf der anderen Seite angelangt, mussten sie alle erst mal eine Pause einlegen. Tim blickte an sich herab. Seine Kleidung strotzte vor Staub und Dreck. Man hätte ihn für einen Obdachlosen oder Stadtstreicher halten können. Aus seiner Jacke stieg ein durchdringender Schweißgeruch. Was gäbe er jetzt für ein Bad und ein paar frische Klamotten.

Sie tranken alle noch einen Schluck, dann setzten sie ihren Weg fort.

Hinter der nächsten Biegung erwartete sie eine Überraschung. Ein breites Gewölbe öffnete sich. Die Decke wurde von Säulen gestützt und an den Wänden waren meterhoch Knochen aufgeschichtet – fein säuberlich sortiert nach Größe und Beschaffenheit.

»Mein Gott«, flüsterte Vanessa. »Das müssen ja Tausende sein. Abertausende von Toten. Wie kann das denn sein? Wo kommen die alle her? Wieso wurden sie nicht anständig beerdigt?«

»Weil die Friedhöfe innerhalb der Stadtmauern damals geschlossen wurden«, meldete sich eine kratzende Männerstimme. Sie sprach französisch, aber das Übersetzungsprogramm reagierte sofort.

Tim fuhr herum. Aus einer Nische vor ihnen war ein Mann aus der Dunkelheit getreten. Hochgewachsen, schlank und offenbar von beträchtlichem Alter. Sein langer Bart und die fettigen Haare waren von grauen Strähnen durchzogen. Er war in Lumpen gehüllt und stützte sich auf einen Stab. Ein altmodisch aussehender Dreispitz thronte auf seinem Kopf. Der Mann entzündete eine Nachtwächterlaterne in seiner Hand.

»W…wer sind Sie?« Tims Stimme bebte. »Was machen Sie hier unten?«

»Ich habe viele Namen«, sagte der Mann. »*Bergkönig* für die einen, *Narrenkönig* für die anderen. Wenn ihr wollt, könnt ihr mich auch *Fährmann* nennen.«

»Wieso Fährmann?« Tim blickte fasziniert auf diese Gestalt, die einem Märchenbuch entsprungen zu sein schien.

»Weil das mein Beruf ist«, antwortete der Mann lächelnd. »Ihr wollt euch doch keine nassen Füße holen, oder?« Kichernd hob er sein Kinn. »Ich muss euch bitten, eure Lampen auszumachen. Sie erregen hier unten viel zu viel Aufmerksamkeit. Die Katakomben sind voller dunkler Gestalten.«

Als alle ihre Stirnlampen ausgeknipst hatten, nickte er und sagte: »Gut so. Und jetzt folgt mir.«

Starr vor Staunen sahen die sechs ihm nach. »Na, dann kommt.« Tim packte seinen Rucksack und folgte dem Alten. »Ihr habt ihn gehört.« Er schloss zu ihrem Führer auf. Als er auf gleicher Höhe war, räusperte er sich. »Äh ... entschuldigen Sie, Herr Fährmann. Dürfte ich Sie etwas fragen?«

Ein spöttisches Grinsen erschien auf dem Gesicht des Alten. »Tust du das nicht schon?«

»Haben Sie zufällig ein kleines Mädchen hier vorbeikommen sehen?«

»Ein Mädchen?«

»Ja. Sie war ganz in Weiß gekleidet, mit einem Blumengebinde im Haar.«

Der Alte schüttelte den Kopf. »Nein, hier ist niemand vorbeigekommen. Ihr seid seit langer Zeit die ersten Menschen, die den Weg in diesen Teil der Katakomben gefunden haben. Er ist für die Öffentlichkeit gesperrt.«

Tim warf Annika einen vielsagenden Blick zu. Dann war das Mädchen vielleicht doch keine Schauspielerin gewesen? Oder gehörte der Fährmann ebenfalls zu der Theatertruppe?

»Was ist mit dem anderen Team?«, schaltete sich Jeremy ein. »Sechs Spieler, etwa in unserem Alter.«

Der Fährmann runzelte die Stirn. »Was denn für ein Spiel?«

»Na, die GlobalGames-Weltmeisterschaft. Sie haben bestimmt

davon gehört. Nein? Es wird doch überall im Fernsehen gezeigt.«

»Fernsehen?« Der Alte sah ihn verwundert an. »Ich sagte doch schon, hier ist niemand vorbeigekommen. Niemand außer den Ratten, den Kellerasseln und den Toten. Wenn ihr über den Fluss wollt, ist dies der einzige Weg.«

Tim schwieg. Er wollte diesen geheimnisvollen Mann nicht länger mit Fragen löchern. Es war offensichtlich, dass er nicht reden wollte.

Nach einem halben Kilometer hielten sie an. Es roch nach Moder und Fäulnis. Vor ihnen führten ein paar Stufen nach unten. Jenseits der Stufen war schwarzes Wasser zu sehen. Ein Boot lag dort vertäut.

Tim kam sich vor wie in einem schlechten Traum. Ein unterirdischer Fluss? Orientierungslos blinzelte er in die Finsternis. Es war so dunkel, dass man das andere Ufer nicht erkennen konnte.

»Und da müssen wir hinüber?«

»Wenn ihr euer Ziel erreichen wollt, ist das der einzige Weg.«

»Was ist denn unser Ziel?«

Der Fährmann sah ihn belustigt an. »Das wisst ihr nicht? Die *Kammer der Rätsel* natürlich. Jeder, der hier entlangkommt, will zur Kammer der Rätsel. Ich hoffe, ihr könnt mich bezahlen.«

»Klar können wir das«, sagte Jeremy. »Wir haben Geld.« Er griff in seine Tasche und zog ein paar Euroscheine heraus, die sie unterwegs besorgt hatten.

»Was soll die Überfahrt denn kosten?«

Der Alte starrte verständnislos auf die Scheine. »Was soll das sein?«

»Na, Geld. Euro. Vorhin frisch aus einem Automaten gezogen.«

»Papier?« Er nahm einen der Scheine in die Hand und befühlte ihn.

»Papiergeld, ja.« Jeremy runzelte die Stirn. »Sie wissen doch, was Euro sind, oder?«

An der Reaktion des Fährmanns erkannte Tim, dass er keine Ahnung hatte, wovon Jeremy sprach. Eine peinliche Pause entstand. »Na ja, wenn Sie kein Papiergeld wollen, haben wir vielleicht etwas, das sich tauschen lässt. Los, leert eure Rucksäcke aus. Das Zeug aus den Präsenttaschen.«

»Aber das ist unser Proviant«, maulte Darius.

»Nun beklag dich nicht«, sagte Tim. »Wir können nachher neuen Fresskram kaufen. Bei dir ist ja ohnehin kaum noch etwas drin.«

»'tschuldigung.«

Er begutachtete ihre Ausbeute. Viel war es nicht. Ein paar Getränkedosen, Kekse, Chips, Schokolade und kleine Flugzeugmodelle.

Der Fährmann nahm eines der Modelle und hielt es sich vors Auge. »Sehr hübsch«, sagte er und gab es zurück. »Aber nicht das, was vereinbart wurde.«

»Vereinbart?« Tim hatte keine Ahnung, wovon der Kerl da redete.

»Wartet mal.« Annika steckte ihre Hand in die Tasche. Tim hörte ein leises Klingeln. Sie förderte ein altes Kupferstück zutage. Eines von denen, die sie am Grab der Adélaïde gefunden hatten.

Die Augen des Fährmannes weiteten sich. »Ah, schon besser. Hast du noch mehr?«

Annika griff wieder in die Tasche und holte den Rest heraus. Insgesamt waren es sechs Münzen. Der Fährmann nahm sie und zählte durch. »Ausgezeichnet«, sagte er. »Das genügt für die Überfahrt. Setzt euch ins Boot, aber wackelt nicht zu sehr. In dieses Wasser wollt ihr nicht hineinfallen, glaubt mir.«

Mit grimmigem Lächeln bezog der Fährmann Posten am Heck des Bootes. Er stieß den Stab ins Wasser und beförderte sie raus auf den unterirdischen Fluss. Die Öllampe erzeugte spiegelnde Lichter auf der Oberfläche. Glucksend und plätschernd fuhren sie durch die ewige Nacht.

Tims Augen hatten sich inzwischen so an die Dunkelheit gewöhnt, dass er verschnörkelte Säulen und kunstvolle Bögen am Ufer zu erkennen glaubte. »Was ist das hier?«, murmelte er staunend. »Sieht aus wie eine versunkene Stadt.«

»Da liegst du richtig«, antwortete der Fährmann. »Hier lag früher das Zentrum der unterirdischen Stadt. Der Marktplatz. In alten Zeiten wurde er *Mirakelhof* genannt. Er war der Zufluchtsort der Bettler, der Diebe, Prostituierten und Zigeuner. Als es der Stadtverwaltung irgendwann zu unheimlich wurde, fluteten sie die Katakomben. Das war das Ende von Mirakelhof.«

»Und wieso liegen hier so viele Tote?«, erkundigte sich Tim. »Wie kommt es, dass man sie so achtlos hier verstreut und nicht richtig beerdigt hat?«

Der Fährmann hielt inne. »Ihr wollt mir doch wohl nicht erzählen, ihr wüsstet nicht, was hier einst geschehen ist.«

»Nur ein bisschen«, entgegnete Tim. »Was im Fernsehen darüber zu sehen war.«

»Also ich habe gar keine Ahnung«, gab Darius offen zu.

»Na ja, ein bisschen Zeit haben wir ja.« Der Fährmann deutete in die unzähligen Stollen und Tunnels. »*Lutetia,* wie Paris zu Zeiten der Römer hieß, erstreckte sich damals kaum weiter als über das Gebiet der heutigen Île de la Cité. Als die Stadt wuchs, wurde Baumaterial benötigt. Man fand es hier, in zwanzig Metern Tiefe. Bester Travertin. Edler Kalkstein mit wunderschönen Versteinerungen. Aus ihm wurden oberirdisch große Teile der Stadt errichtet. Um das Baumaterial an die Oberfläche zu schaffen, bohrte man eine riesige Menge von Tunneln. Die Steinbrüche erstreckten sich über eine Gesamtlänge von über dreihundert Kilometern und unterhöhlten das halbe Stadtgebiet. Als die Steinbrüche stillgelegt wurden, funktionierte man sie zu Beinhäusern um. Sechs Millionen Tote wurden damals verlegt und hier beigesetzt.«

»Sechs Millionen?« Darius stieß einen Pfiff aus. »Wie hat man die denn alle untergebracht?«

»Hübsch säuberlich gestapelt, ihr habt es ja selbst gesehen. Irgendwann waren die Tunnel natürlich voll und man gründete neue Friedhöfe außerhalb der Stadt. So wie den Père Lachaise. Die Katakomben wurden geschlossen. Jetzt sind sie bis auf einen kleinen Abschnitt für die Öffentlichkeit gesperrt. Nach all den Jahrhunderten hat die Stadt der Toten endlich Ruhe gefunden.«

»Und die Kammer der Rätsel?«, hakte Tim nach. »Was hat es damit auf sich?«

»Das ist euer Weg hinaus«, erwiderte der Fährmann. »Vorausgesetzt natürlich, ihr löst die Aufgabe. Denn wer das Rätsel nicht besteht, ist dazu verdammt, für immer hier unten zu bleiben.«

»Das ist doch Unsinn«, widersprach Jeremy. »Wir können immer noch den Weg nehmen, den wir gekommen sind.«

»Wenn du ihn wiederfindest.« Der Fährmann entblößte einen funkelnden Goldzahn. »Vergiss nicht, dies ist ein Labyrinth.«

»Und wenn wir Sie bitten, uns den Weg zu zeigen?«, fragte Vanessa hoffnungsvoll.

»Gerne. Aber kannst du mich bezahlen, Kleine? Die Überfahrt kostet ein Kupferstück.«

Vanessas Lächeln gefror.

Ob das nun alles echt oder geniales Storytelling war, wusste Tim nicht. Aber er spürte, dass sie den vorgegebenen Weg fortsetzen mussten. Er starrte nach vorne in die Dunkelheit, als er plötzlich etwas Weißes aufschimmern sah. Da drüben, am anderen Ufer, stand jemand. Eine weiße Erscheinung, die sie beobachtete. Doch so schnell sie gekommen war, so schnell war sie wieder verschwunden. Tim beschloss, das Geheimnis für sich zu behalten.

Mit seinem Stab im Morast stochernd, bewegte der Fährmann das Boot auf eine Anlegestelle zu und verlangsamte die Fahrt.

»Wir sind da«, sagte er. »Dies ist euer Zielort. Folgt den Stufen nach oben, dann gelangt ihr zur Kammer der Rätsel.« Er nahm seinen Dreispitz ab und verbeugte sich. »Es war mir eine Ehre.«

»Werden Sie denn nicht auf uns warten?« Malte warf dem Fährmann einen flehenden Blick zu.

»Wenn ihr eine Überfahrt benötigt, läutet einfach die Glocke dort drüben. Aber denkt an die Bezahlung! Und jetzt lebt wohl, ich werde anderweitig gebraucht. Viel Glück.«

Er ließ sie aussteigen, dann machte er kehrt und verschwand in der Dunkelheit.

»Ich werde anderweitig gebraucht, lachhaft«, sagte Jeremy. »Der tut fast so, als herrschte hier unten Hochbetrieb. Na, wir brauchen ihn ohnehin nicht mehr. Wenn der Ausgang durch ein Rätsel versiegelt wird, dann sind wir genau die Richtigen, um es zu lösen.«

33

Das Tor mit seinen zwei metallenen Doppelflügeln erwies sie sich als absolut unbezwingbar. Drei Meter hoch und mindestens ebenso breit, stellte es eine beeindrucken-

de Barriere dar, angesichts derer sich Tim sehr klein und sehr hilflos vorkam. Ein Tresor hätte nicht besser gesichert sein können. Versiegelt wurde das Ding von einem Rätsel aus Knochen. Allerdings keine echten Knochen, wie Tim mit Erleichterung feststellte, sondern Nachbildungen aus Bronze, überzogen mit einer dicken Schicht aus Schmutz und Patina.

Die Erbauer hatten das Rätsel in Form einer mathematischen Aufgabe hinterlassen. Die Gleichung ergab keinen Sinn und war offensichtlich falsch. Der Zweck dahinter war klar: Sie mussten die Gleichung lösen, damit sich die Tür öffnete.

Tim strich mit seinen Fingern über die raue Oberfläche. »Ich denke, dass die Knochen mit Steckverbindungen in der Tür befestigt sind«, sagte er, während er in die Vertiefungen leuchtete. »Vermutlich kann man sie rausziehen und an eine andere Position setzen. Seht ihr die Löcher im Metall?«

»Solange wir nicht wissen, was es damit auf sich hat, fasst niemand dieses Rätsel an.« Jeremy deutete auf einen Stein über ihren Köpfen. Eine Inschrift war dort eingeritzt. »*Solvare Aequatio.* Weiß jemand, was das heißt?«

»Da muss ich passen«, gab Tim kleinlaut zu. »Hab kein Latein in der Schule. Wie sieht's bei euch aus?«

Vanessa, Darius und Malte schüttelten die Köpfe. Annika zögerte. »Ich schon«, sagte sie. »Meine Eltern haben Wert darauf gelegt. Für meine Musikstunden konnte ich es gut gebrauchen. Viele Titel in der klassischen Musik sind auf Latein.«

»Dann kannst du es entziffern?«

»Ich denke schon, ja. Es bedeutet so viel wie: *Löse die Gleichung.* Aber wartet mal, darunter steht noch mehr.« Sie trat vor und ging die Inschrift Wort für Wort durch. Tim hing gebannt an ihren Lippen.

»Ich denke, ich hab's«, sagte sie. *»Löse die Gleichung in einem Zug, dann darfst du die Kammer der Rätsel betreten.«*

»Bist du sicher?«, fragte Tim.

»Der Bedeutung nach, ja. Aber nagele mich nicht auf den exakten Wortlaut fest.«

»In einem Zug klingt für mich, als dürften wir nur einen einzigen Knochen versetzen.«

»Das würde ich auch so sehen.«

»Oha.« Tim strich über sein Kinn. Mal abgesehen davon, dass dies nur ein Vorrätsel zu sein schien, das ihnen den Weg in die eigentliche Kammer öffnete, hatte er keine Ahnung, wie sie das angehen sollten. Aber Mathe war auch nicht gerade seine Stärke.

Jeremy leuchtete hinter die bronzenen Knochen. »Da ist irgendein Mechanismus drin«, sagte er. »Wenn man hineinschaut, kann man ihn sehen.«

»Eine Tresortür also«, murmelte Vanessa. »Und wir haben nur einen Versuch.«

»Damit fällt Rumprobieren schon mal aus.« Tim versuchte, es logisch anzugehen. »Zehn plus sechs ist gleich fünf, so lautet die Gleichung. Was natürlich Unsinn ist.«

»Eben«, sagte Darius. »Das Ergebnis muss sechzehn lauten, nicht fünf.«

»Eben deswegen müssen wir einen der Knochen versetzen. Wie machte man aus einer sechzehn eine fünf? Das ist doch unmöglich.«

»Es sei denn …«, flüsterte Annika.

»Ja?« Tim sah Annika hoffnungsvoll an. »Sag bloß, du hast die Lösung.«

Sie deutete auf die Gleichung. »Wie macht man aus zwei größeren Zahlen eine kleinere? Indem man sie voneinander subtrahiert.«

»Na klar«, stieß Tim aus. Wieso war ihm das nicht selbst eingefallen? »Wir müssen das Plus in ein Minus umwandeln. Und zwar, indem wir den vertikalen Knochen entfernen …« Er griff nach dem senkrecht aufragenden Metallstück und zog es heraus. Er war verdammt schwer. Massives Metall. Tief im Türmechanismus war ein Rumpeln zu hören.

Alle traten einen Schritt zurück. »Bist du von allen guten Geistern verlassen?«, protestierte Jeremy. »Du kannst doch nicht einfach …«

»Halt, lasst ihn machen!«, sagte Malte beschwichtigend. »Es stimmt. Das ist Lösung. Wenn wir das Pluszeichen in ein Minus verwandeln und den überzähligen Knochen hinter die zehn stecken, geht die Gleichung auf, seht ihr? Elf minus sechs ist gleich fünf.« Freudestrahlend und mit vor Aufregung glänzenden Wangen sah er Tim an. »Versuch es!«

Tim hielt noch immer den Knochen in der Hand. Wie vermutet, besaß er an seiner Rückseite zwei Metallstifte, die in die Öffnungen hinter der römischen Zehn passten. Ob er es wagen sollte? »Na los doch, worauf wartest du?«

Tim trat vor und steckte die beiden Zapfen in die Öffnungen hinter der römischen Zehn. Mit einem laut hörbaren Klicken rasteten die Stifte ein.

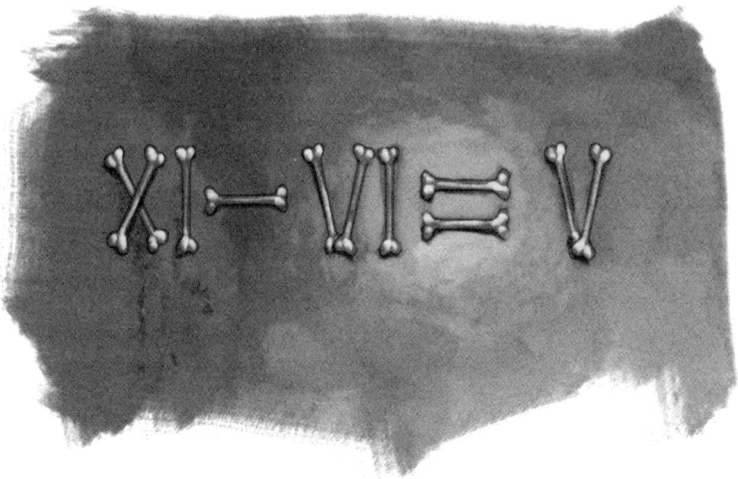

Augenblicklich fuhr ein Knacken durch die massive Metalltür. Ein Rumpeln ertönte und ein heller Spalt erschien.

»Achtung, geht zur Seite!«, rief Tim. »Das Tor öffnet sich. Die Flügel sind schwer genug, um jemanden zu zerquetschen.«

Ein goldener Lichtstreifen fiel über den Boden, wurde breiter und kroch an ihren Beinen hoch. Mit weit aufgerissenen Augen starrten sie in den Raum dahinter.

Die Kammer der Rätsel war nicht besonders groß – vielleicht fünf auf fünf Meter, doch trotzdem beeindruckend anzuschauen. Die Decke war so hoch, dass locker drei Männer übereinander Platz gehabt hätten, und lief kuppelförmig über ihren Köpfen zusammen. Was ihr das Aussehen einer kleinen Kapelle verlieh. Dazu passend wurde der Raum von Dutzenden großformatiger Kerzen beleuchtet, die in Seitennischen und auf dem Boden verteilt standen. Manche von ihnen waren dick wie Baumstämme. Wer hatte die denn entzündet? Tim sah sich furchtsam um, konnte jedoch niemanden entdecken.

Durch den plötzlichen Luftstrom begannen die Kerzen zu flackern.

»Seht euch das an.« Tims Atmung wurde ganz flatterig vor Aufregung, als er sah, woraus die Kammer gebaut worden war. Jeder Quadratzentimeter, einschließlich der Decke und der Wände, war mit übereinandergestapelten Schädeln ausgekleidet. Es gab keine Leerflächen oder Zwischenräume, nirgendwo. Der Boden, den Tim anfangs für Kopfsteinpflaster gehalten hatte, bestand ebenfalls aus Schädeln. Es mussten Tausende sein.

Ehrfürchtig richtete Tim seinen Blick auf die Mitte des Raums, wo ein runder Steinsockel von etwa einem Meter Höhe und ebensolchem Durchmesser stand.

»Das ist ja unglaublich«, murmelte Jeremy. »Seht euch nur die vielen Knochen an. In dieser Kammer wurde ja eine ganze Stadt beerdigt. Müssen wir tatsächlich über die Köpfe laufen?«

»Ich denke schon. Wenn wir an das Rätsel gelangen wollen.« Tim fiel auf, dass auf der Oberseite des Sockels etliche lose verstreute Knochen lagen. Oberschenkelknochen, wenn er das aus der Entfernung richtig einschätzte. Doch um das genauer sagen zu können, musste er näher ran. Er gab sich einen Ruck und betrat die

Kammer. Es fühlte sich seltsam an, auf den Schädeln zu laufen. Sie waren glatt und rutschig. Ein paar gaben ein hässliches Knacksen von sich. Seine Freunde folgten ihm.

»Hier steht wieder etwas auf Latein«, sagte er, als er den Rand des Sockels prüfte. »Allerdings scheint mir das deutlich schwieriger zu sein als die Inschrift über der Tür. Kannst du sie entziffern, Annika?«

»Irgendetwas mit der Zahl *Sechs*«, murmelte sie. »Hier stehen die Worte *Triangulum, Aequilaterus* und *Quater.*«

»Sechs«, murmelte Vanessa. »Könnte es etwas mit den sechs Knochen zu tun haben, die hier oben liegen?«

»An Zufälle glaube ich nicht«, sagte Jeremy.

»Also, das Wort *Triangulum* heißt übersetzt so viel wie *Dreieck«,* sagte Annika leise. »Und *quater* bedeutet *vier.* Genau genommen eigentlich *viermal.*«

»Und *Aequilaterus?«,* erkundigte sich Tim.

Annika zuckte die Schultern. »Keine Ahnung …«

»Es gibt da einen Begriff aus der Geometrie«, flüsterte Malte. *»Equilateral,* was so viel wie *gleichseitig* bedeutet. Meint ihr, das könnte damit gemeint sein?«

»Schon möglich.« Tim deutete auf die Knochen. »Sie sind alle gleich lang, seht ihr?«

»Vielleicht sollen wir ein gleichseitiges Dreieck daraus gestalten.«

»Nicht eines, *vier«,* gab Annika zu bedenken. »Vier gleichseitige Dreiecke. Und das mit nur sechs Knochen. Heftig.«

»Nicht heftig, *unmöglich«,* sagte Jeremy. »Ich bin wirklich kein Mathegenie, aber selbst ich weiß, dass das nicht machbar ist.«

»Lies noch mal genau nach, Annika«, sagte Tim. »Gibt es vielleicht noch weitere Hinweise?«

Sie schüttelte den Kopf. »Nichts, was uns weiterhelfen würde. Da steht noch etwas wie *Ruhet in Frieden* und *Mögen eure Seelen ins Himmelreich aufsteigen,* bla, bla. Nichts, was uns weiterhilft.«

»Hm …«

»Zumindest steht diesmal nichts davon, dass wir nur einen Versuch haben, oder?«, erkundigte sich Darius.

Annika schüttelte den Kopf.

»Na, dann lasst es uns doch mal versuchen.« Er griff nach ein paar Knochen und begann, sie vor sich auszubreiten. Er schob sie von links nach rechts, von rechts nach links und gab nach einer Weile ein triumphierendes Grunzen von sich.

»Ich hab's.« Stolz präsentierte er die Lösung. »Na, was sagt ihr? Hab ich's drauf oder hab ich's drauf?« Grinsend verschränkte er die Arme.

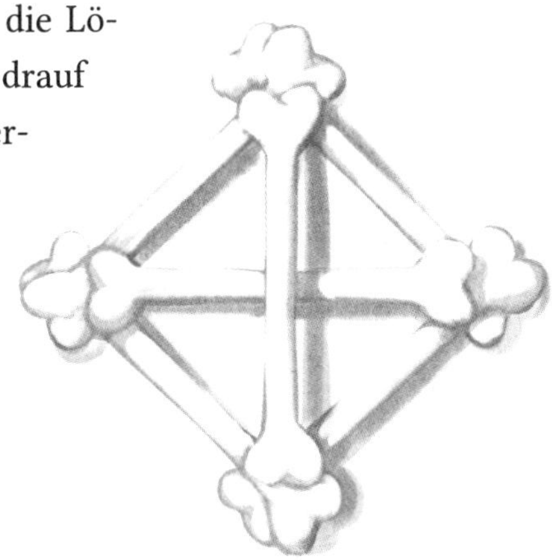

Jeremy warf seinem Kumpel einen anerkennenden Blick zu. »Du überraschst mich, Alter. Du scheinst tatsächlich die Lösung gefunden zu haben. Respekt.«

Tim war ebenfalls beeindruckt. Vier Dreiecke, ganz klar.

Indes schien Malte etwas auszusetzen zu haben. Er studierte die Form, dann schüttelte er den Kopf. »Ich glaube nicht, dass das stimmt«, sagte er.

»Und wieso nicht, Herr Neunmalklug?«, polterte Darius. »Das sind vier Dreiecke. Genau wie gefordert.«

»Ja, aber ...«

»Du bist nur eifersüchtig, weil du nicht selbst drauf gekommen bist. Immer willst du alles besser wissen. Du gönnst deinen Kameraden nicht den kleinsten Triumph.«

»Jetzt halt mal die Luft an«, ging Tim dazwischen. »Malte hat bestimmt seine Gründe, das Ergebnis anzuzweifeln, oder?«

»Ja«, sagte der Kleine. »Der Ansatz ist gut, das Ergebnis leider trotzdem falsch.«

»Und wieso?« Darius bekam einen puterroten Hals.

»Weil das Rätsel vorschreibt, dass die Dreiecke *gleichseitig* zu sein haben«, sagte Malte. »Du hast es zwar geschafft, vier gleichschenklige Dreiecke zu legen, doch die Seiten sind unterschiedlich lang. Sieh selbst.« Er fuhr mit dem Finger die Form nach. Es war ganz klar zu sehen, dass die Unterkante länger war als die beiden Seitenschenkel.

»Die Ankathete und Gegenkathete sind kürzer als die Hypotenuse. Deine Dreiecke sind zwar gleichschenklig, nicht aber gleichseitig. Folglich muss es eine andere Lösung geben.«

»Die gibt es nicht«, schnauzte Darius. »Ich habe alles ausprobiert.«

»Nein, hast du nicht«, meldete sich diesmal überraschenderweise Vanessa. Darius verstummte. Bei jedem anderen hätte er protestiert, nicht aber bei Vanessa. Tim war schon öfter aufgefallen, dass Darius sich ihr gegenüber ausgesprochen höflich und zuvorkommend verhielt.

»Ich meine, mich zu erinnern, dieses Rätsel schon einmal gesehen zu haben«, sagte sie. »Man muss dabei ein bisschen *out of the box* denken.«

»Was für 'ne Box?« Darius' Ausdruck schwankte zwischen Trotz und Resignation.

»Du hast versucht, das Rätsel zweidimensional zu lösen. In diesem Fall muss man aber dreidimensional denken. Pass auf.« Sie legte drei der Knochen zu einem perfekten, gleichseitigen Dreieck auf dem Sockel aus und stellte dann die übrigen hochkant darüber.

Tim traf es wie ein Blitz. Er erkannte, was sie da tat: *Sie baute eine Pyramide.*

Kribbelig vor Aufregung nahm er ebenfalls einen Knochen und half ihr beim Aufstellen. Es dauerte eine Weile, um die nötige Balance zu finden, doch dann hielt die Konstruktion. Vorsichtig nahmen beide ihre Hände weg.

Vor ihnen stand ein perfekter Tetraeder.

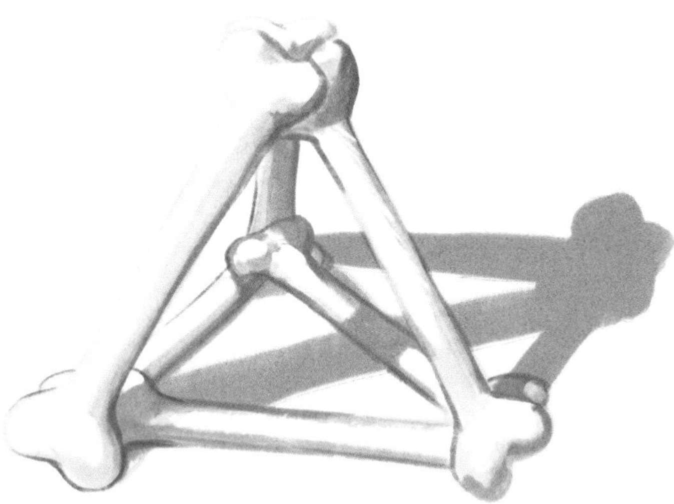

»Voilà«, sagte Vanessa. »Vier gleichseitige Dreiecke. Ich frage mich nur …«

Ein Blitz zuckte auf. Blendende, gleißende Helligkeit schoss aus dem Inneren der Pyramide. Es war kein echtes Licht, sondern der Lichtschein einer virtuellen Projektion. Doch es genügte, dass Tim deswegen erschrocken die Augen schloss.

Als er sie wieder öffnete, pulsierten die Seiten der Pyramide in einem düsteren roten Licht. Im Inneren der Pyramide schwebte ein Frauenkopf. Unheimlich sah sie aus. Ihre Wangen waren eingefallen und ihre Augen lagen tief in den Höhlen.

Die Rote Dame!

»Hallo und herzlich willkommen, Runner«, sagte eine hohle Stimme. »Wie ich sehe, habt ihr das Rätsel erfolgreich gelöst. Glückwunsch. Damit seid ihr eine Runde weiter. Ihr wart schneller als eure Gegner. Das indische Team hat die Katakomben über einen zweiten Eingang betreten, doch vermutlich hat der Respekt und die Furcht vor den Toten sie langsam werden lassen.«

Ein dämonisches Lachen erklang. Tim lief ein Schauer über den Rücken.

»Euer Sieg dürfte einigen Buchmachern schwer im Magen liegen. Die Wetten standen gegen euch und zwar um ein Vielfaches. Aber das ist eben das Besondere an diesem Contest. Man weiß nie, wer am Ende siegen wird.«

Tim mochte ihren Anblick nicht. Ihr Totenschädelgrinsen war ihm zuwider.

»Für euch geht es damit langsam in Richtung Zielgerade«, fuhr die Rote Dame fort. »Vietnam, Mexiko, Italien, Indien, Kanada und Japan sind raus, es verbleiben China, Russland, die

Vereinigten Staaten, Frankreich, Deutschland und Großbritannien. Damit gehört ihr zu den letzten sechs. Ihr habt das Halbfinale erreicht. Ich hoffe, ihr seid stolz auf euch.«

Tim sah seine Teammitglieder an. Erst jetzt wurde ihm bewusst, was sie geleistet hatten. *Halbfinale!* Das Wort tauchte vor seinem inneren Auge auf und es glitzerte an den Rändern wie Gold. Für einen Moment hatte er das Gefühl, nichts und niemand könnte sie aufhalten. Doch dann fiel ihm ein, was seine Mom immer gesagt hatte: *Am Abend macht man das Licht aus.* Was bedeutete, dass das Rennen erst vorbei war, wenn sie alle anderen Teams besiegt hatten.

»Können Sie uns schon etwas über unser nächstes Ziel verraten?«, erkundigte er sich.

»So begierig weiterzumachen, ja?« Die Rote Dame musterte ihn mit glutroten Augen. »Na schön, ich werde euch einen Hinweis geben. Sobald ihr wieder an der Erdoberfläche angelangt seid, werdet ihr ein besonderes Bauwerk sehen. Sucht in Bodenhöhe nach einer kleinen Metalltafel. Dort werdet ihr ein Wort finden, das euch einen Hinweis auf euer nächstes Reiseziel liefert. Zufrieden?«

Tim nickte eifrig.

»Schön. Ehe ihr euch aber daran macht, dieses Rätsel zu knacken, hier noch eine persönliche Botschaft von Shenmi Stevenson. Die Chefin will euch ein besonderes Angebot machen. Ihr solltet genau abwägen, ob ihr es annehmen wollt, denn es ist sehr großzügig.«

»Was denn für ein Angebot?«, fragte Jeremy argwöhnisch.

Die Rote Dame lächelte. »Solltet ihr euch entschließen, an

diesem Punkt auszusteigen, wird jeder von euch eine Prämie von fünfzigtausend Dollar erhalten. Dieses Angebot gilt allerdings nur, solange ihr französischem Boden unter den Füßen habt. Na, interessiert?«

Tim sah die anderen verwundert an. Was bedeutete das? Hieß das, sie würden eine Belohnung erhalten, dafür, dass sie das Handtuch warfen? Aber warum?

Argwöhnisch musterte er die Rote Dame. »Was ist mit den anderen Teams? Bekommen sie diese Prämie ebenfalls angeboten?«

Das Lächeln der Roten Dame verschwand. »Nein«, sagte sie. »Dieses Angebot ist nur an euch gerichtet.«

Jeremy sah die Rote Dame durchdringend an. »Und wie viel Bedenkzeit haben wir?«

»Wie ich bereits sagte: Solange ihr euch auf französischem Boden befindet. Sobald ihr in der Luft seid, erlischt das Angebot.«

Tims Misstrauen wuchs. Eine innere Stimme sagte ihm, dass hier etwas gewaltig stank. Sie sollten besser vorsichtig sein.

34

Der Platz wurde von einer großen, gläsernen Pyramide beherrscht, die wie ein Bauwerk einer fremden Zivilisation wirkte. Aus einer weit zurückliegenden Vergangenheit kommend, fühlte Annika sich plötzlich in eine ferne Zukunft versetzt. Prächtige Gebäudefassaden umrahmten den Platz, in deren riesigen Fensterscheiben sich das nächtliche Paris spiegelte. Am Horizont war der Eiffelturm zu erkennen.

»Wo sind wir hier?«, murmelte Darius verblüfft. »Was ist das für eine merkwürdige Pyramide?«

»Sag bloß, das weißt du nicht?«, entgegnete Jeremy. »Das ist der Louvre, du Dödel. Das erkennt doch jedes Kind.«

»Was ist der Louvre?«

»Das bedeutendste Kunstmuseum der Welt!«

»Ach so ...«

»Die Mona Lisa, die Nike von Samothrake, die Venus von Milo?«

»Nie gehört ...« Darius schob schmollend die Unterlippe vor.

»Ist auch egal«, sagte Jeremy kopfschüttelnd. »Hauptsache, wir sind zurück an der Oberfläche und haben wieder Empfang. Lasst uns das Rätsel lösen und dann ab zum Flughafen.«

»Ich habe gerade Kontakt zu Rajesh aufgenommen«, sagte Tim. »Er hat mir gesagt, dass er in einer halben Stunde hier sein kann. Ich hoffe, das war okay.«

»Passt schon«, erwiderte Jeremy. »Besser er als irgendein neuer Fahrer, der uns mit dummen Fragen zumüllt. Außerdem gibt uns das genügend Zeit, dem Hinweis der Roten Dame zu folgen.«

»Was ist mit dem Angebot der Roten Dame?«, hakte Vanessa nach. »Sollen wir nicht darüber reden?«

»Später«, entschied Jeremy. »Das Rätsel ist jetzt wichtiger. Los, schwärmt aus und sucht nach dem Wort, das uns den Hinweis auf das nächste Reiseziel liefert. Am besten, wir teilen uns auf. Eine Gruppe geht links um die Pyramide, eine rechts. Wir treffen uns dann, sobald jemand etwas gefunden hat.«

Annika blieb bei Tim und Malte. Sie brauchte nicht lange, bis sie etwas fand. Auf einer Höhe von etwa einem halben Meter, dicht neben einer der schiefen Stahlstreben, die die Glasflächen der Pyramide in Position hielten, befand sich ein kleines Messingschild. Einige merkwürdige Zeichen waren darauf eingeätzt. Annika sah Tim an und wusste augenblicklich, dass auch er verstanden hatte. Das Rätsel. Das musste es sein.

Sie steckte zwei Finger in den Mund und stieß einen markerschütternden Pfiff aus. »Kommt mal hierher!«, rief sie. »Wir haben es gefunden.«

Jeremy kniete sich hin und untersuchte das Schild genauer. »Die Plakette ist brandneu«, sagte er. »Die hat jemand erst kürzlich hier angefügt. Hier sind sogar noch Metallspäne von den Schrauben.«

Darius runzelte die Stirn. »Sieht aus wie Alienschrift. Was kann das sein? Vielleicht eine Art Blindenschrift?«

»Das war auch mein erster Gedanke«, sagte Tim, »doch die Brailleschrift sieht anders aus. Ich habe eben mal einen kleinen

Suchlauf in der Datenbank gestartet. Zumindest eines dürfte als sicher gelten: Es sind keine gängigen Schriftzeichen.«

»Eine Geheimschrift also?« Annika hatte das Gefühl, etwas Ähnliches schon einmal gesehen zu haben. In einem alten Buch über verbotene Gesellschaften und Geheimbünde. Aber ihr Kopf war wie vernagelt.

Sie blickte an der Pyramide empor.

War auf dem Eindollarschein nicht auch eine Pyramide zu sehen? Eine Pyramide mit einem Auge darüber. Und das nicht, weil die Amerikaner so große Ägypten-Fans waren, oh nein. Die Pyramide war ein uraltes Freimaurersymbol. Eine Geheimloge, die es seit dem Mittelalter gab. Ihr durften nur Männer beitreten, die es sich zum Ziel gesetzt hatten, durch Arbeit an sich selbst zu besseren Menschen zu werden. Viele der Gründungsväter der USA waren Freimaurer gewesen. Lag darin vielleicht die Lösung des Rätsels?

»Ich glaube, ich weiß, was das ist«, stieß sie aus. »Diese Zeichen.«

»Und?« Jeremy sah sie durchdringend an.

»Wenn ich mich nicht täusche, sind das Buchstaben aus dem Freimaureralphabet. Eine Geheimschrift, die angeblich auf der Kabbala der Neun Kammern beruht und bereits seit dem Altertum in Gebrauch ist.«

»Ich verstehe nur Bahnhof«, sagte Darius.

»Wartet kurz, ich muss das nur mal eben gegenchecken.« Sie rief die Onlinedatenbank auf. Es brauchte nur ein paar Einträge, dann war sie sich sicher. »Es ist ganz einfach«, sagte sie aufgeregt. »Füllt man die Buchstaben des lateinischen Alphabets in die Zellen eines kreuzförmigen Quadrates und nimmt für die restlichen Buchstaben ein schräg stehendes Kreuz, so erhält man die heute bekannteste Lesart dieses Codes. Punkte geben dabei die linke oder rechte Position an. Wartet mal.« Sie sah sich um und entdeckte auf dem Boden ein kleines weißes Steinchen. »Ich zeichne es euch mal auf.«

»So sieht das Freimaureralphabet aus.« Sie lehnte sich zurück. Sie war ziemlich stolz darauf, dass sie es aus dem Kopf heraus hinbekommen hatte. Um ehrlich zu sein, hätte sie jetzt etwas Applaus erwartet, doch die Reaktionen ihrer Mitspieler ließen zu wünschen übrig.

»Ich kann da nicht viel Ähnlichkeit entdecken.« Jeremy runzelte die Stirn.

»Was? Sieh doch mal genau hin.«

»Nope.«

»Vielleicht, wenn ich es als Abc aufschreibe«, erwiderte Annika genervt.

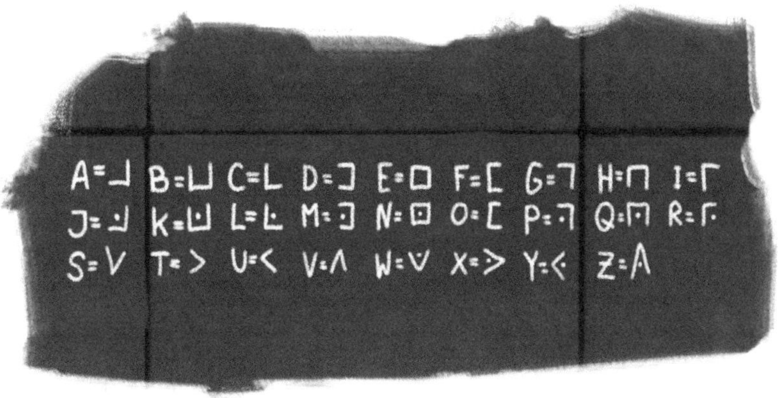

Sie sah die anderen an. »Jetzt klarer?«

»Alter, das ist ja ein Ding«, murmelte Darius. »Jetzt verstehe ich, was du gemeint hast. Sieht genau aus wie auf der Plakette.«

Annika strahlte. »Nicht wahr? Mir ist schon öfter aufgefallen, dass ich im Zustand völliger Übermüdung häufig die besten Ideen habe.«

»Ellora«, sagte Vanessa.

»Wie bitte?«

»Das steht da: *Ellora.* Zumindest, wenn man deinen Dechiffriercode verwendet.«

»Was soll das sein?«, fragte Jeremy. »Den Namen habe ich noch nie gehört.«

»Ich auch nicht«, erwiderte Darius.

»Wartet mal, ich habe hier etwas.« Tim tippte mit seinen interaktiven Handschuhen etwas in die Onlinedatenbank. »Anscheinend ist es eine Tempelanlage im Bundesstaat Maharashtra, in Indien. Eine Gruppe von 34 buddhistischen, hinduistischen und jainistischen Höhlentempeln. Es ist UNESCO-Weltkulturerbe und eine der meistbesuchten Sehenswürdigkeiten Indiens. Wow.«

»Ja, allerdings«, gähnte Darius. »Erst werfen wir die Inder raus, jetzt reisen wir dorthin, um das nächste Rätsel zu lösen. Trifft sich hervorragend.«

Annika nickte. Es stimmte, es lag eine gewisse Ironie darin.

»Also ab Richtung Flieger«, sagte sie mit schiefem Grinsen.

»Vorher müssen wir uns noch dringend darüber unterhalten, was wir bezüglich des Angebots unternehmen sollen«, drängte Jeremy. »Ein bisschen Zeit haben wir noch. Aber vielleicht sollten wir dafür besser unsere Brillen ausschalten. Wir wollen ja nicht, dass alle Welt mithört, oder?«

»Gute Idee«, sagte Tim. »Schalten wir die Dinger aus und stecken sie ein. Sicher ist sicher. Also, wie sieht's aus, wollt ihr das Geld nehmen oder nicht?«

Vanessa sprach langsam und leise. »Fünfzigtausend Dollar pro Nase ist ziemlich viel Geld, findet ihr nicht?«

»Unfassbar viel Geld«, murmelte Malte. »Mehr Geld, als ich in meinem ganzen Leben gesehen habe.«

»Eine Überlegung ist es auf jeden Fall wert«, sagte Darius. »Mit so einem Batzen Geld in der Tasche würde ich unser Ausscheiden nicht bedauern.«

Tim wirkte nicht überzeugt. Annika hätte gerne den Grund dafür gewusst.

»Macht es euch nicht misstrauisch, dass nur wir dieses Angebot bekommen haben?«, fragte er. »Ich gebe ja zu, dass mich das Geld reizen würde, aber ich bin mir sehr unsicher, ob man Shenmi Stevenson vertrauen kann.«

»Wieso?« Jeremy hob die Brauen. »Hast du einen konkreten Anlass für deinen Verdacht oder ist das wieder nur so ein *Gefühl?*«

Tim verstummte. Er warf Vanessa einen schwer zu deutenden Blick zu. Annika wurde mulmig zumute. Was lief da zwischen den beiden?

»Sagst du es ihnen oder soll ich es tun?«, fragte Tim Vanessa, doch die tat ahnungslos. »Was meinst du?«

»Komm schon, du weißt genau, wovon ich rede.« Er hob sein Kinn. »Vanessa und ich müssen euch etwas erzählen«, sagte Tim. »Es könnte wichtig sein. Gerade in Hinblick auf die anstehende Entscheidung.«

Vanessa schwieg einen Moment, dann ließ sie ihre Schultern sinken und seufzte.

»Na, von mir aus. Ich habe sowieso keine Lust mehr auf dieses Spielchen.«

»Könntet ihr bitte endlich zu Potte kommen?«, schnaufte

Jeremy genervt. »Rajesh dürfte bald hier sein und ich habe keine Lust, Geheimnisse vor ihm auszuplaudern.«

»Also gut, wenn ihr es unbedingt wissen wollt …« Tim seufzte. »Vanessa und ich bekommen Regieanweisungen. Wir werden von der Spieleleitung angehalten, als Liebespaar aufzutreten, um die Zuschauer bei Laune zu halten.«

»Wie bitte?« Annika glaubte, sich verhört zu haben.

»Doch, es stimmt.« In Tims Gesicht lag ein Ausdruck von Scham. »Sorry, dass ich nicht eher damit rausgerückt bin. Die Rote Dame meinte, die Marktforschung hätte ergeben, die Zuschauer würden es begrüßen, wenn zwischen Vanessa und mir etwas läuft. Sie sagte, rein äußerlich würden wir gut zueinanderpassen. Ihr könnt euch vorstellen, wie geschockt ich war.«

»Nicht nur du«, sagte Vanessa. »Denn eigentlich bist du gar nicht mein Typ.«

»Vielen Dank.« Tim verzog den Mund zu einem gequälten Lächeln. »Du auch nicht meiner.«

»Na, zumindest in der Hinsicht sind wir uns einig.« Vanessa grinste.

»Also deswegen warst du oben auf dem Friedhof so mürrisch«, sagte Annika und spürte eine Welle der Erleichterung über sich hinwegschwappen. »Ich habe mich schon gewundert. Und wie hast du reagiert?«

»Ich habe ihr klar zu verstehen gegeben, wohin sie sich ihre Regieanweisung stecken kann«, sagte Tim grinsend. »Allein die Forderung fand ich so ungeheuerlich, dass sich alles bei mir gesträubt hat.«

»Nicht nur bei dir«, sagte Vanessa. »Ich sehe nicht ein, warum ich zum Vergnügen der Zuschauer den Hampelmann spielen soll. Wenn denen unsere Abenteuer nicht spannend genug sind, sollen sie eben abschalten.«

Annika wusste nicht, was sie sagen sollte. Einerseits war sie entsetzt darüber, was da hinter ihrem Rücken ablief, andererseits wuchs das Gefühl der Erleichterung. Tief in sich hatte sie immer gespürt, dass zwischen Tim und Vanessa nichts lief.

»Mich hat GlobalGames-Incorporated bereits vor Beginn des Wettkampfes kontaktiert«, sagte Vanessa. »Sie sagten, es würde einiges für mich herausspringen, wenn ich es täte. Werbeverträge, Screentime, ein eigener YouTube-Kanal, Kosmetikbranche, Lifestyleprodukte, das ganze Programm. Das wirkte auf den ersten Blick super, deshalb habe ich mich darauf eingelassen.«

»Dir haben sie wenigstens etwas angeboten. Mir haben sie nur die Daumenschrauben angesetzt.« Tim lächelte grimmig. »Sie haben gedroht, mir und meiner Familie auf die Pelle zu rücken, wenn ich mich nicht füge. Sie verwiesen auf den Vertrag, mit der Begründung, ich hätte mich verpflichtet, nach ihren Regeln zu spielen, und dass sie uns die Anwälte auf den Hals hetzen, wenn ich mich weigere. Und dann haben sie Emily aufgelauert – auf dem Weg zur Schule. Sie haben sie unter Druck gesetzt und verlangt, Geheimnisse auszuplaudern. Ich habe die Aufnahmen gesehen.«

»Ungeheuerlich«, platzte Annika heraus. »Was denn für Geheimnisse?«

Tim lief rot an. »Tut nichts zur Sache. Jedenfalls trägt diese

Methode eindeutig die Handschrift von Shenmi Stevenson. Ich habe den Verdacht, dass sie uns loswerden will.«

Annika sah Tim plötzlich mit anderen Augen an. Wie hatte sie nur jemals an ihm zweifeln können? Ein bisschen schämte sie sich dafür.

»Ich teile Tims Ansicht«, sagte sie. »Das riecht nach einer Falle.«

»Was denn für eine Falle?«, hakte Darius nach. »Ich kann nur erkennen, dass sie uns ein großzügiges Angebot gemacht hat. Nicht mehr und nicht weniger.«

»Ja, *zu* großzügig«, sagte Annika. »Ein Angebot, das verdächtig nach einem Köder riecht. Wer sagt uns denn, dass sie noch dazu steht, sobald wir ausscheiden? Wir haben nichts Schriftliches. Es gibt keine Zeugen, keine Beweise, nichts. Die Ansprache der Roten Dame wurde bestimmt rausgeschnitten.«

»Jede Wette, dass denen etwas einfällt, warum sie uns das Geld nicht auszahlen werden«, sagte Tim. »Sei es, dass sie uns einen Regelverstoß anhängen, sei es, dass wir irgendeine Bedingung nicht erfüllt haben – ich wette mit euch, wir werden keinen Cent von der versprochenen Summe zu sehen bekommen. Wenn wir raus sind, sind wir raus.«

Jeremy sah sie mit schmalen Augen an. »Ihr fahrt ja ziemlich schwere Geschütze auf. Heimliche Machenschaften und Manipulationen hinter unseren Rücken. Habt ihr euch das nur ausgedacht oder gibt es dafür irgendwelche Beweise? Und wieso bekommen nur wir dieses Angebot?«

»Wir …« Tim kam nicht mehr dazu, den Satz fertig zu sprechen, denn in diesem Moment näherte sich ein Taxi mit quietschenden Reifen. Rajesh kam, um sie auf seinem fliegenden Teppich zum Flughafen zu bringen.

Tim atmete tief ein. »Wenn euch das wirklich interessiert, erzählen Annika und ich es euch. Im Flieger dürften wir genug Zeit haben. Aber ich muss euch warnen, es ist ziemlich starker Tobak.«

35

Shenmi schüttelte den Kopf. Sie hatte genug gehört, um zu erkennen, wie der Hase lief. »Dann nimmt das deutsche Team mein Angebot also nicht an?«

»Wie es aussieht, nein«, antwortete die Stimme auf der anderen Seite der Leitung. »Sie setzen auf Sieg.«

»Schade«, sagte Shenmi.

»Man kann es nicht allen recht machen, Ms Stevenson.«

Shenmi nickte. Tim und Annika erwiesen sich als echte Nervensägen. Nicht dass Shenmi vorgehabt hätte, die versprochene Summe wirklich auszuzahlen, es wäre nur so schön bequem gewesen. Wie eine fleischfressende Pflanze hätte sie ihre Beute angelockt, gewartet, bis das Team freiwillig ausschied, und sie dann genüsslich verspeist. Sie hätte sie ohne einen Cent heimgeschickt und wäre sie ein für alle Mal losgeworden. Aber die Idee hatte sich jetzt in Luft aufgelöst. Ihre Pläne waren durchkreuzt worden.

Und als sei das noch nicht genug, war Shenmis Sicherheitsbeauftragter inzwischen zu dem Schluss gekommen, dass Mortimers Andeutungen nicht aus der Luft gegriffen waren. Es gab wirklich ein Datenleck. Das Zentrum: Deutschland. In welcher Stadt genau, daran arbeiteten die Sicherheitsexperten noch. Irgendjemand hatte sich durch die Firewall gekämpft und spielinterne Informationen abgezogen. Persönliche Daten, brisantes

Material. Dokumente, die ihr – Shenmi Stevenson persönlich – schwer auf die Füße fallen konnten, sollten sie in die falschen Hände geraten. Denn natürlich gab es immer irgendjemanden, den solche Storys interessierten. Mochte auch die überwiegende Mehrheit der Medien sie als beste Unternehmerin der Welt feiern, so gab es doch einige, die ihr den Erfolg neideten. Miese, kleine Hinterwäldlerblättchen, für die ein solcher Skandal ein gefundenes Fressen war und die ihre schwachen Abonnentenzahlen mit einem hübschen Skandal aufbessern wollten. Wenn solche Piranhas Zugriff auf das Material erhielten, dann gute Nacht.

Dummerweise hatten sie immer noch nicht herausbekommen, wer hinter diesem Angriff steckte. War es eine Einzelperson oder ein Team?

Die Hacker waren schlau genug gewesen, alle Spuren zu verwischen. Was braute sich da hinter ihrem Rücken zusammen?

Shenmis Sicherheitsabteilung war gut. Über kurz oder lang würden sie den Schuldigen ausfindig machen und dann gab es Chopsuey. Sie würde mit harten Bandagen kämpfen. Mit verdammt harten. Auf dieses Spiel verstand sich Shenmi sogar besser als auf die sanfte Tour.

Sie hielt das Handy ans Ohr.

»Wir werden das auf unsere bewährte Art lösen. Leise und unauffällig.«

»Ist doch selbstverständlich«, antwortete die Stimme am anderen Ende. »Übrigens, Ms Stevenson …«

»Ja?«

»Die Wettquoten für das deutsche Team haben sich während

der letzten Stunde um den Faktor zweihundert verschoben. Niemand hat damit gerechnet, dass dieser Chaotenhaufen Indien aus dem Rennen werfen würde. Doch inzwischen traut man denen sogar den Sieg zu. Wollte nur, dass Sie das wissen.«

»Den Sieg?« Shenmis perfekt manikürte Fingernägel trommelten gegen das Telefon. Da bot sich doch eine unverhoffte Möglichkeit, Geld zu verdienen. Das Zweihundertfache war eine ziemlich gute Quote. Shenmi atmete tief durch. Wenn sie eine Million Dollar von ihrem Privatkonto nahm und auf das kanadische Team setzte, würde sich da ein ziemlich hübscher Nebengewinn erzielen lassen.

»Haben Sie noch weitere Befehle?«

Shenmi überlegte kurz. »Wer ist unser Kontaktmann in Paris?«

»Lassen Sie mich nachsehen. Ah ja, hier haben wir es ja. Ein Mann namens Rajesh Kumar. Er hat das Team in unserem Auftrag am Flughafen abgefangen und wird sie auch wieder zurück zum Flughafen bringen.«

»Kumar? Ein Inder?«

»Ja.«

»Das passt wunderbar. Er dürfte nicht allzu erbaut davon sein, dass das deutsche Team seine Landsleute rausgeworfen hat, oder?«

»Davon ist auszugehen.«

»Wurde er bereits instruiert?«

»Selbstverständlich. Er bringt das Team gerade zum Flughafen, regelt die Formalitäten und sorgt dafür, dass sie in die richtige Maschine steigen.«

»Proviant?«

»Sie sind wohl gerade auf Einkaufstour.«

»Er soll ein paar der Lebensmittel präparieren. Ich möchte, dass das Team einen langen und erholsamen Schlaf genießt.«

»Kein Problem. Der Mann hat ausgezeichnete Referenzen, auf ihn ist Verlass.«

»Ausgezeichnet. Wenn die Kandidaten wieder erwachen, werden sie die Überraschung ihres Lebens erleben. Dann beginnt für sie eine ganz andere Form von Wettstreit: der Kampf ums Überleben.«

Claim 4

Die Insel der Wächter

36

Tim wurde von einem heftigen Rütteln aus dem Schlaf gerissen. Dumpfes Brummen erklang, dazwischen immer wieder etwas, das sich anhörte, als würde jemand mit einem Stock gegen eine Blechtonne schlagen.

Die Luft roch nach Benzin und Abgasen.

In diesem Moment erklang eine weibliche Stimme. »Aufwachen, Tim! Mach die Augen auf!«

Benommen versuchte Tim, die Lider zu heben, doch es gelang ihm nicht. Hatte ihm da jemand Bleigewichte rangehängt?

»Komm schon, Tim. Versuch es.«

Er konzentrierte sich und tatsächlich schaffte er es, die Augen für wenige Sekunden zu öffnen.

Verwirrt blinzelte er gegen die Helligkeit an. Warum bekam er das Gesicht vor sich nicht scharf gestellt?

Es war Annika. Sie strich sanft über seine Wange. »Na, alles klar bei dir, bist du wach? Ich weiß, dass es schwer ist, aber du musst es versuchen.«

Gedankenfragmente spukten in seinem Kopf herum. Er erinnerte sich, dass er in einen ohnmachtsähnlichen Schlaf gefallen war, kaum dass er Platz genommen hatte. Als wäre er narkotisiert worden.

»Darf ich nicht noch ein bisschen schlafen?«, murmelte er. »Du könntest mich doch in einer halben Stunde …«

»Nein, du hast lange genug geschlafen. Hoch mit dir. Aufwachen, habe ich gesagt!« Sie klang so entschlossen, dass er emporzuckte. Ihm waren mitten im Satz die Augen zugefallen.

»Alter«, murmelte er und schüttelte den Kopf. »Was ist nur los mit mir?«

»Jeremy tippt auf ein Schlafmittel und ich bin geneigt, ihm zuzustimmen«, sagte Annika. »Hier, trink was. Das hilft.«

Sie stützte ihn, setzte ihm die Wasserflasche an die Lippen und gab ihm einen Schluck. Dann benetzte sie ein Stück Stoff und tupfte damit seine Stirn. Das kühlende Nass half beim Wachwerden.

»Das tut gut«, seufzte er. »Ich habe geschlafen wie ein Murmeltier.«

»Nicht nur du. Wir alle.«

Sie wies auf Darius, der zur Seite gelehnt auf seinem Sitz hing. Sein Mund stand offen und er schnarchte laut. Vanessa und Jeremy bemühen sich nach Leibeskräften, ihn wach zu bekommen. Eine Reihe vor ihnen saß Malte und sah ihn mit großen Augen an. Auch ihm stand die Müdigkeit ins Gesicht geschrieben.

Schlagartig fiel Tim alles wieder ein. Ihre Einkäufe, später dann die Fahrt zum Flughafen. Er erinnerte sich, dass Rajesh ihnen etwas zu trinken gegeben hatte. *Powerdrink,* hatte er es genannt. Hatte behauptet, das würde ihnen Kraft geben, um die Strapazen des Fluges besser zu überstehen.

Doch ab diesem Zeitpunkt fingen die Dinge an zu verschwimmen. Waren sie wirklich durch einen Seiteneingang gefahren? Einen Nebeneingang für Zulieferer? Auch war es keine Passagiermaschine gewesen, in die Rajesh sie gebracht hatte, sondern ein Frachtflugzeug. Die Sondermaschine irgendeiner Hilfsorganisation. Ihr Begleiter hatte dafür gesorgt, dass alles schnell und unbürokratisch ablief. Keine langwierigen Ausweiskontrollen, kein Sicherheitscheck, nichts. Rajesh hatte das alles für sie arrangiert. Rückblickend betrachtet ziemlich ungewöhnlich für einen einfachen Taxifahrer. Tim war zu dem Zeitpunkt schon so müde gewesen, dass er sich nicht darüber gewundert hatte, wieso die Piloten eigentlich wussten, wohin das Team fliegen musste.

Jetzt sah Tim sich aufmerksam um. Der Innenraum der Maschine sah anders aus, als er es in Erinnerung hatte. Das Flugzeug, das sie in Paris bestiegen hatten, war sauber und aufgeräumt gewesen. Große Holzkisten, Metalltruhen, Kunststoffbehälter. Dazwischen ein paar Sitzplätze für Passagiere. Bequem genug, um sich auszustrecken und zu schlafen.

Doch dies hier war eine andere Maschine. Hier war alles klapperig und eng. Die Sitzpolster waren zerschlissen, der Boden starrte vor Dreck.

»Wo sind wir?«, murmelte Tim. »Haben wir etwa das Flugzeug gewechselt?«

»Scharf beobachtet, Doktor Watson«, erwiderte Annika mit grimmigem Lächeln. »Wir wissen nicht, was das für eine Maschine ist und wohin sie fliegt. Nur eines wissen wir mit Sicherheit: Keiner von uns hat die leiseste Ahnung, wo und wann wir umgestiegen sind.«

Tim richtete sich auf. »Na, das sollte doch herauszubekommen sein. Hier gibt's bestimmt jemanden, den man fragen kann. Andere Passagiere. Oder vielleicht einen Flugbegleiter.«

»Wenn du jemanden siehst, sag mir Bescheid.« Sie deutete nach hinten.

Tim drehte sich um und hob verwundert die Brauen. Alle zwölf Sitzreihen waren leer. Bordpersonal schien es auch keines zu geben. Wie es aussah, waren sie die Einzigen an Bord.

Besorgt löste Tim den Gurt und stand auf. Der erste Schritt war schwer. Tim musste sich abstützen, weil ihm schwindelig wurde. Aber die Bewegung tat ihm gut. Er spürte, wie seine Kraft zurückkehrte.

Ganz sicher war das kein natürlicher Schlaf gewesen. Es fühlte sich so an wie beim ersten Mal, als man sie von Deutschland in die USA verfrachtet hatte. Totaler Blackout. Aber warum?

Während er an den leeren Reihen vorbeiging, blieb er an einem der Fenster stehen. Mächtige Wolkenberge türmten sich draußen auf. Zwischen ihnen schimmerte azurblau das Meer. Als Tims Blick zu den Tragflächen wanderte, stellte er fest, dass es sich um eine Propellermaschine handelte. Und das, obwohl sie in Paris in ein Düsenflugzeug eingestiegen waren. Offenbar hatten sie irgendwo zwischendurch die Maschine gewechselt. Und zwar, ohne es zu bemerken!

Sehr beunruhigend.

»Wir haben übrigens eine Standortbestimmung gemacht!«, rief Annika. »Nur für den Fall, dass du Ähnliches vorhast.«

»Und?«

»Wir sind auf dem Weg nach Thailand.«

Er blieb stehen und drehte sich um. »Was?«

»Wir haben den indischen Subkontinent hinter uns gelassen und überqueren gerade den Golf von Bengalen.«

»Moment mal ...« Tim fummelte an seiner Brille herum und manövrierte den Unterpunkt *Maps* an. Ein blinkender roter Punkt zeigte ihre aktuelle Position.

Der Anblick war ziemlich ernüchternd. Annika hatte recht.

»Aber das kann nicht sein«, murmelte er. »Der Plan war doch, in Mumbai zu landen und dann per Zug oder einem Inlandsflug nach Aurangabad weiterzureisen.«

»Tja, diesen Punkt haben wir längst überschritten«, sagte Annika. »Wir sind weitergeflogen. Indien liegt inzwischen weit hinter uns.«.

Tims Eingeweide verkrampften sich. Mit einem Schlag wurde ihm die ganze Tragweite ihrer Panne bewusst.

»Aber wenn wir nicht nach Mumbai kommen, werden wir Aurangabad nicht erreichen und damit nicht die Ellora-Höhlen. Wir werden nicht an unseren Claim gelangen und sind damit ausgeschieden.«

»Glaubst du mir jetzt, dass hier etwas schrecklich schiefläuft?«

»Allerdings«, stieß Tim aus. »Ich will sofort mit jemandem sprechen, der hier das Sagen hat. Zumindest im Cockpit muss doch jemand sein.«

»Alles schon versucht«, sagte Annika. »Da antwortet niemand.«

Tim ging nach vorne und klopfte an die Cockpittür.

»Hallo, können Sie mich hören?« Er wartete. Er versuchte es noch einmal, diesmal mit mehr Nachdruck.

»Verdammt!«, rief er lautstark. »Machen Sie auf! Beantworten Sie gefälligst unsere Fragen!«

Doch sein Anliegen stieß auf taube Ohren. Entweder verstand man ihn nicht oder die Crew wollte nicht öffnen.

Tim presste sein Ohr an die Tür. Über das Dröhnen der Motoren hinweg glaubte er, Geräusche aus dem Inneren zu hören. Das Piepen von Sensoren, das Klicken von Relais, das Rauschen eines Funkgeräts.

»He, aufmachen, habe ich gesagt!« Tim trat gegen die Tür.

»Lass den Quatsch«, zischte Jeremy. »Bist du von allen guten Geistern verlassen? Was, wenn sie sich bedroht fühlen? Es gibt bestimmt eine Waffe an Bord.«

Doch Tim kümmerte das nicht. Wieder legte er sein Ohr gegen die Tür und lauschte. Was ging dort drinnen vor sich?

Da war ... *nichts.* Kein Geflüster, kein unterdrücktes Lachen, kein Fluchen.

Mit einem ganz miesen Gefühl in der Magengrube richtete Tim sich auf. Den Rahmen prüfend, stellte er fest, dass es sich um eine denkbar simple Konstruktion handelte. Die Scharniere waren dünner als Bleistifte und einfach im Türrahmen verschraubt. Technologie aus dem vorigen Jahrtausend.

Tim öffnete seinen Rucksack, holte das Allzweckwerkzeug heraus und begann, die Schrauben zu lösen. Es dauerte nicht lange, da waren alle draußen.

Inzwischen war auch Darius erwacht. Müde rieb er sich die Augen. »Darf man fragen, was du da machst?«

»Helft mir mal«, sagte Tim. »Wir müssen die Tür anheben und dann aus dem Schloss herausdrehen. Du links, ich rechts, okay? Ihr anderen, tretet am besten einen Schritt zurück. Nicht dass euch das Ding auf die Füße fällt.«

Tim krallte seine Finger in den Spalt zwischen Tür und Rahmen, spannte die Muskeln und zählte. »Eins … zwei … *drei!*«

Die Tür ließ sich erstaunlich leicht anheben. Scheppernd fiel sie in den Gang. Seine Freunde kamen aus der Deckung hervor und starrten durch die geöffnete Cockpittür.

»Alter …«, murmelte Darius. »Was soll denn das?«

Tim musste sich zwingen, ruhig zu bleiben. Er hatte schon fast mit so etwas gerechnet. Aber es war etwas anderes, ob man so ein Szenario nur im Kopf durchspielte oder ob es bittere Realität war. Die Erkenntnis raubte ihm den Atem. Ein einziges Wort stieg aus seiner Kehle.

»Scheiße …«

37

Annika lief es kalt über den Rücken.

Außer ihnen war niemand an Bord. *Sie waren ganz allein.*

Das Cockpit war leer. Weder war da ein Pilot noch ein Co-Pilot, um das Flugzeug auf Kurs zu halten. Stattdessen sahen sie sich von Gewitterwolken umringt, die immer dichter zusammenrückten.

Annika wollte schreien, doch mehr als ein Krächzen brachte sie nicht zustande. »Wieso ist denn hier niemand?«, stieß sie aus. »Wer fliegt diese Maschine?«

»Scheint auf Autopilot zu laufen«, sagte Jeremy mit fachkundigem Blick. »Wenn ich das richtig sehe, ist hier ein fester Kurs eingegeben. Zielort: Kuala Lumpur.«

»Malaysia.« Annika presste die Lippen zusammen. »Bist du dir ganz sicher? Und wieso kennst du dich mit Flugzeugen aus?«

»Weil mein Vater vor gar nicht so langer Zeit den Pilotenschein gemacht hat«, sagte Jeremy knapp. »Ich durfte ihn letztes Jahr regelmäßig auf seinen Flugstunden begleiten. Er hat mir die Grundlagen erklärt. Einmal bin ich sogar selbst geflogen.«

»Im Ernst?« Vanessa blickte hoffnungsvoll. »Dann kannst du diese Maschine bedienen, ja?« Doch die Antwort war leider enttäuschend.

»Nein.« Jeremy schüttelte den Kopf. »Womit wir geflogen sind, war ein modernes, einmotoriges Sportflugzeug. Das hier ist eine klapprige DC-3, eine Maschine aus dem Zweiten Weltkrieg. Wusste gar nicht, dass es von denen immer noch welche gibt. Ich habe nicht den geringsten Schimmer, wie man sie bedient, geschweige denn, wie man damit landet.«

»Aber du sagtest, das Flugzeug habe einen Autopiloten, richtig?« Annika ließ nicht locker. »Bedeutet das nicht, dass die Maschine selbstständig landen kann?«

»Theoretisch.« Jeremy wirkte nicht sehr zuversichtlich. »Unter Idealbedingungen. Wenn das Wetter mitspielt. Wenn kein Flugverkehr herrscht und die Landebahn frei ist. Kuala Lumpur besitzt einen der größten Flughäfen der Welt, ich wage aber zu bezweifeln, dass sie extra wegen uns den gesamten Flugverkehr einstellen werden.«

»Zumal ihr niemals bis nach Kuala Lumpur kommen werdet!«

In das betroffene Schweigen hatte sich eine blechern klingende Stimme gemischt. Wer hatte da gesprochen? Annika sah sich um.

»Hier bin ich. Hier oben.«

Über der Kabinentür hing ein kleiner Monitor. Das Gerät gehörte da bestimmt nicht hin und war offenbar erst kürzlich angebracht worden. Das Gesicht darauf kam ihnen erschreckend vertraut vor.

Annika glaubte, der Schlag müsse sie treffen. »Ms Stevenson?«

»Ganz recht. Schön, dass du mich erkannt hast. Du bist Annika, nicht wahr?«

Annikas Kopf bewegte sich mechanisch auf und ab. War hier irgendwo eine Kamera versteckt?

Die Firmenchefin blickte sich um. »Rückt mal etwas näher

zusammen, Kinder, damit ich euch besser sehen kann. Ja, so ist es gut. Da links sehe ich Vanessa, daneben Jeremy und Darius. Und dahinter Malte. Komm nach vorne, Malte, es gibt keinen Grund, Angst vor mir zu haben. Und dann ist da noch Tim, *mein ganz spezieller Freund.«* Ihr Lächeln war hart wie ein Diamant. »Ich vermute mal, dass ihr gerade etwas erstaunt seid, weil die Dinge anders laufen, als ihr es erwartet habt, nicht wahr?« Sie machte eine rhetorische Pause.

Als niemand antwortete, fragte sie: »Seid ihr denn gar nicht neugierig?«

»Und ob«, stieß Vanessa aus. »Bitte sagen Sie uns, was los ist. Ist Ihnen ein Fehler passiert, eine Panne?«

»Mir? Eine Panne?« Schrilles Gelächter. »Ich mache keine Fehler. Nein, tatsächlich verläuft alles nach Plan. Wenn ihr einen Blick auf die Tankanzeige werft, werdet ihr feststellen, dass ihr nur noch Treibstoff für etwa hundertfünfzig Kilometer habt. Bei eurer derzeitigen Reisegeschwindigkeit dürften die Tanks in spätestens einer halben Stunde leer sein. Was dann folgt, das werdet ihr früh genug herausfinden.«

»Aber warum?«, stammelte Tim. »Was soll das? Warum diese Planänderung?«

»Es freut mich, dass ausgerechnet du das fragst. Erinnerst du dich an die Pressekonferenz, in der du die Stirn hattest, mir zu widersprechen und Vorwürfe zu machen? Ich sag mal so: Wäre es dabei geblieben, hätte ich vielleicht noch ein Auge zudrücken können, aber du weigerst dich ja auch, Regieanweisungen anzunehmen und zu tun, was man dir sagt. Du bist aufsässig und das werde ich nicht dulden. Ich weiß, dass hinter meinem Rücken Intrigen gegen mich gesponnen werden. Ich weiß, dass Daten abgegriffen werden und ihr etwas gegen mich im Schilde führt. Aber das wird euch nicht gelingen. Wer mir Schwierigkeiten macht, dem mache ich Schwierigkeiten. Wer sich nicht an die Regeln hält, der darf nicht erwarten, dass ich mich an die Regeln halte.« Ihr Blick wanderte über die Gesichter. »Übrigens, Malte: Falls du es noch nicht bemerkt hast: Deine Tarnung ist aufgeflogen. Du hättest besser aufpassen sollen. Sich von so einer lächerlichen Schlange beißen zu lassen … tsss.« Sie schüttelte den Kopf. »Tut mir leid, euch das sagen zu müssen, Kinder, aber ihr seid nicht länger nützlich für mich. Ich weiß, was ihr vorhabt, und es wird euch nicht gelingen. Ich habe zwar noch keine Ahnung, wer von euch dahintersteckt – ob ihr alle daran beteiligt seid oder nur ein Einzelner –, aber ich werde es herausfinden. Und bis es so weit ist, muss ich leider euch alle bestrafen.«

Annikas Sorge wich handfester Panik. »Bitte tun Sie das nicht!«, rief sie verzweifelt. »Wir versprechen Ihnen, alles zu machen, was Sie uns sagen. Nur bitte lassen Sie uns nicht allein in diesem Flugzeug.«

»Die Bitte kommt zu spät, Mädchen«, erwiderte Shenmi kühl. »Ich habe euch alle nur erdenklichen Möglichkeiten geboten, um mir eure Loyalität und Dankbarkeit zu erweisen, doch ihr habt sie allesamt ausgeschlagen.«

»Haben Sie keine Angst, Ihr Plan könnte an die Öffentlichkeit gelangen?«, fragte Tim mit zusammengepressten Lippen. »Immerhin sehen uns doch in diesem Moment Millionen von Menschen zu.«

Wieder dieses schrille Lachen. »Kleiner, glaubst du ernsthaft, ich wäre so naiv, euch in diesen Minuten online zu lassen? Meine Techniker waren so nett, ein Video zu basteln, das es so aussehen lässt, als wärt ihr in einen Sturm geraten. Leider ist dabei die Übertragung abgebrochen. Sehr praktisch übrigens, denn damit lässt sich auch erklären, wieso ihr nicht mehr auftauchen werdet. Denn so leid es mir tut, euer Flugzeug wird abstürzen.«

Die Nachricht traf Annika wie ein Schock. »Damit werden Sie nicht durchkommen, Sie ... Sie verlogenes Stück!« Ihre Hände waren zu Fäusten geballt. »Ihr Plan wir scheitern. Wir werden alles an die Öffentlichkeit bringen.«

Für einen kurzen Moment verrutschte Shenmis Fassade und das Antlitz einer durch und durch bösartigen Person kam zum Vorschein. Annika glaubte, direkt in ihre Seele blicken zu können, und was sie dort sah, war nicht schön. Machtbesessenheit, Ehrgeiz, Skrupellosigkeit – all das, was aus einem Menschen ein Monster machte.

Doch der Augenblick währte nicht lange. Als hätte Shenmi sich eine Maske übergezogen, kam das Lächeln zurück. »Nun nehmt es doch nicht so persönlich«, sagte sie. »Ich lege die Latte nur ein bisschen höher. Ihr sollt eine faire Chance bekommen. Mit euren Fähigkeiten schafft ihr es bestimmt, die Situation zu meistern.« Ihr Lächeln wirkte Furcht einflößender denn je. »Indien habt ihr leider verpasst«, fuhr sie fort, »doch vor euch liegt ein neues Rätsel. Löst es und ihr seid wieder im Spiel. Wobei die größte Aufgabe darin bestehen dürfte, unversehrt von der Insel der Wächter runterzukommen. Aber ich will euch nicht zu viel verraten. Ich wünsche euch viel Vergnügen und einen angenehmen Sprung. *Sayonara!*« Sie verbeugte sich.

Das Bild verlosch.

Entgeistert starrten alle sechs auf den Monitor. Jeremy war der Erste, der seine Stimme wiederfand. »War das gerade ein böser Traum?«

»Glaube nicht, ich hab's auch gehört«, sagte Darius.

Jeremy war bleich bis auf die Knochen. Sein Blick wanderte argwöhnisch von Tim zu Malte. »Von was hat sie geredet, als sie von ›Intrigen‹ sprach? Von Daten, die abgegriffen werden? Was meinte sie damit, als sie sagte, Maltes Tarnung sei aufgeflogen? Klingt, als wärt ihr an irgendeiner Verschwörung beteiligt. Los jetzt, raus mit der Sprache.«

»Später«, ging Annika mit fester Stimme dazwischen. Es war ihr gelungen, ihre Panik in Entschlossenheit umzuwandeln. Shenmi wollte Ärger? Konnte sie haben. »Wir werden euch das alles erklären, aber im Moment haben wir dringendere Probleme.«

»Das hast du nicht zu bestimmen. Wegen euch sitzen wir doch überhaupt in dieser Klemme. Was habt ihr getan? Ich verlange …«

»Hörst du schlecht? Später!« Annika hatte das Gefühl, sie müsste platzen vor Wut. »Falls du es immer noch nicht kapiert hast, dieses Flugzeug wird abstürzen, ehe wir das Festland erreichen. Wir sollten schnellstens einen Plan schmieden.«

Jeremy schluckte. »Na gut, einverstanden. Hundertfünfzig Kilometer, hat sie gesagt. Das dürfte in etwa zwanzig Minuten sein.«

»*Einen angenehmen Sprung*«, murmelte Tim. »Was kann sie damit gemeint haben?«

»Meines Erachtens kann das nur bedeuten, dass sie von uns verlangt, das Flugzeug zu verlassen, und zwar, ehe es auf dem Ozean zerschellt«, sagte Jeremy.

»Verdammte Scheiße ...« Vanessa war ziemlich bleich geworden. »Meinst du wirklich, sie will, dass wir springen? Womit denn?«

»Jedes Flugzeug hat Fallschirme. Öffnet die Türen, macht jeden Verschlag auf und sucht. Das ist vielleicht unsere einzige Chance zu überleben.«

»Moment mal.« In Vanessas Augen leuchtete nackte Panik. »Vorausgesetzt, wir finden sie, wir sind doch über dem Meer. Willst du, dass wir ins Wasser springen? Da bleibe ich doch lieber an Bord der Maschine.«

»Hast du schon mal gesehen, was passiert, wenn ein Flugzeug aufs Wasser knallt? Es zerschellt. Zerbricht in tausend Teile. Glaub mir, da willst du ganz weit weg sein. Solltest du durch Zufall dann noch am Leben sein, werden dich die Bruchstücke beim Absaufen in die Tiefe ziehen. Dann lieber schwimmen.«

»Vielleicht brauchen wir gar nicht zu schwimmen«, meldete sich Malte. »Seht euch mal die Map an. Da ist eine Insel.«

Annika tat es und glaubte, ihr Herz würde für einen Moment aussetzen. »Es stimmt«, sagte sie aufgeregt. »Und zwar ziemlich nah. Wartet mal.« Sie hastete an den anderen vorbei in Richtung Cockpit. Angespannt starrte sie durch die Fenster hinaus und nach unten. Zuerst war da nur Blau. Endloser Ozean, darüber Gewitterwolken. Dann sah sie es. Ein kleiner Schrei stieg ihr aus der Kehle.

»Seht mal.« Annika deutete nach vorne. Inmitten des Wassers war ein grüner Fleck aufgetaucht. »Da, seht selbst!«, rief sie. »Vielleicht täusche ich mich ja, aber das sieht aus wie eine Insel. Waldig, tropisch, mit einem steilen Berg in der Mitte.«

»Du hast recht«, stieß Tim aus. »Ich habe sie auf der Karte. Und das Verrückte: Da ist ein Claim in der Mitte.«

»Ich habe hier einen Namen gefunden«, sagte Malte. *»North Sentinel Island.«*

Annika runzelte die Stirn. »Heißt Sentinel nicht übersetzt so viel wie Wächter? Davon hat Shenmi also gesprochen.« Ein Gefühl der Hoffnung durchströmte sie. Vielleicht würden sie doch nicht ins Wasser springen müssen.

»Die Insel hat nicht zufällig einen Landeplatz, oder?« Vanessa starrte wie gebannt nach draußen. Doch Jeremy schüttelte den Kopf. »Weder einen Landeplatz noch irgendwelche Gebäude. Scheint unbewohnt zu sein.«

»Egal«, sagte Annika in einem Anflug wilder Entschlossenheit. Sie hatte vor, Shenmi die Stirn zu bieten. Sie waren keine Opfer, sie waren Runner!

»Sie will, dass wir verrecken? Aber den Gefallen werden wir ihr nicht tun, oder? Kommt schon, lasst uns diese Fallschirme suchen.«

Sie fanden sie aufgereiht in einem Spind neben der Ausstiegsluke. Als warteten sie nur darauf, zum Einsatz zu kommen. Sechs Stück und – wenn man Jeremys Aussagen Glauben schenkte – in tadellosem Zustand.

»Die Dinger sind brandneu«, sagte er. »Was wiederum bedeutet, dass von Anfang an geplant gewesen war, uns damit abspringen zu lassen.«

»Aber ich habe keine Ahnung, wie so etwas geht.« Annikas Magen verkrampfte sich beim Anblick dieses Strippengewirrs. Vielleicht war ihre Hoffnung doch etwas verfrüht gewesen. »Wie sieht es bei euch aus?«

Sie blickte in lauter ängstliche Gesichter.

Jeremy zog die Brauen zusammen. »Ist das euer Ernst? Keiner von euch ist je mit einem Fallschirm abgesprungen? Was seid ihr nur für Weicheier!«

»Das hat doch nichts mit Weicheiern zu tun«, protestierte Tim. »Nicht jeder hat so einen reichen Vater wie du, der einem Flug- und Fallschirmstunden spendiert.«

Jeremy wischte Tims Einwand weg, als wäre er eine lästige Fliege. »Ich sehe schon, es bleibt wieder alles an mir hängen. Dann erkläre ich euch mal die Grundlagen des Fallschirmsprungs. Also hört gefälligst zu ...«

Er hatte gerade angefangen, ihnen die einzelnen Phasen des Sprungs zu schildern, als der erste der beiden Motoren seinen Geist aufgab. Hustend und stotternd hielt er an. Die Maschine sackte tiefer, der Flug wurde unruhiger.

Annika spürte es tief in ihren Eingeweiden. Es war so weit, das Flugzeug starb.

Die Insel war im Cockpitfenster deutlich größer geworden. Eingebettet in das Blau des Ozeans, lag sie da wie ein grüner Smaragd, umgeben von mächtigen Gewitterwolken. Eigentlich ein wunderschöner Anblick, wäre da nicht die furchtbare Gewissheit, dass sie in wenigen Augenblicken aus mehreren Tausend Metern Höhe abspringen und hoffen mussten, das Ziel nicht zu verfehlen. *Mit nichts weiter als einem kleinen Stückchen Stoff und ein paar Leinen auf dem Rücken!*

Ein bisschen zu kurz oder zu weit und sie würde ins Wasser klatschen. Selbst wenn sie das Land erreichte, lief sie Gefahr, gegen einen Felsen oder einen Baum zu prallen. Von hier oben aus betrachtet, wirkte der Wald still und friedlich. Nicht viel mehr als ein weiches Moospolster, das zur sanften Landung einlud. Aber aus der Nähe betrachtet, waren es spitze Zweige, harte Äste und meterhohe Stämme. Was, wenn sie sich in einer Krone verfing und dort hängen blieb?

In diesem Moment erstarb der zweite Motor. Annika spürte, wie das Flugzeug absackte.

Es wurde still. So still, dass man den Wind um die Tragflächen pfeifen hören konnte.

»Es geht los.« Jeremy klatschte in die Hände. »Alles kein Problem!«, rief er. »Ich habe euch erklärt, was ihr tun müsst. Wenn ihr euch daran haltet, werden wir alle sicher auf den Boden kommen.«

Annika sah ihm seine Nervosität an. Doch obwohl er ebenso viel Angst haben musste wie sie, gelang es ihm, Haltung zu bewahren. Konnten sie ihm vertrauen? Es fiel ihr nicht leicht, nach allem, was in der Vergangenheit vorgefallen war. Andererseits – welche Möglichkeiten blieben ihnen denn?

»Tim, Darius, helft mir mal, die Luke zu öffnen!«, rief Jeremy. »Die zwei Flügel lassen sich nur nach außen aufdrücken. Ich löse jetzt die Sicherheitsverriegelung. Ihr anderen, haltet euch gut fest. Es wird heftig viel Wind ins Innere der Maschine strömen. Lasst euch davon nicht verunsichern.«

Annika stellte sich hinter Tim. Mit dem Fallschirm auf dem Rücken und dem Rucksack auf dem Bauch kam sie sich vor wie ein Sandwich. Gedanken zuckten durch ihren Kopf. Erschreckende Gedanken. Stimmte es wirklich? Würden sie gleich aus einem fliegenden Flugzeug springen? *Verdammte Hacke!* In was für einen Schlamassel waren sie da nur hineingeraten?

Jeremy öffnete die Verriegelung. Gemeinsam drückten die drei Jungs dagegen. Mit einem ohrenbetäubenden Knall sprang die hintere Tür auf. Wind peitschte in die Kabine, verwirbelte ihnen die Haare. Was eben noch ein verhaltenes Pfeifen gewesen war, wurde jetzt zu einem ohrenbetäubenden Rauschen.

An den Haltegriff geklammert, blickte Annika nach draußen. Da war die Insel. Direkt unter ihnen. Sie konnte einzelne Bäume erkennen, kleine Flüsse und Wiesen. Es sah aus wie ein Foto aus einer Hochglanzbroschüre.

»Unser Ziel ist die Bergkuppe in der Mitte der Insel, seht ihr?«, schrie Jeremy gegen den Sturm an. »Es gibt dort ein paar Lichtungen, auf denen wir landen können. Haltet euch unbedingt von den Flanken dieses Berges fern oder ihr werdet wie Fliegen auf einer Windschutzscheibe zerquetscht. Ich springe voran und ihr folgt mir. Einer nach dem anderen, verstanden? Nicht vergessen, bis drei zählen, ehe der Nächste abspringt. Wir brauchen den Abstand, weil wir sonst miteinander kollidieren. Hier auf den Rand setzen und nach vorne rauskippen lassen. Arme und Beine angewinkelt, okay?«

Alle nickten.

Der Wind verformte Jeremys Gesicht zu einem seltsamen Lächeln. »Sitzen eure Helme? Gut, dann geht's jetzt los. Malte, du kommst direkt nach mir. Dann Vanessa, Annika, Darius und Tim. Das muss wie am Schnürchen klappen, verstanden? Lasst euch rauskippen, breitet Arme und Beine aus und zählt bis zwanzig. Dann zieht ihr die Reißleine. Komm her, Malte, setz dich hier neben mich.« Jeremy setzte sich an den Rand und ließ seine Beine rausbaumeln. Malte war bleich vor Schrecken.

»Und es gibt wirklich keine Chance, das Flugzeug zu landen?«, fragte er ein letztes verzweifeltes Mal.

»Keine!«, rief Jeremy. »Das ist unser einziger Weg nach unten.«

Jeremys Worte ließen ein Taubheitsgefühl in Annika zurück. *Mein Gott,* dachte sie. *Wir werden alle sterben.*

Dann war der große Moment gekommen. Jeremy gab ihnen ein Zeichen, reckte einen Daumen nach oben und schrie: »Alle bereit machen. Drei ... zwei ... eins ... los!« Wie ein Sack ließ er sich nach vorne kippen und sauste in die Tiefe.

Vanessa nahm seinen Platz ein. »Los. Jetzt du!«, rief sie Malte zu. »Drei ... zwei ... eins ...« Malte ließ sich nach vorne fallen, die Augen fest geschlossen. Rasch folgte ihm Annika auf seinen Platz.

»Drei ... zwei ... eins ...« Jetzt kippte Vanessa nach vorne und stieß dabei einen langen, schrillen Schrei aus. Annika sah sie wie einen Stein fallen.

Jetzt war die Reihe an ihr. »Gott im Himmel«, wimmerte sie. Tränen strömten über ihre Wangen. »Gott im Himmel, steh mir bei. Drei ... zwei ... eins.«

Und dann fiel sie.

38

Mortimer Hansen starrte voller Entsetzen auf seinen Monitor. Er konnte nicht fassen, was er da sah, und fing an, an seinem Verstand zu zweifeln. Nein, nicht an seinem, *an dem seiner Chefin.* Er sah sich die Aufnahme jetzt zum zweiten Mal an und die Bilder entzogen sich noch immer seinem Vorstellungsvermögen.

Was tat Shenmi da? Hatte sie völlig den Verstand verloren? Ihre Handlungen waren in keiner Weise nachvollziehbar. Nicht nur, dass sie gegen internationales Recht verstieß, sie brachte sechs Jugendliche wissentlich in Lebensgefahr. Das grenzte an Wahnsinn. Schlimmer noch: Es war Mord. Kaltblütiger Mord.

Verdattert sah er seine Assistentin an.

Lisa Weston war die Einzige, der er in dieser Sache vertraute. Er musste sich jemandem anvertrauen. Alleine konnte er eine solche Last unmöglich stemmen.

»Was denkst du?«, wandte Mortimer sich an sie. »Ist das ein Fake? Erlaubt sie sich einen Scherz mit uns?«

Noch immer war Shenmis Gesicht auf dem Monitor zu sehen. Sie hatte gerade ihre Ansprache an die sechs Runner beendet, die im Flugzeug auf dem Weg nach North Sentinel Island unterwegs waren.

»Nein«, sagte Lisa mit leiser, aber fester Stimme. »Ich habe das soeben überprüft. Sie hat einen Mann namens Yáozú Xiāng beauftragt, die Sache für sie abzuwickeln. Ein abgebrühter Ex-Söldner mit jahrelanger Erfahrung im chinesischen Geheimdienst. Beste Kontakte in alle Welt. Der Kerl hat auf jedem Kontinent eine Handvoll Mitarbeiter, die er nur anzurufen braucht, damit sie die Drecksarbeit für ihn erledigen. Ich fürchte, du bist da in eine ganz üble Sache hineingeraten, Mortimer.«

»Allerdings.« Er massierte seine Hände. Er hatte so verkrampft dagesessen, dass sie ihm eingeschlafen waren. »Ich verdamme mich dafür, dass ich ihr von diesem Datenleck erzählt habe«, sagte er. »Vermutlich war das der Auslöser, der bei ihr alle Sicherungen hat rausfliegen lassen.«

»Durchaus möglich.« Lisa nickte. »Ich kritisiere dich nur ungern, Mortimer, aber das war ein echter Fehler.«

Er senkte den Kopf. »Zu dumm, dass ich immer an das Gute im Menschen glaube. Niemals wäre ich auf den Gedanken gekommen, dass sie derartig ausrasten würde. Wissen wir denn inzwischen, wer für den Hackerangriff verantwortlich ist?«

»Mit neunundneunzigprozentiger Sicherheit. Es ist eine Gruppe junger Internetaktivisten in Leipzig.« Lisa schob ihm ein Blatt zu. »Sie sind bereits in der Vergangenheit durch ihren Kampf gegen mächtige Industriekonzerne auffällig geworden. Einen der Hacker dürftest du kennen. Er ist der Bruder von Malte Steinhäuser.«

»Moment mal …« Mortimer runzelte die Stirn. »Reden wir von *dem* Malte Steinhäuser? Dem kleinen Kerl, den Shenmi als Maulwurf eingesetzt hat?«

Lisa nickte. »Sein Bruder heißt Patrick. Shenmi ist wohl dahintergekommen, dass Patrick eine kriminelle Vergangenheit hat. Sie hat die Brüder erpresst und sie gezwungen, für sie zu arbeiten.« Sie seufzte. »Es war gar nicht so leicht, das alles herauszufinden. Shenmi hat ziemlich viel kriminelle Energie reingesteckt, ihre Spuren zu verwischen, aber wir sind auch nicht eben Anfänger. Einmal auf die Fährte angesetzt, habe ich sie verfolgt wie ein Spürhund.«

»Ich verstehe immer noch nicht ...«

»Patrick möchte sich rückversichern, dass Shenmi ihn nicht linkt. Das runtergeladene Material soll als Druckmittel dienen, falls sie sich nicht an den Deal hält.«

»Ach so ...« Endlich war der Groschen bei ihm gefallen. »Gar nicht so dumm.«

»Finde ich auch.« Lisa nickte. »Patrick hat das technische Know-how und er hat ein Motiv. Beides zusammen macht es sehr wahrscheinlich, dass hier die Quelle unseres Datenlecks zu finden ist.«

»Noch ist er damit aber nicht an die Öffentlichkeit gegangen, oder?«

»Nein. Aber allein die Möglichkeit, dass er es tun könnte, hat Shenmi wohl durchdrehen lassen. Es kommen noch einige kleinere Vorfälle hinzu: die Weigerung des Teams, sich den Redaktionsanweisungen zu fügen, die geheimen Chats, der Unfall in Völklingen. Shenmi befürchtet eine Riesenverschwörung.«

»Meinst du, sie hat inzwischen ebenfalls herausbekommen, wer dahintersteckt?«

»Davon müssen wir ausgehen. Vielleicht haben wir Glück und sind ihr noch eine Nasenlänge voraus, aber der Name Patrick Steinhäuser wird bei ihr schon bald in roten Lettern auf dem Monitor stehen und dann kann ich für nichts garantieren.«

»Was bedeutet, dass nicht nur das gesamte deutsche Team in Gefahr ist, sondern jetzt auch noch Familien und Verwandte. Das fängt an, völlig aus dem Ruder zu laufen.«

»Das sehe ich genauso.« Lisa nickte heftig. »Lieber löscht Shenmi alle aus, als dass sie riskiert, dass etwas auf sie zurückfallen könnte. Wenn wir etwas unternehmen wollen, müssen wir schnell handeln.«

Mortimer sackte in seinen Stuhl zurück.

»Mein Gott«, murmelte er. »Ich habe dieses Spiel programmiert, um den Menschen Freude zu bereiten. Dass das Ganze zu einem mörderischen Hindernislauf ausartet, damit habe ich nicht gerechnet. Ich schäme mich dafür, dass ich es habe so weit kommen lassen ...« Er stand auf und sah zum Fenster hinaus.

Draußen zogen dunkle Wolken über die Bay. Kleine Regentropfen wehten gegen die Scheibe. Das angekündigte Sturmtief war da. In Mortimers Magen rumorte es. Er spürte, wie ihm übel wurde.

Rasch rannte er rüber zum Mülleimer, beugte sich vor und übergab sich.

Gelbe Galle schoss aus seinem Mund. Die Magensäure schmeckte fürchterlich. Nach ein paar Sekunden hatte er es überstanden. Angewidert wischte er sich den Mund mit einem Papiertuch ab, spülte seinen Mund und wusch seine Hände. Dann wankte er zum Kühlschrank, holte eine Flasche Cola raus und überdeckte den ekligen Geschmack mit Zucker.

Immerhin hatte der Würgereiz nachgelassen. Auch sein Kopf war wieder frei.

»Zeit zu handeln«, sagte er. »Das Spiel ist vorbei, Ms Stevenson. Sie haben mich lange genug wie ein Tanzbär am Nasenring durch die Manege geführt. Nie wieder, hören Sie? Sie mögen meine Firma gekauft haben, mich werden Sie nicht kaufen.«

»Bravo!« Lisa nickte ihm zu. Ihre Augen strahlten. »Das war längst überfällig.«

»Ja, das war es. Was jetzt folgt, wird nicht schön. Wirst du mir helfen?«

»Das weißt du doch, Mortimer.«

Er lächelte dankbar. »Gut. Dann bereite bitte alles für meinen Flug vor.«

39

Tim spürte, wie er schneller und schneller fiel. Die Geschwindigkeit nahm rasant zu. Irgendwann erreichte er einen Punkt, an dem er glaubte, nicht mehr schneller fallen zu können.

Der Wind pfiff eiskalt, ließ seine Augen tränen, presste ihm die Luft aus der Lunge, machte es beinahe unmöglich zu atmen.

Wie durch einen Schleier sah er seine Freunde unter sich. Eine Perlenkette von Fallschirmen. Darius, Annika, Vanessa, Malte und – als winziger Punkt, kaum noch zu sehen – Jeremy. Wie riesige Blumen sahen sie aus. Auch für ihn war es jetzt an der Zeit.

Tim hatte Mühe, seinen Fall zu stabilisieren. Obwohl seine Arme und Beine ausgestreckt und angewinkelt waren, drehte er sich im Kreis.

»… dreizehn, vierzehn, fünfzehn …«

Er versuchte, einen letzten tiefen Atemzug zu nehmen.

»… achtzehn, neunzehn, zwanzig.«

Tim zog die Reißleine. Seine Freunde kamen in atemberaubendem Tempo auf ihn zugeschossen. Gerade als er seine Augen in Panik schloss, spürte er den kurzen Ruck, mit dem sich der Vorschirm löste, der den Hauptschirm mitsamt den Leinen aus dem Sack zog. Dann folgte ein zweiter, ungleich gewaltigerer Ruck.

Tim wurde in seine Gurte gerissen. Schlagartig wurde er von zweihundertfünfzig auf fünfzig Stundenkilometer runtergebremst. Es fühlte sich an, als würde er vom Zehnmeterturm ins Wasser klatschen. Doch als er die Augen wieder öffnete und nach oben blickte, erkannte er zu seiner großen Erleichterung, dass sich sein Fallschirm einwandfrei geöffnet hatte. Wie der Samen einer Pusteblume schwebte er am Himmel. Ein Wahnsinnsgefühl!

Tim benötigte einen Moment, ehe er wieder klar denken konnte. Sein Herz raste, der Puls klopfte ihm in den Ohren, aber immerhin konnte er wieder frei atmen.

Ein berauschend schöner Moment erwartete ihn. Unter ihm schwebten fünf rote Fallschirme, auf denen türkisfarben die Lettern *SE – Stevenson Enterprises* – zu lesen waren.

Tim zog zaghaft an der rechten Steuerleine und testete die Manövrierfähigkeit seines Fallschirms. Sofort ging er in eine Trudelbewegung über. Offenbar hatte er zu fest gezogen. Er korrigierte mit links und sein Flug stabilisierte sich wieder. Puh, das war kniffliger als erwartet. Man musste mit Feingefühl an die Sache rangehen. Vorsichtig zog er noch einmal die linke Steuerleine. Der Schirm folgte seinem Befehl und brachte ihn auf einen sanften Schwenk gegen den Uhrzeigersinn. Umgekehrt funktionierte es auch.

Und wieder einmal zeigte sich, welch Unterschied zwischen Theorie und Praxis lag. Jeremy hatte ihnen zwar die Grundlagen des Flächenfallschirms erklärt, aber es wirklich zu spüren, *es zu tun,* war etwas völlig anderes.

Noch hatte Tim etwas Zeit zum Üben. Das war wichtig, damit er die Landung nicht vermasselte. Über ihren Köpfen rauschte das Flugzeug davon. In einer immer steiler werdenden Abwärtskurve sackte es tiefer und verschwand dann in einer bedrohlich aussehenden Gewitterwolke. Ein letztes Mal noch blitzte der Rumpf im Sonnenlicht auf, dann war die Maschine verschwunden.

Der Wind pfiff um die Leinen. Tim konzentrierte sich auf seinen Flug. Anhand der unterschiedlichen Bewegungen seiner Freunde erkannte er, dass jetzt alle ihre Flugkünste erprobten. Wie rote Seifenblasen schwebten sie in achthundert Metern Höhe, während unter ihnen die Wellen gegen die Strände schlugen. Tim sah einen Schwarm Seevögel über einer bestimmten Stelle im Meer kreisen. Ob dort vielleicht ein Tier verendet war?

Beim Anblick dieser Insel überkam ihn ein tiefes Gefühl von Einsamkeit und Isolation. Ringsherum nichts als Wasser, Wasser, Wasser. Wie sollten sie je wieder von hier wegkommen?

Die Insel selbst schien nicht gerade klein und das Terrain war unwegsam. Von hier oben aus betrachtet, besaß der Berg in der Mitte die Form eines Totenschädels. Die Vertiefungen glichen leeren Augenhöhlen, während der Gipfel selbst rund und kahl war. Merkwürdige Felsstrukturen ragten am Fuß der Erhebung in die Höhe, was sie aussehen ließ wie verrottete Zähne.

Jeremy steuerte jetzt die Wiese zu Füßen des Schädelberges an. Er schien es eilig zu haben. Machten ihm die Wolken Angst? Vielleicht nicht ganz unberechtigt, denn sie waren besorgniserregend dunkel. Tim hatte mal gelesen, dass es in der Nähe solcher Wolken zu heftigen Windströmungen kommen konnte. Besser, sie vermieden es, dort hineinzugeraten.

Inzwischen hatte er ein gutes Gefühl für den Schirm entwickelt. Das Erlebnis war einmalig. Doch der schwierigste Teil stand ihnen noch bevor. Tim wünschte sich, dass sie bereits gelandet wären und festen Boden unter den Füßen hätten.

Er beobachtete Jeremy bei seinem Landeanflug. Er tat das, indem er beide Leinen gleichzeitig fest nach unten zog. Tim versuchte es ebenfalls und spürte sofort wieder diesen Zug im Magen.

Die Wiese kam näher.

Jeremy ging in eine spiralförmige Abwärtsbewegung über, und steuerte punktgenau auf die Landezone zu. Tim versuchte, sich seine Worte in Erinnerung zu rufen: *Die Landung ist der schwierigste Teil. Zu schnell und ihr brecht euch die Beine. Zu langsam und ihr schießt übers Ziel hinaus. Eine schöne, gleichmäßige Vorwärtsbewegung gegen die Windrichtung. Wenn ihr drei bis fünf Meter entfernt seid, zieht ihr die Steuerleinen bis zu den Hüften runter. Sobald ihr Bodenkontakt habt, löst ihr den Fallschirm und helft euren Kameraden.*

Bei Jeremy klang das alles so leicht. Tim beobachtete, wie er zur Landung ansetzte. Jetzt war es gleich so weit. Nur noch ein paar Meter und …

… und …

Touchdown.

Jeremy war unten. Tim sah, wie er seinen Fallschirm löste und ihnen zuwinkte. Jetzt war die Reihe an Malte. Er hatte versäumt, seine Flugrichtung anzupassen und versuchte nun, mit dem Wind im Rücken zu landen. Als er runterkam, war er viel zu schnell. Er stolperte, fiel hin und wurde von seinem Schirm ein Stück mitgeschleift. Doch Jeremy passte auf und stoppte seinen holperigen Ritt. Tim sah, wie er sich aufrichtete und den Daumen nach oben reckte. Geschafft!

Annika und Vanessa waren direkt hinter ihm. Dicht nebeneinander legten die beiden Mädchen eine drehbuchmäßige Landung hin.

Jetzt versuchte Darius sein Glück. Auch er hatte keinen optimalen Anflugwinkel. Abgesehen von seiner Geschwindigkeit war er zu hoch. Als er es selbst bemerkte, war er bereits über die Landezone hinweg und auf dem Weg in Richtung Bäume. In seiner Panik zog er beide Leinen nach unten – und fiel wie ein Stein. Zum Glück war direkt unter ihm ein Baum, der seinen Sturz abfing. Er hing zwar jetzt dort, doch zumindest schien er sich nicht verletzt zu haben.

Tim hatte keine Zeit, sich um ihn zu sorgen, denn nun war die Reihe an ihm selbst. Er versuchte, Jeremys Anflugwinkel zu halten, spürte aber, dass die Zeit nicht reichte. Um nicht wie Malte mitgeschleift zu werden, zog er ein letztes Mal an der Steuerleine, machte eine kleine Linkskurve und schaffte es, gegen den Wind zu steuern. Allerdings hatte er immer noch ein ziemliches Tempo drauf. Der Boden kam erschreckend schnell näher. Als er glaubte, dass es ihm jeden Moment die Beine wegfegen würde, zog er die Leinen kraftvoll nach unten. Der Schirm schien auf der Stelle stehen zu bleiben. Tim schwang wie auf einer Schaukel nach vorne und fiel dann kerzengerade nach unten. Mit einem harten Schlag landete er auf seinem Allerwertesten.

Annika war sofort bei ihm. »Na, alles klar? Nichts gebrochen?«

»Alles okay. Glaube ich.« Ihm schwirrte der Kopf. Er kam sich vor, als hätte er Alkohol getrunken.

Grinsend streckte Annika ihre Hand aus und zog ihn auf die Füße. »Lupenreine Arschbombe.«

Tim machte ein paar Schritte und stellte fest, dass alles da war, wo es hingehörte. Seine Beine waren ein bisschen zittrig. Nichts, worüber man sich Sorgen machen musste. Das Gefühl von Angst wich einer grenzenlosen Euphorie. Er war tatsächlich gesprungen. Und er war sicher gelandet! Er hätte Luftsprünge machen können.

»Alles in Ordnung«, murmelte er mit breitem Grinsen. »Nur mein Hintern tut etwas weh. Und selbst?«

Annika lachte. »Ich glaube, das war das Irrste, was ich je in meinem Leben gemacht habe.«

»Ich auch«, sagte er und nickte dabei heftig. »Ich bin wie berauscht.«

»Habt ihr gesehen, wie das Flugzeug runtergegangen ist?«, quiekte Malte. »Ich wette, das ist schon längst auf dem Wasser zerschellt. Wir sind wirklich keinen Moment zu früh ausgestiegen.«

»Der Sprung war so cool!«, rief Vanessa mit roten Wangen. »Ich habe so etwas noch nie gemacht und es war fantastisch.«

»He, ihr da!«, brüllte Jeremy ihnen zu. »Wenn ihr fertig seid mit dem Kaffeekränzchen, helft mir mal mit Darius. Wir müssen ihn aus diesem Baum befreien.«

Sie folgten ihm zur hangaufwärts gelegenen Seite der Wiese, wo etliche mittelgroße Bäume standen. Wie eine überreife Birne hing Darius in seinen Leinen. Obwohl es nicht der höchste

Baum war, betrug der Abstand zum Boden vier oder fünf Meter. Darius war bei Bewusstsein und versuchte, mittels einer Schaukelbewegung den Stamm zu erreichen.

»Ich komme nicht ran!«, rief er schnaufend. »Was soll ich denn jetzt machen? Ich kann mich doch unmöglich aus dieser Höhe fallen lassen.«

»Nein …« Tim blickte zu Malte hinüber, der gerade damit fertig war, sich aus seinen Gurten zu befreien. »Bringst du mal bitte deinen Fallschirm rüber!«, rief Tim ihm zu.

»Wieso?«

»Tu's einfach.«

Malte packte die am Boden liegenden Leinen und schleppte den Schirm hinter sich her. »Hier«, schnaufte er. »Was hast du damit vor?«

»Wir könnten ihn als Sprungtuch einsetzen«, entgegnete Tim. »Groß genug ist er. Und stabil genug auch.« Er faltete die Ränder zusammen, bis ein Kreis von vielleicht zwei Metern entstanden war. »Kommt, packt mal mit an!«, rief er. »Jeder schnappt sich eine Seite, dann ziehen wir stramm. Darius, du lässt dich fallen, wenn wir dir das Signal geben. Das Tuch sollte deinen Sprung abfedern.«

»Und wenn nicht?«

Tim schwieg. Er wusste es selbst nicht genau. Vielleicht war das doch keine so gute Idee. Darius war schwer und sie waren nur zu fünft. Aber was blieb ihnen anderes übrig?

»Stell dich nicht so an!«, rief Jeremy. »Tim hat recht. Das Material reißt nicht so schnell.«

»Okay …« Darius fing an, die Verschlüsse zu lösen. Als nur

noch sein Hüftgurt übrig war, rief er: »Aber lasst auf keinen Fall los, in Ordnung?«

»Werden wir schon nicht. Mach dich bereit.« Zu fünft zogen sie den Schirm stramm, dann zählte Jeremy bis drei. Darius ließ sich fallen und landete genau in der Mitte. Tim spürte einen mächtigen Ruck in seinen Schultern, dann war es geschafft.

Wackelig erhob sich Darius auf seine Beine und klopfte den Staub von seinen Sachen. »Also unter einer sanften Landung verstehe ich was anderes, aber ich will mal nicht so sein. Danke.«

»Alle haben's hingekriegt, nur du musstest eine Bruchlandung in den Bäumen machen.« Jeremy schüttelte tadelnd den Kopf. »Ist deine Brille wenigstens heil geblieben?«

»Alles okay«, erwiderte Darius kleinlaut.

Tim spürte einen Tropfen auf seinem Kopf landen. Über ihnen baute sich eine mächtige Gewitterwolke auf. Blinzelnd schaute er in Richtung des Schädelberges. Viel war davon von hier nicht erkennen, aber was er sah, war beeindruckend genug. Die riesigen Augenhöhlen schienen direkt auf sie herabzustarren. Vor allem die merkwürdig geformten Zähne gaben ihm Rätsel auf.

Waren das natürliche Felsen? Viel eher schien es sich um Reste einer urzeitlichen Tempelanlage zu handeln. Der Tracker in seiner Brille wies genau dorthin.

»Wollen wir?«, fragte er.

»Je eher, desto besser«, erwiderte Jeremy. »Es kann jeden Moment anfangen zu schütten.«

40

Das Gewitter brach über sie herein wie der Teufel über die unschuldigen Seelen.

Kaum dass das Team seinen Fuß auf die Schwelle jener seltsamen Felsformation gesetzt hatte, da zuckte auch schon der erste Blitz vom Himmel. Ein dumpfes Grollen ertönte.

Annika suchte mit eingezogenem Kopf Schutz zwischen den umliegenden Felsen. Regentropfen, dick wie Murmeln, prasselten vom Himmel. Die Felsenstadt wurde in gespenstisches Licht getaucht. Denn inzwischen war klar, dass dies unmöglich Gesteinsbrocken sein konnten. Es handelte sich um Bauwerke einer längst vergessenen Epoche. Quader, Türme und Zylinder, Halbkugeln, Kegel und Pyramiden – alles wild durcheinandergewürfelt und in den unmöglichsten Anordnungen übereinandergestapelt. Als hätte ein Kind mit Bauklötzen gespielt.

Einige der Gebäude waren im Laufe der Jahre eingestürzt, der überwiegende Teil war jedoch intakt geblieben. Überraschenderweise waren die Häuser sehr klein. Manche der Türöffnungen reichten Annika gerade mal bis zur Schulter.

Einer der Eingänge unterschied sich von den anderen. Nicht nur, dass er wesentlich größer war, man hatte ihn auch mit seltsamen Sternensymbolen verziert. Die Pforte befand sich unterhalb eines steilen Felsüberhangs und wirkte, als könnten sie dort Unterschlupf finden.

»Wartet kurz, ich sehe mir das mal an!« Annika rannte durch den Regen und spähte vorsichtig ins Innere. Drinnen war es stockdunkel. Das Klatschen herabfallender Tropfen erzeugte einen Hall, der auf etwas Größeres schließen ließ.

»Und?«, rief Tim.

»Sieht gut aus!«, rief Annika. »Hier ist eine Halle, die tief in den Berg hineinzuführen scheint. Mein Tracker sagt mir, dass wir ohnehin hier reinmüssen.«

Mit eingezogenen Köpfen betraten die sechs Abenteurer das mysteriöse Bauwerk. Kühl war es hier drin, aber wenigstens waren sie vor dem Unwetter geschützt. Sie waren wirklich keinen Moment zu früh in Deckung gegangen. Draußen kam jetzt ein wahrer Wolkenbruch herunter. Ein tropischer Gewittersturm, der nicht mit einem Unwetter in Deutschland zu vergleichen war. Der Donner klang, als wollte er die Felsen in der Mitte spalten.

»Mann, bin ich froh, dass wir alle wohlbehalten gelandet sind«, sagte Annika. »Stellt euch mal vor, wir wären mit unseren Fallschirmen in diesen Sturm hineingeraten.«

»Wir wären wie Steine vom Himmel gefallen«, sagte Vanessa.

Annika räusperte sich. »Danke für deine Hilfe, Jeremy. Deine Tipps, deine Ratschläge und dein Mut haben uns da oben echt den Arsch gerettet. Ich weiß nicht, ob wir es ohne dich geschafft hätten. Also – danke.« Sie hätte nie gedacht, dass sie das mal sagen würde, aber sie fand es angebracht. Die anderen nickten zustimmend.

Jeremy genoss den Moment sichtlich. »Geschenkt«, sagte er. »Aber vergesst das nicht gleich wieder. Und jetzt sollten wir erst mal etwas essen, ehe wir uns der nächsten Aufgabe zuwenden.«

Annika öffnete ihren Rucksack und holte den Proviant heraus. Erschöpft, hungrig und durstig ließ sie sich zu Boden gleiten. Die anderen nahmen neben ihr Platz. Eine Weile lang war nicht zu hören als Schmatzen und genussvolles Kauen.

Als sie fertig war, hob Jeremy sein Kinn. »Ich denke, jetzt ist die Zeit gekommen, dass ihr uns endlich erzählt, was Shenmis seltsame Rede zu bedeuten hatte. Ihr wisst schon, die Sache mit den ›Regeln‹, mit dem ›Geben und Nehmen‹. Was hat sie gemeint, als sie sagte, ihr würdet Intrigen gegen sie spinnen und hinter ihrem Rücken Daten abgreifen?«

»Das würde mich allerdings auch sehr interessieren«, sagte Vanessa. »Klang, als wärt ihr da in irgendeine miese Sache verwickelt.«

Annika sah Tim und Malte an, dann atmete sie tief durch. »Ihr habt recht«, sagte sie. »Wir haben es versprochen und ihr habt verdient, es zu erfahren. Willst du anfangen, Tim, oder soll ich?«

»Ich denke, ich sollte anfangen«, erwiderte Tim. »Schließlich habe ich den Stein ins Rollen gebracht. Vorher will ich aber noch sagen, dass wir uns heute zum ersten Mal als richtig gutes Team erwiesen haben. Wir haben eine echte Krise erlebt und sie mit Bravour gemeistert. Das solltet ihr nicht vergessen. Denn was ihr gleich erfahren werdet, könnte unsere Gruppe auf eine echte Belastungsprobe stellen. Die Geschichte wird ein bisschen Zeit in Anspruch nehmen, also hört zu, esst und trinkt und hebt euch eure Fragen für später auf.«

Jeremy saß da mit offenem Mund und starrte sie an. Vor allem Malte.

»Was für eine verf...« Er stockte kurz und fing sich dann wieder. »In was für eine üble Scheiße habt ihr uns da reingerissen? Shenmi Stevenson erpressen? Nur ein vollkommen Schwachsinniger kann auf so eine Idee kommen. Ist dein Bruder schwachsinnig, Malte?«

»Nein ...«

»Kommt mir aber so vor. Kein Wunder, dass diese Irre uns bestrafen will. Wir sind in ihren Augen eine Bedrohung.«

Es hatte eine Weile gedauert, bis Annika, Malte und Tim ihre Version der Geschichte erzählt hatten. Hin und wieder korrigierte der eine den anderen, wenn er fand, dass etwas nicht stimmte, und ergänzte, wo etwas fehlte. Doch als sie fertig waren, hatten alle in der Gruppe denselben Kenntnisstand. Und das Entsetzen war groß.

»Du sagst, Eli stand mit dir in Verbindung?«, fragte Vanessa Tim. »Wie kann das sein?«

Darius hakte nach: »Wieso hast du uns nichts davon erzählt?«

»Weil ich nicht wusste, wie ihr darauf reagieren würdet«, erwiderte Tim. »Außerdem hatten wir nicht lange Kontakt. Ich habe keine Ahnung, wo sie gerade steckt und was sie macht. Ich kann nur hoffen, dass es ihr gut geht.« Er ließ den Kopf hängen.

»Eli interessiert uns gerade nicht«, hakte Jeremy ein. »Viel wichtiger ist, was wir jetzt in Hinsicht auf Shenmi Stevenson tun können.«

»Eines dürfte feststehen«, sagte Annika. »Sie will uns loswerden. Nur ist selbst sie offenbar nicht kaltblütig genug, uns direkt umzubringen, deswegen lässt sie uns diese winzige Chance.«

»Uns hier auszusetzen, kommt einem Todesurteil aber schon sehr nahe«, sagte Jeremy.

»Was uns einen gewissen Vorteil verschafft, wenn man es genau nimmt.« Annika straffte die Schultern. »Totgesagte leben länger, heißt es nicht so? Ich finde es richtig und wichtig, dass wir unsere Brillen für den Moment ausgeschaltet lassen. So weiß sie nicht, was vorgeht.«

»Allerdings werden wir diesen Zustand nicht lange aufrechterhalten können«, sagte Tim. »Wenn wir das hier durchstehen wollen, müssen wir sie irgendwann wieder einschalten.«

»Selbst wenn. Shenmi ist überzeugt, dass es uns niemals gelingen wird, diese Insel zu verlassen«, sagte Annika. »Bestimmt trinkt sie gerade ein Glas Champagner darauf, uns ein für allemal los zu sein. Aber der zeigen wir's, oder?«

»Dein Optimismus in allen Ehren«, sagte Jeremy, »aber nach allem, was ich von oben gesehen habe, gibt es hier keinen Hafen, keinen Flugplatz und keinen Sendemast. Diese Insel ist vom Rest der Welt vollkommen vergessen worden. Hast du vor, ein Floß zu bauen und damit aufs offene Meer rauszufahren?«

»Im Moment habe ich gar nichts vor«, sagte Annika. »Was wir brauchen, sind Informationen. Ehe wir den Kopf in den Sand stecken, sollten wir die Insel genau absuchen. Bestimmt findet sich ein anderer Weg. Wir haben bisher immer einen Ausweg gefunden.«

»Ansonsten können wir es immer noch mit dem Notfallknopf versuchen«, meldete sich Malte mit leiser Stimme. »Der sollte eigentlich noch funktionieren.«

»Stimmt«, sagte Tim. »Den blöden Knopf hätte ich beinahe vergessen. Ein letzter Rettungsanker, wenn alles andere versagt. Gut nachgedacht, Malte.«

Malte senkte den Kopf. »Ich möchte mich für das entschuldigen, was ich euch angetan habe. Es war nicht richtig. Patrick und ich hätten uns niemals darauf einlassen dürfen ...«

»Aber dann wärst du wieder ins Heim gekommen«, sagte Annika. »In dem Moment, als Shenmi dich und Patrick erpresst hat, hat sie eine Grenze überschritten. Sie ist die Böse in diesem Spiel, nicht ihr. Ihr hattet nur das Pech, in einer schwachen Position zu sein. Das hat euch angreifbar gemacht. Natürlich hättest du uns früher davon erzählen müssen, aber jetzt ist die Wahrheit auf dem Tisch und es gibt keine Geheimnisse mehr, oder?«

»Nein, keine«, sagte Malte. »Ihr wisst jetzt alles. Shenmi hat auch nie etwas wirklich Wichtiges von mir erfahren. Ich habe schon vor Tagen aufgehört, ihr Informationen zu schicken.«

Annika lächelte ihm zu und legte ihren Arm um ihn. Malte sah aus, als würde er gleich losheulen.

»Shenmi hat doch vorhin so eine Andeutung gemacht«, sagte Tim. »Es klang, als wäre auf dieser Insel ein Claim versteckt. Die Anzeige auf unserem Display hat das bestätigt. Wie wär's, wenn wir erst mal danach suchen? Das Wetter ist für eine größere Erkundungstour ohnehin zu schlecht. Vielleicht erfahren wir nebenher etwas Nützliches über die Insel. Jede Information ist wichtig.«

»Das heißt aber, dass wir unsere Brillen wieder einschalten müssen, oder?«, fragte Darius.

»Ja, tut es«, erwiderte Annika. »Das ist ein Risiko, das wir eingehen müssen. Ich gebe Tim recht: Im Moment sind Informationen das Allerwichtigste.«

41

Der Tempel war in der Tat außergewöhnlich. Tim konnte sich nicht erinnern, jemals etwas Derartiges gesehen zu haben. Ein Tempel zu Ehren einer urzeitlichen Zivilisation, die die Sterne angebetet hatte? Er konnte sich nicht erinnern, jemals etwas darüber gehört oder gelesen zu haben. Dabei war es aus wissenschaftlicher Sicht sicher megainteressant.

Gerade untersuchte er eine merkwürdig aussehende Skulptur – ein Fischwesen mit eindeutig menschlichen Zügen –, als er Annikas Ruf hörte.

»He, kommt mal alle her! Das müsst ihr euch ansehen.«

Das Echo innerhalb des Tempels ließ ihn zusammenzucken. Es klang, als würden hundert Stimmen rufen.

Er zwinkerte in die Dunkelheit und sah Annika im blassen Lichtschein stehen. Über ihr wölbte sich eine Kuppel mit einer Scheitelhöhe von vielleicht zehn Metern. Am höchsten Punkt befand sich eine Öffnung, durch die blasses Tageslicht hereinfiel. Ab und zu flackerte Helligkeit auf, gefolgt von dumpfem Donnergrollen. Der Gewittersturm war immer noch über ihnen. Gerade zuckte wieder ein Blitz auf, der Annika mit silbernem Licht übergoss.

»Hi, du. Sag bloß, du hast etwas gefunden,«

»Ja, allerdings.« Sie sah ihn an. Winzige Regentropfen perlten auf ihrer Haut. Tim folgte ihrem ausgestreckten Finger, der auf den Boden deutete, konnte aber nichts erkennen. Allenfalls, dass die Steine, auf denen sie standen, nass und uneben waren. Da keiner der anderen erkennen konnte, worauf sie hinauswollte, wurde sie deutlicher. Sie nahm ihre Stirnlampe ab und legte sie auf den Boden, sodass der Lichtschein die Unebenheiten klarer hervorhob.

»Hier«, sagte sie. »Jetzt besser? Ich habe es entdeckt, als ich auf den Vorsprung dort geklettert bin. Die Gravuren sind nicht leicht zu erkennen, ich bin aber ziemlich sicher, dass sie wichtig sind.«

»Wow.« Jetzt verstand Tim, was sie meinte. »Was ist das?« Er kauerte sich hin und strich mit den Fingern über die Markierungen. Der Steinboden war überzogen mit Linien, Verzierungen und Beschriftungen. Die Darstellungen erstreckten sich über mehrere Quadratmeter. Das Ding war zu groß, um es in seiner Gänze überblicken zu können. Daher stieg Tim ebenfalls auf den Steinsockel.

Von oben betrachtet, war der Anblick atemberaubend. »Sind das Sternbilder?«

Annika nickte aufgeregt. »Sonnen, Sterne und Planeten«, sagte sie. »Der ganze Nachthimmel ist hier abgebildet. Das dort drüben dürfte der Große Wagen sein. Bei dir, Vanessa, sind Orion und Kassiopeia und bei dir, Malte, Andromeda.«

Tim blickte verwundert auf die Darstellung. »Wie kommt es, dass du dich so gut damit auskennst?«

Annika zuckte die Schultern. »Liegt in der Familie. Mein Papa hat ein Teleskop im Garten stehen. Durch das durfte ich oft die Sterne beobachten.«

»Meint ihr, dieser Tempel könnte vielleicht so was wie ein urzeitliches Observatorium sein?«, fragte Malte.

»Gut möglich«, sagte Annika. »In vielen Kulturen hat der nächtliche Himmel eine große Bedeutung. Nicht nur weil sie ihre Götter dort oben wiedergefunden haben, sondern weil bestimmte Sternzeichen nur zu bestimmten Jahreszeiten auftauchten. Anhand der Sternzeichen konnten die Menschen voraussagen, ob es Frühling, Sommer, Herbst oder Winter war.«

»Trotzdem merkwürdig, dass sich alle bekannten Sternbilder um dieses eine dort gruppieren, siehst du?«, sagte Tim und deutete auf eine bestimmte Stelle.

In der Mitte der Halle war ein Symbol zu sehen, das eine auffällig regelmäßige und geometrische Form besaß. Es bestand aus vier gleich großen Sternen, die exakt im selben Abstand zueinanderstanden. Ein perfektes Quadrat. Und unbestreitbar ein weiteres Sternzeichen. Allerdings keines, das Tim vertraut war.

»Kennt einer von euch dieses Symbol? Annika?«

Sie schüttelte den Kopf. »Ist mir nicht vertraut«, sagte sie.

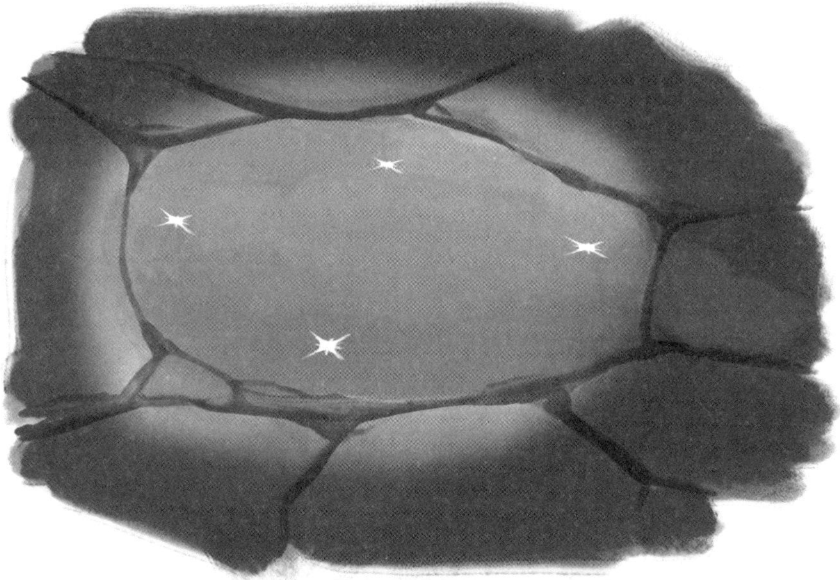

»Zumindest muss es für die Menschen eine besondere Bedeutung gehabt haben«, sagte Tim und kletterte von dem Sockel herab. »Wenn man alles mit einbezieht, ist dieses Symbol der Mittelpunkt des gesamten Raums. Alles dreht sich darum. Wenn wir nur wüssten, was das ist.«

»Eines der wichtigsten Sternbilder der südlichen Hemisphäre«, meldete sich eine Stimme, die Tim zusammenzucken ließ. Nicht weil er sie nicht kannte – ihm war diese Stimme nur allzu vertraut –, sondern weil er niemals damit gerechnet hätte, sie je wieder zu hören. Nicht an diesem Ort. Und nicht nach dem, was vorgefallen war.

Die Rote Dame trat hinter einem Felsbrocken hervor und kam auf sie zu. Sie war gekleidet wie eine Archäologin, mit breitem Hut, hohen Stiefeln und Umhängetasche sowie einer Taschenlampe in der Hand, deren Lichtkegel über den Boden glitt.

»An diesem Ort, nahe des Äquators, ist es nur zweimal im Jahr zu sehen. Weswegen es im Glauben der Ureinwohner eine besondere Bedeutung hatte.« Sie hob den Kopf und sah die sechs Abenteurer an. »Ladys and Gentlemen, dies ist das Kreuz des Südens. Eines der kleineren Sternbilder, aber aufgrund seiner enormen Leuchtkraft das wichtigste. Seine vier Sterne sind selbst in der Dämmerung gut zu sehen, weswegen es den Schiffsnavigatoren auf der südlichen Hemisphäre als wichtige Orientierungsmöglichkeit diente.« Sie schritt über die Steinplatten, während über ihr ein weiterer Blitz den Nachthimmel beleuchtete. Ein gespenstisches Szenario.

Tim gruselte es bei ihrem Anblick. Wusste sie überhaupt, was vorgefallen war? Letztendlich war es egal. Was ihn aber überraschte, war die Tatsache, dass sie hier immer noch Empfang hatten. Mitten im Ozean und immer noch schienen sie online zu sein. Was im Umkehrschluss aber bedeutete, dass sie auch einen Hilferuf absetzen konnten. Wenn sie das wollten.

»Ein wirklich schöner Ort, an den Sie uns gebracht haben«, sagte Jeremy mit vor Ironie triefender Stimme. »So interessant.«

»Freut mich, dass er euch gefällt«, erwiderte die Rote Dame. »Die Spiele sind viel aufregender, wenn die Kandidaten ihre Umgebung zu schätzen wissen. Das Rätsel, das ich euch heute mitgebracht habe, hängt unmittelbar mit diesem Symbol zusammen. Es gibt eine Legende, dass derjenige, dem es gelingt, die kürzeste Verbindung zwischen den Sternen herzustellen, unermesslichen Ruhm ernten wird. Und so haben Generationen der klügsten Gelehrten über diesem Problem gesessen und sich die Köpfe zerbrochen. Beweist mir, dass ihr es mit ihnen aufnehmen könnt.«

Zwischen den Sternen erschien ein Kreuz.

Die Wände schienen zusammenzurücken. Kosmische Kräfte umgaben sie.

Tim kam sich vor, als stünde er im Zentrum einer versunkenen Welt. Einer Welt voller Rätsel und Mysterien. Wer waren die Erbauer dieses Tempels gewesen? Wieso hatte man noch nie von ihnen gehört? Warum hatten sie ausgerechnet das Kreuz des Südens angebetet?

Das Rätsel war knackig, das spürte er. Es erforderte ihre volle Aufmerksamkeit.

»Natürlich denkt jeder, das Kreuz wäre die kürzeste Verbindung, nicht wahr?«, fuhr die Rote Dame fort. »Aber es gibt noch eine kürzere. Wobei nur gerade Teilstücke verwendet werden dürfen, also keine Kurven oder Kreissegmente. Erweist euch dieses Rätsels als würdig und ihr dürft das Ergebnis hoch oben auf dem Astronomieturm einloggen.« Sie deutete hinüber zu einem dunklen Eingang, hinter dem Stufen nach oben führten.

»Ich erwarte euch dort. Ad Astra, liebe Freunde.« Sie verschwand.

Stille senkte sich über die Halle. Bedrückt starrten alle auf das archaische Rätsel.

Eine kürzere Strecke als das Kreuz? Das war ja wohl schlecht möglich.

Tim starrte so angestrengt auf das Muster, dass er versäumte zu blinzeln. Die Sterne brannten sich in seine Netzhaut. Erst als seine Augen zu tränen anfingen, klappte er sie zu. Das Muster war immer noch da. Merkwürdige Strukturen, die sich zu verändern schienen. Halluzinierte er etwa?

»Was ist denn kürzer als eine Gerade?«, murmelte er. »In Mathe haben sie uns doch immer eingebläut, die kürzeste Verbindung zwischen zwei Punkten sei die Gerade.«

»Genauer gesagt die *Strecke*«, sagte Malte. »Denn die Gerade ist ja unendlich.«

»Wie auch immer.« Tim starrte wieder auf das Gebilde. »Es kann doch nichts Kürzeres geben.«

»Anscheinend doch«, murmelte Annika. *»Der gerade Weg ist nicht immer der einfachste.«* Sie zitierte den Leitsatz von Global-Games-Gründer Mortimer Hansen, der bis heute als Erkennungsmotto unter Runnern galt. Wobei der Spruch nicht ganz zutreffend war, denn hier ging es ja nicht um den *einfachsten*, sondern um den *kürzesten* Weg.

»Ich kapier's nicht«, sagte Tim. »Da ist doch bestimmt wieder so ein Trick dabei. So wie in den Katakomben von Paris.«

»Ich wüsste nicht, wie«, sagte Annika. »Bei einem räumlichen Gebilde wären die Abstände noch länger. Ich bin mir ziemlich sicher, dass es eine einfache und logische Lösung gibt, also strengt eure Gehirnzellen an.«

»Was können wir schon ausrichten, wenn bereits die klügsten Köpfe vergangener Zeiten an diesem Rätsel gescheitert sind?«, fragte Malte. »Wir sind gut, aber nicht *so* gut.«

»Oh, mein armer, einfältiger Freund«, sagte Jeremy. »Glaubst du immer alles, was man dir erzählt? Die Rote Dame hat uns eine Story aufgetischt. Eine schön klingende Geschichte, die sich gut bei den Zuschauern macht. Da ist kein wahres Wort dran.«

»Und wenn doch?«

Jeremy zuckte die Schultern.

Die Minuten vergingen. Sie stritten, sie diskutierten, sie wälzten Gedanken. Alle machten mit, jeder trug etwas bei. Viele Vorschläge waren nur Variationen bereits vorangegangener und konnten gestrichen werden. Am Schluss gab es ein paar Ansatzpunkte, doch die konnten niemanden so recht überzeugen:

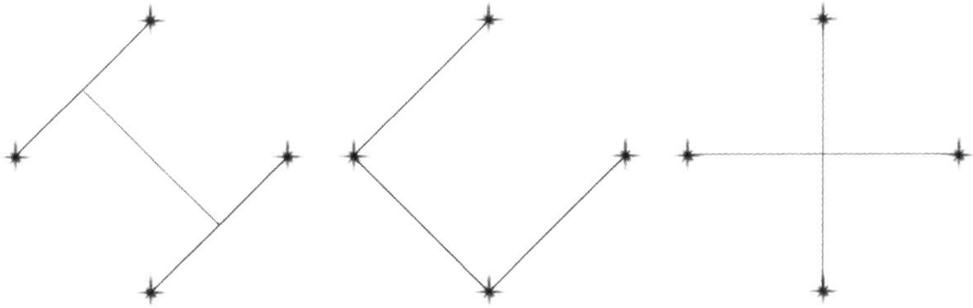

Nach gründlichem Abmessen stellte sich heraus, dass sie alle länger waren als das klassische Kreuz. Es war niederschmetternd.

Tim stand auf. Er konnte nicht klar denken. Ihm rauchte der Kopf. Es ärgerte ihn wahnsinnig, dass die Rote Dame so tat, als wäre das hier *business as usual*. Dabei konnte die Realität nicht weiter entfernt liegen. Shenmi hatte sie an diesen entlegenen Ort gebracht, um sie loszuwerden, und jetzt schickte sie ihnen auch noch diese blöde KI? Wollte sie sich über sie lustig machen, oder was? Es musste einen Weg geben, ihr das heimzuzahlen.

»Alles okay mit dir?« Annika sah ihn besorgt an.

»Total verspannt«, sagte er. »Ich brauch dringend 'ne Pause. Macht ihr ruhig weiter, ich gehe kurz Luft schnappen.«

»Willst du, dass ich mitkomme?« Annika sah ihn mit großen Augen an.

Unter normalen Umständen hätte Tim gerne bejaht, doch im Moment wollte er lieber allein sein. »Sorry, gerade nicht. Ich muss mal kurz wohin, wenn du verstehst. Bin nur hinter dem Eingang.« Eine Notlüge, gewiss, aber eine, die funktionierte – so hoffte er jedenfalls. Rasch stahl er sich davon, um Annikas enttäuschtem Blick zu entgehen.

Draußen vor der Höhle sah die Welt wieder freundlicher aus. Das Unwetter war weitergezogen. Der Pfad, den sie für ihren Aufstieg gewählt hatten, war nur noch ein plätscherndes Bächlein. An manchen Stellen kam der blaue Himmel durch. Sonnenstrahlen berührten die Baumwipfel und die Luft glänzte vor Feuchtigkeit.

Tim schloss die Augen und atmete tief ein. *Tat das gut!* Die Dunkelheit der Höhle hatte ihn emotional runtergezogen. Jetzt spürte er, wie seine Lebensgeister zurückkehrten.

Der Uhr auf dem Display nach zu urteilen, war später Nachmittag. In diesen südlichen Breitengeraden kam die Nacht schnell. Noch eine gute Stunde, dann würde es dunkel werden. Sie sollten das verbleibende Tageslicht nutzen, um die Umgebung nach etwas Essbarem abzusuchen. Beeren, Früchte, Wurzeln – irgendetwas, um ihre schwindenden Vorräte aufzustocken. Dem Gewicht seines Rucksacks nach zu urteilen, wurde der Proviant langsam knapp. Er beschloss, gleich wieder reinzugehen und den anderen Bescheid zu sagen.

Tim nahm einen Schluck aus seiner Flasche, füllte sie an einem Rinnsal, das seitlich am Felsen herabplätscherte, wieder auf und steckte sie ein.

Ein Summen drang an sein Ohr. In einer Felsnische nebenan errichteten Wildbienen ihren Bau. Die Viecher waren ganz schön groß. Ob sich wohl Honig in den Waben befand? Das wäre mal eine schöne Ergänzung für ihren Speiseplan. Allerdings wollte er lieber kein Risiko eingehen. Ein Stich und Tim würde auf die doppelte Größe anschwellen.

Fasziniert beobachtete er die Tiere bei ihrer Tätigkeit. Wie mit dem Lineal gezogen, reihte sich Wabe an Wabe und wuchs so zu einem stabilen Bau heran. Die sechseckige Wabenform war eine perfekte Konstruktion. Wer hatte den Bienen so etwas beigebracht? Wieso konnten sie das?

Während er ihnen zuschaute, fiel ihm etwas auf.

Wenn man einen bestimmten Ausschnitt der Wabenstruktur

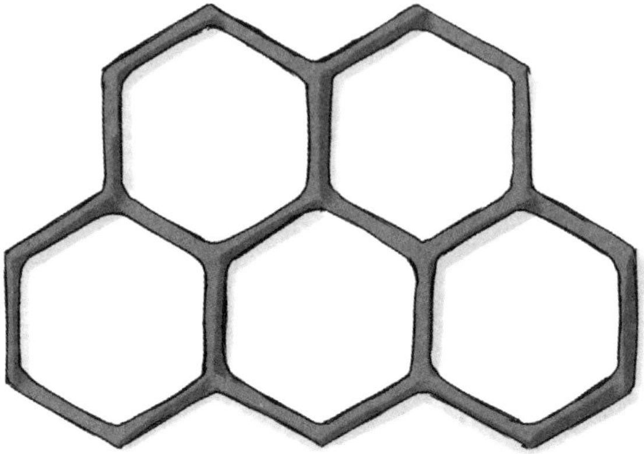

betrachtete, ergab sich ein geometrisches Muster, das ihn entfernt an ihr Rätsel erinnerte.

Ein aufregender Gedanke überkam ihn. Die miteinander verbundenen Scheitelpunkte jedes Sechsecks ergaben ein Quadrat, gar nicht so unähnlich zu dem, das sich am Boden des Tempels befand.

Zufall?

Interessiert rückte er näher und vergaß dabei alle Vorsicht. Die Bienen ließen sich nicht stören, sondern werkelten weiter an ihrem Bau. Tim fuhr mit dem Finger die Wabenstruktur entlang.

Tims Dad war Architekt und sie beide hatten sich schon oft über die Regeln der Natur unterhalten. Wenn überhaupt, dann gab es nur zwei Prinzipien, die aber unentwegt miteinander stritten: eine unglaubliche Verschwendung auf der einen Seite und eine eiserne Sparsamkeit auf der anderen. Wenn Hirsche jedes Jahr ihr Geweih abstießen, so war das die reinste Verschwendung. Baute eine Spinne aber ein Netz, so funktionierte das nur, weil sie mit einer winzigen Menge Sekret eine ungeheuer große Fläche bespannen konnte.

Waben schienen ebenfalls dem Prinzip der Sparsamkeit zu folgen. Maximale Stabilität bei größtmöglichem Raum und geringem Einsatz von Baumaterial.

Eine geniale Erfindung!

Ob hier die Lösung zu ihrem Rätsel zu finden war?

Ein paar Meter entfernt wuchsen hohe Gräser. Einer spontanen Eingebung folgend, holte Tim sein Messer raus, schnitt ein paar Halme ab und kehrte in den Tempel zurück.

Er fand seine Freunde am Boden hockend.

Ihnen war anzusehen, dass sie frustriert waren. Darius hatte die Arme vor der Brust verschränkt und döste. Jeremy knabberte lustlos an einem Müsliriegel. Vanessa und Annika unterhielten sich leise, während Malte immer noch über dem Rätsel brütete.

Als Tim eintrat, hoben alle die Köpfe.

»Na, genug frische Luft geschnappt?« Jeremys Tonfall ließ keinen Zweifel daran, wie genervt er war. »Was schleppst du denn da für Stängel mit dir rum? Wenn du damit Feuer machen willst, hättest du dir kaum etwas Schlechteres aussuchen können.«

»Kein Feuer, ich will etwas ausprobieren«, sagte Tim und fing an, die Halme in kleinere Stücke zu zerschneiden. Sorgfältig legte er die Abschnitte der Länge nach sortiert vor sich auf den Boden.

»Etwas, das mit unserem Rätsel zu tun hat?«, fragte Annika.

»Vielleicht. Aber ich muss das erst ausmessen. Die Halme sollen als Längeneinheit dienen.«

Er fing mit dem Kreuz an, maß ab und legte die Halme, die er dafür brauchte, neben sich auf den Boden. Dann versuchte er es mit dem Wabenmuster.

Als er die Halme nahm und ihre Gesamtlänge mit denen des Kreuzes verglich, überlief ihn ein Schauer.

»Das gibt's doch nicht«, murmelte er. »Seht euch das an.«

»Was ansehen?«, fragte Jeremy.

»Ich glaube, ich habe die Lösung.« Rasch entfernte Tim alle Halme, sortierte sie und legte sie neu. Wieder kam er zu demselben Ergebnis.

»Lass mich mal machen«, sagte Jeremy. »Nur um sicherzugehen, dass du keinen Unfug verzapfst.«

Tim war viel zu aufgeregt, um wegen Jeremys Überheblichkeit wütend zu werden. Die Einsparung war zwar gering, aber messbar. Das musste auch Jeremy einräumen. Dank der Bienen waren sie jetzt wieder im Rennen.

»Echt verrückt«, sagte er. »Ich hätte es nicht geglaubt, wenn ich es nicht mit eigenen Augen sehen würde.«

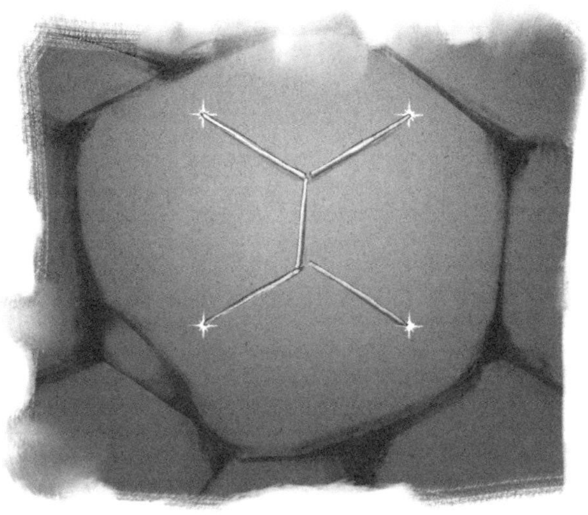

Jetzt gab es kein Halten mehr. Jeder wollte es selbst versuchen. Und bei allen klappte der Versuch. Vanessa schüttelte den Kopf. »Ich sehe es, aber ich verstehe es nicht.«

»Geht uns allen so«, erwiderte Annika. »Und doch stimmt es.«

»Vielleicht gibt es ja noch eine kürzere Variante«, schlug Malte vor. »Lasst es uns versuchen.«

Doch was sie auch taten, stets war das Ergebnis dasselbe. Die Wabenkonstruktion war die kürzeste Verbindung.

Jeremy nickte zufrieden. »Respekt, Tim. Damit bist du derjenige, der mit Abstand die meisten Rätsel gelöst hat. Gute Arbeit.«

Tim grinste. Er mochte Jeremy zwar immer noch nicht, doch er hätte lügen müssen, würde er behaupten, dass ihm das Lob nicht gefiel. »Und was jetzt?«

Jeremy stand auf. »Die Rote Dame sagte, wir müssen auf den Astronomieturm klettern. Hat jemand Lust, mich zu begleiten?«

Die Frage erübrigte sich. Natürlich wollten alle mit dabei sein, wenn der Claim eingeloggt wurde. Ganz abgesehen davon, dass eine erhöhte Position ohnehin wichtig war, wenn sie sich einen Überblick über die Insel und ihre Fluchtmöglichkeiten verschaffen wollten.

Sie richteten ihre Stirnlampen auf eine Tür und traten in den Gang, hinter dem staubige Treppenstufen nach oben führten.

So wie der Rest des Tempels war auch der Schacht aus massivem Felsgestein herausgehauen worden. Tim musste seinen Kopf einziehen, denn die Decke kam bedenklich weit nach unten. Es war offensichtlich, dass die Menschen, die hier einst gelebt hatten, viel kleiner gewesen waren.

Stufe um Stufe stiegen sie die wendelförmige Treppe hinauf.

Nach einer gefühlten Ewigkeit sah Tim endlich Tageslicht. Sie konnten ihre Lampen ausschalten.

Einige Meter noch, dann hatten sie ihr Ziel erreicht.

Keuchend traten sie auf eine kreisförmige Plattform hinaus.

Tim musste seine Augen gegen die niedrig stehende Sonne abschirmen. Als sich seine Augen an die Helligkeit gewöhnt hatten, wurde er angesichts der Weite, die ihn umgab, ganz ehrfürchtig. *Was für ein sensationeller Blick!*

Sie befanden sich auf der Spitze eines Turmes, den die frühen Architekten gekonnt in die Flanke des Schädelberges gebaut hatten. Hinter ihnen führte ein schmaler Trampelpfad hinauf bis zum Gipfel.

Umrandet wurde die Plattform von einem Kranz von Steinblöcken, die an einen mittelalterlichen Wehrturm erinnerten. Dreißig Meter unter ihnen sah Tim den Tempeleingang. Rechts und links davon die Gebäude, die wie hingewürfelte Spielzeughäuser wirkten. Dahinter begann der Urwald.

»Wahnsinn, oder?«, flüsterte er. »Als würde einem die ganze Welt zu Füßen liegen.«

»Ja«, sagte Annika und schmiegte sich an ihn. Tim sah sie kurz an, sagte aber nichts. Stattdessen genoss er den Augenblick. Jeremy unterbrach den Moment durch seine gewohnt unsensible Art. »Ich störe eure Zweisamkeit ja nur ungern.«

Tim bedachte ihn mit einem genervten Blick. Konnte er denn nicht mal für eine Minute die Klappe halten?

»Was ist?«

Jeremy deutete hinüber zu der Wiese, auf der sie gelandet

waren. Ihre Fallschirme lagen noch immer dort. Tim verstand nicht, was er meinte – bis zu dem Augenblick, als sah, dass sich dort jemand bewegte.

Er kniff die Augen zusammen.

Kein Zweifel, sie waren nicht allein auf dieser Insel.

42

Annika stellte die Sichtfunktion ihrer Brille auf maximale Vergrößerung.

Es stimmte, da näherte sich eine Gruppe von zwölf Personen. Aufgeregt gestikulierend, hatten sie sich um die Fallschirme versammelt. Sie zogen an den Leinen, begutachteten den Stoff und sahen sich argwöhnisch um.

»Runter«, zischte Annika. »Ich glaube, sie haben uns noch nicht entdeckt.«

»Wieso denn?«, entgegnete Darius. »Ist doch cool, dass wir nicht alleine sind. Vielleicht können die uns helfen.«

»Was sind das für Leute?«, murmelte Vanessa. »Ich dachte, die Insel wäre unbewohnt.«

»Anscheinend nicht.« Annika blickte vorsichtig zwischen den Lücken in der Umfriedungsmauer hindurch nach unten. Irgendetwas an der Art, wie sich die Fremden bewegten, war ihr nicht geheuer.

»Sehen aus wie Eingeborene«, murmelte sie. »Tragen Speere und Äxte.«

»Vielleicht sind sie ja ganz freundlich«, gab Vanessa zu bedenken. »Darius hat recht, unter Umständen könnten sie uns helfen, von der Insel runterzukommen.«

»Ja, vielleicht ...« Annika sah zu den Menschen hinunter und zögerte. Ihr Instinkt riet ihr, besser vorsichtig zu sein. Die

Männer trugen merkwürdig aussehende Masken. Und bestimmt wussten sie auch hervorragend mit ihren Waffen umzugehen.

In diesem Moment kam von Maltes Seite ein merkwürdiger Laut. Klang wie ein entsetztes Stöhnen oder Würgen. »Was ist los?«, flüsterte sie. »Hast du etwas entdeckt?«

»Allerdings …«

Annika konnte erkennen, dass er mit den Infotafeln seiner Multimediabrille rumhantierte. Mit der einen Hand scrollte er durch die Archive, während die andere krampfartig zusammenzuckte.

»Hat einer von euch sich mal genauer mit der Insel beschäftigt?«

»Nein, wie auch? War ja kaum Zeit.«

»Nur, was in der groben Übersicht zu finden war«, sagte Tim. »Sag bloß, du hast etwas über die Bewohner herausgefunden?«

»Habe ich. Und was da zu lesen steht, ist nicht schön.« Aus Maltes Gesicht war jegliche Farbe gewichen. »Unter Fachleuten gilt North Sentinel Island als die gefährlichste Insel der Welt. Sie gehört zur Inselgruppe der Andamanen und Nikobaren und ist die Heimat eines besonderen Stammes, genannt *die Wächter.*«

»Ja und?« Jeremy hatte schon wieder diesen spöttischen Zug um den Mund.

»Dieses Volk ist so feindselig, dass um die Insel herum eine Sperrzone errichtet wurde. Forscher vermuten, dass die Wächter direkte Nachkommen der ersten Menschen sind, die einst aus Afrika kamen. Sie leben hier seit fast sechzigtausend Jahren, ohne jemals groß mit anderen Menschen in Berührung gekommen zu sein.«

»Das kann ich mir nicht vorstellen«, sagte Jeremy. »Heutzutage ist doch jeder Flecken auf der Welt erkundet.«

Malte las weiter. »Die Wächter gehören mit zu den letzten Menschen, die von der modernen Zivilisation unberührt geblieben sind. Sie sind entschlossen, jeden Kontakt zu vermeiden und töten jeden, der ihnen zu nahe kommt. Hört euch das an: *Im Jahr 1896 trieb ein entkommener Sträfling aus einem Gefängnis versehentlich an die Küste von North Sentinel. Einige Tage später fand ein Suchtrupp seine Leiche am Strand, von Pfeilen durchbohrt und mit aufgeschlitzter Kehle. 2006 wurden zwei Fischer beim illegalen Fischfang in der Reichweite der Insel getötet.* 2018 musste ein Missionar dran glauben und so weiter.« Er nahm seine Brille ab. Als er weitersprach, bebte seine Stimme. »Wer auf Sentinel Island landet, stirbt.«

Annikas Herz raste wie verrückt. Eines war sicher: Sie steckten bis zum Hals in der Scheiße. »Jetzt wissen wir, warum Shenmi Stevenson uns hier ausgesetzt hat«, stieß sie aus. »Sie will uns tot sehen, sich dabei aber nicht die Hände schmutzig machen. Die Drecksarbeit lässt sie lieber von anderen verrichten.«

»Um Himmels willen«, wimmerte Vanessa. »Was sollen wir denn jetzt bloß tun? Wir müssen irgendwie von dieser Insel runterkommen.«

»Dürfte schwierig werden ohne Boot«, sagte Darius.

»Nur nicht die Nerven verlieren«, sagte Jeremy. »Ich schlage vor, wir steigen auf den Berg. Dort oben dürften wir den besten

Empfang haben. Dann drücken wir den Notfallknopf und lassen uns abholen. Im Briefing haben sie uns gesagt, es würde nicht länger als eine Stunde dauern – *von jedem Punkt der Erde aus.*«

Dass selbst Jeremy jetzt von der Möglichkeit sprach, das Spiel abzubrechen, zeigte Annika, wie verzweifelt die Lage wirklich war. »Und du glaubst, das gilt immer noch? Ich könnte mir vorstellen, dass Shenmi diese Funktion bei uns längst abgeschaltet hat. Diese Frau überlässt nichts dem Zufall.«

»Das können wir erst wissen, wenn wir es versucht haben«, sagte Jeremy. »Ich gebe jedenfalls nicht so schnell auf.«

Annika blickte nach unten. Es waren inzwischen mehr Menschen geworden. Sie hatten aufgehört, die Fallschirme zu untersuchen, und kamen in ihre Richtung. Die Zeit drängte.

»Na gut, probieren wir es«, sagte Jeremy. »Aber zuerst loggen wir noch diesen Claim ein. Nur für alle Fälle.«

Annika verstand zwar nicht, welchen Sinn das jetzt noch haben sollte, aber andererseits kostete sie es auch nichts. Dann konnten sie zumindest später sagen, dass sie die Halbfinalaufgabe gelöst hatten.

Sie starteten das Programm, gaben ihre Lösung ein und warteten. Da Tim das Rätsel geknackt hatte, gebührte ihm die Ehre, das Ergebnis einzuloggen. Dass ihre Lösung richtig war, erkannten sie daran, dass das Ergebnis grün aufleuchtete.

»Was haltet ihr davon, wenn wir den Eingang verbarrikadieren?«, überlegte Annika. »Nur zur Vorsorge.«

»Keine schlechte Idee«, sagte Jeremy. »Was schlägst du vor, womit wir ihn verschließen sollen? Äste, Zweige?«

»Es müsste etwas Großes und Schweres sein.« Annika blickte sich um. »Wie wär's mit dem Felsbrocken da drüben? Zusammen könnten wir ihn vielleicht bewegen.«

»Aber so, dass wir ihn selbst wieder aufbekommen, wenn wir wieder runtermüssen.«

»Dann lasst uns einen dieser Holzbalken reinschieben«, schlug Tim vor. »Damit müssten wir ihn wieder aufgehebelt bekommen.«

Alle waren einverstanden. Nachdem sie einen der Balken herausgezogen und entsprechend in die Öffnung gelegt hatten, bemühten sie sich aus Leibeskräften, den Stein anzuheben. Aber er war bockschwer. Erst als alle ihre Finger drunterhakten und zogen, bekamen sie ihn angehoben. Knirschend und rumpelnd löste er sich vom Untergrund. Annika spürte, wie ihre Muskeln protestierten. Den anderen erging es nicht besser. Schweiß trat auf ihre Stirn, die Finger wurden schlüpfrig. »Kommt schon«, keuchte sie. »Nur noch ein paar Meter.«

Mit zitternden Muskeln gelang es ihnen, die Entfernung zurückzulegen und den Brocken über die Öffnung zu manövrieren.

»Fallen lassen ...«, keuchte Jeremy. »Auf mein Kommando: drei ... zwei ... eins ...«

Sie ließen gleichzeitig los und brachten sich mit einem Rückwärtssprung in Sicherheit. Mit einem ohrenbetäubenden Krachen fiel der Stein in den Schacht, wo er stecken blieb. Der Gang war versiegelt.

»Das war's, Freunde«, sagte Jeremy. »Lasst uns nach oben gehen und hoffen, dass sie uns nicht gehört haben. Ansonsten könnte es hier bald ziemlich ungemütlich werden.«

43

Der Mond stand wie eine runde Silbermünze am Himmel, umrahmt von unzähligen leuchtenden Sternen. Die Milchstraße war als glitzerndes Band über ihren Köpfen zu sehen. Tim konnte sich nicht erinnern, das Weltall jemals in dieser Klarheit gesehen zu haben. Lange Zeit starrte er nach oben, doch was er dort fand, waren Einsamkeit und Leere. Nichts, was ihn tröstete. Die Aussicht, seinen Fuß auf den Mond zu setzen, kam ihm mit einem Mal völlig abwegig vor.

Warum tue ich das?, fragte er sich. *Wozu dieser Aufwand?*

Es gab hier auf der Erde noch so viel zu entdecken, da musste man doch nicht auf den Mond – auch wenn der Trabant natürlich faszinierend war.

Fern am Horizont zuckte letztes Wetterleuchten auf. Der Sturm war weitergezogen, die Nacht war warm und schwül.

Rings um ihn herum lagen seine Freunde und schliefen. Leise Atemgeräusche waren zu hören und vermischten sich mit dem Zirpen von Grillen und den dunklen Rufen irgendwelcher Nachtvögel. Sein Blick auf das Uhrendisplay verriet ihm, dass es kurz nach zwei Uhr morgens war.

Das Notfallteam war nicht gekommen. Ihr Hilferuf war unbeantwortet geblieben. Weder hatte die Rote Dame sich blicken lassen noch jemand von der Spieleleitung. Ihre Kontaktanfragen waren ungehört verhallt.

Inzwischen waren auch Darius und Vanessa, die sich am längsten an die Hoffnung geklammert hatten, es könne nur eine Panne oder ein Missverständnis gewesen sein, von den Tatsachen überzeugt. Nichts an ihrer Situation war eine Panne. Es gab keine Missverständnisse. Sie waren hier ausgesetzt worden, um zu sterben. Das war das Schicksal, das Shenmi Stevenson für sie vorgesehen hatte.

Ihre Vorräte waren so gut wie aufgebraucht. Sie hatten den letzten Krümel gegessen, den letzten Schluck getrunken. Ein paar Stunden oder Tage würden sie hier noch ausharren können, doch was kam dann?

Tim musste einsehen, dass er Shenmi Stevenson unterschätzt hatte. Zu sehr hatte er sich darauf verlassen, dass sie es nicht wagen würde, ihr brutales Spiel vor Millionen von Menschen durchzuziehen. Doch genau das tat sie. Sie war wie eine Magierin, die ihre Tricks im vollen Scheinwerferlicht vollführte und dabei strahlend in die Kamera lächelte. Und vor ein paar Augenblicken hatte sie Tim und seine Freunde wie Kaninchen in einer dunklen Kiste verschwinden lassen.

Allerdings mit der Einschränkung, dass die Kaninchen noch nicht tot waren. Ängstlich, ja. Vielleicht panisch. Aber nicht tot.

Er richtete sich auf.

Zum kalten Glänzen von Mond und Sternen hatte sich ein warmer Schimmer hinzugesellt. War das die Morgendämmerung? Ein bisschen früh dafür, oder?

Während er noch herauszufinden versuchte, woher dieses Licht kam, drang ein dumpfes, rhythmisches Pochen an seine Ohren. *Bum, bum. Bum, bum.* Wie ein Herzschlag.

Aber es war nicht sein Herz, es kam von weit her. Von irgendwo unterhalb des Berges. Ganz leise, um die anderen nicht zu wecken, stand Tim auf und ging bis an den Rand der Klippe. Licht und die Geräusche stammten eindeutig von dort unten.

Der Wind wehte einen feinen Rauchgeruch zu ihm empor. *Feuer!*

Er trat an die Felskante und blickte in die Tiefe. Was er dort sah, ließ seinen Magen auf die Größe einer Walnuss schrumpfen.

Rund um den Berg herum leuchteten Fackeln. Zehn ... zwanzig ... dreißig ... vierzig. Sie schienen um den gesamten Berg herum aufgestellt worden zu sein, mit einem Abstand von vielleicht fünfzig oder hundert Metern. Das Dröhnen war jetzt laut und klar. Das waren Trommeln. Finster und bedrohlich hallten sie durch die Nacht.

Tim fing an, am Rand des Plateaus entlangzugehen. Die Fackeln wollten kein Ende nehmen. Sie waren umzingelt.

Was sollte das werden? Eine Belagerung?

Urplötzlich vernahm er ein weiteres Geräusch. Ein scharfes Kratzen oder Knirschen ganz in der Nähe. Als würde Stein auf Stein reiben. Was um alles in der Welt mochte das ...?

Der Treppenschacht!

Die Erkenntnis durchzuckte ihn wie ein Blitz. Rasch eilte er in die betreffende Richtung. Der Mond war so hell, das er sich problemlos orientieren konnte. Da war der Eingang. Und da war der Balken. *Und der Balken bewegte sich!*

Wie von der Tarantel gestochen, rannte Tim zu seinen Freunden zurück. »Aufstehen!«, brüllte er. »Wacht auf, schnell! Macht schon.«

»Was is ’n los?«, brummte Darius. »Ich hab gerade so schön geträumt. Von Hamburgern und einer Riesenportion Pommes …«

»Klappe halten und mitkommen!«, bellte Tim. »Wir bekommen Besuch.«

»Was machst du denn für einen Aufstand?« Als Jeremy die Trommeln hörte, drehte er den Kopf. »Was sind das für Geräusche? Und wo kommt dieses Licht her?«

»Ich glaube, wir werden angegriffen!«, rief Tim ihm über die Schulter zu. »Ich glaube, sie wollen den Stein wegschieben. Kommt mit.«

Im Nu waren alle auf den Beinen. Schlaftrunken folgten sie Tim den Pfad hinunter zu der Aussichtsplattform. Der Eingang zum Treppenschacht lag im prallen Mondschein. Auf den ersten Blick war nichts zu erkennen. Doch als Tim näher heranging, sah er, dass sich die Steinplatte bewegte. Sie war inzwischen ein beträchtliches Stück nach oben gewandert.

»Seht ihr das?«, flüsterte er entsetzt.

»Sie versuchen, sie hochzudrücken«, presste Jeremy hervor.

»Was sollen wir denn jetzt nur tun?« Annika packte Tims Hand. Sie fühlte sich eiskalt an. Während Tim noch panisch darüber nachdachte, ob sie vielleicht weitere Steine obendrauf türmen sollten, hob sich die Platte mit einem letzten, fürchterlichen Knirschen und kippte zur Seite. Polternd landete sie neben dem Schacht.

Wie schwarzer Rauch quollen mehrere dunkle Gestalten aus dem Treppenschacht hervor. Groß waren sie und muskulös, ihre Bewegungen raubtierhaft. Die Gesichter waren hinter dämonisch aussehenden Holzmasken verborgen. In ihren Händen glänzten tödliche Waffen: Äxte, Speere, Messer.

Tim war vor Entsetzen wie gelähmt »Rückzug«, keuchte er. »Zurück auf die Kuppe. Wir müssen hier weg.«

»Aber dort sitzen wir in der Falle«, stieß Annika aus. »Wir haben die ganze Kuppe abgesucht. Dies ist der einzige Weg hinunter.«

»Dann müssen wir versuchen, irgendwie an ihnen vorbeizukommen«, erwiderte Tim. »Ich bin ein guter Läufer. Ich könnte ihre Aufmerksamkeit auf mich lenken. Ihr rennt dann an ihnen vorbei und hinunter in den Treppenschacht.« Er wusste selbst, dass das ein dämlicher Plan war. Aber welche Möglichkeit blieb ihnen noch? Diese Insel war eine verdammte Todesfalle.

Die Männer rückten geschlossen zu ihnen vor. Mondlicht glänzte auf ihrer schweißüberströmten Haut.

»Und wenn wir versuchen, mit ihnen zu reden?« Darius hielt an. Er hob grüßend die Hand. »Hallo, Freunde. Wir kommen in Frieden. Mein Name ist …«

Tim sah etwas durch die Luft sausen. Einer der Männer trug einen Bogen. Er hatte die Sehne gespannt und geschossen. Darius stand da wie versteinert. Aus seiner Schulter ragte ein bleistiftdickes Geschoss. Er tastete danach, dann stieß er einen schmerzerfüllten Schrei aus.

Schon griff der Mann nach einem zweiten Pfeil.

Darius drehte sich um und rannte auf sie zu. Tim sah, dass der Pfeil immer noch in seiner Schulter steckte.

Panisch wendeten sie alle und rannten zum höchsten Punkt des Berges. Ihr Plan hatte sich soeben in Luft aufgelöst.

Tim musste einsehen, dass er sich etwas vorgemacht hatte. Sie würden hier nicht wegkommen. Der Platz war zu klein, um seitlich an den Männern vorbeilaufen zu können.

Mit Grauen beobachtete er, wie die vier Krieger den Pfad emporkamen und sich aufteilten. Zwei links und zwei rechts. Sie hatten es nicht eilig, denn sie schienen Tims Plan vorausgesehen zu haben. Wie Jäger kreisten sie ihre Beute ein.

Dies war das Ende.

Tim zog sein Messer. Wie winzig die Klinge wirkte. Dennoch würde Tim kämpfen und sich und die anderen verteidigen. Vor allem Annika.

Bis zum letzten Moment würde er an ihrer Seite stehen.

Darius sackte zu Boden. Der Schmerz und der Blutverlust hatten ihn übermannt.

Das Dröhnen der Trommeln wurde lauter. Wind kam auf. Die Männer verlangsamten ihren Schritt, blieben dann stehen.

Immer heftiger wurde der Wind. Als würde ein Sturm aufziehen. Die Trommeln dröhnten jetzt wie verrückt. Bildete Tim sich das nur ein oder wurde es heller? Er konnte seinen eigenen Schatten in dem aufgewirbelten Staub sehen. Wie ein verrückt gewordenes Gespenst flatterte er hierhin und dorthin. Der Wind blies den vier Kriegern frontal entgegen. Lichtblitze zuckten auf. Moment mal, das war doch kein normaler Sturm. Was zur Hölle ging hier vor?

Tim drehte sich um … *und erstarrte.*

Ein gewaltiger Umriss war hinter ihnen erschienen. Von unten durch den Fackelschein beleuchtet, sah er aus wie ein riesiger schwarzer Kopf.

Ein Helikopter!

Das Dröhnen und Donnern war jetzt so laut, dass Annikas Ruf nur verzerrt an seine Ohren drang. »Seht nur!«, schrie sie. »Sie hauen ab.«

Tatsächlich! Die vier Krieger hatten den Rückzug angetreten. Sie richteten ihre Waffen auf das Ungetüm und ballten die Hände zu Fäusten, dennoch wichen sie zurück. Ein paar Augenblicke später waren sie verschwunden.

Das schwarze Monstrum stieg höher, umkreiste sie. Es schwebte im Uhrzeigersinn um den Berg, wobei sein Auge unverwandt auf die sechs Abenteurer gerichtet war. Dann senkte es sich auf das Plateau herab. Das Auge wurde blasser und verlosch. Andere Lichter flammten auf. Kleinere, freundlichere Lichter, die im aufgewirbelten Staub verschwammen.

»Mein Gott«, stammelte Tim. »Seht euch das an. Das Rettungsteam ist da!«

44

Über eine Trittleiter kam ein einzelner Mann zu ihnen herunter. Schmal, blass, mit einer runden Brille auf der Nase. Er hatte strubbeliges Haar und ein jugendliches Aussehen – obwohl er bestimmt doppelt so alt war wie sie.

Annika wurde das Gefühl nicht los, dass sie ihm schon einmal begegnet war.

Als er ins Licht trat, wusste sie, wen sie da vor sich hatte. Ihr klappte der Unterkiefer runter. *»Mr Hansen?«*

»Hallo, kleine Lady. Hallo, Runner.« Hinter den Brillengläsern waren Sorgenfalten zu sehen. »Gerade noch rechtzeitig eingetroffen, wie? Seid ihr alle unversehrt?«

»Darius hat's erwischt.« Jeremy stützte seinen Freund. »Ein Pfeil hat ihn getroffen. Er verliert viel Blut.«

Mortimer Hansen winkte ins Innere des Hubschraubers und ein zweiter Mann kam heraus. Er trug einen hellen Overall und eine medizinisch aussehende Umhängetasche. »Zeig mal her. Ja, da ist er. Steckt ganz schön tief drin, was? Na, das haben wir gleich. Komm mit rein, dort kann ich dich versorgen. Ich bin Arzt.« Er stützte Darius, während er ihn ins Innere der Maschine begleitete. Mortimer wirkte besorgt. »Wie sieht es mit euch anderen aus?«

»Mit dem Schrecken davongekommen.« Annika war noch immer verblüfft darüber, welch unerwartete Wendung die Ereignisse genommen hatten. Eben noch war sie überzeugt gewesen, sterben zu müssen, jetzt schien es, als würden sie doch noch gerettet werden. Sie öffnete den Mund, um etwas zu sagen, verstummte dann aber. Zwei Personen waren in der Tür des Hubschraubers erschienen, die zu ihnen herunterwinkten. Ihr Auftauchen löste sprachloses Erstaunen aus.

»Aber …«, murmelte sie. »Das gibt's doch nicht.« Sie starrte die beiden an wie Mondkälber. Mit einiger Verzögerung sickerte in ihr Bewusstsein, dass dies keine Fata Morgana war. Und dann brach es aus ihr heraus. *»Eli!«*

»Und Patrick!«, schrie Malte und rannte seinem Bruder geradewegs in die Arme. Patrick nahm ihn hoch und drückte ihn an sich. »Na, kleiner Bruder, lange nicht gesehen.«

Eli stürzte auf sie zu und sie fielen sich gegenseitig um den Hals.

Annika fehlten die Worte. Mortimer Hansen lächelte. »Ich störe eure Wiedersehensfreude nur ungern, aber ihr geht jetzt besser alle an Bord. Es ist uns gelungen, die Wächter zu verscheuchen, aber sie werden bald zurückkommen.«

Das ließen sich die Freunde natürlich nicht zweimal sagen. Im Eiltempo stiegen sie die Leiter empor und nahmen auf den Sitzen Platz. Die Stufen wurden eingeklappt, die Tür fiel zu. Mortimer Hansen gab dem Piloten ein Zeichen, die Turbinen heulten auf, dann hob der Helikopter ab.

Annika konnte sich nicht erinnern, jemals ein schöneres Geräusch gehört zu haben. Aus dem Fenster sah sie die Insel kleiner werden. Ruhig und romantisch lag sie inmitten der mondbeschienenen See. Die Fackeln rund um den Berg waren noch immer zu erkennen. Dann verschwand das Eiland hinter einer Wolke. Die Insel, auf der sie um ein Haar gestorben wären. Sie bekam sofort schweißnasse Hände, als sie daran dachte. Den fürchterlichen Gedanken von sich wegschiebend, wandte sie sich ihrem Retter zu.

»Ehe ich eure Fragen beantworte, möchte ich mich aus ganzem Herzen entschuldigen«, sagte Mortimer Hansen. »Glaubt mir, wenn ich gewusst hätte, was passieren würde, wäre es nie dazu gekommen. Ich bin in dieser Angelegenheit Täter und Opfer zugleich. Täter, weil ich den Boden bereitet habe, auf dem dieses Verbrechen stattfand, Opfer, weil ich nicht wusste, wie weit diese Frau gehen würde. Auch bitte ich euch zu entschuldigen, dass das alles hier etwas improvisiert wirkt. Meine Leute und ich hatten nur wenige Stunden, um eine Rettungsmission zu organisieren. Als ich von eurem Schicksal erfuhr, habe ich alles stehen und liegen gelassen und mich auf den Weg gemacht. Die eigentliche Planung erfolgte, während wir unterwegs waren. Und obwohl wir uns beeilt haben wie die Verrückten, ist es doch verdammt knapp geworden, oder?«

»Ein paar Minuten später und wir wären als Spanferkel geendet«, sagte Jeremy mit schiefem Grinsen. »Was sind das überhaupt für Wilde, die alles und jeden killen?«

»Dazu komme ich später«, sagte Mortimer. »Zuerst mal bin ich einfach nur froh, dass ihr alle am Leben seid. Eure Freunde Eli und Patrick müssen gedacht haben, dass sie vom Geheimdienst geholt würden, als meine Leute in Leipzig angerauscht kamen.«

»Das stimmt«, sagte Eli grinsend. »Als diese Typen in Patricks Werkstatt gestürmt kamen, dachte ich schon, unser letztes Stündlein habe geschlagen.«

Mortimer Hansen lächelte. »Konntest du deine Eltern inzwischen benachrichtigen, Eli?«

»Ja, ich habe sie erreicht und ihnen alles erklärt. Sie waren natürlich ziemlich sauer, immerhin habe ich sie belogen und sie mit gefälschten Unterschriften getäuscht. Da blüht mir ganz sicher noch was, wenn ich wieder zu Hause bin. Aber zumindest ließen sie sich dadurch beruhigen, dass Mortimer bei uns ist und alles regelt.«

»Sehr gut«, sagte Hansen. »Es ist mir wichtig, dass wir alle an einem Strang ziehen. Was diese Frau getan hat, ist unverzeihlich. Aber sie ist schlau, deswegen dürfen wir uns keine Fehler erlauben. Die Zeit der Manipulation und Heimlichtuerei ist vorbei.«

»Diese Frau?« Annika runzelte die Stirn. »Sie meinen Shenmi Stevenson, oder?«

»Keine andere.«

»Dann wussten Sie gar nicht, was sie vorhat? Das ist schwer zu glauben, immerhin sind Sie doch der Gründer von Global-Games, oder nicht? Ihnen gehört diese Firma.«

»Gehörte«, erwiderte Mortimer und senkte beschämt die Augen. »Ich war so dumm, sie zu verkaufen. Aber ich habe mich lange genug von Shenmi an der Nase herumführen lassen. Sie hat mich glauben gemacht, dieses Event sei bei ihr in guten Händen. Stattdessen hat sie hinter meinem Rücken die Kandidaten erpresst, Regieanweisungen vorgenommen und Stand-

orte verändert. Und ich Idiot habe ihr vertraut. Ich war sogar dumm genug, ihr von dem Datenleck zu berichten. Das hat bei ihr offenbar einige Sicherungen durchbrennen lassen.«

»Glauben Sie, dass Shenmi verrückt geworden ist?«, fragte Tim. »Dass sie den Verstand verloren hat?«

»Schwer zu sagen.« Mortimer wiegte den Kopf. »Genie und Wahnsinn liegen bei bestimmten Menschen sehr nahe beisammen. Shenmi mag eine große Visionärin sein, aber im Umgang mit Menschen ist sie kalt wie ein Roboter. Für sie sind wir nur Schachfiguren, die man beliebig hin und her schieben kann und die man bei Bedarf vom Spielbrett entfernt. Dass ich mich offen gegen sie stelle, wird sie mir nie verzeihen. Aber das ist mir egal. Selbst, wenn mich das meinen Job kosten sollte, so würde ich doch jederzeit wieder so handeln. Ich bin froh, dass ich euch noch rechtzeitig gefunden habe und es euch gut geht.«

»Wie ist Ihnen das gelungen?«, fragte Malte. »Wie konnten Sie uns mitten in der Nacht ausfindig machen? So klein ist die Insel ja nicht gerade.«

»Infrarotkameras.« Mortimer zwinkerte ihnen zu. »Wärmesignaturen. Dank eurer Brillen kannte ich den ungefähren Aufenthaltsort, aber zum Glück wart ihr so klug, auf die Bergspitze zu klettern und euch nicht unten im Tempel zu verstecken.« Er seufzte. »Ihr dürft den Wächtern übrigens keinen Vorwurf machen. Diese Insel ist 1996 zum Sperrgebiet erklärt worden. Die Menschen genießen einen besonderen Schutz. Sie leben seit so langer Zeit isoliert, dass sie sehr empfindlich gegenüber fremden Viren geworden sind. Eine einfache Erkältung kann bei ihnen zum Tode führen. Was in der Vergangenheit oft genug passiert ist. Deswegen verteidigen sie ihr Reich mit allen Mitteln. Früher zählte der Stamm über tausend Mitglieder, doch jetzt leben nur noch ein paar Hundert von ihnen. Das ist der Grund, warum sie so feindlich reagieren.«

»Eine Sache müssen Sie uns erklären«, sagte Annika. »Wenn Sie doch wussten, wie gefährlich die Insel ist, warum haben Sie dort einen Claim angebracht?«

Mortimer Hansens Lächeln wirkte traurig. »Das ist auf Shenmis Mist gewachsen. Sie äußerte damals den Wunsch, einen Claim auf North Sentinel Island einzurichten. Zu dem Zeitpunkt wusste ich nichts über die Insel und habe Standort und Claim durchgewunken. Erst nachdem einer unserer Mitarbeiter nur mit knapper Not einen Angriff überlebt hatte, wurde mir klar, wie gefährlich es dort ist. Ich riet Shenmi entschieden davon ab und verlegte den Claim stattdessen nach Indien in die Ellora-Höhlen, wo es ähnliche Tempelanlagen gibt. Ich dachte, North Sentinel Island wäre damit Geschichte. Wie sehr ich mich doch täuschen sollte. Um euch loszuwerden, hat Shenmi den Claim kurzfristig wieder auf die Wächterinsel verlegt und damit beinahe euer Verderben heraufbeschworen. Wie habt ihr es nur geschafft, sicher dort zu landen?«

»Jeremy hier war unser Fallschirmexperte«, sagte Annika. »Er hat uns instruiert und uns gezeigt, wie man sicher runterkommt.«

»Großartig«, sagte Mortimer. »Ihr seid inzwischen zu einem großartigen Team zusammengewachsen.« Er deutete auf ihre Brillen. »Wenn ich darf, würde ich gerne die Daten darauf auswerten und mir ein Bild davon machen, was im Einzelnen vorgefallen ist. Wie ihr aus der Maschine fliehen konntet, wie ihr das Rätsel gelöst habt und so weiter. Vielleicht finden wir ja belastendes Material, das wir gegen Shenmi verwenden können.«

Annika nahm ihre Brille ab und reichte sie ihm. »Ich denke, Sie dürften fündig werden. Es gibt da eine sehr schöne Ansprache, die Ms Stevenson kurz vor unserem Absprung an Bord der Maschine gehalten hat. Dort hat sie im Prinzip alles gebeichtet.«

»Ich habe diese Ansprache gesehen«, sagte Mortimer. »Das war der Grund, warum ich alles stehen und liegen gelassen habe, um euch zu holen.« Alle setzten sie ihre Brillen ab und gaben sie ihm.

»Wie geht es jetzt weiter?«, erkundigte sich Jeremy. »Werden die Spiele abgeblasen?«

Mortimer schüttelte den Kopf. »Nein, dafür ist es zu spät. Es wäre auch nicht fair den anderen Teams gegenüber, die sich so mächtig ins Zeug gelegt haben. Morgen ist der letzte Tag, den lassen wir noch stattfinden, danach beginnen hinter den Kulissen die Aufräumarbeiten. Die Spieler und das Publikum sollen davon möglichst wenig mitbekommen, denn es wird schmutzig werden. Das müssen wir nicht in die Öffentlichkeit tragen.« Er lächelte. »Im Gegensatz zu Shenmi Stevenson bevorzuge ich es, die Dinge hinter der Kamera auszutragen und nicht davor. Sobald das GlobalGames-Event vorüber ist, werde ich dafür sorgen, dass Shenmi Stevenson für das bezahlt, was sie euch angetan hat.«

Annika runzelte die Stirn. »Und was ist mit uns?«

»Was meinst du?«

»Na, was haben Sie mit uns vor?«

»Ihr werdet natürlich erst mal versorgt und anschließend in Sicherheit gebracht. Ihr musstet so viel erleiden, dass ihr euch eine Ruhepause verdient habt. Sobald ich sicher sein kann, dass euch kein Leid zugefügt wird, werdet ihr eine schöne Entschädigung erhalten und dann zu euren Eltern und Angehörigen heimgeschickt.«

»Heißt das, die Spiele sind für uns vorbei?«

»Selbstverständlich sind sie für euch vorbei. Entspannt euch, ihr habt es überstanden.« Er lächelte.

Als er merkte, dass niemand zurücklächelte, wurde er unsicher. »Moment mal. Ich darf doch davon ausgehen, dass das in eurem Sinne ist, oder?«

Niemand sagte etwas.

Er sah sie forschend an. »Ist das euer Ernst? Ihr wollt *weitermachen?«*

»Aber natürlich«, sagte Tim. »Wir haben doch nicht so viel durchgestanden, um jetzt kurz vorm Ziel aufzugeben.«

Mortimer Hansen hob verblüfft die Brauen. »Das ist ja allerhand ...«

»Allerdings gibt es da ein Problem«, sagte Annika. »Wir wissen nicht, wie. Gut, wir haben den Claim eingeloggt, aber wir haben kein weiteres Rätsel bekommen. Keinen Hinweis, keine Koordinaten, nichts. Ich fürchte, dass man uns zu diesem Zeitpunkt schon abgeschaltet hat.«

»Nein, hat man euch nicht. Euer Punkt wurde verbucht.«

»Und ...?«

»Dann wisst ihr es ja noch gar nicht ...?«

»Was wissen?«

Mortimer sog tief die Luft ein. »Ihr seid schneller gewesen als die Kanadier. Sie haben für das Sternrätsel eine halbe Stunde länger gebraucht.«

»Im Ernst?« Annika pochte das Blut in den Schläfen.

»Ja, allerdings. Shenmi Stevenson war wohl der Meinung, dass es egal sei, ob ihr Erfolg hättet oder nicht, und hat das Einlogg-Fenster weiterhin für euch offen gelassen. Vermutlich, weil sie dachte, dass es euch ohnehin nie gelänge, lebend von dieser Insel runterzukommen.« Er lehnte sich zurück. »Und jetzt erzählt ihr mir, dass ihr weitermachen wollt. Nach allem, was vorgefallen ist.«

»Ja, das wollen wir«, sagte Annika mit grimmiger Entschlossenheit. »Mehr denn je. Wir werden es dieser Frau heimzahlen, oder?« Sie blickte in die Runde. Überall traf sie auf dieselbe Entschlossenheit. Mortimer Hansen zog ein Päckchen Zigaretten aus der Jackentasche. Es kam ihr vor, als würde er sie plötzlich mit anderen Augen ansehen. »Stört es euch, wenn ich eine rauche?«

»Nicht wenn ich auch eine bekomme«, sagte Vanessa grinsend.

»Aber du bist doch noch gar nicht ... ach, Schwamm drüber.« Er hielt ihr die Packung hin und gab ihr Feuer. »Ihr meint das wirklich ernst, oder?«

»Selbstverständlich meinen wir das ernst.« Jeremy reckte sein Kinn vor. »Wir wären keine Runner, wenn wir so kurz vor dem Ziel aufgeben würden. Habe ich recht, Darius?«

Sein Kumpel reckte von der Krankenpritsche aus den Daumen nach oben.

»Ich verstehe ...«

»Nur nützt uns das leider nichts«, warf Annika ein. »Wir haben, wie gesagt, keine Koordinaten bekommen und ohne die sieht es ziemlich mau aus.«

»Ich kenne die Koordinaten«, erklärte Mortimer.

»Sie kennen sie?«

»Aber natürlich.« Seine Zähne schimmerten weiß. »Ich habe dieses Spiel entwickelt. Ich weiß, wo sich jeder einzelne Claim auf der Welt befindet. Und natürlich weiß ich, wo das große Finale stattfindet. Allerdings bin ich mir unsicher, ob ich euch das Ziel wirklich verraten soll.«

»Warum?«

»Seht euch doch mal an. Der eine wurde von einer Giftschlange gebissen, der zweite von einem Pfeil getroffen. Die anderen haben zwar auch heftige Abenteuer erlebt, aber ihr seid mit Abstand das Team, das mit den meisten Unfällen und Unglücken zu tun hatte. Dieses hier noch gar nicht mit eingerechnet. Vermutlich ist das der Grund, warum ihr so beliebt seid.«

»Ist das so?«

»Oh ja.« Mortimer zog an seiner Zigarette. »Natürlich werten die jeweiligen Länder ihre eigenen Teams immer am höchsten, doch bei vielen kommt ihr direkt auf Platz zwei. Was euch in der Gesamtbilanz ganz nach oben befördert. Seit ihr von der Bildfläche verschwunden seid, ist es sogar noch stärker geworden. Die Menschen sind voller Sorge. Alle fragen sich, was mit euch geschehen ist. Es kursieren die schlimmsten Gerüchte. Von einem Flugzeugabsturz ist die Rede ...«

»Was ja gar nicht so weit hergeholt ist«, sagte Vanessa.

»Eben.« Mortimer Hansen nickte ernsthaft. »Deswegen kommt es mir wie ein Wunder vor, dass ihr alle gesund und munter hier in meiner Maschine sitzt. Aber die Spiele haben ihren Tribut gefordert. Ihr seid längst nicht mehr so fit wie zu Beginn.«

»Körperlich vielleicht«, sagte Annika. »Aber wir gleichen das durch Entschlossenheit aus. Was wir erlebt haben, hat uns stärker werden lassen und ich denke nicht, dass es hier einen gibt, der das Finale sausen lassen will. Nicht nach allem, was wir durchgemacht haben.«

Mortimer Hansen zog ein letztes Mal an seiner Zigarette, dann warf er sie auf den Metallboden und trat sie aus. »Schön, wie ihr wollt«, sagte er. »Ich werde erst mal die Daten auf euren Brillen auswerten, danach bekommt ihr sie zurück und geht wieder online. Wir werden das mit einer technischen Panne erklären und aus den gespeicherten Aufnahmen einen unverfänglichen Film basteln. Hauptsächlich aus Aufnahmen, bei denen ihr das Rätsel löst. Sobald das geschehen ist, geht ihr wieder live auf Sendung. Einverstanden?«

Alle nickten.

»Dann soll es so sein.« Mortimer Hansen lächelte. »Willkommen beim großen Finale.«

GLOBALGAMES

INCORPORATED

Claim 5

Der Himmelspfad

45

Shenmi Stevenson saß mit Posh auf dem Schoß auf der Kante ihres Betts und verfolgte die Liveaufnahmen, die gerade in die ganze Welt ausgestrahlt wurden. Sie hielt eine Tasse Kopi-Luwak-Kaffee in der einen Hand, eine Fernbedienung in der anderen. Sie atmete nicht, sie zwinkerte nicht, sie schaute nur. Als sie spürte, dass sie vergessen hatte, Luft zu holen, atmete sie tief ein. Dann setzte die Reaktion ein.

Stufe 1: **Zweifel**

Was dort berichtet wurde, konnte nicht stimmen. Jemand musste einen Fehler gemacht haben. Archivmaterial vielleicht? Alte Aufnahmen?

Nein, vergewisserte Shenmi sich. Oben im Bild waren Ort, Datum und Uhrzeit eingeblendet und es sah nicht so aus, als wäre da etwas gefakt worden. Die Bilder waren also aktuell. Sie wurden in ebendiesem Moment aufgezeichnet und ausgestrahlt. Dann musste es einen anderen Fehler geben. Vielleicht hatte sich der Moderator vertan, als er die Teams benannt hatte. Möglich, dass es doch die Kanadier waren.

Ihre Hoffnung schwand, als die Landesflagge auf den Rucksäcken ins Bild kam. Als die Kamera hochschwenkte und Shenmi die Gesichter der sechs Runner sehen konnte, wusste sie, dass diese Möglichkeit ausschied.

Stufe 2: **Erkenntnis**

Es stimmte. Sie bildete sich das nicht ein. Das deutsche Team hatte es irgendwie geschafft zu überleben. Schlimmer noch, es war den Jugendlichen gelungen, die Insel zu verlassen und den Zielort zu erreichen. Gerade eben stiegen die sechs Runner aus dem Helikopter. Zwei Mädchen, vier Jungs. Alle, wie es schien, bei bester Gesundheit.

Aber wie? Wie war das möglich? Man hatte ihr hoch und heilig versichert, dass alles glattgehen würde – dass diese kleinen Blutegel für immer von der Bildfläche verschwinden würden.

Und doch waren sie da. Live, lebendig und in Farbe.

Während Shenmi auf den Bildschirm starrte und weiter den Bericht verfolgte, durchzuckte sie ein ungeheurer Verdacht. *Verrat!* Sie war hintergangen worden. Es musste jemand aus ihren eigenen Reihen sein. Schlimmer noch, jemand aus ihrem *engsten Umfeld*. Eigentlich konnte sie sich nur einen vorstellen, der die Macht und das nötige Know-how besaß, so etwas durchzuziehen, aber dem hätte sie eine solche Aktion niemals zugetraut.

Und dann sah sie ihn. Binnen eines Wimpernschlages wusste sie, woran sie war. Shenmi fiel zurück auf den Boden der Tatsachen. Deshalb hatte sie ihn also nicht erreichen können. In Wirklichkeit hatte er sich gegen sie gewandt.

Posh blickte zu ihr empor, sprang von ihrem Schoß und verkroch sich winselnd hinterm Schrank. Offensichtlich riet ihr animalischer Instinkt dazu. Und es war absolut gerechtfertigt. Denn was jetzt folgte, war:

Stufe 3: **Reaktion**

Sie erfolgte mit einer Heftigkeit, die Shenmi selbst überraschte und erschreckte. Ihr war bewusst, dass sie von Zeit zu Zeit unter cholerischen Wutausbrüchen litt, doch was jetzt über die Inneneinrichtung ihres Hotelzimmers hereinbrach, war ein waschechter Tsunami. Shenmi griff nach einem Stuhl und schleuderte ihn mit voller Kraft in den Fernseher. Das hauchdünne Display wurde mit einem Muster aus Spinnweben überzogen, als das Glas unter der Kunststofffolie in hunderttausend Splitter zerbarst. Als Nächstes war der große Spiegel im Eingangsbereich dran. Hier endete das Gewitter in einem Glasregen. Das Telefon wurde aus der Wand gerissen, die Klimaanlage mit einem Hieb geschrottet und Bilder von der Wand gefegt. Dann ging es im Bad weiter.

Zehn Minuten etwa dauerte der Ausbruch, dann ließen Shenmis Kräfte nach. Abgesehen davon gab es nicht mehr viel, was noch heil geblieben war. Sie hätte das Appartement wechseln müssen, um ihren Vernichtungsfeldzug fortzusetzen. Doch sie hatte genug Dampf abgelassen. Endlich konnte sie wieder klar denken.

Das Spiegelbild im Bad wirkte erschreckend. Ihr Gesicht war rot, ihre weißblonden Haare hingen wie Seetang über ihre Stirn und das Make-up war verlaufen. Die Splitter des zerstörten Spiegels ließen ihr Gesicht merkwürdig verzerrt wirken. Wie eine *Oni* sah sie aus – wie eine Dämonin aus der japanischen Mythologie – und genauso fühlte sie sich auch. Sie musste handeln, und zwar schnell. Oder die Dinge würden aus dem Ruder laufen.

Sie griff nach ihrem Mobiltelefon. Tobsuchtsanfall hin oder her, ihr Handy trug sie immer dicht am Körper.

Sie drückte die Kurzwahl und wartete.

Keine zwei Sekunden später meldete sich eine Stimme. »Ja?«

»Verfolgst du aktuell das Geschehen im Fernsehen?«

»Allerdings. Ich weiß nicht, was ich dazu sagen soll. Es hat alles wie am Schnürchen geklappt. Ich habe keine Ahnung, wie …«

»Halt die Klappe und hör mir zu.« Sie atmete tief durch. »Es ist Hansen. Er hat das Team von der Insel geholt. Ganz offensichtlich hat er sich gegen mich gewandt.«

»Was denn, der liebe, kleine Morti?« Die Stimme triefte vor Hohn.

»Scheint so, dass wir ihn unterschätzt haben. Der Typ kann für uns zur Gefahr werden. Er muss aus dem Verkehr gezogen werden. Zuvor aber muss dieses Team verschwinden. Ich will, dass du dich darum kümmerst, Yáozú. Nimm dir so viele Leute, wie du brauchst, und sorge dafür, dass es erledigt wird. Mir egal, wie du das anstellst, aber es muss echt wirken, verstanden? Nichts, was sich zu uns zurückverfolgen lässt. Lass es wie einen Unfall aussehen. Die Berge sollten dafür ausreichend Möglichkeiten bieten.«

»Wird erledigt. Ich werde diesmal persönlich vor Ort sein und dafür sorgen, dass nichts schiefgeht.«

»Das hoffe ich. Um deinetwillen. Noch einmal werde ich ein Versagen nicht akzeptieren.«

»Verstanden.«

Sie steckte das Handy wieder ein und ließ die Schultern sinken. Zum ersten Mal in ihrem Leben empfand sie Furcht. Furcht zu versagen. Furcht, dass sich die Dinge anders entwickeln könnten, als von ihr geplant.

Und das war ein verdammt unangenehmes Gefühl.

46

Tim blickte in die Wolken hinauf.

Die Bergspitzen verloren sich im Nebel, wurden unschärfer und verschwanden hinter dünnen Wolkenschleiern. Unmöglich zu erkennen, wie hoch es dort hinaufging.

»Krass, oder?« Eli folgte seinem Blick. »Die Berge sind der Hammer.«

Tim nickte. Auch wenn er Elis Begeisterung nicht teilte. Auf ihn wirkten diese senkrechten Felswände einschüchternd. Wenn nicht sogar beängstigend. Manche der Bergflanken fielen über Hunderte von Metern senkrecht ab. Wenn man genau hinschaute, konnte man da oben kleine Tempel und Heiligtümer sehen. Sie waren über Stege, Brücken und Trampelpfade miteinander verbunden, was sie seltsam unwirklich erschienen ließ. Fast wie eine Fantasylandschaft.

Er zuckte zusammen, als er eine Hand auf seiner Schulter spürte.

»Na, mein Junge?« Mortimer Hansen war neben ihn getreten. »Hast du es dir so vorgestellt?«

»Ich weiß nicht, was ich mir vorgestellt habe, aber das hier ist atemberaubend.«

»Warte mal ab, bis sich die Wolken verziehen. Meistens um die Mittagszeit herum. Dann kannst du die Berge in ihrer ganzen Pracht bestaunen.«

»Und da sollen wir hinauf?« Tim schluckte.

»Hinauf und hindurch. Mehr darf ich dir leider nicht verraten.« Der Gründer von GlobalGames lächelte verschwörerisch. »Keines der drei Teams darf vorher wissen, worin die Aufgabe besteht, so lauten die Regeln. Aber keine Sorge, lange braucht ihr nicht zu warten. Die Rote Dame wird euch alles Nötige erklären. Ihr findet sie übrigens dort drüben in der Empfangshalle, zusammen mit den anderen Spielern.« Er deutete auf ein riesiges weißes Gebäude mit breiten Glasfenstern, über das in chinesischen Lettern das Wort *Besucherzentrum* geschrieben stand.

Tim sah Mortimer Hansen interessiert an. »Werden Sie uns begleiten?«

Das Lächeln verschwand. »Ich? Nein. Mein Weg endet hier. Ich habe euch so weit geholfen, wie es mir möglich war. Der Rest liegt bei euch. Aber ihr habt immer noch die Möglichkeit auszusteigen.«

»Niemals«, sagte Jeremy entschieden.

»Dann soll es so sein.« Mortimer nickte ernsthaft. »Ich hätte vermutlich genauso entschieden. Kein wahrer Runner gibt so kurz vor dem Ziel auf.«

»Was ist eigentlich aus Ms Stevenson geworden?«, erkundigte sich Annika. »Wird sie nicht hier sein? Sie ist doch immerhin Chinesin. Will sie ihr eigenes Team nicht anfeuern?«

»Tatsächlich hat sie wohl vorgehabt, hier zu erscheinen, aber sie ist kurzfristig verhindert und lässt sich entschuldigen. Vermutlich weiß sie inzwischen, was los ist, und versucht, das Beste aus der Situation zu machen. Ich könnte mir vorstellen, dass sie in ebendiesem Moment überlegt, wie sie am besten gegen uns vorgehen kann. Deswegen ist es so wichtig, dass ihr jetzt schnell handelt. Ich werde dafür Sorge tragen, dass nach eurer Rückkehr alles glattläuft. Das Timing ist von entscheidender Bedeutung. Wenn Shenmi nicht schon von eurem Überleben erfahren hat, so wird das spätestens jetzt der Fall sein. Ich muss die Daten, die ich von euren Brillen gezogen habe, entsprechend aufbereiten. Da ist viel interessantes Zeug dabei und die Staatsanwaltschaft muss dringend informiert werden. Zum Glück liegt Beijing nur eine knappe Flugstunde entfernt. Dort befindet sich eine Zweigstelle von uns. Mit der entsprechenden Rechenpower kann ich uns vor dieser Frau schützen.«

»Was sollen Patrick und ich solange tun?«, fragte Eli. »Wir gehören ja nicht zum aktiven Team.«

»Seht ihr das Hotel dort drüben?« Hansen deutete über den Platz. »Ich habe dort Zimmer für euch gebucht. Schlaft euch mal richtig aus und erholt euch.«

Tim fiel es schwer, Lebewohl zu sagen. Er mochte den Gründer von GlobalGames und hoffte, dass dies kein endgültiger Abschied war. »Vielen Dank, Mr Hansen«, sagte er, »und passen Sie gut auf sich auf.«

Hansen nickte. »Versprecht mir, dass ihr vorsichtig sein werdet. Ich habe aber die Hoffnung, dass nichts weiter geschehen wird. Shenmi weiß jetzt, dass ihr noch am Leben seid, und wir müssen dementsprechend vorsichtig sein. Das dürfte euch einen gewissen Schutz bieten. Riskiert trotzdem nichts. Sobald ich in Bejing fertig bin, komme ich zurück und hole euch. Lebt wohl, meine Freunde. Und denkt dran: Der gerade Weg ist nicht immer der einfachste.«

47

Sie fanden die Rote Dame in der großen Halle, flankiert von den letzten beiden Teams. China auf der linken Seite, die USA rechts. Als Annika und ihre Mitstreiter die Halle betraten, wandten sich alle zu ihnen um. Neugierige, taxierende Blicke trafen sie. Hin und wieder erhaschte Annika ein erwartungsvolles Lächeln.

Die Rote Dame trug ein Kostüm, das Annika an einen alten Hollywoodfilm erinnerte. Das Kleid war rot und reichte bis zum Boden. Ärmel und Kragen waren weit geschnitten und mit goldenen Mustern bestickt. Auf ihrem Kopf trug sie eine Art Diadem in Form eines goldenen Drachen. Sie sah aus wie eine chinesische Prinzessin.

»Hallo, Runner, da seid ihr ja endlich!«, rief sie. »Wir haben euch schon erwartet. Hattet ihr eine gute Ankunft? Herzlich willkommen zur finalen Runde der GlobalGames-Worldchampionship!« Sie glitt mit anmutigen Schritten durch die Halle. »Was für ein außergewöhnlicher Moment, oder? Seid ihr euch dessen bewusst, dass ihr, während wir hier miteinander sprechen, von den Augen der ganzen Welt beobachtet werdet? Drei Milliarden Menschen sehen uns in diesem Moment zu. Alle Kontinente, alle Ethnien, alle Religionen. Wie kein Spiel zuvor hat dieses Game die Menschen vereint und sie erfahren lassen, wie außergewöhnlich schön und schützenswert unser Planet ist und wie wunderbar die Völker, die auf ihm leben. Ihr, liebe Kandidaten, habt ihnen die Augen geöffnet und dafür möchte ich mich stellvertretend für die Organisatorin des Spiels, Shenmi Stevenson, bedanken.

Leider konnte Ms Stevenson heute nicht persönlich anwesend sein, um euch für die letzte Aufgabe Glück zu wünschen, aber ihr werdet sie spätestens bei der Siegerehrung wiedersehen. Bis dahin müsst ihr mit mir vorliebnehmen.« Sie schenkte ihnen ein bezauberndes Lächeln. »Hier sowie außerhalb des Gebäudes und oben in den Bergen wurden Kameras installiert, die euch auf Schritt und Tritt begleiten werden. Drohnen werden über euch kreisen und die Zuschauer mit spektakulären Bildern versorgen. Da dies die finale Runde ist, haben wir uns die spektakulärste Location für den Schluss aufgehoben. Ihr habt hart gekämpft, alles gegeben und wart immer einen kleinen Schritt schneller als eure Gegner. Ihr habt euch durch die Vorrunden gekämpft, Rätsel gelöst und Gegner besiegt. Von den ursprünglich einhundertachtundvierzig Teams habt nur ihr drei es bis in die Endrunde geschafft. Drei Teams zu je sechs Spielern – das macht achtzehn Runner. Und jeder Einzelne von euch ist jetzt schon ein Star.« Sie drehte sich im Kreis, als spräche sie zu einem Millionenpublikum. »Ich möchte unseren Zuschauern jetzt die Gelegenheit geben, euch kennenzulernen. Hier zu meiner Rechten befindet sich das Team aus China mit seinem Teamleader Tian Zhenyun. Herzlich willkommen.«

Als die Amerikaner applaudierten, schlossen sich Annika und die anderen an. Das war ein Gebot des Respekts und der Fairness.

»Auf der anderen Seite haben wir das amerikanische Team mit ihrer Teamleaderin Elisa Monahan.« Annika klatschte diesmal aus ehrlicher Begeisterung. Elisa war eine Legende. Abgesehen davon bestand die Hälfte des amerikanischen Teams aus Mädchen, was an sich schon ziemlich cool war. Von den Chinesen kam nur verhaltener Applaus, denn ihr Team war eine reine Jungenmannschaft.

Jetzt deutete die Rote Dame auf sie. »Und zu guter Letzt haben wir hier das deutsche Team mit seinem Leader Tim Feldmann. Deutschland, schön, dass ihr es in die Endrunde geschafft habt!«

Annika hob amüsiert eine Braue. *Tim?* Eigentlich gab es unter ihnen keinen Teamleader. Allerdings hatte Jeremy stets Anspruch auf die Rolle erhoben. Und so wirkte sein Gesichtsausdruck auch etwas verkrampft, als der Applaus einsetzte.

Die Rote Dame wedelte mit der Hand und wie durch Zauberei öffneten sich die Jalousien über ihren Köpfen. Durch das Glasdach waren die umliegenden Berge zu sehen.

Mortimer hatte recht gehabt, der Nebel begann, sich aufzulösen.

»Kommen wir nun zu der finalen Aufgabe«, sagte die Rote Dame. »Was ihr da draußen seht, liebe Freunde, ist das Huangshan-Gebirge. Es ist eines der spektakulärsten Reiseziele Chinas und wird seit Jahrhunderten von Geschichtsschreibern verehrt. Vielleicht habt ihr ja mal den Science-Fiction-Film *Avatar* gesehen. Diese Berge dienten unter anderem als Kulisse.«

Annika kam aus dem Staunen nicht mehr raus. Je mehr sich die Wolken verzogen, desto atemberaubender wurde der Anblick.

»Im alten chinesischen Weltbild verkörpert das Huangshan-Gebirge den westlichen Eckberg des Erdquadrats«, fuhr die Rote Dame fort. »Das Gebirgsmassiv wurde wegen seiner steilen, malerischen Felswände und seiner gefährlichen Steige weltberühmt und diente vielen chinesischen Malern als Vorlage. Wer alte chinesische Zeichnungen gesehen hat, dem werden die steilen, granitbewachsenen Berggipfel mit ihren gekrümmten, knorrigen Pinien und Zedern aufgefallen sein. Dies hier ist die Vorlage dazu.

Viele der über zweitausend Meter hohen Gipfel sind durch Bergpfade miteinander verbunden. Entlang dieser Wege reihen sich Klöster, Pagoden, Tempel, Brücken und Tore. Zuerst werdet ihr mit einem Shuttleservice zur Seilbahn gebracht, wo ihr dann mit Gondeln hinauf zur Bergstation fahrt. Dort befindet sich der Jadetempel, in dem euch eure finale Aufgabe erwartet. Danach steigt ihr auf getrennten Pfaden hinauf bis zum knapp zweitausend Meter hohen Lotusblütengipfel, wo sich der *Schrein des leuchtenden Kristalls* befindet. Ein Heiligtum, das seit vielen Jahrtausenden dort steht und das dort auf mutige Herausforderer wartet, die gleichermaßen sportlich wie klug sind. Dort müsst ihr das Ergebnis aus dem Rätsel des Jadetempels eingeben. Aber denkt scharf nach, denn nur jemand mit reinem Herzen und klarem Verstand wird die Truhe öffnen können und den Kristall bergen. Ehe ihr in den Shuttlebus steigt, der euch zur Seilbahn fährt, solltet ihr noch einmal eure Technik, eure Kleidung, Stiefel und Handschuhe überprüfen. Dort oben gibt es niemanden, der euch helfen könnte. Dort seid ihr ganz auf euch alleine gestellt.« Sie verließ die Halle durch die große Tür auf der anderen Seite des Gebäudes.

Annika und ihr Team befolgten den Rat und prüften ihre Ausrüstung. Jetzt auf den letzten Metern durfte nichts schiefgehen. Die Chinesen beendeten ihre Vorbereitungen und verließen mit schnellen Schritten das Gebäude. Die Amerikaner standen einen kurzen Moment unschlüssig herum und kamen dann zu ihnen herüber. Elisa Monahan war ein schlankes schwarzes Mädchen mit strahlenden Augen und kunstvoll geflochtenen Zöpfen. »Hi, zusammen«, sagte sie. »Alles gut bei euch? Bereit für die finale Challenge?«

»Klar, und ihr?«, entgegnete Annika.

»Wir hörten, ihr wärt in Schwierigkeiten gewesen. Von einem Flugzeugabsturz war die Rede.«

»Wie du siehst, sind wir hier«, sagte Tim grinsend.

»Du musst Tim sein.« Elisa strahlte ihn an. »Ich habe schon von dir gehört.«

»Ich hoffe, nur Gutes.«

»Es heißt, du hast einem Mädchen das Leben gerettet. Es heißt, du wärst dabei fast selbst draufgegangen. Es ist mir eine Ehre, dich kennenzulernen.« Sie streckte ihre Hand aus und Tim schlug ein.

»Nicht der Rede wert«, winkte er ab. »Das hätte doch jeder gemacht. Runner müssen zusammenhalten, oder?«

»Ja, das müssen sie. Aber heute hat uns das Schicksal zu Gegnern gemacht. Leider.« In Elisas Augen war ein Blitzen zu sehen. Annika verspürte einen leichten Stich von Eifersucht. Sie hätte Tim keinen Vorwurf machen können, denn Elisa war einfach umwerfend. Mit einem Lachen sagte Elisa: »Kommt, Freunde, sonst schnappen uns die Chinesen noch den Sieg vor der Nase weg. Packen wir unser Zeug und dann los.«

Annika konnte froh sein, dass sie schwindelfrei war. Für jemanden, der unter Höhenangst litt, musste die Fahrt mit dieser Seilbahn die reinste Folter sein.

Immer weiter hinauf ging es und ein Ende war nicht abzusehen. Sie schwebten über waldige Gipfel, steile Schluchten und atemberaubende Wasserfälle, während die Talstation unter ihnen auf die Größe einer Streichholzschachtel schrumpfte. Wind pfiff um die Gondel, brachte das Kabel zum Singen.

Über ihnen tauchte die Bergstation auf. Unter einem tiefblauen Himmel war sie spektakulär in die Flanke einer Felswand hineingebaut. Wie sie da oben hing, schien sie den Gesetzen der Schwerkraft zu trotzen. Gleich daneben konnte man die Spitzen und Türmchen des Tempels sehen.

»Das muss der Jadetempel sein«, flüsterte Tim. »Der Ort, an dem sich der Roten Dame zufolge das Rätsel befinden soll.«

»Ist schon ein bisschen unfair, findest du nicht?«, fragte Annika.

»Du meinst, weil der letzte Claim in China liegt und eines der Teams chinesisch ist?«

Sie nickte.

»Ich habe mir darüber auch schon Gedanken gemacht. Andererseits ist China so riesig – gut möglich, dass kaum einer aus dem gegnerischen Team jemals hier gewesen ist. Abgesehen davon, bei so vielen teilnehmenden Nationen ist die

Chance groß, dass es hier und da mal einen Heimvorteil gibt. Kein großes Ding.«

Annika presste die Lippen aufeinander. So gerne sie ihm glauben würde, so sehr wurde sie den Verdacht nicht los, dass Shenmi Stevenson das irgendwie eingefädelt hatte. Dieser Frau traute sie inzwischen alles zu.

Sie würden einfach ihr Bestes geben und versuchen, schneller zu sein als die anderen. Und wenn es nicht klappte, dann war das halt so. Hauptsache, niemandem von ihnen stieß ein Unglück zu.

Wenige Minuten später erreichten sie die Bergstation. Die Türen öffneten sich und sie stiegen aus.

»Leute, eines noch«, sagte Annika. »Ich möchte, dass ihr eines wisst: Ich bin megastolz auf euch alle. Wir haben in den letzten Tagen bewiesen, dass wir das Zeug haben, als bestes Team aus dieser Weltmeisterschaft hervorzugehen. Jeder Einzelne von uns hat bewiesen, dass er es verdient hat, hier zu stehen und diese letzte Aufgabe gemeinsam in Angriff zu nehmen. Wenn ich bedenke, wo wir begonnen haben und wo wir jetzt stehen, dann muss ich zugeben, dass ich das niemals für möglich gehalten hätte. Also lasst uns diese Energie, die uns gerade voranträgt, zu einem Pfeil bündeln, der zielgenau auf den ersten Platz gerichtet ist. Lasst uns der Herausforderung mit erhobenem Kopf begegnen und es Shenmi Stevenson mit doppelter Münze heimzahlen.« Sie streckte ihre Hand aus. Alle anderen legten ihre darauf. In den Augen ihrer Kameraden glitzerte freudige Entschlossenheit.

Dann nickten sie sich zu und machten sich auf den Weg.

Ein kühler Wind wehte ihnen entgegen. Die Temperatur war schlagartig gefallen. Den Kragen ihrer Jacke hochschlagend, folgte Annika den anderen in Richtung Tempel. Ihr Puls beschleunigte sich. Jetzt war es gleich so weit.

Das letzte Rätsel erwartete sie.

48

Kerzen beleuchteten eine Statue, die einen sitzenden Gelehrten mit langem Bart und Schriftrollen darstellte. Die Wände ringsherum waren mit Drachenmotiven geschmückt. Die Luft war vom Geruch von Räucherstäbchen geschwängert. Das leise Klingeln von Glöckchen wehte im Wind.

Tim fror es an den Füßen. Sie waren auf Socken unterwegs, denn das Betreten des Tempels mit Straßenschuhen war verboten. Der glatt polierte Marmor war nicht nur kalt, er war auch noch verflixt rutschig.

»Da drüben geht's lang.« Annika deutete nach links.

Das chinesische Team hatte sich vor einem hölzernen Schrein versammelt. Sie saßen auf Kissen und erwarteten das Eintreffen der Roten Dame. Tim und die anderen schnappten sich ebenfalls Kissen und nahmen hinter den Chinesen Platz. Die Amerikaner machten es ebenso.

Lange mussten sie nicht warten. Ein kahlköpfiger Priester schlurfte herein, öffnete den hölzernen Schrein und schlug dreimal auf einen Gong. Mit dem Verklingen des letzten Schlags tauchte die Rote Dame auf. Sie trug nun ebenfalls die Kleidung eines Mönches.

»Ich begrüße euch im Jadetempel, einem der berühmtesten daoistischen Tempel Chinas«, sagte sie, faltete die Hände und zündete ein Räucherstäbchen an. »Um diesen Tempel ranken sich viele Legenden. Seit Anbeginn der Zeit ist er als *Tempel der Rätsel* bekannt. Unzählige Rätselmeister haben hier ihre schönsten und schwersten Rätsel hinterlegt, denn unter den Göttern gilt es als Sport, sich gegenseitig knifflige Aufgaben zu stellen. Eines dieser Rätsel möchte ich euch heute vorstellen. Es ist weit über tausend Jahre alt und stammt noch aus einer Zeit, als Kaiser und Fürsten dieses Land beherrschten. Was die Aufgabe so besonders macht, ist die Art, wie sie das Denken der Menschen in diesem Land beschreibt. Also lasst euch überraschen.«

Sie entnahm dem Schrein eine alte Pergamentrolle. Tim beobachtete fasziniert, wie sie das Seidenband löste und die Rolle ausbreitete.

»Einst lebte in diesem Land ein alter Bauer«, las die Rote Dame, was dort geschrieben stand. *»Als er starb, hinterließ er seinen drei Söhnen siebzehn Kühe. Laut Testament sollte der erste Sohn die Hälfte vom Erbe erhalten, der zweite ein Sechstel und der dritte ein Neuntel. Da eine tote Kuh keine Milch geben kann, verfügte der Bauer in seinem Testament, dass keines der Tiere geschlachtet werden dürfe. Dies war sein Wunsch und Letzter Wille.«*

Die Rote Dame rollte das Pergament zusammen und legte es wieder ins Ablagefach. »Die drei Söhne standen vor der schier unlösbaren Aufgabe, das Erbe gerecht aufzuteilen, ohne eine Kuh zu schlachten. Doch nach langem Nachdenken kamen sie auf ein Ergebnis. Eine Lösung, bei der keiner der drei sich benachteiligt fühlte. Das Ergebnis ist eine vierstellige Zahl, die in die Geschichtsbücher eingegangen ist. Findet diese Zahl und ihr werdet damit die Jadeschatulle auf dem Lotusblütengipfel öffnen können.

Doch gebt acht! Nur der Auserwählte darf den Kristall an sich nehmen. Wird der Kristall von mehr als einer Person berührt, ist das Ergebnis ungültig. Beratschlagt also gut und entscheidet, wem von euch diese Ehre gebührt. Es gibt kein Zurück.« Hinter der Roten Dame verschloss der kahlköpfige Priester den Schrein und verließ den Raum. »Drei Pfade, die mit unterschiedlichen Farben markiert sind, führen zum Gipfel hinauf. Einer im Osten, einer im Westen und einer im Norden. Die USA folgen dem grünen Pfad nach Westen, China dem roten nach Osten und Deutschland dem blauen nach Norden. Jeder Pfad ist anders, doch sie alle sind etwa gleich lang. Sie sind schwierig und voller Gefahren, darum seid auf der Hut. Seid ihr am Ziel, gebt ihr das Ergebnis als vierstelligen Nummerncode ins Zahlenschloss ein und öffnet den Schrein. Es ist wichtig, dass bei dieser Zeremonie alle sechs Teammitglieder anwesend sind. Ihr dürft niemanden unterwegs zurücklassen. Gibt es noch Fragen?« Sie blickte in die Runde.

Elisa Monahan hob die Hand. »Wie lange werden wir unterwegs sein?«

»Der Aufstieg dauert etwa vier Stunden, je nachdem wie fit ihr seid. Zeit genug, um dieses schwierige Rätsel unterwegs zu lösen. Wasser braucht ihr nicht, es gibt genug klare Quellen. Da die Luft dünner wird, solltet ihr es nicht übertreiben. Immer einen Schritt nach dem anderen. Letztlich zählt nicht, wer zuerst oben ist, sondern wer als Erster die richtige Lösung eingibt. Seid ihr bereit?«

»Aber so was von.« Der chinesische Champion erhob sich und zog seine Leute auf die Füße. Sein selbstsicheres Lächeln wirkte einschüchternd auf Tim. Wusste er etwas? Konnte es sein, dass er die Lösung bereits in der Tasche hatte?

Tim erinnerte sich an Annikas Bemerkung vorhin. Wer sagte ihnen denn, dass chinesische Kinder dieses Rätsel nicht bereits in der Grundschule lernten?

Alle drei Teams standen auf, verabschiedeten sich von dem Mönch und der Roten Dame und verließen den Tempel.

»Mann, bin ich froh, diesem Qualm entronnen zu sein«, sagte Malte hustend. »Wie halten es die Mönche bloß dadrin aus?«

»Vermutlich macht das Zeug high, deswegen sind hier alle so gut drauf«, sagte Vanessa mit einem Grinsen. »Aber ihr habt recht, hier draußen ist es viel angenehmer. Oh, schaut mal, die Chinesen brechen schon auf.«

»Die haben es aber eilig«, sagte Tim. »Besser, wir machen uns auch auf den Weg.«

Sie gingen rüber zu den Amerikanern, verabschiedeten sich von ihnen und wünschten ihnen *good luck*. Dann schnürten sie ihre Stiefel, zogen die Handschuhe stramm und folgten den blauen Wimpeln hinauf zum Himmelspfad.

*

Eli und Patrick wagten sich aus ihrer Deckung, allerdings sehr, sehr vorsichtig. Auf keinen Fall wollten sie riskieren, entdeckt zu werden. Aus sicherer Position beobachteten sie den Aufbruch der drei Teams. Nachdem die Amerikaner das Startfeld als Letzte verlassen hatten, lag der Tempelvorplatz nun verlassen da. Auch der kleine Priester, der bis eben noch die Tauben gefüttert hatte, war wieder verschwunden.

»Das war's«, sagte Patrick. »Die Teams sind unterwegs.«

»Ziemlich clever, jedes von ihnen auf einem eigenen Pfad loszuschicken«, flüsterte Eli. »So kommen sie sich nicht ins Gehege.«

Es hatte ihnen einfach keine Ruhe gelassen, was mit ihren Freunden geschehen würde. Statt Mortimers Rat zu folgen und ins Hotel zu gehen, hatten sie entschieden, ihren Freunden auf dieser letzten und alles entscheidenden Etappe zu folgen. Keine einfache Aufgabe, denn entlang des Weges waren in unregelmäßigen Abständen Kameras installiert.

Eli wollte gerade aufstehen und die Gondelstation verlassen, als Patrick sie mit festem Griff zurückhielt. »Warte«, zischte er.

»Was ist?«

Statt einer Antwort deutete er nach vorne.

Eli hob vorsichtig den Kopf. Hinter den Säulen des Tempels bewegte sich etwas. Zwei Gestalten tauchten auf. Verstohlen und ganz in Schwarz gekleidet, bewegten sie sich wie Raubkatzen zwischen den Schatten. Sie wirkten, als würden sie das Licht meiden.

»Moment mal …« Eli kniff die Augen zusammen. »Sind das nicht die Typen vom Shuttleservice?«

»Die unser Team zur Seilbahn gefahren haben, ganz richtig.« Patrick nickte. »Ich frage mich, was die hier oben verloren haben.«

Eli spürte ein unangenehmes Ziehen in der Magengrube. Ihr

waren die Kerle bereits unten seltsam vorgekommen. Das war der Grund gewesen, weswegen sie und Patrick die zwei Kilometer zur Talstation lieber zu Fuß gelaufen waren. Das hatte zwar eine halbe Stunde gedauert, aber so waren sie wenigstens unbemerkt geblieben. Wie es aussah, hatten sie die richtige Entscheidung getroffen.

»Schau mal«, flüsterte Patrick. »Sie kommen jetzt aus ihrer Deckung hervor.«

Eli kniff die Augen zusammen. Die Helligkeit war ziemlich anstrengend. Sie ärgerte sich, dass sie vergessen hatte, ihre Sonnenbrille einzustecken.

Die Kerle waren jetzt vollends aus dem Schatten hervorgetreten und berieten sich. Während der eine auf den Pfad deutete, überprüfte der andere sein GPS-Gerät. Sie trugen Rucksäcke, in denen sich ziemlich schwere Sachen zu befinden schienen. Sie wechselten ein paar Worte, dann schlugen sie den blauen Weg ein.

»Was hältst du davon?«, flüsterte Eli. »Warum folgen sie gerade unserem Team?«

»Keine Ahnung, aber ich habe kein gutes Gefühl bei der Sache.«

»Ich auch nicht. Sollen wir hinterher?«

»Na und ob.« Patrick lächelte grimmig. »Wenn die glauben, sie könnten hier irgendetwas abziehen, täuschen sie sich. Wir werden ein Auge auf sie haben, das garantiere ich dir. Wir müssen uns nur vor den Drohnen in Acht nehmen, die hier überall rumschwirren. Komm, lass uns losgehen. Und vergiss nicht, unterwegs auf Kameras zu achten.«

49

Die Himmelstreppe wurde ihrem Namen durchaus gerecht. Bei Stufe eintausend hatte Tim zu zählen aufgehört. Stattdessen konzentrierte er sich auf seine Atmung. Die Luft war verdammt dünn geworden. Mochte er auch noch so tief einatmen, so hatte er doch nie das Gefühl, genug Sauerstoff in seine Lungen zu bekommen. Als Annika die Hand hob und anhielt, war es für ihn wie eine Erlösung.

»Stopp, alle miteinander«, keuchte Annika. »Last uns eine kurze Rast einlegen. Der Platz hier ist optimal. Schatten, eine Quelle und eine windstille Ecke zum Sitzen. Einverstanden?«

»Einverstanden«, japste Jeremy. »Zehn Minuten Auszeit. Ich bin echt am Ende.«

Keuchend und verschwitzt ließen sie sich zu Boden sinken.

Tim säuberte seine Brille und überprüfte die Uhrzeit. Kurz nach zwölf. Zwei Stunden waren sie jetzt schon auf diesem Höllenberg unterwegs. Laut Karte hatten sie bereits mehr als die Hälfte der Strecke geschafft. Doch der schwierigste Abschnitt stand ihnen noch bevor.

Der Wegplan in ihrer Onlinedatenbank war etwas vage gehalten, aber es las sich so, als würde der letzte Anstieg einige Kletterpassagen enthalten.

Was an sich nicht schlimm war. Jeder von ihnen war ein geübter Kletterer. Wenn man es langsam anging und sich nicht

übernahm, kein Problem. Tim aß etwas, trank ausgiebig und füllte seine Flasche an der Quelle auf.

Es war ein atemberaubender Anblick. So weit das Auge reichte, ragten mit Kiefern bewachsene Felshänge zwischen dem Wolkenmeer auf. Es wirkte, als könne jeden Moment ein chinesischer Drache um die Bergkuppe geflogen kommen.

»He, schaut mal«, knurrte Jeremy. »Da ist schon wieder eine Drohne. Schon die dritte.«

»Du liebst es doch, im Rampenlicht zu stehen, also wink mal«, sagte Vanessa grinsend. Jeremy beachtete sie nicht.

Tim hatte zuerst nur das nervtötende Surren gehört, doch als er genauer hinschaute, erkannte er sie. Etwa hundert Meter über ihren Köpfen und nur als kleiner Punkt zu erkennen.

Darius beschirmte seine Augen. »Wenn ich eine Steinschleuder hätte, könnte ich das Ding runterschießen.«

»Würdest du es denn überhaupt schaffen mit deiner Schulter?«, fragte Annika.

Darius bewegte den Arm. »Da ist zwar noch ein leichtes Stechen, aber sonst ist sie in Ordnung. Der Arzt hat gute Arbeit geleistet.«

»Zum Glück waren die Pfeile nicht vergiftet«, sagte Malte. »Ich habe viel länger gebraucht, um wieder fit zu werden.«

»Ich bin ja auch gut trainiert und nicht so 'ne halbe Portion wie du.« Darius klopfte seinem Teamkollegen auf die Schulter. »Ich freue mich, dass du bei uns bist. Du bist echt in Ordnung.«

»Ja?« Malte strahlte.

»Und ob«, sagte Darius. »Und was da im Vorfeld gelaufen ist: vergeben und vergessen.«

»Was haltet ihr davon, wenn wir mal über das Rätsel quatschen?« Vanessa schien ungeduldig zu werden. »Ich muss gestehen, ich habe keinen Plan. Siebzehn Kühe lassen sich nicht teilen, egal wie man es anstellt.«

»Weil's 'ne Primzahl ist«, sagte Malte. »Sie ist nur durch eins und sich selbst teilbar.«

»Ich weiß, was eine Primzahl ist«, schnappte Vanessa.

»Aber er hat recht«, sagte Annika. »Siebzehn ist eine Primzahl. Was wiederum bedeutet, dass es einen Trick geben muss.«

»Ja, aber welchen?« Jeremy runzelte die Stirn. »Ich habe schon alle möglichen Variationen durchprobiert. Nichts funktioniert.«

»Vielleicht weil wir wie Europäer denken«, sagte Tim. »Erinnert euch, was die Rote Dame gesagt hat: Was die Aufgabe so besonders macht, ist die Art, wie sie das Denken der Menschen in diesem Land beschreibt.«

»Ja toll, und was soll das heißen? Wie denkt denn ein Chinese?«

»Das ist eben die Frage«, sagte Tim. »Ich habe mir während Aufstiegs den Kopf darüber zerbrochen und bin zu dem Schluss gekommen, dass Chinesen extrem erfindungsreich und anpassungsfähig sind. Immerhin ist es eine der ältesten Kulturen der Erde. Unglaublich, wie viele Erfindungen hier gemacht wurden. Zum Beispiel der Kompass, aber auch das Schießpulver, der Buchdruck und das Papier. Habe ich zumindest gehört.«

»Aha«, brummte Jeremy. »Aber was nützt uns das? Hier geht's um Mathematik, nicht um Bücher.«

»Was ich sagen will, ist, dass wir hier vielleicht anders rangehen müssen«, verteidigte sich Tim.

»Aha, denken wie ein Chinese also. Na, das ist ja toll. Und wie denken die?«

Niemand wusste darauf eine Antwort.

»Eine Sache ist doch merkwürdig«, fuhr Malte fort. »Habt ihr euch nie gefragt, wieso das Ergebnis aus vier Ziffern bestehen soll? Es gibt doch nur drei Söhne. Wieso dann vier Ziffern?«

»Das ist wahr ...«, murmelte Tim. »Ist mir noch gar nicht aufgefallen.«

»Vielleicht ist die letzte Ziffer der Rest«, sagte Jeremy. »Man teilt, was zu teilen ist, und hinterlässt einen Rest.«

»Das ist zumindest ein Denkansatz«, räumte Tim ein, doch er war nicht wirklich überzeugt. Das wäre zu leicht. Seufzend stand er auf. »Zumindest haben wir noch ein gutes Stück vor uns. Zeit genug, uns weiterhin den Kopf zu zerbrechen. Wenn wir die Ergebnisse vergleichen, kommt vielleicht was Brauchbares raus. Einverstanden?«

»Einverstanden«, sagte Annika und streckte ihm die Hände hin, damit er sie auf die Füße zog.

Doch sie kamen nicht mehr dazu, weiter über das Rätsel nachzudenken, denn nur wenige Meter hinter der nächsten Biegung stießen sie auf ein unerwartetes Hindernis.

Der Weg endete. Beim Anblick dessen, was danach kam, verkrampfte sich Tims Magen. Vor ihnen lag eine senkrecht abfallende Steilwand, in die ein schmaler Klettersteig aus morschen Holzlatten gebaut worden war. Die Latten ragten wie Zahnstocher aus der Wand und weder gab es ein Geländer noch ein Stahlnetz, das einen Sturz hätte auffangen können. Ein kleiner

Gebetsschrein mit Räucherstäbchen bildete den Einstieg zu diesem Albtraum.

»Für ein letztes Gebet, nehme ich an«, sagte Jeremy und konnte über seinen eigenen Scherz nicht lachen. Ihm stand das Entsetzen ins Gesicht geschrieben, so wie allen anderen. »Das soll der offizielle Weg sein? Ist doch nicht möglich. Bestimmt hat da jemand einen Fehler gemacht. Guckt noch mal auf eure Karten. Irgendwo müssen wir falsch abgebogen sein.«

»Nein, sind wir nicht«, sagte Vanessa. »Dies ist der Abschnitt, der auf unseren Karten als *Himmelspfad* markiert ist. Jetzt wissen wir, warum er so heißt.«

»Laut Datenbank sollen hier in den letzten Jahren über hundert Menschen verunglückt sein«, zitierte Annika den Onlineeintrag. »Aber vermutlich nur, weil sie versucht haben, unterwegs Selfies zu knipsen«, schob sie schnell hinterher.

Tim blickte in die Tiefe und schluckte. »Na ja, wenigstens gibt es eine Kette, an der man sich festhalten kann. Sie scheint einigermaßen fest im Gestein verankert zu sein. Möchte irgendjemand vorangehen?«

Alle sahen sich an. Dann sagte Annika: »Ich mach's. Je länger wir hier rumstehen, desto größer wird unsere Angst. Wünscht mir Glück.«

Mit angehaltenem Atem beobachtete Tim, wie Annika auf die schmalen Planken trat. Ein knarrendes Geräusch erklang. Für einen kurzen Moment fürchtete Tim, sie würden Annikas Gewicht nicht tragen, doch offenbar waren sie stabiler, als sie aussahen. Lediglich ein kleines Holzstück löste sich und segelte in die Tiefe.

Tim verfolgte die Flugbahn. Der Felsen fiel an dieser Stelle Hunderte von Metern ab. Ein beängstigender Anblick.

Tims Hals war rau wie Schmirgelpapier.

»Kommt schon!«, rief Annika. »Habt keine Angst. Es ist sicher. Bewegt euch dicht am Felsen und lasst die Hände an der Kette, dann kann nichts passieren. Ach ja, und richtet euren Blick nach vorne. Nicht nach unten sehen, verstanden?«

Tim löste sich aus seinem tranceähnlichen Zustand und trat auf die Holzplanken. Ähnliches hatte er schon zu Beginn ihres Abenteuers unter der Hohenzollernbrücke erlebt. Trotzdem war das hier noch viel extremer. Er packte die Kette und machte ein paar Schritte nach vorne. Seine Nackenhaare sträubten sich. Die Latten wurden von nichts weiter gehalten als ein paar rostigen Nägeln und zwischen ihnen waren zentimeterbreite Lücken.

Tim ging weiter. Dies war im wahrsten Sinne des Wortes ein Himmelspfad. Die Grenze zwischen Himmel und Erde.

Entspann dich! Atme!, dachte er sich. *Du musst deinen Puls runterkriegen. Es ist niemandem damit geholfen, wenn du jetzt hysterisch wirst. Am allerwenigsten dir selbst.*

Annika legte ein gutes Tempo vor. Wenn Tim den Anschluss nicht verlieren wollte, musste er sich ranhalten.

Der Pfad führte zunächst etwa fünfzig Meter geradeaus, dann machte er einen Knick und verschwand hinter einer Felswand. Tim umrundete die Kehre, immer darauf bedacht, Annika nicht aus den Augen zu verlieren.

Die Planken wurden schmaler und morscher. Tim bewegte sich leichtfüßig wie eine Katze. Seine Knie waren merkwürdig weich. Ein Ausrutscher, ein falscher Tritt und er würde einen langen Fall antreten. Einen *sehr* langen Fall.

Tim wusste nicht, ob er den Mut aufgebracht hätte, diesen Weg alleine zu gehen. Aber solange er Annika vor sich sah, war alles gut. Sie war sein Leuchtturm. Der Polarstern, nach dem er sich richtete.

50

Was treiben die denn da?«

Eli beobachtete das Verhalten der zwei schwarz vermummten Männer mit wachsendem Argwohn. Beide schienen Waffen in einem Holster unter der Achsel zu tragen, doch das war aus ihrer Position nicht mit hundertprozentiger Sicherheit zu erkennen. Blieb zu hoffen, dass sie sich irrten. Die Verstohlenheit, mit der die zwei das deutsche Team verfolgten, weckte tiefe Abneigung in ihr. Irgendetwas führten die beiden im Schilde, das spürte sie. Und es war bestimmt nichts Gutes.

Zwei Stunden dauerte die Verfolgung jetzt schon. Eli war heiß, die Sonne brannte von oben herab. Ihr war immer noch nicht klar, was das zu bedeuten hatte.

»Ich habe kein gutes Gefühl bei der Sache«, sagte sie.

»Ich auch nicht«, sagte Patrick. »Aber im Moment können wir nichts tun. Wir müssen einfach abwarten und beobachten.«

Ein Meer aus Bergspitzen umgab sie. Gipfel und Schluchten, über dem sich der stahlblaue Himmel wölbte. Ein sanfter Wind strich über die Steine und kühlte Elis Haut. Sie war für diesen Ausflug nicht optimal gekleidet. Der Stoff der Jacke klebte auf ihrer Haut und ihre Schuhe besaßen kein ordentliches Profil. Sie musste aufpassen, wo sie hintrat, denn sie war schon ein paarmal ausgerutscht. Jedes Mal, wenn das passierte, hatte sie wieder diesen Moment vor Augen, als sie an der Kuppe des Winderhitzers in Völklingen abrutschte. Und jedes Mal fing sie wieder an zu zittern.

Die beiden Männer waren dem deutschen Team nicht über den wackeligen Holzpfad gefolgt, sondern hatten einen Weg eingeschlagen, der links hinauf in die Berge führte. Kein offizieller Weg, denn man musste dafür eine Absperrung überklettern, was Elis Argwohn noch verstärkte. Er stellte sich als ein Geheimpfad heraus, der vermutlich nur Insidern bekannt war. Eli und Patrick folgten den beiden, um zu sehen, was sie vorhatten. Wenn ihre Berechnungen stimmten, so führte der Weg oberhalb des Plankenpfades an einer Steilkante entlang. Ein ziemlich gefährlicher Weg, weil er mit losem Geröll bedeckt war.

»Langsam«, flüsterte Patrick und deutete nach vorne. Die beiden Männer waren stehen geblieben und unterhielten sich kurz miteinander. Es machte den Eindruck, als würde der eine dem anderen Befehle geben. Eli und Patrick duckten sich hinter einen Felsbrocken und beobachteten das Geschehen aus sicherer Entfernung. Einer der Kerle hatte seinen Rucksack geöffnet und zog etwas Längliches daraus hervor.

»Was ist das?«, flüsterte Eli.

»Sieht aus wie ein kurzes Rohr«, erwiderte Patrick. »Ich wünschte, wir hätten ein Fernglas. So ist es kaum zu erkennen.«

»Sieh mal, jetzt trennen sie sich«, flüsterte Eli. »Der eine bleibt hier, während der andere dem Pfad den Berg hinauffolgt. Aber wo will er hin?«

»Zum Gipfel vermutlich«, murmelte Patrick. »Es dürfte nicht mehr weit sein bis dorthin. Ein halber Kilometer oder so.«

»Und was hat er dort vor?«

»Frag mich was Leichteres. Auf jeden Fall ist da jetzt nur noch ein Mann.«

»Ja …« Eli beobachtete, wie der andere den Weg fortsetzte. Nur wenige Augenblicke, dann war er verschwunden. Der Mann mit dem Rohr trat an die Abbruchkante und spähte hinab. Eli wurde das Gefühl nicht los, dass er etwas Böses im Sinn hatte. »Was machen wir denn jetzt?«, flüsterte sie.

Patrick antwortete nicht. Seine Lippen waren zu einem schmalen Strich zusammengeschmolzen.

»Was ist denn los?«, fragte Eli.

»Ich habe da ein ganz ungutes Gefühl«, antwortete er. »Dieses Rohr …«, er schüttelte den Kopf. »Für mich sieht das aus wie eine Dynamitstange. Sieh mal, jetzt klemmt er sie unter diesen dicken Brocken.«

Eli blieb vor Verblüffung der Mund offen stehen. »Glaubst du, er hat vor, das Ding zu zünden?«

»Schon möglich …«

»Aber das würde einen Bergrutsch auslösen. Direkt über den Köpfen unserer Freunde.«

»Scheiße …«

Eli presste die Lippen zusammen. »Das müssen wir verhindern.«

»Und ob wir das müssen. Aber wie? Der Typ sieht aus wie ein Profi. Außerdem ist da immer noch die Frage, ob er bewaffnet ist.«

Eli beobachtete weiter. Gerade eben hatte der Kerl sich einen Kaugummi in den Mund geschoben. Er schien nervös zu sein.

Eli legte den Finger auf die Lippen. »Hm.«

»Sag bloß, du hast eine Idee?«

»Vielleicht. Verrückt zwar und wagemutig, aber vielleicht klappt es. Hör zu ...«

Patrick lauschte konzentriert, während Eli ihm ihren Plan vortrug.

Zuerst war da nur eine steile Falte zwischen seinen Brauen, doch die glättete sich nach und nach. »Nicht schlecht«, sagte er und nickte anerkennend. »Das könnte klappen.« Er überlegte noch einmal gründlich, dann sagte er: »Also abgemacht, teilen wir uns auf. Du gehst rechts an ihm vorbei, ich links. Wir treffen uns dann in fünf Minuten.«

Eli nickte. Sie hatte einen Kloß im Hals. Ihr war bewusst, dass der Plan riskant war, aber was sollten sie denn tun? Das Leben ihrer Freunde war in Gefahr und ihnen blieb nicht mehr viel Zeit.

Sie rannte etwa hundert Meter nach rechts und bog dann mit eingezogenem Kopf Richtung Felskante ab. Unterwegs fand sie einen Stein, der für ihr Vorhaben geeignet erschien. Er war faustgroß, perfekt gerundet und lag satt und schwer in ihrer Hand. Sie kauerte sich hinter einen dicken Brocken und hoffte, dass sie unbemerkt geblieben war.

Vorsichtig kroch sie vor bis zum Rand der Kante und blickte nach unten. *Meine Güte, war das tief!* Das Zittern in ihren Beinen unterdrückend, beugte sie sich weiter vor. Die Felswand war so glatt und so steil, dass Eli senkrecht hinabschauen konnte. Etwa fünfzig Meter unter ihr verlief der Holzplankenpfad.

Normalerweise litt sie nicht unter Höhenangst, aber hier wurde ihr flau im Magen. Sie wollte gar nicht wissen, wie es sich anfühlen mochte, über diese wackeligen Bretter zu gehen.

In diesem Moment hörte sie Stimmen. Waren das nicht Annika und Tim? Tatsächlich! Jetzt konnte sie sie sehen. Gerade waren sie um die Ecke gekommen. Mit beiden Händen an der Kette bahnten sie sich ihren Weg entlang des Plankenpfades. Ihr Blick war starr nach vorne gerichtet. Jetzt kamen auch Vanessa, Malte, Jeremy und Darius.

Elis Herz schlug vor Aufregung. Wie gerne hätte sie ihren Freunden etwas zugerufen, doch damit würde sie sich nur selbst verraten. Ihre Freunde hatten keine Ahnung, in welcher Gefahr sie sich befanden.

Fieberhaft überlegte Eli, ob sie sie warnen sollte. Vielleicht konnte sie ja ein paar Steinchen herunterfallen lassen und so die Aufmerksamkeit ihrer Freunde auf sich lenken? Doch auch das war zu riskant. Wenn ihre Freunde etwas zu ihr heraufriefen, wäre der Typ sofort alarmiert. Nein, es blieb nur, sich an den Plan zu halten, eine andere Chance gab es nicht.

So schwer es ihr fiel, aber sie musste Abschied von ihren Freunden nehmen und sich auf ihre Aufgabe konzentrieren. Vorsichtig zurückweichend, richtete sie ihren Blick wieder auf den Mann. Er hatte das Team ebenfalls bemerkt. Den Kaugummi ausspuckend, blickte er nach unten.

Eli musste sich mucksmäuschenstill verhalten. Jedes noch so kleine Geräusch konnte sie jetzt verraten. Sie war inzwischen überzeugt, dass Patrick recht hatte. Die zwei Typen waren im Auftrag Shenmi Stevensons unterwegs. Sie sollten das deutsche Team aus dem Rennen zu werfen. Aber wie? Noch war nicht klar, was der Typ eigentlich vorhatte. War es wirklich Dynamit, das er da unter den Felsen geschoben hatte? Jetzt griff er in die Tasche und holte etwas heraus.

Binnen eines Wimpernschlags erkannte Eli, was das war. Ein Feuerzeug! Er beugte sich vor und fummelte an der Stange herum.

Patrick, wo bist du?

In diesem Moment ertönte ein Ruf.

Der Mann fuhr herum. Seine Hand zuckte in die Innenseite seiner Jacke. Was er hervorzog, ließ Eli das Blut in den Adern gefrieren. Sie hatten die ganze Zeit recht gehabt. Es war tatsächlich eine Pistole! Was wiederum bedeutete, dass das Risiko für Patrick jetzt noch viel größer war.

Die Waffe im Anschlag, verließ der Kerl sein Versteck und trat auf den Weg hinaus. Da war Patrick. Breitete die Hände aus und rief irgendetwas. Der Mann antwortete auf Chinesisch.

Eli konnte sehen, wie Patrick auf den Mann zuging. Lächelnd, die Hände in einer beschwichtigenden Geste ausgebreitet. Wenn er Angst hatte, wusste er sie gut zu verbergen. Der Mann schrie ihn an, richtete die Waffe auf ihn.

Eli glaubte, ihr Herz müsse stillstehen. Dann sah sie Qualm aufsteigen. *Oh, mein Gott – die Lunte an der Dynamitstange brannte ja bereits!* In wenigen Augenblicken würde das verdammte Ding explodieren.

Der Mann schrie weiter auf Patrick ein. Die Gesten waren unmissverständlich. Er solle die Hände hinter den Kopf legen und auf die Knie gehen. Patrick tat es.

Das Zeichen für Eli zu handeln.

So schnell es ihre Füße zuließen, rannte sie auf den Kerl zu und schlug ihm den Stein auf den Hinterkopf. Der Mann gab einen merkwürdigen Laut von sich. Einen Moment lang stand er noch schwankend da, dann kippte er der Länge nach um. Sein Kopf schlug mit einem hässlichen Geräusch auf den Boden. War er tot? Patrick kniete sich hin und fühlte den Puls. Nein, der Mann war nur ohnmächtig. Ein bilderbuchmäßiger K.-o.-Schlag.

Doch Elis Erleichterung währte nicht lange. »Das Dynamit!«, schrie sie und rannte zurück.

Sie sah die Stange in einer Spalte unter dem Felsbrocken klemmen. Die Lunte war beinahe abgebrannt.

Ohne zu wissen, was sie da tat, riss Eli den Stab heraus und schleuderte ihn mit aller Kraft, die ihr noch geblieben war, in die Ferne. Die Stange flog und flog und flog, während sie eine dünne Rauchspur hinter sich herzog. Immer kleiner und kleiner wurde sie, während der Abgrund sie verschluckte.

Dann zuckte ein Lichtblitz auf.

*

Ein Donnerschlag ertönte. Der Berg geriet ins Wanken. Annika spürte, wie es in ihren Händen, ihren Beinen bebte. Die Felswände erzitterten, die Planken unter ihren Füßen fingen an zu schwingen. Heißer Wind blies ihr ins Gesicht. Mit einem Schrei auf den Lippen taumelte sie zurück und hätte um ein Haar den Halt verloren, wäre Tim nicht gewesen, der sie geistesgegenwärtig auffing.

Sand und kleinere Steine lösten sich aus der Wand und prasselten auf sie nieder. Annika drückte sich gegen die Felswand und hielt mit einer Hand ihren Rucksack als Schutz über den Kopf.

Der Donner verhallte, die Planken hörten auf zu schwanken. Eine Weile prasselte noch Geröll auf sie herab, doch auch das ließ nach. Schnell atmend und zitternd wie Espenlaub, sah Annika sich um. Die Luft war staubgeschwängert. Es war unmöglich, weiter als hundert Meter zu schauen. Ihr Blick blieb bei Tim hängen, der bleich war wie ein Gespenst. »Was war das?«, stammelte er. »Ein Erdbeben? Ein Gewitter?«

»Ich weiß es nicht.« Sie schüttelte den Kopf. »Klang, als wäre irgendwo etwas explodiert. Eine Granate oder so was.«

»Echt?« Staub rieselte herab, brachte ihn zum Niesen. Sie half ihm und wischte Sand und Geröll von seinen Schultern. Dann entstaubte sie sich selbst. Ihr Haar war voller kleiner Steine.

»Danke, dass du mich aufgefangen hast«, sagte sie. »Um ein Haar hätte ich den Halt verloren.«

»Ist doch eine Selbstverständlichkeit.« Er blickte nach oben. »Du glaubst, die führen hier irgendwelche Sprengungen durch?«

Annika war sicher, dass er in diesem Moment dasselbe wie sie dachte. *Shenmi!*

Sie zuckte die Schultern. »Alles okay bei euch dahinten?«

Alle waren da, keiner fehlte. Doch der Schrecken stand ihnen ins Gesicht geschrieben. Wie verängstigte Tiere hingen sie in der Steilwand.

»Keine Ahnung, wer oder was das war«, stieß Jeremy kreidebleich aus. »Aber es könnte noch einmal passieren. Wir sollten zusehen, dass wir schleunigst von hier wegkommen.«

Annika war erleichtert, dass sie sich zumindest in diesem Punkt einig waren. »Worauf warten wir dann noch?«, rief sie. »Der Plankenpfad ist nur noch etwa zweihundert Meter lang. Dann haben wir wieder festen Boden unter den Füßen.«

51

Tims Kopf fühlte sich an, als würde er in einem Goldfischglas stecken. Alles, woran er denken konnte, war Flucht. Weg hier. Weg von dieser grässlichen Steilwand, weg von diesen Ketten, den Nägeln und morschen Holzplanken. Vor allem aber weg von der Explosion. Er schmeckte Blut. Als er mit der Hand über seinen Mund wischte, sah er einen roten Streifen. Vermutlich hatte er sich vor Aufregung auf die Zunge gebissen.

Annika war nur wenige Meter vor ihm. Leichtfüßig wie eine Gämse überquerte sie die Planken. Noch etwa hundert Meter, dann erreichte sie festen Boden. Schwer atmend wandte sie sich ihm zu und gab ihm zu verstehen, dass alles in Ordnung war.

Tim traf nur wenige Sekunden nach ihr ein. Völlig erschöpft ließ er sich zu Boden fallen. Diese verdammte dünne Luft! Japsend wie gestrandete Fische fielen die Teammitglieder zu Boden, rissen ihre Flaschen aus den Rucksäcken und tranken, als stünden sie kurz vorm Verdursten.

Ein paar Minuten lang waren nichts als Atmen und Trinkgeräusche zu hören. Dann ging die Diskussion los. Niemand hatte eine Ahnung, was da eben passiert war. Theorien wurden aufgestellt und wieder verworfen, am Schluss herrschte nur große Verwirrung. Verwirrung und Erleichterung darüber, dass sie Glück im Unglück gehabt hatten und niemand verletzt war.

Tim beteiligte sich kaum an der Diskussion, sondern nutzte die kurze Verschnaufpause, um die die Lage zu sondieren. Er stellte fest, dass sich laut ihrer Mapfunktion das Ziel gleich um die Ecke befinden musste. Nur noch wenige Treppenstufen – ein letzter, kleiner Anstieg –, dann sollte der Endpunkt eigentlich zu sehen sein. Er stand auf. Er spürte, dass er viel zu aufgeregt war, um jetzt noch länger sitzen zu bleiben.

»He, was soll das?« Jeremy sah ihn streng an. »Warte gefälligst, bis alle fertig sind. Zehn Minuten, so war es abgemacht.« Doch die Neugier überwog selbst den tiefsten Schock. »Erholt euch ruhig noch ein bisschen«, sagte Tim. »Ich werfe nur mal einen Blick um die Ecke. Bin gleich wieder da.«

»Warte doch, bis wir alle so weit ...«, hörte er noch Annikas Stimme, doch er war schon unterwegs. Er wusste, dass man solche Alleingänge in einem Team nicht unternahm, aber das Jagdfieber hatte ihn erfasst. Sosehr er sich auch bemühte, er musste diesem Drang einfach nachgeben. Er tröstete sich mit der Ausrede, dass er jederzeit wieder umkehren konnte.

Oben angekommen, erwartete ihn ein atemberaubender Anblick. Da war er: der Jadetempel. In einem alles überstrahlenden Licht lag er vor ihm. Bemalt in den Farben Rot und Schwarz und mit hölzernen Giebeln, die sich nach oben bogen. Goldene Drachen und allerlei Fabelwesen ringelten sich entlang der roten Säulen, krochen hinauf bis unter den Dachfirst, wo sie sich in alle Richtungen ausbreiteten. Der Eingang wurde von zwei riesigen Steinmonstern flankiert, die so realistisch wirkten, als könnten sie jeden Moment zum Leben erwachen.

Der Vorplatz flirrte und flimmerte so hell, dass Tim die Augen zusammenkneifen musste. Der Wind wirbelte Staubschleier empor. Irgendwo war der Schrei eines Raubvogels zu hören. Wie menschenleer es hier oben war.

Mit gespannter Erwartung sah Tim sich um. Konnte es sein, dass sie die Ersten waren? Schneller als das chinesische oder das US-amerikanische Team? Unmöglich!

Und doch war es still. Eine wunderbare Neuigkeit, mit der er gleich zu seinen Freunden zurückkehren konnte.

Sein Blick wanderte hinüber zu einer merkwürdig geformten Anhöhe, die gleichsam den höchsten Punkt wie auch das Ende ihres Weges markierte. Die Spitze der Erhebung war geformt wie eine geöffnete Hand. Eine Hand, deren Finger sich dem Himmel entgegenreckten. In der geöffneten Handfläche – und bei diesem Anblick setzte Tims Atmung für einen Moment aus – befand sich ein kunstvoll verziertes Artefakt. Eine Kiste oder Truhe aus Stein. Sofort wusste Tim, was er da vor sich hatte:

Den Schrein des leuchtenden Kristalls!

Der Anblick war so überwältigend, dass Tim den Gedanken an eine schnelle Rückkehr sofort wieder vergaß. Er musste unbedingt einen genaueren Blick darauf werfen. Wie betäubt ging er darauf zu. Wie die Motte, die vom Licht angezogen wurde.

Er war so fasziniert, dass er die Anwesenheit einer zweiten Person erst bemerkte, als diese direkt hinter ihm stand. Jemand aus dem Team musste ihm gefolgt sein.

»Sieh dir das an«, flüsterte er. »Ist das nicht ...?«

Etwas Hartes bohrte sich in seinen Rücken. Tim drehte den Kopf – und erschrak.

Der Mann war komplett in Schwarz gekleidet. Er trug ein Mundtuch vorm Gesicht, das nur die Augen freiließ. Kalt und feindselig starrten sie auf Tim.

In seiner Hand hielt der Fremde eine Pistole, deren Mündung jetzt auf Tims Brust gerichtet war. Eine Stimme erklang. Sie sprach Chinesisch.

»Sag Lebewohl, du kleiner Versager«, ertönte der Übersetzer aus dem Lautsprecher. »Einen schönen Gruß von …«

Die Stimme stockte mitten im Satz.

Hinter der Bergkuppe tauchten ein paar Gestalten auf. Erst waren nur ihre Köpfe zu sehen, dann schoben sie sich über den Rand der Treppe. Es waren Runner. Unschwer an ihren Rucksäcken und Overalls zu erkennen. *Das chinesische Team!*

Tim erkannte ihren Anführer Tian Zhenyun. Er ging vorneweg, blieb aber stehen, als er Tim und den Fremden sah. »Halt!« Seine Hand zuckte nach oben. Sofort blieben seine Teamkameraden stehen.

Er sah Tim direkt an, einen fragenden Blick in die Augen. Er fixierte die Pistole, dann das Gesicht des Fremden. Eine steile Falte bildete sich zwischen seinen Brauen. »Yáozú?«

Kannten die beiden sich etwa? Was zum Henker lief hier ab?

Der vermummte Mann antwortete nicht.

»Was ist hier los?« Tian sprach chinesisch, doch das Programm übersetzte fehlerfrei. »Was soll die Waffe?«

»Kümmere dich nicht darum, Tian«, lautete die Antwort. »Es hat alles seine Richtigkeit. Befehl vom Chef.«

Panik vernebelte Tims Verstand. Er konnte seinen Blick nicht von der Waffe abwenden.

»Ihr seid zu früh eingetroffen.« Der Lauf der Pistole zuckte nach oben in Richtung seines Kopfes. »Verschwindet. Macht irgendwo eine kleine Pause und kommt in fünf Minuten wieder. Dann ist alles vorüber.«

Tian rührte sich nicht vom Fleck. »Warum richtest du eine Waffe auf Tim, Yáozú? Was willst du von ihm?«

»Hörst du schwer? Ihr sollt verschwinden!«

Der chinesische Champion blieb, wo er war. Und Tim hätte ihm dafür nicht dankbarer sein können.

In diesem Augenblick tauchte das amerikanische Team auf. Die Situation spitzte sich zu. So viele Zeugen. Das konnte unmöglich im Interesse des Attentäters sein.

Tims Knie zitterten. »Ich …«

»Halt's Maul, Junge!« Der Pistolenlauf rammte gegen seinen Schädel. »Halt verdammt noch mal dein Maul.« Die Stimme des Mannes klang, als stünde er kurz davor durchzudrehen.

Das chinesische Team war inzwischen vollzählig versammelt. Ebenso die Amerikaner.

»Tim!«

Das war Annikas Stimme! Auf dem obersten Treppenabsatz stehend, blickte sie sorgenvoll zu ihnen herüber. Sein Herz schlug wie wild. Am liebsten hätte er ihr zugerufen, sie solle sich in Sicherheit bringen, ein anderer Teil aber betete, dass sie blieb. Dass sie alle blieben.

»Wer sind Sie? Was wollen Sie von Tim?« Annika kam auf sie zu.

Ein Knall ließ Tim erschrocken zusammenfahren. Die Pistole war in den Himmel gerichtet. Qualm stieg aus dem Lauf.

»Stehen bleiben!«, brüllte Yáozú. »Niemand rührt sich von der Stelle. Den Ersten, der sich bewegt, erschieße ich.« Zur Warnung feuerte er einen weiteren Schuss ab. Diesmal nicht in die Luft, sondern zu Füßen der Amerikaner, die ebenfalls näher gekommen waren. Eine Staubfontäne spritzte empor.

Tim konnte erkennen, wie sich auf der Stirn des Mannes Schweißtropfen bildeten. Sein Plan ging nicht auf. Zu viele Zeugen.

Er verlor die Kontrolle, Tim konnte es in seinen Augen erkennen. Doch anstatt aufzugeben und das Weite zu suchen, packte er Tim am Kragen und schleifte ihn Richtung Bergspitze.

Annika stieß einen Schrei aus.

Der Druck um Tims Hals schnürte ihm die Luftzufuhr ab. Sternchen flimmerten über seine Netzhaut. Er wurde zu Boden geschleudert.

»Du hast Shenmi genug Schwierigkeiten bereitet«, knurrte Yáozú. »Sollen die anderen es ruhig sehen, ich werde nicht scheitern.« Der Lauf der Waffe drückte kalt gegen Tims Schläfe.

Den unvermeidlichen Knall erwartend, hielt Tim die Augen geschlossen. Das Nächste, was er mitbekam, war ein dumpfer Schlag, gefolgt von einem heftigen Keuchen. Ein Schatten huschte über seine geschlossenen Lider. Der Druck gegen seine Schläfe ließ plötzlich nach.

Als nichts weiter geschah, wagte Tim, die Augen zu öffnen. Was er sah, überforderte ihn. Der Mann lag am Boden. Wo er eben noch gestanden hatte, befand sich jetzt Tian. Er hatte

Kampfhaltung eingenommen. »Das ist nicht unser Weg, Yáozú.«

»Tian, du verdammter …« Der Attentäter wischte Blut von seiner Lippe und versuchte, an seine Waffe zu kommen, die ihm aus der Hand gefallen war. »Misch dich nicht in Dinge ein, von denen du nichts verstehst. Lass mich gefälligst meine Arbeit machen.« Er streckte seinen Arm aus, um die Pistole zu erreichen, doch Tian war auf der Hut. Er versetzte dem Mann einen Tritt, der so hart war, dass er ihn bis an den Rand der Felswand beförderte – und darüber hinaus.

Yáozú ruderte wild mit den Armen. Er versuchte, das Gleichgewicht zu halten, dann kippte er weg und verschwand. Ein markerschütternder Schrei war zu hören, dann ein schwerer Aufprall. Tian wirkte schockiert. Er eilte nach vorn an den Abgrund und blickte hinunter.

Eine gespenstische Ruhe trat ein. Die Zeit schien stillzustehen.

Als er sich umdrehte, stand für Tim fest, was geschehen war. Er sah es in Tians Augen. Pures Entsetzen. Sicher hatte er nicht vorgehabt, ihn umzubringen, sondern ihn lediglich aus der Gefahrenzone zu befördern. Er kam zurück, streckte Tim eine Hand entgegen und zog ihn auf die Füße. »Das ist nicht unser Weg«, wiederholte er gebetsmühlenartig. Auf Tim wirkte er, als stünde er unter Schock.

»Ist er …?«

Tian nickte.

»Wer … war der Kerl?«

»Nichts, was er getan hat und noch tun wollte, hat irgendetwas mit uns zu tun. Wir sind Runner. Und Runner halten zusammen.«

In diesem Moment wurden sie von anderen Spielern umringt. Von ihren Kameraden, aber auch von den Mitgliedern der anderen Teams. Aufgeregte Stimmen erklangen. Manche traten an die Kante und sahen nach unten.

Darius legte Tim seine Pranke auf die Schulter. »Geht es dir gut?«

Er nickte.

»Was ist passiert? Wer war der Kerl?«

Plötzlich stand Annika vor ihm. Sie sagte nichts, sondern schloss Tim in ihre Arme. Durch die Jacke konnte er ihren Herzschlag spüren.

Nebenan berieten sich die Chinesen. Sie steckten ihre Köpfe zusammen und tuschelten. Nach einer Weile stieg Tian auf einen Felsen und bat um Ruhe. »Hört mal alle her«, sagte er. »Es gibt etwas Wichtiges, das ich euch sagen muss. Ich kannte diesen Mann. Ich weiß, wer er war.«

»Du kanntest ihn?«, rief Elisa Monahan. »Erzähl uns, was du über ihn weißt.«

Tian schluckte. »Er ist – oder genauer gesagt *war* – ein Mitarbeiter von Shenmi Stevenson. Wie manche von euch vielleicht wissen, bin ich über drei Ecken mit der Chefin verwandt. Sie ist meine Großcousine zweiten Grades. Ich war schon oft bei ihr zu Hause und bei diesen Gelegenheiten habe ich ihn dort gesehen. Er hielt sich meist im Hintergrund. Sein Name war Yáozú Xiāng. Shenmis privater Sicherheitsberater. Ein gefährlicher Mann.«

Annika rührte sich keinen Zentimeter von Tim weg. Wie eine Löwin, die ihren Gefährten verteidigte, stand sie da. Wenn sich Tim nicht ohnehin schon in sie verliebt hätte, spätestens jetzt wäre es um ihn geschehen gewesen. »Dann geht das hier also auf das Konto von Shenmi.« Es war eher eine Feststellung denn eine Frage.

Tians Ausdruck blieb versteinert. »Shenmi hat mir gegenüber den Wunsch geäußert, das chinesische Team solle gewinnen. Genau genommen war es mehr eine Forderung als ein Wunsch. In meinen dunkelsten Träumen hätte ich mir nicht ausgemalt, dass sie so weit gehen würde. Sollte das wirklich der Grund für diesen feigen Anschlag sein, so bitte ich demütigst um Vergebung.« Er faltete die Hände und senkte sein Kopf.

Tim wurde bewusst, dass Tian ihm das Leben gerettet hatte. »Aber du kannst doch nichts dafür«, sagte er. »Wenn Shenmi dahintersteckt, so muss *sie* das auf ihre Kappe nehmen, nicht du.«

»Ich befürchte, dass sie eine sehr kranke Frau ist«, sagte Tian. »Trotzdem fühle ich mich für das, was passiert ist, mitverantwortlich. Weswegen ich und mein Team beschlossen haben, Shenmi auf keinen Fall diesen Erfolg zu gönnen. Wir sollten ihr einen gehörigen Strich durch die Rechnung machen.«

Tim hatte keine Ahnung, wovon Tian da sprach. »Wollt ihr damit zur Polizei gehen?«

»Nein.« Er sah Tim ernst an. »Wir werden euch den Sieg schenken.«

Tim vergaß für einen Moment zu atmen. Das konnte sich doch nur um ein Missverständnis handeln.

»Moment mal, sagtest du eben *schenken?«*

»Genau das.« Tian nickte. »Wir werden auf den Sieg verzichten und ihn an euch abtreten. Weil es genau das ist, was Shenmi mit ihren Machenschaften verhindern wollte.«

Tim glaubte immer noch nicht, was er da hörte. »Aber ... das ist Wahnsinn. Dieser Preis ist viel zu wertvoll.«

»Ein Sieg ist nur dann ein Sieg, wenn er fair und ehrenvoll errungen wurde«, erwiderte Tian. »An diesem Sieg hier wäre nichts fair und ehrenvoll. Außerdem geht es darum, ein Exempel zu statuieren. Eine faire Entschädigung für das, was euch angetan wurde, findet ihr nicht?«

Tim war ganz durcheinander. Er schämte sich, dass er die Chinesen so falsch eingeschätzt hatte.

»Das finden wir auch«, sagte Elisa Monahan mit grimmigem Lächeln. »Wir werden ebenfalls auf den Sieg verzichten. Shenmi hat das Leben und die Gesundheit von Menschen wissentlich in Gefahr gebracht und das können wir nicht akzeptieren. Der Sieg gehört euch, wenn ihr wollt.«

Tim stand da und blickte zu den anderen. Die Gesichter seiner Teammitglieder waren wie versteinert. Die Nachricht traf sie völlig unvorbereitet.

Die gegnerischen Teams verzichteten ihretwegen auf den Sieg? Nicht mal in seinen kühnsten Träumen hätte er mit so etwas gerechnet.

»Ich ...«, ihm fehlten die Worte. Schlimmer noch, er spürte, wie Tränen in ihm aufstiegen. »Ich weiß nicht, was ich dazu sagen soll«, stieß er ergriffen aus. »Außer natürlich: danke! Ich weiß nicht, ob wir so ein Geschenk überhaupt annehmen dürfen. Ich fände es besser, wenn wir ebenfalls vom Sieg zurücktreten und es unentschieden ausgehen lassen.«

Tian schüttelte den Kopf. »Damit wäre nichts gewonnen. Wir alle würden leer ausgehen und Shenmi trotzdem als strahlende Siegerin dastehen. Wir müssen sie demütigen, versteht ihr? Euer Sieg wird ihr stets vor Augen führen, dass ihr Plan gescheitert ist und das wird sie wahnsinnig machen. Euer Gesicht auf allen Fernsehkanälen und allen Titelseiten dieser Welt wird sie stets an ihr eigenes Versagen erinnern. Das wird eine Lektion sein, die sie nie vergisst.« Er grinste.

Tim nickte. Es klang logisch, was Tian da sagte, aber es war ein riesiges Opfer. Außerdem gab es da noch ein klitzekleines Problem. »Wir kennen die Lösung nicht«, sagte er und schniefte ins Taschentuch. »Das Rätsel ist zu schwierig für uns. Wir sind nicht würdig, den Claim einzugeben.«

Tian grinste. »Tatsächlich habe ich mir schon fast so etwas gedacht. Dabei ist es lächerlich einfach. Jedes Kind in China kennt die Lösung. Was ebenfalls ziemlich unfair ist, wenn man es genau bedenkt. Aber das hat Shenmi bewusst so einkalkuliert. Ich habe euch die Lösung aufgeschrieben. Hier.« Er drückte Tim einen Zettel in die Hand.

Tim faltete das Papier auseinander.

Er runzelte die Stirn. »Verstehe ich nicht …«

Tian lachte. »Ihr werdet schon noch drauf kommen, wenn ihr anfangt, wie Chinesen zu denken. Ein Hinweis: Wir sind viele. Hier ist man nie jemals wirklich allein. Egal, wo man hinkommt, immer ist irgendwo ein Nachbar, der einem etwas borgen kann. Mehr verrate ich aber nicht, schließlich will ich euch nicht die Freude verderben. Und jetzt los. Der letzte Claim erwartet euch.«

Tim wusste immer noch nicht, ob es richtig war, das Angebot anzunehmen. Es war Jeremy, der die Entscheidung für ihr Team traf: »Danke«, sagte er. »Danke euch allen für diese großzügige Geste. Wir werden eure Entscheidung respektieren, indem wir euer Angebot annehmen.« Er verbeugte sich, dann marschierte er voran.

Tim sah ihm hinterher. Er fragte sich, ob er selbst auch die Größe gehabt hätte, selbst zurückzustehen und jemand anderem den Sieg zu schenken, weil es ein höheres Ziel gab, das dies erforderte.

Er wusste es nicht. Aber er wusste, dass sein Respekt vor diesen beiden Teams kaum größer sein könnte als in diesem Moment.

52

Sie leihen sich etwas?« Vanessa lenkte Tims Gedanken zurück auf die Aufgabe. Er war noch immer völlig geplättet von der Art und Weise, wie sich die Dinge entwickelt hatten. »Hm, was?«

»Ein Staubsauger wird es wohl kaum sein«, murmelte Jeremy nachdenklich.

»Nein ...« Tim fühlte, wie sein Verstand langsam wieder zu arbeiten begann. »Nein«, wiederholte er. »Wenn überhaupt, dann *leihen* sie sich eine Kuh. Ich wüsste nur nicht, was ...« Er stockte. Aus heiterem Himmel war ihm etwas eingefallen. Er zählte an den Fingern ab. Ein warmes Kribbeln durchströmte ihn. »Wenn sie sich eine Kuh dazuleihen würden, hätten sie achtzehn. Achtzehn lässt sich sowohl durch zwei teilen, wie auch durch sechs und durch neun.«

»Das stimmt!«, rief Annika. »Achtzehn durch zwei ist neun.«

»Die erste Ziffer«, sagt Tim. »Achtzehn durch sechs wiederum ist drei.«

»Die zweite Ziffer«, sagte Annika. »Und achtzehn durch neun ist zwei. Die dritte Ziffer. Aber wieso die eins am Schluss?«

»Das kann ich erklären«, sagte Malte. »Wenn ihr neun, drei und zwei addiert, was bekommt ihr dann?«

»Vierzehn«, sagte Tim wie aus der Pistole geschossen.

»Genau. Vierzehn Kühe sind verteilt. Jeder der drei Brüder

nimmt sich noch eine Kuh – deswegen die eins – damit sind siebzehn verteilt und die geborgte Kuh geben sie dem Nachbarn zurück. Ergebnis: 9321. Rätsel gelöst.« Er grinste.

Darius sah sie staunend an. »Das ist Magie ...«

»Nein«, sagte Malte. »Mogelei. Denn genau genommen ist das gar keine richtige Gleichung.«

Tim lachte. »Dafür praktisches Denken. Das ist es vermutlich, was Tian meinte, als er davon sprach, wir müssten denken wie ein Chinese.«

»Ich verstehe es immer noch nicht ...«, murmelte Darius, lächelte dabei aber.

Tim richtete seinen Blick nach vorne. Der Schrein des leuchtenden Kristalls schien aus einem einzigen Jadeblock zu bestehen. Nirgendwo war eine Naht oder Fuge zu erkennen, stattdessen Hunderte winziger Figuren, die in unterschiedlichen Szenen merkwürdige Dinge taten. Tim war zu wenig bewandert in der chinesischen Mythologie, aber die Darstellungen schienen alle um das Thema Rätsel und Mysterien zu kreisen. Seine Aufmerksamkeit wurde von einem Detail angezogen, das ein Mechanismus zum Öffnen der Truhe zu sein schien. Ein Zahlenschloss mit verschiedenen metallenen Einlegearbeiten.

Als Tim das Schloss sah, musste er lächeln.

Annika warf ihm einen fragenden Blick zu. »Was ist denn so lustig?«

»Ach, ich musste nur gerade daran denken, wie wir uns zum ersten Mal begegnet sind«, sagte Tim. »Dein Claim unter der Hohenzollernbrücke. ›Nimm Zwei‹, erinnerst du dich? Du hattest es mit einem vierstelligen Nummerncode gesichert. Genauso wie hier.«

Jetzt lächelte sie auch. »War mir gar nicht bewusst. Aber du hast natürlich völlig recht. Es endet, wie es begonnen hat.«

Tim nickte. »Der Kreis schließt sich.«

Noch während er die Worte aussprach, kam ihm ein besorgniserregender Gedanke. Sie hatten sich noch gar nicht darauf geeinigt, wem die Ehre zuteilwerden würde, den letzten Claim zu öffnen. Keiner von ihnen hatte zu hoffen gewagt, jemals so weit zu kommen, was vermutlich der Grund war, warum sich auch niemand Gedanken über das Finale gemacht hatte. Jetzt standen sie vor der der letzten und alles entscheidenden Probe und hatten keinen Plan, wie es weitergehen würde.

Tim sah die anderen an. »Also wer soll es tun? Wer soll die Truhe öffnen? Sollen wir abstimmen?«

»Ich denke, das ist das Beste«, sagte Annika. »Eine demokratische Lösung. Wir machen das einfach reihum und jeder nennt einen Namen. Sind alle einverstanden damit?«

»Einverstanden«, sagte Jeremy und hob sein Kinn. »Ich stimme für mich selbst.«

Tim zuckte zusammen. Das ging ja gut los.

»Ich stimme für Jeremy«, sagte Darius.

»Damit habe ich schon zwei Punkte.« Jeremy grinste.

»Meine Wahl fällt auf Annika«, sagte Tim.

»Und meine auf Tim«, sagte Malte.

»Ich stimme ebenfalls für Tim«, sagte Annika. »Womit Tim ebenfalls zwei Punkte hat. Gleichstand, würde ich sagen.«

Alle sahen Vanessa an. Ihre Wahl würde die Entscheidung

bringen. Jeremy starrte sie an. Sein Gesichtsausdruck ließ keinen Zweifel zu, was er von ihr erwartete. Die Sekunden verstrichen. Da das Anstarren offensichtlich nichts brachte und er endlich die Entscheidung herbeiführen wollte, hakte er nach. »Was gibt es da zu überlegen, Vanessa? Du hast schon einmal gegen mich gestimmt. Erinnere dich daran, wem du verpflichtet bist.«

»Scheiß drauf.« Vanessa blickte ihm herausfordernd in die Augen. »Ich habe mindestens so viel für den Erfolg dieses Teams beigetragen wie du. Jeder von uns hat etwas beigetragen, doch keiner so viel wie Tim. Deswegen fällt meine Wahl auf ihn.«

Totenstille.

Man hätte eine Stecknadel zu Boden fallen hören können.

Jeremy lief rot an. »Bist du noch ganz bei Trost?«

Sie verschränkte die Arme vor der Brust. »Das ist nur fair.«

Tim sah verstohlen zu Annika hinüber. Ihr Blick war fest auf Vanessa gerichtet. Die beiden Mädchen hatten sich vom ersten Moment an nicht leiden können. Die ganzen Spiele über waren sie Rivalinnen gewesen. Doch in diesem Moment schien es eine Veränderung zu geben. Ein schmales Lächeln erschien auf Annikas Gesicht und sie nickte Vanessa respektvoll zu.

»Damit steht die Entscheidung fest«, sagte sie. »Tim, du bist unser Champion. Dir gebührt die Ehre, unser Team zum Sieg zu führen und das Ergebnis einzuloggen. Nimmst du die Wahl an?«

Tim wusste nicht, ob er lachen oder weinen sollte. Er war viel zu verdattert, um auch nur ein klares Wort herauszubringen. Er hatte fest damit gerechnet, dass es zu einem Stechen zwischen Jeremy und Annika kommen würde und Jeremy am Schluss die Nase vorne hätte. Dass jetzt die Wahl auf ihn fiel und auch noch im ersten Wahlgang, machte ihn fassungslos.

Und sprachlos.

Und so blieb ihm nichts anders übrig, als zu nicken.

»Prima.« Annika lächelte und ihre Augen strahlten wie zwei helle Sterne. »Dann mach dich ans Werk.«

Ehe Tim noch etwas tun konnte, machte Jeremy einen Schritt auf den Schrein zu. Offensichtlich mit dem Ziel, das Ergebnis selbst einzuloggen. Doch dazu kam es nicht, denn Darius schien diesen Zug vorausgesehen zu haben. Er streckte seine Pranke aus, packte seinen Freund am Kragen und hielt ihn zurück. Jeremy stieß ein japsendes Geräusch aus, ganz ähnlich einem Hundewelpen, den man am Nacken hochhob.

»Tim ist der Gewinner.« Darius hielt seinen Freund fest gepackt. »Die Abstimmung ist erfolgt und das haben wir zu respektieren.«

Jeremy schien kurz noch einmal protestieren zu wollen, doch dann nickte er.

Darius grinste. »Komm schon, Tim«, sagte er. »Du bist ein würdiger Gewinner. Gib das Ergebnis ein und dann lass uns heimkehren.«

Und Tim tat es.

Er gab den Nummerncode ein und erwartete das Eintreffen der Roten Dame. Er wurde nicht enttäuscht. Mit einem leichten Hüsteln kündigte sie sich an und sah dabei genauso aus wie bei ihrem ersten Treffen, damals im Kölner Stadtwald. Rote Uniform mit dazu passendem Barett, beides mit dem

Firmenlogo von Stevenson-Enterprises. Ein wenig verwirrt sah sie sich um. Tim hatte den Eindruck, dass sie jemand anderen erwartet hatte.

»Hallo, Tim?«

»Ja?«

Die Projektion geriet kurz ins Stocken. »Bist du das?«

Seltsames Gespräch. »Äh, ja.«

»Und deine Mitspieler?«

»Hier sind wir!«, rief Annika und winkte.

»Die anderen Teams?«

»Warten dort drüben.« Tim deutete hinunter zum Fuß der Erhebung.

Die Rote Dame reckte ihren Hals und vergewisserte sich, dass kein Fehler vorlag. Als klar wurde, dass alles mit rechten Dingen zuging, wandte sie sich wieder Tim zu. »Das ist ... bemerkenswert«, sagte sie. »Meinen Information nach ...«, sie tat so, als müsste sie in einem Notizbuch etwas nachschlagen. Dann klappte sie das Buch wieder zu und zwang sich ein Lächeln aufs Gesicht. »Ach, nicht so wichtig. Du bist also der Champion, sehe ich das richtig?«

»Absolut.« Er hätte lügen müssen, wenn er behauptet hätte, die Verwirrtheit der Roten Dame würde ihm nicht gefallen. Die ganze Zeit über hatte sie ihn mit ihrer überheblichen Art genervt, jetzt war es Zeit für eine Revanche.

Sie gab sich einen Ruck und straffte die Schultern. »Wenn das so ist, gebührt dir die Ehre, den letzten Claim einzuloggen«, sagte sie mit leicht verzerrter Stimme. Die vielen Rechenprozesse, die gerade im Hintergrund abliefen, schienen das Programm zu überlasten. »Deutschland ist damit offiziell die Gewinnernation und du, Tim, der gefeierte Champion. Öffne die Truhe und nimm deinen Preis entgegen.«

Er tat es und klappte den Deckel auf. Im Inneren des Schreins befand sich ein leuchtend blauer Kristall. Der Edelstein war noch viel schöner, als Tim ihn sich vorgestellt hatte. Vermutlich nur eine Illusion ihrer VR-Brillen, aber das war in diesem Moment egal.

»Nimm ihn heraus und präsentiere ihn der ganzen Welt«, sagte die Rote Dame. »Zeig allen Leuten, dass du der Sieger bist, und halte ihn hoch über deinen Kopf.«

Tim folgte ihrer Anweisung.

Der Stein besaß ein beträchtliches Gewicht. Das blaue Leuchten schien direkt durch seine Finger zu dringen. Ein leichtes Prickeln war in den Handflächen zu spüren. Das Objekt wie einen Siegerpokal über den Kopf haltend, drehte Tim sich um.

Applaus und Hochrufe brandeten auf. Alle klatschten, nicht nur sein Team, auch die Chinesen und Amerikaner. Es war ein Moment, den Tim niemals wieder vergessen würde.

Er dachte an seine Freunde, an Farid und die anderen. Er dachte an seine Familie, seine Schwester, seinen Dad. Vor allem aber dachte er an Mom, ohne die er niemals hier gestanden hätte. *Holt euch die Sterne vom Himmel.* Ihre letzten Worte an ihn und Emily. Als hätte sie es vorausgesehen. Denn was war dieser leuchtende Kristall denn anderes als ein vom Himmel gefallener Stern?

Er reckte seine Arme in die Höhe. »Für dich, Mom«, flüsterte er.

53

London, drei Tage später …

Mortimer Hansen stand vor dem Spiegel und prüfte mit verschwitzen Fingern seinen Krawattenknoten. »Wie sehe ich aus?«

»Perfekt siehst du aus. Selbstbewusst, dynamisch, attraktiv.« Lisa Weston strich eine letzte Falte aus seinem Jackett. »Bist du bereit für die Schlacht?«

»So bereit, wie man nur sein kann. Schließlich habe ich mich lange auf diesen Moment vorbereitet.« Er beugte sich vor und gab ihr einen Kuss. Seit Lisa ihm gesagt hatte, dass sie seine Gefühle teilte, war für ihn ein Traum in Erfüllung gegangen. Die Zuneigung dieser wunderbaren Frau verlieh ihm die Kraft, das durchzustehen, was vor ihm lag. Was er zu tun gedachte, war die schwerste Herausforderung, vor der er jemals gestanden hatte.

»Na, dann los«, sagte Lisa. »Zeig's ihr und mach mich stolz.«

Entschlossen wandte er sich vom Spiegel ab und verließ das Büro.

Vor der Tür warteten etliche Personen auf ihn. Polizeibeamte, eine Staatsanwältin sowie ein Mann, der einen großen, unhandlichen Koffer bei sich führte. Mortimer sah sie der Reihe nach an, dann nickte er. »Gehen wir.«

Die Rede von Shenmi Stevenson war ein Ereignis, dem die ganze Welt entgegenfieberte. Wie schon in der Vorrunde war auch jetzt der Gherkin-Tower im Finanzdistrikt Londons Schauplatz einer internationalen Pressekonferenz. Doch die heutige Veranstaltung unterschied sich von der ersten in zwei wesentlichen Punkten. Erstens waren heute kaum Spieler geladen, sah man von den achtzehn Spielern der drei finalen Teams ab, die in der vordersten Reihe saßen und alle wieder ihre klassischen Overalls trugen. Der Rest des Saals wurde von Presse, Rundfunk, Fernsehen in Anspruch genommen, deren Vertreter so ziemlich jeden Kontinent und jede Nation abdeckten. Das Interesse reichte von Tasmanien bis Alaska, von Russland bis Südafrika. Selbst der Vatikanstaat hatte ein eigenes kleines Fernsehteam entsandt, was als Zeichen gewertet werden durfte, dass auch der Heilige Vater diesem Event live beiwohnte. Der Rest der Plätze war einer handverlesenen Gruppe internationaler Prominenter vorbehalten. Politikern, Nobelpreisträgern, Schauspielern, Musikern und Staatsoberhäuptern. Die Oscarverleihung hätte nicht pompöser sein können. Einzig die Queen hatte sich entschuldigen lassen, ihr war das zu viel Getümmel. Aber der Empfang im Buckingham Palace war für morgen Vormittag angesetzt.

Alle Augen der Welt waren in diesem Moment auf Shenmi Stevenson gerichtet, wie sie den Siegern der GlobalGames-Weltmeisterschaft gratulierte, nicht ohne sich dabei selbst gebührend zu feiern. Neben ihr auf dem Tisch stand das goldene Hundekörbchen, in dem Posh saß, die hinterhältigste Hundedame diesseits des Äquators. Mortimer glaubte, sogar aus dieser Entfernung ihre nadelspitzen Zähnchen zu sehen.

Er blickte über die Köpfe der Menschen hinweg auf das strahlende London hinter der Panoramaverglasung und sein Mut sank. Hatte er sich das wirklich gut überlegt? War er wirklich dazu befugt, diese Frau vor laufenden Kameras vom Thron zu stoßen? Wie schön sie war. Wie selbstsicher und kühn. All das hier war ihr Werk. Er hingegen war nur ein mickriger, kleiner Angestellter.

Nein, hörte er Lisas Stimme im Hinterkopf. Shenmi war eine Manipulatorin, eine kriminelle und rücksichtslose Person, die notfalls über Leichen ging, um an ihr Ziel zu gelangen. Sie musste für ihre Taten bezahlen. Und das würde sie. Sämtliche Dokumente waren der Staatsanwaltschaft übergeben worden und die hatte keinen Zweifel daran gelassen, wie wichtig es war, umgehend zu handeln. Deswegen waren sie hier. Und deswegen gab es jetzt keinen Weg zurück.

Mortimer gab sich einen Ruck und ging los.

Shenmi pries gerade ihre eigenen Leistungen, auch die ihrer Firma und ihrer Mitarbeiter. Wobei sie Mortimer mit keinem Wort erwähnte. Er gehörte also bereits zum Altmetall, das auf die Schrottpresse sollte.

Ihre Blicke begegneten sich und sie unterbrach ihren Vortrag.

»Ladys and Gentlemen, wie ich gerade sehe, beehrt uns mein engster Mitarbeiter, der Vater von GlobalGames, mit seiner Anwesenheit. Einen ganz herzlichen Applaus für Mortimer Hansen.« Sie wirkte verunsichert.

Recht so.

Mortimer versuchte, den donnernden Beifall auszublenden, und marschierte zielstrebig weiter nach vorne. In Shenmis

Augen blitzte Argwohn auf. Vermutlich versuchte sie herauszubekommen, was das zu bedeuten hatte. Sie hatte so oft versucht, ihn zu kontaktieren, dass er irgendwann aufgehört hatte zu zählen. Er wollte nicht mit ihr reden.

»Ja, komm zu mir auf die Bühne, Morti«, fuhr sie fort. »Wer sind denn die Leute in deinem Schlepptau? Ich fürchte, ihr müsst …«

Mortimer ignorierte sie, stieg auf die Bühne und ergriff das Mikrofon.

»Ladys and Gentlemen, meine sehr verehrten Damen und Herren, liebe Zuschauer. Bitte erlauben Sie mir, ein paar Worte an Sie zu richten.«

Shenmi runzelte die Stirn. »Das war so eigentlich nicht vorgesehen, Morti …«

Er ignorierte sie.

»Einige von Ihnen kennen mich vielleicht noch nicht. Ich bin der Gründer der Firma GlobalGames-Incorporated. Heute stehe ich vor Ihnen, um Sie über ein großes Unrecht zu informieren.« Er winkte dem Techniker am Mischpult, der vor der Veranstaltung eingewiesen worden war. Der Bildschirm hinter Mortimer fing an zu leuchten. Shenmis Antlitz erschien riesenhaft vergrößert. Die Bilder stammten aus der Videoaufzeichnung, die die Spieleleiterin kurz vor ihrem Anschlag an die sechs Jugendlichen rausgeschickt hatte.

»Ich vermute mal, dass ihr gerade etwas erstaunt seid, weil die Dinge anders laufen, als ihr es erwartet habt, nicht wahr?« So begann Shenmis Rede und sie endete mit den Worten: *»Ich wünsche euch viel Vergnügen und einen angenehmen Sprung. Sayonara!«*

Die nächste Aufnahme stammte von einem der Teammitglieder, während sie an Fallschirmen hängend über der Insel schwebten. Sie zeigte das Transportflugzeug, das mit still stehenden Propellern in die Gewitterwolke stürzte. Ein kurzes Aufblitzen, dann war es verschwunden.

Ein Raunen ging durch die Zuschauerränge. Alle Kameraobjektive waren jetzt auf Mortimer gerichtet.

»Dies war die zweite Aufnahme, die ich Ihnen zeigen wollte, dies hier ist die letzte.«

Eine spektakuläre Bergregion erschien auf der Leinwand. Eine Felsformation, die an eine geöffnete Hand erinnerte und einen aufwendig gestalteten Schrein beherbergte. Davor standen zwei Männer. Genauer gesagt Tim Feldmann und ein schwarz gekleideter Mann, der ihm eine Waffe an den Kopf hielt.

»Was soll die Waffe?«

Es folgte eine kurze Abfolge von Szenen, in denen die anderen Teams dazustießen und ein heftiges Wortgefecht entbrannte. Alle sahen, wie Yáozú über den Abgrund gestoßen wurde und in die Tiefe fiel. Mit seinem schrecklichen Todesschrei endete das Video.

Im Saal war es mucksmäuschenstill geworden.

Mortimer erhob erneut seine Stimme. »Dass Sie diese Aufnahmen nie zu Gesicht bekommen haben, verehrte Damen und Herren, liegt daran, dass Ms Stevenson sie unter Verschluss gehalten hat. Was soll ich sagen: Wir alle sind Opfer eines Betrugs geworden. Dass diese fantastischen jungen Leute hier ...«, er deutete auf das deutsche Team, »... heute vor Ihnen sitzen, haben wir nur dem beherzten Eingreifen zweier mutiger Menschen zu verdanken. Sie waren aufmerksam und haben es nicht zugelassen, dass diese Frau uns manipuliert. Auch wenn sie sich damit selbst in Gefahr gebracht haben. Eli, Patrick, bitte kommt nach vorne.«

Während die beiden den Weg zur Bühne antraten, hatte Mortimer Gelegenheit, Shenmi aus dem Augenwinkel zu beobachten. Bisher war sie still gewesen. Offensichtlich zu schockiert von dem, was sich hier abspielte. Nicht mehr lange und sie würde ausrasten. Dass sie sich noch unter Kontrolle hatte, gedachte Mortimer auszunutzen.

»Der Betrug, von dem ich spreche, hätte um ein Haar den Tod der sechs deutschen Spieler zur Folge gehabt!«, rief er. »Zum Glück konnte ich das Schlimmste verhindern und nun sind wir hier, um dieser Scharade ein Ende zu machen. Frau Staatsanwältin, wenn Sie so gut wären …?«

Eine resolute rothaarige Frau im schlichten Businesskostüm trat in Begleitung der sechs Polizisten auf die Bühne. Shenmis Leibwächter wollten eingreifen, wurden aber von den Polizisten zurückgedrängt. Ein Raunen ging durch die Menge. Viele Zuschauer, die die Unterbrechung bis jetzt für einen Ulk gehalten hatten, wurden unruhig. Mortimer hob die Hände. »Keine Sorge, Ladys and Gentlemen, bitte bleiben Sie sitzen. Es hat alles seine Richtigkeit.«

Die Staatsanwältin trat vor und sagte mit laut vernehmbarer Stimme: »Ms Shenmi Stevenson, ich verhafte Sie wegen versuchtem Mord, Veruntreuung, Manipulation, Betrug sowie einem Dutzend weiterer Anklagepunkte. Sie haben das Recht zu schweigen. Alles, was Sie sagen, kann und wird vor Gericht gegen Sie verwendet werden. Sie haben das Recht, zu jeder Vernehmung einen Verteidiger hinzuzuziehen. Wenn Sie sich keinen Verteidiger leisten können, wird Ihnen einer gestellt. Bitte strecken Sie jetzt die Hände aus und lassen Sie sich Handschellen anlegen.«

Shenmi bewegte sich nicht. »Wie können Sie es wagen?«

»Bitte leisten Sie keinen Widerstand. Die Einsatzkräfte sind befugt, Gewalt anzuwenden, für den Fall, dass Sie sich wehren sollten.«

Angesichts der Härte ihrer Worte und der Tatsache, dass ihr niemand zu Hilfe kam, knickte Shenmi ein. Ihr wurden Handschellen angelegt und sie wurde von der Bühne geführt. Allerdings nicht, ohne Tim und Mortimer einen letzten, vernichtenden Blick zuzuwerfen.

Einige Zuschauer waren aufgestanden, um besser sehen zu können. Die Kameras liefen auf Hochtouren.

Mortimer hob die Arme. »Herrschaften, bitte behalten Sie Platz. Es gibt einiges, was ich Ihnen zu sagen haben. Dass Ms Stevenson uns verlässt, bedeutet nicht, dass deswegen das Spiel abgesagt oder gar für ungültig erklärt wird – im Gegenteil. Die GlobalGames-Weltmeisterschaft war ein überwältigender Erfolg und hat rund um den Globus für Einschaltrekorde gesorgt. Menschen aus allen Ländern und allen Kontinenten wurden Zeuge eines atemberaubenden Finales, haarsträubender Kopf-an-Kopf-Duelle und nervenaufreibender Abenteuer. Am Schluss konnte sich das deutsche Team gegen die beiden Konkurrenten aus China und den Vereinigten Staaten von Amerika durchsetzen. Wir haben eine wunderbare Solidarität unter den Spielern erlebt. Diese achtzehn jungen Menschen haben uns vor Augen geführt, was es bedeutet, räumliche und kulturelle Unterschiede zu überwinden und Menschen unterschiedlichster Herkunft in einem Klima von Freundschaft, Fairness und Kollegialität zusammenzubringen. Diese wunderbaren Jugendlichen haben uns allen eine großartige Lektion erteilt. Sie haben uns vor Augen geführt, dass Hilfsbereitschaft, Solidarität und Liebe alle Hindernisse überwinden können und dass wir Erwachsenen aufhören müssen, kleinlich nur an unser eigenes Wohl und unseren Profit zu denken. Der in einem Eilverfahren neu ernannte Vorstand von Stevenson-Enterprises hat mir erlaubt, folgende offizielle Meldung herauszugeben.« Er zog ein Blatt Papier aus seinem Jackett und räusperte sich.

»Erstens: Die Einweihung des Mondhotels wird auf unbestimmte Zeit verschoben. Eine Reise zum Mond findet nicht statt.«

Ein Raunen ging durch die Menge.

»Zweitens: Die Reise zum Mars wird auf unbestimmte Zeit verschoben. Beide Projekte waren von Anfang an nur den Reichen und Superreichen vorbehalten gewesen. Die breite Bevölkerung hätte bestenfalls ein paar schöne Bilder bekommen, die von ihrem Elend und den Problemen auf unserer Erde abgelenkt hätten.«

Applaus ertönte. Erst nur vereinzelt, dann stärker werdend.

»Drittens: Das so eingesparte Geld wird einer Stiftung zufließen, bei der ich, Mortimer Hansen, den Vorsitz führen werde. Das Ziel der WorldRunner-Foundation wird sein, ein Verständnis für Kulturen und Lebensweisen zu fördern und ein Klima der Toleranz und des gegenseitigem Respekts zu erzeugen. Um das zu bewerkstelligen, werden wir ein Förderprogramm ins Leben rufen, das es Kindern und Jugendlichen aus einkommensschwachen Verhältnissen ermöglicht, für ein Jahr in einem Land ihrer Wahl zu leben. Sie dürfen dort zur Schule gehen, werden Freundschaften schließen und ihren Horizont erweitern. Und natürlich werden sie ihre Gastgeberfamilien zu waschechten Runnern machen.« Er zwinkerte in die Kameras.

»Es wird die weltweit größte Initiative sein, die es jemals gegeben hat. Mit dem so gewonnenen Wissen und der Erfahrung werden die Kinder zurückkehren und versuchen, in ihrer Heimat die Lebensverhältnisse zu verbessern. Der Gewinner der diesjährigen Worldchampionship, Tim Feldmann, hat seinen Hauptgewinn – die Reise zum Mond – in eine Geldsumme umgewandelt und diese als Grundstock der WorldRunner-Foundation zur Verfügung gestellt. Auch einige der anderen Spieler haben ihre Gewinne der Stiftung zur freien Verfügung gestellt. Tim, bitte steh auf.«

Zögernd erhob sich der schmale blasse Junge aus Köln. Sein Gesicht wurde auf die Großbildleinwand projiziert. Ihm war die Aufmerksamkeit sichtlich unangenehm. Er drehte sich um und verbeugte sich steif. Der Applaus, der ihm entgegenschlug, war ohrenbetäubend.

Mortimer grinste. »Danke, Tim. Die drei finalen Teams werden im kommenden Jahr eine zwölfmonatige Reise durch die jeweiligen Teilnehmerländer unternehmen und dort Sprachen und Lebensweisen kennenlernen. Ich hoffe auf viele weitere Spenden, die unser Projekt befeuern und dafür sorgen werden, dass wir in einer Welt leben können, die allen Menschen eine Chance bietet, nicht nur den Wohlhabenden.« Mortimer räusperte sich. Er sah zu Lisa hinüber und stellte fest, dass sie sehr zufrieden mit ihm war. Das gab ihm die Kraft für den Endspurt.

»Ladys and Gentlemen, auf uns warten große Herausforderungen. Seien es der Klimawandel, Seuchen wie die Corona-Pandemie, Hungersnöte, Armut, Gesetzlosigkeit sowie soziale Ungleichheit – nur zusammen werden wir diese Probleme in den Griff kriegen. Unsere Kinder sind unser wertvollste Gut. Auf ihren Schultern ruhen unsere ganzen Hoffnungen. Sie werden eines Tages die Geschicke dieses Planeten lenken und ich bin optimistisch, dass sie es besser machen werden als wir. Die WorldRunner-Foundation möchte ihren Beitrag dazu leisten und mit Ihrer Hilfe werden wir das schaffen. Bitte erinnern Sie sich daran, was unsere verwegenen WorldRunner geleistet haben, und spenden Sie für den guten Zweck. Ich danke Ihnen für Ihre Aufmerksamkeit.«

Eigentlich wollte er noch etwas sagen, aber die Worte gingen im tosenden Applaus und den zahlreichen Hochrufen unter. Das Letzte, was er sah, ehe er von Vertretern der Presse umringt wurde, waren die achtzehn Runner, die sich in den Armen lagen.

54

Drei Wochen später …

Und wie finde ich nun raus, wo der Claim versteckt ist? Hier ist doch nichts.«

Emily stand auf der Wiese, das Smartphone in die Höhe gereckt und drehte sich im Kreis. Sie versuchte, den eigenen Standortanzeiger mit dem grünen Punkt in Übereinstimmung zu bringen, was ihr aber Schwierigkeiten bereitete.

Unweit der Stelle, an der Tim zum ersten Mal seine Instrumente ausprobiert hatte, waren er, Emily und Annika unterwegs und prüften die Umgebung. Tim hatte etwas für seine kleine Schwester vorbereitet und konnte gar nicht erwarten, dass sie herausfand, was es war. Es war das erste Mal, dass Emily als Runner unterwegs war.

»*Ti...him!* Jetzt sag schon: Wie geht das?«

»Zuerst mal bringt es nichts, wenn du das Gerät in die Höhe hältst. Dann kann sich der Kompass nicht ausrichten. Du musst ihn horizontal halten. Flach über den Boden, siehst du?«

»Ja, kapiert. Jetzt zeigt die Nadel nach rechts, nach da drüben also.« Emily flitzte los, dem Punkt entgegen.

Annika blickte ihr grinsend hinterher. »Süß, die Kleine. Wie es scheint, ist sie ganz in ihrem Element.«

Tim nahm ihre Hand und zusammen folgten sie Emily den Hang hinauf. Verrückt, dass seit ihrer Rückkehr so viel passiert war, dass sie kaum Zeit gehabt hatten, miteinander zu sprechen. Dies war der erste ruhige Moment seit den dramatischen Ereignissen von London.

Sie sah ihn prüfend an. »Bist du wirklich nicht traurig, dass es für dich nicht auf den Mond geht?«

»Traurig?«, entgegnete Tim. »Nein, überhaupt nicht. Ich finde es so viel besser. Was soll ich denn auf diesem öden Steinklotz? Zumal ich bisher nur sehr wenig von der Welt gesehen habe. Die Spiele haben meinen Appetit geweckt. Deinen nicht?«

»Na, und ob«, versicherte sie ihm mit einem breiten Lächeln.

»Abgesehen davon hätte ich nur eine Person mitnehmen dürfen. Wen hätte ich auswählen sollen? Emily? Dich? Dad, Malte oder Eli? Wie ich mich auch entschieden hätte, die anderen wären immer zu kurz gekommen.«

»Dann freust du dich also, mit mir zusammen auf Reisen zu gehen?« Sie zwinkerte ihm zu.

Er blieb stehen und sah ihr tief in die Augen. »Nichts könnte mir mehr gefallen. Stell dir mal vor: Wir werden den Grand Canyon sehen …«

»… und die Chinesische Mauer …«

»San Francisco …«

»… und Shanghai.«

»Das wird unglaublich.«

»Ja, das wird es.« Annika gab ihm einen Kuss. Rasch wandte er sich ab, damit sie nicht sah, wie er rot wurde. Doch sie bemerkte es trotzdem und grinste.

»Ich habe übrigens gestern mit Mortimer telefoniert«, sagte sie.

»Echt? Was sagte er?«

»Er lässt dich grüßen und hat erzählt, dass Shenmi in Untersuchungshaft sitzt. Ihr drohen mindestens zehn Jahre hinter Gittern. Viel wichtiger aber ist, dass der Spendenaufruf ein Riesenerfolg war. Es ist viel mehr Geld zusammengekommen, als ursprünglich veranschlagt war. *Zwei Milliarden Dollar!*«

»Was, echt?« Die Nachricht zauberte Tim ein Lächeln aufs Gesicht.

Annika nickte. »Und das in so kurzer Zeit. Die WorldRunner-Foundation wird über Jahre hinweg Schüleraustausche finanzieren können. Und sie wird noch viel mehr erreichen. Umweltschutz, Klimaschutz, und den Schutz bedrohter Ureinwohner.«

Tim runzelte die Stirn. »So wie auf der Wächterinsel?«

»Genau. Es soll sichergestellt werden, dass die Menschen dort ungestört weiterleben können. Aber das Hauptgeschäft liegt natürlich darin, Kindern und Jugendlichen Fernreisen zu ermöglichen und dafür zu sorgen, dass sie andere Kulturen kennenlernen. Mortimer hat schon angeboten, dass wir nach der Schule als Botschafter für die Stiftung arbeiten könnten. Wir würden die Welt bereisen und Spenden sammeln.«

»Klingt toll, aber erst mal muss ich die Schule beenden. Wer weiß, was danach ist.« Tim hielt immer noch ihre Hand. Wenn es nach ihm ginge, würde er sie nie wieder loslassen.

»Hierher!«, rief Emily und wedelte mit den Armen. »Ich glaube, ich habe etwas gefunden.«

»He, sag mal, stimmt es eigentlich, dass dein Dad eine neue

Flamme hat?«, fragte Annika, als sie weitergingen. »Emily hat da so etwas erwähnt.«

Tim schüttelte den Kopf. »Woher weiß Emily das schon wieder? Manchmal habe ich das Gefühl, dass sie viel mehr mitbekommt, als mir lieb ist. Ich habe es ja selbst erst vor ein paar Tagen erfahren. Dad fragte mich, ob es okay sei, wenn er sie mal nach Hause einlädt. Er kennt sie von der Arbeit und anscheinend treffen sie sich schon eine ganze Weile.«

»Und, ist es okay für dich?«

»Aber natürlich. Ich will doch, dass er glücklich ist. Sie wird nie ein Ersatz für unsere Mom sein, aber das will sie auch gar nicht. Sie ist nett, ich habe sie mal unterwegs getroffen. Ich freue mich einfach, dass es jemand Neuen in Dads Leben gibt. Ich habe das Gefühl, dass er seither viel ausgeglichener ist.«

Annika sah ihm tief in die Augen.

Er fühlte, wie seine Knie weich wurden. Aber das kannte er schon. Weiche Knie waren im Moment ein Dauerzustand bei ihm. »Es scheint, dass die Welt ein kleines bisschen enger zusammengerückt ist«, sagte sie. »Und wir haben einen Beitrag dazu geleistet. Das wiegt die ganzen Strapazen und Gefahren auf.«

Emily stand neben einer Parkbank und sah sich um. »Das muss es sein!«, rief sie. »Hier ist der Spot. Und was muss ich jetzt tun?«

»Suchen!«, rief Tim. »Irgendwo hier muss ein Claim versteckt sein. Vielleicht findest du ihn ja.« Er zwinkerte Annika zu. »Mal sehen, wie lange sie braucht. Ich hoffe, ich habe es ihr nicht zu schwer gemacht.«

Emily schlich um die Parkbank herum wie ein junges Kätzchen, dass nicht ganz sicher war, ob sie ihre Beute wirklich erlegt hatte. Sie untersuchte die Streben, die Sitzfläche und Rückenlehne. Dann irgendwann kam sie auf die Idee, dass man vielleicht untendrunter nachsehen musste. Und nach kurzer Zeit ertönte ein Freudenschrei. »Ich hab's! Hier ist eine kleine Dose.«

»Mach sie auf und sieh nach, was drin ist.« Tim hatte das Gefühl, sein Herz müsse vor Glück gleich explodieren. Genau hier hatte seine Mom ihm damals den ersten Claim gezeigt und ihn mit dem Geocaching vertraut gemacht. Und genau hier war der Ort, an dem Annika und er sich zum ersten Mal wirklich nähergekommen waren.

»Und?«, fragte er.

Emily hatte Schwierigkeiten, die kleine Dose zu öffnen. Der Verschluss musste wasserdicht sein, damit der Inhalt nicht zerstört wurde. Die Zunge zwischen den Zähnen drückte seine kleine Schwester den Deckel nach oben.

»Hey, hier ist ein Zettel drin.«

Annika trat näher. »Was steht drauf?«

»Hier steht: *Liebe Emily, diese Bank ist etwas Besonderes. Hier habe ich deinen Vater kennengelernt und hier hat er mir einen Heiratsantrag gemacht. Als ich mit Tim und dir schwanger war, habe ich immer gerne hier gesessen und den Frisbeespielern und Bumerangwerfern zugeschaut. Wann immer du Sorgen hast, kannst du hierherkommen und mit mir reden. Ich werde hier auf dich warten. Dies ist jetzt unsere Bank. Ich liebe dich, Mom.*«

Tim hatte diesen Brief geschrieben und es so aussehen lassen, als stamme er von Mom. Natürlich wusste Emily, dass Mom diesen Brief nicht selbst geschrieben hatte – schließlich war sie schon seit über einem Jahr tot. Aber sie schien ihm die kleine Schummelei nicht übel zu nehmen, sondern sich im Gegenteil sogar darüber zu freuen.

»Unsere Bank? Was soll das heißen?«

»Lies mal, was auf dem Schild steht.« Er deutete auf die kleine Metallplakette, die an der Lehne befestigt war.

Er lächelte. »Habe ich von meinem Preisgeld gekauft. Ist okay, oder?«

Emily stand da wie vom Donner gerührt. Dann fiel sie ihm um den Hals.

»Danke«, piepste sie. »WorldRunner forever.«

Danksagung

Einen Roman zu schreiben – oder in diesem Fall zwei – ähnelt einem Marathonlauf. Als Autor verbringt man Monate, mitunter Jahre an dem Text. Man durchlebt gute Tage und schlechte und kommt irgendwann mit einem – hoffentlich – zufriedenstellenden Ergebnis im Ziel an.

Abgesehen von Talent und einer guten Idee ist also eine Menge Disziplin und Ausdauer nötig. Darüber hinaus bedarf es eines Teams, das einen in dieser Zeit begleitet. Das einen berät, kritisiert, lobt und anspornt. Das verbindet uns Autoren mit den Figuren in diesem Roman.

Denn jeder World Runner weiß: Ohne ein gutes Team geht nichts. Und ich hatte das große Glück, eines der besten an meiner Seite zu haben.

* Allen voran meine beiden wunderbaren Lektorinnen Steffi Letschert und Laura Held, die dem Text den letzten Schliff gegeben haben.
* Die Mitarbeiter vom Arena Verlag, die selbst in Zeiten von Corona stets ihr Bestes geben.
* Mein Agent Bastian Schlück, auf dessen Riecher ich mich immer verlassen kann und der mir seit beinahe zwanzig Jahren beratend zur Seite steht.

* Marianne, Max und Leon, deren Leidenschaft für Pokémon Go und Geocachen mich überhaupt erst auf die Idee gebracht hat.
* Last but not least meine Frau Bruni. Die große Liebe meines Lebens und meine erste und letzte Leserin.

Euch allen von Herzen ein dickes DANKESCHÖN.
World Runner forever!

Thomas Thiemeyer,
Stuttgart im Juli 2020

»Alles, was
lese- und abenteuerlustige
Jugendliche erfreuen kann.«

Süddeutsche Zeitung

WORLD RUNNER

EVOLUTION

DAS VERBOTENE EDEN

CHRONIKEN DER WELTENSUCHER

Im Internet auf
www.thiemeyer.de
und auf

Thomas Thiemeyer

World Runner

Die Jäger

Tim ist Runner aus Leidenschaft. Als er eines Tages eine Einladung des mysteriösen Medienkonzerns GlobalGames erhält, zögert er keine Sekunde, die Challenge anzunehmen: Sieben Claims wurden an sieben verborgenen Orten in Deutschland versteckt. Hundert Jugendliche gehen ins Rennen. Alle mit nur einem Ziel: zu gewinnen. Tim merkt bald, dass er es nicht ohne Hilfe schaffen kann. In der faszinierenden Annika, genannt Sakura, findet er eine Verbündete. Doch kann er ihr wirklich trauen? Oder kämpft am Ende doch jeder für sich allein?

Arena

Auch als E-Book erhältlich
Als Hörbuch bei Rubikon

448 Seiten • Gebunden
ISBN 978-3-401-60506-7
www.arena-verlag.de